Тяжелые сны
Hard Dreams
Федор Сологуб
Fyodor Sologub

Hard Dreams
Copyright © JiaHu Books 2016
First Published in Great Britain in 2016 by JiaHu Books – part of
Richardson-Prachai Solutions Ltd, 434 Whaddon Way, MK3 7LB
ISBN: 978-1-78435-197-7
A CIP catalogue record for this book is available from the British Library
Visit us at: jiahubooks.co.uk

Предисловие автора к третьему изданию

Роман «Тяжёлые сны» начат в 1883 году, окончен в 1894 году. Напечатан в журнале "Северный вестник" в 1895 году, с изменениями и искажениями, сделанными по разным соображениям, к искусству не относящимся. Отдельно напечатан первым изданием в 1896 году, но и тогда первоначальный текст романа не вполне был восстановлен по тем же внешним соображениям. Для третьего издания в 1908 году роман вновь просмотрен автором и сличен с рукописями; редакция многих мест изменена. Много лет работать над романом — а всякий роман не более как книга для легкого чтения, — можно только тогда, когда есть надменная и твердая уверенность в значительности труда. Проходят долгие, тягостные дни и годы, и все медлишь, и не торопишься заканчивать творение, возникающее "lentement, lentement, comme le soleil".

Создаём, потому что стремимся к познанию истины; истиною обладаем так же, в той же мере и с тою же силою, как любим. Сгорает жизнь, пламенея, истончаясь легким дымом, — сжигаем жизнь, чтобы создать книгу. Милая спутница, изнемогая в томлениях суровой жизни, погибнет, и кто оценит её тихую жертву? Посвящаю книгу ей, но имени её не назову.

Сентябрь 1908 года .

Глава первая

НАЧАЛО ВЕСНЫ. Тихий вечер… Большой тенистый сад в конце города, над обрывистым берегом реки, у дома Зинаиды Романовны Кульчицкой, вдовы и здешней богатой помещицы…

Там, в доме, в кабинете Палтусова, двоюродного брата хозяйки (впрочем, никто в городе не верит в их родство), играют в винт сам Палтусов и трое солидных по возрасту и положению в нашем уездном свете господ. Их жены с хозяйкою сидят в саду, в беседке, и говорят, говорят…

Хозяйкина дочь, Клавдия Александровна, молодая девушка с зеленоватыми глазами, отделилась от их общества. Она сидит на террасе у забора, что выходит на узкую песчаную дорогу над берегом реки Мглы. С Клавдиею один из гостей: он в карты не играет.

Это — Василий Маркович Логин, учитель гимназии. Ему немного более тридцати лет. Его серые близорукие глаза глядят рассеянно; он не всматривается пристально ни в людей, ни в предметы. Лицо его кажется утомленным, а губы часто складываются в слабую улыбку, не то лениво-равнодушную, не то насмешливую. Движения его вялы, голос незвонок. Он порою производит впечатление человека, который думает о чем-то, чего никому не скажет.

— Скучно… Жить скучно, — сказал он, и разговор, казалось, интересовал больше Клавдию, чем его.

— Кто же заставляет вас жить? — быстро спросила Клавдия.

Логин подметил в ее голосе раздражение и усмехнулся.

— Как видите, пока еще не сумел избавиться от жизни, — ленивым голосом ответил он.

— А это так просто! — воскликнула Клавдия. Зеленоватые глаза ее сверкнули. Она засмеялась недобрым смехом.

— Просто? А именно? — спросил Логин. Клавдия сделала угловатый, резкий жест правою рукою около виска:

— Крак! — и готово.

Ее узко разрезанные глаза широко раскрылись, губы судорожно дрогнули, и по худощавому лицу пробежало быстрое выражение ужаса, словно она вдруг представила себе простреленную голову и мгновенную боль в виске.

— А! — протянул Логин, — Это, видите ли, для меня уж слишком просто. Да ведь этим и не избавишься ни от чего.

— Будто бы? — с угрюмою усмешкою спросила Клавдия.

— Есть запросы, жажда томит, не унять всего этого огнестрельным озорством… А может быть, просто ребяческий страх… глупое, неистребимое желание жить… впотьмах, в пустыне, только бы жить.

Клавдия взглянула на него пытливо, вздохнула и опустила глаза.

— Скажите, — заговорил опять Логин после короткого молчания, — вам жизнь какого цвета кажется и какого вкуса?

— Вкус и цвет? У жизни? — с удивлением спросила Клавдия.

— Ну да… Это же в моде-слияние ощущений…

— Ах, это… Пожалуй, вкус-приторный.

— Я думал, вы скажете: горький. Клавдия усмехнулась.

— Нет, почему же! — сказала она.

Старые вязы наклоняли ветви, словно прислушиваясь к странному для них разговору. Но не слушали и не слышали. У них было свое. Стояли, безучастные к людям, бесстрастные, бездумные, со своею жизнью и тайною, а с темных ветвей их падала, как роса, отрясаемая ветром, прозрачная грусть.

— А цвет жизни? — спросил Логин.

— Зеленый и желтый, — быстро, не задумываясь, с какою-то даже злостью в голосе ответила Клавдия.

— Надежды и презрения?

— Нет, просто незрелости и увядания… Ах! — воскликнула она внезапно, как бы перебивая себя самое, — есть же где-то широкие горизонты!

— Нам-то с вами что до них? — угрюмо спросил Логин.

— Что?… Душно мне-и страшно… Я заметила у себя в последнее время дурную повадку оглядываться на прошлое…

— И что же вам вспоминается?

— Картинки… милые! Детство-без любви, озлобленное. Юность-муки зависти, невозможность желаний… крушение надежд… идеалов! Да, идеалов, — не смейтесь, — были все-таки идеалы, — как ни странно… Вперед стараешься заглянуть-мрак.

— А над всем этим-кипение страсти, — сказал Логин неопределенным тоном, не то насмешливо, не то равнодушно.

Клавдия задрожала. Ее глаза и потемнели, и зажглись бешенством.

— Страсти? — воскликнула она сдавленным голосом.

— Конечно! Вас томит не жажда истины, а просто, выражаясь грубо и прямо, страсть.

— Что вы говорите! Какая страсть? К чему?

— Неопределенные порывы, чувственное кипение… возраст такой, — да и пленено юное сердце демоническою красотою очаровательного скептика.

— Вы про Палтусова?.. Если б вы знали, чем он был в моей жизни! Если бы вы могли это себе представить.

— Развивателем?

— Оставьте этот тон, — раздражительно сказала Клавдия.

— Простите, я ненарочно, — ответил Логин искренним голосом.

— Когда еще я была девочкою, — страстно и торопливо заговорила Клавдия, — когда он еще обращал на меня внимание не больше, чем на любую вещь в доме, я уже была захвачена чем-то в нем... мучительно захвачена. Что-то неотразимое, хищное, — как коршун захватывает цыпленка. Мне иногда хотелось... не знаю, чего хотелось... Дикие мечты зажигались... Впрочем, я всегда ненавидела его.

— За что?

— Разве можно это знать! Может быть, за пренебрежительную усмешку, за дерзость речи, за то, что мать... вы знаете, он имеет на нее влияние.

Клавдия улыбнулась странною, не то злою, не то смущенною улыбкою.

— За это особенно, — тихо сказал Логин, — ревность, не правда ли?

— Да, да, — порывисто и волнуясь отвечала Клавдия. — Потом, не знаю как, мы начали сходиться. Не помню, с чего это началось, — помню только мою злую радость. Долгие беседы, жуткие, жгучие, — поток новых мыслей, смелых, злых... Открылись заманчивые бездны... Но я ненавижу их... Я бы хотела бежать от всего этого!

— Куда?

— Почем же я знаю? Я вижу сны, я боюсь, — чего, сама не знаю... Точно боишься взять что-то чужое... А что мне она, эта жена его далекая, которая не живет с ним, которой я и не видела никогда!.. Может быть, она несчастна... или утешилась?.. Стоишь точно перед рогаткою, за которую не ведено входить... Он издевается над этим... суеверием...

— А вы знаете, — внезапно сказал Логин, переходя к другому, — и я был влюблен в вас.

— Да?

Клавдия принужденно засмеялась и покраснела.

— Благодарю за честь, — досадливо сказала она.

— Нет, в самом деле.

— Не сомневаюсь.

Логин слегка наклонился к ней и заговорил задушевным голосом:

— Не сердитесь на мои слова, — мне тяжело было терять и эти надежды. Я думал тогда: отчего для меня должно оставаться запрещенным счастье, широкое, вольное? Отчего не идти рука об руку со смелою подругою туда, где мечтались мне новые, широкие просторы? Отчего? — тихо спросил он и взял ее тонкую руку с длинными пальцами.

Клавдия не отымала руки. Плечи ее тихонько вздрагивали. Ее зеленоватые глаза горели.

— Да, — продолжал Логин, — мечтались мне широкие пути... И

вдруг увидел я, что это было чувство, искусственно согретое...

Встал, прошелся по террасе. Клавдия молчала и следила за ним странно горящими глазами. Легкое веяние доносилось с реки. Ветви вязов слегка колыхались. Логин остановился перед Клавдиею.

— А впрочем, — сказал он, — мне кажется, для каждого из нас есть свой путь... трудный и неведомый.

— Покажите мне его! — с порывом несколько диким воскликнула Клавдия и протянула к нему руки широким и быстрым движением.

— Да я сам хотел бы, чтобы мне его открыли, — угрюмо сказал Логин, — Было время, мне казалось... В чьих-то руках мерещился светоч...

— У вас есть свои светочи.

— В том-то и горе, что их нет. Мираж-все эти мои планы, — жажда обмануть свою душу...

— Какой светоч мерещился вам? — печально спросила Клавдия.

— Что-то неожиданное... Неизъяснимое очарование веяло... Что-то не русское, чуждое всему, что здесь... Я все ждал, что вот-вот случится необычайное, невозможное... Но ничего не случалось, — дни умирали однообразно и скучно, как всегда... Посмотрел я пристально в себя самого-и нашел в себе все ту же всечеловеческую дерзость, задорную и бессильную, и тот же тоскливый вопрос о родине... Идите к нему, — небо и землю создаст он вам.

Клавдия хотела ответить. Но раздались шаги и голоса приближающихся дам, и Клавдия промолчала.

Логин возвращался домой поздно ночью, по безлюдным и темным улицам. Думал о Клавдии. Щемящая жалость к ней наполняла его душу.

Отец Клавдии умер, когда ей было лет пять. Ее мать сошлась с инженером Палтусовым. Он был женат, и не жил с женою. Кульчицкая выдавала его за двоюродного брата. Так прожили они несколько лет, то в нашем городе, то странствуя по чужим землям. В последнее время Палтусов охладел к увядающей красоте Кульчицкой. Его потянуло к Клавдии. Они начали сближаться как-то странно, словно враждуя друг с другом. Мать заметила их сближение. Начала ревновать. Клавдия не любила матери. Но ее тяготила мысль о бесправной связи, которую люди осудят.

Логин и сам наверное не знал, за что он жалеет эту девушку: за то ли, что мать ее никогда не любила и холодное детство обезобразило ее страстную душу? За то ли, что она полюбила чужого мужа, любовника ее матери, — и не могла разобраться в тех отношениях, которые порождены были этою любовью? За то ли, что Палтусов разбил в ней первоначальные верования и ничем не могла она заменить их?

Логин вспомнил, что нежная жалость к Клавдии давно томила его, —

томила тем сильнее, что он чувствовал, как родственны их натуры. Эту жалость принял он когда-то за любовь к Клавдии. И так напряженно было это его чувство, что оно нашло себе отклик и в самой Клавдии. Между ними установилась странная полу откровенность, взаимное испытывание друг друга, взаимная смута. Установилось и взаимное понимание с полуслова. Но ничего не вышло из этих напряженных отношений: назвать свое сближение любовью они не могли, а лгать себе самим не хотели.

Теперь Логин думал, что и не могла зажечься любовь в его преждевременно одряхлевшем сердце. Давно уже привык он топить всякий порыв своего сердца в бесплодных и бессильных размышлениях, в ленивых и сладостных мечтах, в страданиях и утехах одиноких и странных, о которых он никому не мог рассказать. Он теперь ясно вспоминал, как быстро эта удивительная жалость к Клавдии претворилась в чувственное влечение, — и мечты окрасили это влечение жестокостью.

Угасло ли это низменное влечение теперь, он еще не знал, но уже уверен был в его незаконной природе. Заманчиво было бы бросить Клавдии год, два жгучих наслаждений, под которыми кипела бы иная, разбитая... ее любовь. А потом-угар, отчаяние, смерть... Так представлялось ему будущее, если бы он сошелся с Клавдиею... Чувствовалось ему, что невозможна была бы мирная жизнь его с нею, — слишком одинаковым злобным раздражением отравлены были бы оба, — и, может быть, оба одинаково трудно любили тех, от кого их отделяло так многое...

Но отчего ж все-таки он, усталый от жизни, не взял этого короткого и жгучего полусчастья, полубреда? Что из того, что за ним смерть? Ведь и раньше знал он, что идет к мучительным безднам, где должен погибнуть! Что отвращало его от этой бездны? Бессилие? Надежда?

Перед ним раскрывались иногда в его мечтаниях иные, доверчиво-чистые глаза, светилась ласковая улыбка. Может быть, это зажигалась чистая, спасительная любовь, но не верил в нее Логин. Чужой, далекий свет являлся в тех доверчивых глазах, и бездна казалась ему непереходимою...

Логин жил на краю города, в маленьком домике. В мезонине устроил кабинет; там и спал; в подвальном этаже была кухня и помещение для служанки; середину дома занимали комнаты, где Логин обедал и принимал гостей. Наверх к себе приглашал немногих. Здесь он жил: мечтал, читал.

Книжные шкафы и полки для книг занимали много места в кабинете. На этажерке лежало десятка полтора новых книг. Еще немногие из них были разрезаны. Письменный стол наполовину загромождали тетради, справочные книги, учебники. — Когда? —

угрюмо спросил Логин,

— Да в прошлое воскресенье, — объясняла Ульяна, словно досадовала на его забывчивость, — когда вы у наших господ в гостях были.

— Что за вздор!

— В коридоре меня встретили, да и говорите: приходи, мол, в среду вечерком, ждать буду — вот я и пришла. Раньше никак не способно было, — в силу вырвалась.

— Тебе послышалось, — лениво сказал Логин. — На что ты мне?

Ульяна звонко засмеялась. Назойливый смех дразнил и обольщал Логина. Он смотрел на Ульяну с недоумением и досадою. Она была такая розовая и пышная, от нее точно веяло жаром. Темные косы выбивались из-под платочка. А кончики платочка торчали в разные стороны, и узел расползался...

Розовый туман опять начал расстилаться перед глазами Логина. Голова сладко и томно закружилась. Фигура Ульяны расплывалась в тумане.

"Да это сон, бред!" — подумал он.

Ульяна сделала шага два вперед— Она неслышно ступала и странно колебалась. Складки длинной юбки колыхались и едва приоткрывали кончики белых ног.

— Что ж, садись, красавица, коли пришла, — сказал Логин.

— Ничего, постою, — отвечала Ульяна. Ее плутоватые глаза забегали по комнате. Вдруг она пригорюнилась, подперла рукою щеку и заговорила что-то жалостное: о муже-пьянице, о горьком сиротстве и одиночестве своем, о даром увядающей красоте. Она выговаривала слова тихо, но отчетливо, словно быстро и умело отбирала крупные пшеничные зерна. Все быстрее и слаще журчала ее заунывная речь. Все ближе подвигалась она к Логину. И уже ощутил он ее теплую и томную близость.

— Приласкайте меня! — шепнула она, и вся зарделась, и задрожала, и закрылась руками.

А сквозь раздвинутые слегка пальцы глянули задорные, веселые глаза.

Логин вылил в стакан остатки вина и жадно выпил его...

Багровый туман застилает комнату. Лампа светит скупо и равнодушно. Назойливая румяная улыбка...

Падают широкие одежды... Алые, трепещущие пятна сквозь багровый туман... Так близко знойное тело...

Кто-то погасил лампу...

Глава вторая

По утрам в будни Логин всегда бывал в мрачном настроении. Знал:

придет в гимназию и встретит холодных, мертвых людей. Они равнодушно отбывают свою повинность, механически выполняют предписанное, словно куклы усовершенствованного устройства. Но не любят этого предписанного, стараются затратить на него поменьше сил, мечтают о картах. Знает Логин, что и от него ждут такого же бездушного отношения к делу. Он должен быть как все, чтобы не раздражать сослуживцев.

Когда-то он влагал в учительское дело живую душу, — но ему сказали, что он поступает нехорошо: задел неосторожно чьи-то самолюбия, больные от застоя и безделья, столкнулся с чьими-то окостенелыми мыслями-и оказался, или показался, человеком беспокойным, неуживчивым. Не понимали, из-за чего он хлопочет: не все ли ему равно, так или иначе поступят с тем или другим мальчиком? Его перевели, чтобы прекратить ссоры, в другую гимназию, в наш город, и объявили на язвительно-равнодушном канцелярском наречии, что он переводится "для пользы службы". И вот он целый год томится здесь тоскою и скукою.

Он встал рано. После выпитого вечером вина ему часто не спалось по утрам, и он пробуждался раньше обычного.

Голова тупо болит: выпил слишком много. Во всем теле чувствуется томность. Ясное утро кажется тоскливым, одиноко и грустно в его холостяцкой квартире. Угрюмое лицо служанки, изрытое оспою, усиливает его тоску.

Безумные воспоминания смутно и беспорядочно толпятся в отяжелелой голове. Вспоминается ночь и странное посещение... В глаза так и мечется Ульяна, румяная, смеющаяся. В кабинете никого уже не было, когда он проснулся. Не может решить, приходила ли Ульяна или это был ночной бред. Томится тоскою более ранних, полузабытых, грубых воспоминаний. Разверстые уста двух мрачных бездн зияют за ним, и не понять ему, из которой бездны подняло его грустное, светлое вешнее утро невозможно-наивною зарею.

Спустился вниз и ходит в гостиной и столовой. Боязливо смотрит на окна. Никто еще не отворял их с ночи. Их медные задвижки отчищенным блеском удручают глада. Всматривается в эти задвижки и никак не может решиться подойти к окну.

Злобная досада на себя наконец охватила его. Порывисто подошел к окну, второму от угла, и схватился за задвижку-она с легким взвизгиваньем вышла из медного влагалища.

"Бред, бред! — тоскливо думал Логин. — Да нет, не может быть! От какого угла второе окно? Может быть, второе от двора".

Торопливо перешел из столовой в гостиную и бросился ко второму окну-оно было только притворено и не заперто на задвижки... Хриплый, короткий смех вырвался из его груди. Он широко распахнул окно и, перегнувшись через подоконник, жадно всматривался во что-то...

Пыльная травка внизу, повыше-узкий выступ фундамента и сероватые доски, которыми обшит дом. Этот ли ветер, который теперь упруго и влажно бьется в лицо Логина, уничтожил следы? Или длинная Ульяниа юбка смела пыль с выступа над фундаментом? Или и не было никаких следов?

Логин внимательно всматривался в скупую, сорную землю дороги, но и там ничего не находил.

После томительно проведенного в гимназии утра Логин вернулся домой и принялся за работу. Недавно задумал он основать в нашем городе союз взаимопомощи, с довольно широкими целями. Теперь хотел набросать на бумаге проект устава, чтобы показать тем, кто первые отозвались на его мысль.

Может быть, не столько в мыслях, сколько в смятенных чувствах Логина находил себе пищу этот замысел. Он навеян был давнею тоскою, холодом жизни эгоистичной и полной случайностей... Много видел Логин отвратительных и презренных дел, видел гибель многих и каменное равнодушие остающихся, — негодование, отчаяние, злоба мучили его. Жизнь являлась грозною, томили предчувствия, подстерегали несчастия. Личное счастье и довольство сурово отвергались сердцем, да и разуму казались ненадежными, — казалось, что в личной жизни нет устоев, которых не могла бы сокрушить нелепая случайность. Жизнь колебалась, как непрочный мост на шатких устоях. И вот явилась мысль, спасительная... но химеричная.

В глубине сознания Логина с самого начала таилось неверие в осуществимость этой мысли. Иногда он даже сознавался перед собою в том, что не верит. Но слишком был необходим выход из душевной смуты, чтобы Логин мог решиться бросить свой замысел, не испытав его на деле.

В последние дни Логин внимательно всматривался в горожан и много знакомился с теми, кого раньше или вовсе не знал, или знал мало. Все, что замечал теперь, примеривал к своему' замыслу-и людей, и дела их. Оказывалось большое несоответствие. Иногда затея провести живую мысль в этом обществе представлялась до забавного нелепою, и Логин улыбался холодною и рассеянною улыбкою.

Он пообедал одиноко, оделся с некоторою тщательностью и отправился за город. Там, куда он шел, ему легче дышалось, там были ясные настроения, хотя часто казались они ему странно чуждыми.

Он шел к Ермолиным, которые жили в своей усадьбе, верстах в двух от города. Семья Ермолиных состояла из отца, дочери и сына. Максим Иванович Ермолин лет десять тому назад, оставил земскую службу — был он председателем уездной управы. Теперь только со стороны интересовался он земскими делами. Эти дела шли не так, как при нем, — по иному направлению.

Логину чудилось что-то родное в печальной задумчивости, которая ложилась иногда на лицо Ермолина. Но оно дышало здоровьем и было полно той красоты, простой и дикой, которая напоминает простор полей, деревню и лес, где пахнет "смолой и земляникой".

Ермолин занимался хозяйством, — считался он по уезду в числе не только уцелевших от разорения, но и богатых помещиков. Он дивил горожан простотою жизни, любовью к труду и ворохами журналов и книг, которые ему высылались. Детей воспитал просто и сурово. Они привыкли к труду, не боятся холода и боли. Напрасный стыд не имеет над ними власти; они целыми днями остаются необутыми и так уходят далеко из дому. В нашем мещанском городе, конечно, это осуждали.

Логин шел по шоссейной дороге. Только что миновал он последнюю городскую лачугу и последнюю харчевню, — а уже было пусто и тихо. Только слабо и гулко доносились удары молота из убогой, почернелой кузницы, что торчала боком на выезде из города, да впереди Логина, далеко, трусил в сером облачке пыли на тряской тележонке пьяный мужик, подхлестывал пегую лошаденку и горланил песню, слов которой не было слышно— Скоро и он скрылся из виду, и затихли понемногу дикие звуки его нестройного пения.

Около дороги, в стоячей воде рва, увидел Логин бледные и грустные цветы водяного лютика. Плотные, блестящие листья с выемчатыми краями равнодушно и сонно лежали на тусклой воде и не чуяли теплой ласки вешнего воздуха, а больные цветы тосковали и задыхались в своем влажном и душном жилище. Светлый май был им нерадостен, и нерадостно глядели на них глаза тоскующего человека...

Наконец оголтелые и тусклые просторы дороги и полей наскучили Логину. Торопливо покинул он проезжую дорогу и свернул в сторону, по тропе, которая вела в кусты и через них к реке. Запахло сыростью. Еле различимый, кисловатый аромат ландышей опьянял воздух веселыми, безмятежными настроениями. В тени кустов изредка забелели радостные цветы и напоминали Логину беззаботную улыбку Анны Ермолиной. Ему стало вдруг весело и забавно. Он принялся срывать ландыши и сам подсмеивался в душе над собою за такое свое детское занятие. Но чувствовал он, что родственны его душе и эти невинные и безоблачные настроения, — правда, скучноватые, правда, преследуемые каиновою улыбкою злого человека.

Берег подымался. Под ногами Логин а были красные глинистые обрывы.

Ландыши в его руках медленно увядали...

Река делала луку около обрывистого береги; Противоположный

берег был низменный. Там виднелись.; поля. Видна была отсюда и часть города, и зеленые кровли его белых церквей с поволоченными крестами.

Логин поднялся на самую высокую точку берега. Невдалеке увидел он усадьбу Ермолина: деревянный двухэтажный дом с красною железною крышею, весело зеленеющий сад и густо разросшийся парк; дальше, за домом, службы и огород. Он перевел глаза к реке. У края парка, на берегу реки, увидел он женскую фигуру в синем сарафане. Недалеко от нее, по колени в воде, копошился мальчик с удочкою в руках. Логин не различал лиц-он плохо видел вдаль. Но он был уверен, что это Анна Ермолина и ее брат Анатолий. Логин вооружился своим пенсне. Оказалось, что он не ошибся.

Анна сидела на земле; она прислонилась спиною к стволу ивы. Логину видно было только ее ухо и часть спины, но он узнал ее по манере держаться, по медленным и свободным движениям рук, по круглым очертаниям плеч, по всем тем еле уловимым приметам, которые с трудом передаются словами, но так хорошо улавливаются и запоминаются глазом.

Логин перевел вооруженные стеклышками глаза на Анатолия. Мальчик говорил с Анною и улыбался. Лихо поднятый кверху блестящий козырек серовато-белой фуражки открывал смуглое лицо. Освещенный солнцем, уменьшенный расстоянием, ясно видный Логину сквозь стекла, словно обведенный тоненькими, отчетливыми линиями, он казался ярким, как на картинке, на ярком фоне голубой реки и светлой зелени. Его белая блуза была перетянута лакированным темным ремнем с узкою медною пряжкою. Иногда Анатолий выходил из воды и взбирался на который-нибудь из камней у берега. Рядом с темными складками высоко подобранной одежды ноги казались розовыми.

Рыба плохо ловилась. Мальчик даром бродил в холодной еще воде. Но, казалось, он не чувствовал холода. Он привык.

Логин припомнил свое детство, вдали от природы, среди кирпичных стен столицы. Вялы и нерадостны были дни, городскою пылью дышала грудь, суетные желания томили, раздражительна была ложная стыдливость, порочные мечты рано стали волновать воображение. "Вот она, жизнь мирная и ясная, — думал он, — а я, с моим нечистым прошлым, дерзаю приближаться к ним, непорочным".

Злобно взглянул он на ландыши, смял цветы, изорвал их и бросил вниз, к реке. Тихо полетели измятые ландыши, и колыхались в воздухе, и рассыпались по неровностям обрыва. Логин долго смотрел на их погубленную красоту. Он думал: "Не любит современный человек красоты в ее обнаженном аспекте, не понимает ее и не выносит. У нас нервы слишком тонки для такого простого и грубого наслаждения, как созерцание красоты".

Потом он спустился с холма и пошел к парку Ермолина. Внизу, в сыром и темном месте, увидел крупные, желтые цветы курослепа. Усмехнулся недоброю улыбкою, сорвал цветок и всунул его в петлицу пальто; но тотчас же лицо его стало печально, он бросил цветок в траву и облегченно вздохнул.

Анна развилась пышно для своих двадцати лет: плечи у нее «опарные», грудь высокая. Ее нельзя назвать красивою за ее лицо; для строгих типов красоты оно, хоть и миловидное, неправильно, а быть красавицею в русском вкусе ей мешают глаза, большие и красивые, но слишком внимательные, и золотистая смугловатость кожи. Зато под складками ее сарафана угадывается прекрасное, сильное тело. Короткие рукава обнажают стройные руки. Ее ноги слегка тронуты загаром.

Анатолий, мальчик лет пятнадцати, сильный и ловкий, похож на сестру. Его глаза смотрят не по возрасту рассудительно, но и наивно, пожалуй, тоже не по возрасту: мы привыкли видеть в глазах мальчиков тех же лет слишком «понимающее», преждевременное и нехорошее выражение.

Анатолий взобрался на прибрежный камень. Говорил печально:

— Нет, не ловится; ведь вот какая незадача!

— Видно, вчера всю выловил, — сказала Анна-Анатолий потер руками похолодевшие колени и сказал:

— А ведь это дурное дело… жестокое.

— А ловишь, однако, — тихо молвила Анна. Анатолий покраснел слегка, помолчал немного и ответил:

— Да уж заодно, им там в воде тоже несладко: жрут друг друга. Кто сильнее… Знаешь, что мне теперь представляется?

— Ну, что? — спросила Анна.

— Видишь-дерево?

Анна взглянула на иву, которая склоняла над нею свою косматую вершину.

— Вот будто я взлез туда, — рассказывал Анатолий. — А внизу дети крестьянские с белыми волосами глазеют на меня, ртишки разинули. И стало мне грустно…

— Когда же это было? — спросила Анна. Улыбалась и поддразнивала брата притворным непониманием.

— Не было, — я так говорю… Мне это представляется. Анна засмеялась. Анатолий посмотрел на нее упрекающими глазами и сказал:

— Ты-веселая, вся смеешься.

Совсем вышел на берег, бросил свои рыболовные снаряды и лег на траве, у сестриных ног. Солнце клонилось к закату, освещало и грело мальчика.

— А тебе разве не грустно? — спросил он и поглядел снизу в лицо Анны.

Перестала улыбаться. Наклонилась к мальчику и ласкала его. Спросила:

— Отчего грустно?

— Отчего? — переспросил Анатолий. — А вот-там у них вещие сны, колокола, свечи, домовые, дурной глаз, — а мы одни, мы чужие всему этому.

— Не так чтоб уж очень чужие.

— Чужие, чужие! — воскликнул Анатолий. — Ну, наденем мы посконные рубахи, а все-таки не станем ближе к народу. Все только маскарад один.

— Ты, Толька, по внешности судишь.

— Нет, не только по внешности, — весело сказал Анатолий и засмеялся.

— Вот ты и сам рад смеху, как воробей-зернам.

— Нет, ты мне скажи, Нюточка, почему по внешности?

— Конечно... Мы тоже хотим жить по душе, по-Божьи, как они выражаются. Мы всегда будем с народом, хоть и по-разному с ним думаем.

Анатолий повернулся на спину и полежал немного молча.

— Да, с народом, — заговорил он вдумчиво и вдруг быстро переменил тон и сказал с лукавою усмешкою:

Однако с народом-то мы не умеем так заговариваться, как...

Замолчал и засмеялся. Анна пощекотала его пальцами под горлом и спросила:

— Как с кем?

Анатолий со смехом барахтался в траве.

— С кем-нибудь другим, — кончил он звонким от смеха голосом.

— Так ведь с кем о чем можно говорить, — ласково сказала Анна, — у всякой птички свой голосок.

Прислонилась спиною к дереву и мечтательно всматривалась в далекие очертания убегающего берега, словно разнежили ее воспоминания.

— А вот с кем интересно говорить, так это с Логиным, — вдруг сказал Анатолий искренним голосом. Анна зарделась. Живо спросила:

— Почему?

— Да так, — он о разных предметах умеет. Другие все больше об одном: у каждого свой любимый разговор, — заведет свою шарманку, да музыкант... Впрочем, нынче и у него шарманка завелась.

— Что за слово-шарманка!

— А чем не слово?

— А тем, что каждый говорит о том, что ему интересно. Что тут удивительного? Видишь-ива, — вдруг бы на ней огурцы выросли!

Анатолий звонко рассмеялся. И, вдруг возвращаясь к какому-то прежнему разговору, спросил:

— А что, если уже и мы дождемся?

— Чуда? — спросила Анна. — Огурцов с ивы?

— Нет, того, что неизбежно. Какая радостная будет жизнь!.. А вот и Василий Маркович! — весело крикнул Анатолий.

Анна подняла голову и улыбнулась. С берега по узкой тропинке спускался Логин. Спуск был крутой, — Логину приходилось придерживаться за кусты.

Чем ближе подходил он, тем беззащитнее становилось у него на душе. Он чувствовал себя опять, как в самом раннем детстве, простым и свободным.

Анна поднялась ему навстречу. Анатолий побежал к нему с радостною улыбкою.

Логин опустился в а траву рядом с Анною. Анатолий опять улегся на свое прежнее место и рассказал Логину, что они сегодня делали и где они сегодня были. Логин чувствовал на себе обаяние Анниных девственно-нежных глаз. Когда Анатолий окончил свои рассказы, Анна сказала Логину:

— Мы с отцом вчера долго говорили о ваших планах.

— Боюсь только, — грустно отвечал Логин, — что вы приписываете им не то происхождение.

— Почему же? Кажется, ясно: трудно жить среди людей несчастных и не пытаться помочь.

— Нет, не то! Один только страх меня двигает... Служба учительская мне опротивела, капиталов у меня нет, никаких путей перед собою я не вижу, — и ищу для себя опоры в жизни... просто, личного довольства. Ведь не в носильщики же мне идти!

Анна недоверчиво покачала головою.

— Довольства... — начала было она-Впрочем, я не понимаю, почему ваша теперешняя деятельность противна вам? Чего же вы от нее ждали?

— Мне вас, видно, не убедить.

— Я помню, что вы говорили. Но видите, уж у березы ли кора не белая, — а пальцы марает, если ее ломать. Везде есть темные стороны, — но ведь фонарь не гаснет оттого, что ночь темная.

— На мне отяготела жизнь, и умею я только ненавидеть в ней все злое... хоть и сам я не беспорочен.

Логин взглянул в ту сторону, где лежал сейчас Анатолий. Но его там уже не было. Мальчику показалось, что он может помешать разговору. Он незаметно отошел и опять занялся удочками.

— Они знают, что надо делать, — продолжал Логин. — Если бы я знал! А то я как-то запутался в своих отношениях к людям и себе.

Светоча у меня нет... И желания мои странны.

Логин говорил это почти небрежным тоном, с легкою усмешкою, которая странно противоречила смыслу его слов.

— Так вот и видно, — весело сказала Анна, — что не одно личное довольство манит вас.

— Нет, отчего же? Мне порою кажется, что я рад бы обратиться в сытого обрезывателя купонов. Но беда в том, что и денег теперь мне не надо... Мне жизнь страшна. Я чувствую, что так нельзя жить дальше.

— А чем страшна жизнь?

— Мертва она слишком! Не столько живем, сколько играем. Живые люди гибнут, а мертвецы хоронит своих мертвецов... Я жажду не любви, не богатства, не славы, не счастья, — живой жизни жажду, без клейма и догмата, такой жизни, чтоб можно было отбросить все эти завтрашние цели, чтоб ярко сияла цель недостижимая.

— Невозможное желание! — грустно сказала Анна.

— Да, да! — страстно воскликнул Логин. — В жизни должно быть невозможное, и только оно одно имеет цену... Ну, а возможное... Я ходил по всем путям возможного в жизни, и везде жизнь ставила мне ловушки. Красота приводила к пороку, стремление к добру заставляло делать глупости и вносить к людям зло, стремление к истине заводило в такие дебри противоречий, что не знал, как и выйти. Безверие, порок мелкий, трусливый, потаенный, разочарование в чем-то, — и бессилие... Есть запрещенное, — к нему и тянешься... Манят услады сверхъестественные... пусть даже противуестественные. Мы слишком рано узнали тайну, и несчастны... Мы обнимали призрак, целовали мечту. Мы в пустоту тратили пыл сердца... сеяли жизнь в бездну, и жатва наша-отчаяние. Мы живем не так, как надо, мы растеряли старые рецепты жизни и не нашли новых. Вас и воспитывали диковинно: дерзновение отрока умерщвляли в нас, чтобы не вышло из среды нашей мужа.

Анна внимательно слушала, опустив глаза к зеленеющим травкам, ласкающим ее ноги.

— Я не все здесь точно понимаю, — тихо сказала она. — Так много недосказанного. Слишком много страсти и злости. Да и не на всех путях вы были.

"Однако, я исповедываюсь ей", — думал Логин. И дивился он на себя и на откровенность свою. Почему ей, непорочной, говорит он о пороках и доверчиво открывает ей свою душу... нищету своей души? Как все непорочные, она — жестокая...

— И отчего не исполняются надежды? — тоскливо заговорил он.

Анна подняла на него ясные глаза и тихо сказала:

— У нас в лесах цветет теперь много ландышей, белые в прозелень цветы, милые такие. А вам случалось видеть их ягоды?

— Нет, не доводилось.

— Да и мало кто их видел.

— А вы видели?

— Я видела. Ярко-красные ягоды. И никто-то, почти никто их не видит: ребятишки жадные обрывают цветы — и продают.

— Здесь лучше цвет, чем плод, — сказал Логин. — Красота цветка — достигнутая цель жизни ландыша.

Он вспомнил, как за полчаса перед этим мял и рвал ландыши. Он улыбнулся так горько, что Анна почувствовала смутную боязнь. Логин не объяснил, чему улыбается, хоть Анна вопросительно смотрела на него.

Глава третья

Ермолины провожали Логина. Был поздний вечер. Воздух был влажен и прохладен. Поля затуманивались. Неподвижны и грустны стояли придорожные липы. Зеленоватые цветы бузины пахли странно и резко. Травы дремали, кропя росою босые ноги Анны и Анатолия.

От столбовой дороги, в полуверсте от городской черты, отделялась неширокая, мощенная щебнем дорога. По ней до усадьбы Ермолина было около версты. Саженей за сто до усадьбы дорога обращалась в аллею — старые липы росли по обеим сторонам. За ними по одну сторону были пашни, виднелась деревенька Подберезье. По другую сторону, к городу, ряд лип был границею парка, раскинувшегося широко от дороги. В парке были пруды в виде озерок и речек, через которые переброшены мостики, были густые рощицы и веселые лужайки. За парком начинался сад. Между парком и садом, за рядом придорожных лип и небольшою площадкою, стоял дом с широкой террасою в сад. Высокий частокол охватывал двор, службы и сад, так что с дороги виден был только фасад дома с двумя балконами на концах второго атажа и с подъездом посредине. Парк огораживали только кусты акаций, — вход в него был свободен, и горожане иногда приходили сюда гулять. Впрочем, очень не часто, — далеко от города.

— Вы бываете у Дубицкого? — спросил Ермолин.

— Редко, да и то с неохотою, — ответил Логин. Ермолин засмеялся. Смех его был всегда заразительно веселый, звонкий. Да и весь он был крепкий. Плотный стан, сильные руки, борода лопатою, — и подвижное лицо, богатое разнообразием выражений, вдумчивые, проницательные глаза и характерные складки хорошо развитого лба- все обличало человека, который одинаково работает и мускулами, и нервами. Дети оба на него похожи-

— А ведь он вас хвалит! — сказал он Логику.

— Дубицкий? Удивительно!

— Как же! Он говорит, что вы один из всех здесь его понимаете. Ему кто-то передал, — пояснил Ермолин, — будто вы говорили: все здесь слабняки да лицемеры, один только, мол, Дубицкий хорош.

— Вы иногда говорите то, чего не думаете, — сказала Анна с трудно скрываемым волнением, и глаза ее зажглись.

Логин смотрел на ее ярко запылавшие щеки, — и гордая радость шевельнулась в нем, Бог весть о чем.

— Что ж, — сказал он, — Дубицкий все же выделяется.

— Еще бы! — воскликнула Анна. — Да и как выделяется.

— Хоть он и гнетет своих детей, — продолжал Логин, — да и сам железный. А то нынче у всех нервы…

— А раньше их не было?

— Люди, как и прежде, — сожрать друг друга готовы, а сами все гибкие, как вербовые хлыстики. Этот, по крайней мере, смеет быть жестоким откровенно.

— Так вот, — заговорил Ермолин опять, — у меня к вам просьба: авось вам и удастся то, о чем я вас попрошу.

— С удовольствием, если сумею, — ответил Логин.

— Дело вот в чем: есть в нашем уезде учитель Почуев. Он недавно кончил в здешней семинарии. Юноша скромный и добросовестный, хоть пороху не выдумает. Вот теперь его увольняют от службы за то, что подал руку Вкусову.

Логин удивился. Спросил:

— Исправнику? За это?

— Вас удивляет? Видите, какие случаи возможны в глуши. Учитель неопытный. Приехал к нему в школу исправник. Почуев первый протянул руку. Исправник раскричался — как смел забыться такой молокосос: должен был дожидаться, когда начальство протянет руку. Почуев возразил что-то. Это приняли за дерзость. А какая там дерзость, — просто переконфузился юноша, что кричат на него перед учениками. Теперь решено его уволить.

— Как это глупо! — воскликнул Логин.

— От Дубицкого тут много зависит, — продолжал Ермолин, — он, как предводитель дворянства, председательствует в училищном совете. Он может отстоять учителя, — если захочет.

— Да его ведь уже уволили?

Ну, могут опять назначить… хоть в другую школу, если в ту же нельзя. Вот мы с Нютою подумали, да и решили попросить вас зайти к Дубицкому и попытаться как-нибудь это устроить.

— Я с удовольствием, — отчего не попытаться. Да стоит ли?

— Ну, как не стоит, — где и когда он пристроится? А Дубицкого можно уговорить — он не благоволит к Вкусову… Съездил бы и я к нему, да он меня не любит: испорчу только своим вмешательством.

Ермолин усмехнулся добродушно и грустно.

— Хорошо, я схожу, если вы находите...

— Уж вы, пожалуйста, постарайтесь, — ласково сказала Анна, сжимая руку Логина.

Ее лучистые глаза доверчиво и нежно глянули на него, — и показалось Логину, что они смотрят прямо в заветную и недоступную глубину его души. И ответная чистая радость поднялась в нем и блеснула на миг в загоревшемся внезапно огне его мечтательно-утомленного взора.

Ермолины простились с Логиным... Он остался один. Влажная вечерняя тишина наполняла его светлою печалью. Отрывками вспоминались сегодняшние разговоры, — и воспоминания проносились медленно, как клочья облаков на небе, слегка озвездившемся, светло-синем с зеленоватыми краями. Один образ стоял перед ним неотступно, как небо, которое многократно просвечивало сквозь клочья облаков, — образ Анны. Очарование веяло от него... Но чем дальше уходил Логин, тем больнее разгоралась в его душе отрава старых сомнений. Мечта о счастии мучительно умирала, мимолетная, радостная, — и ненужная...

Логин думал о счастии того, кто полюбит Анну и кого она полюбит. Был теперь уверен в том, что для него это счастие недоступно. Да и не нужно оно ему. Сердце его холодно, — и никакой обман жизни не имеет над ним власти. Не может он полюбить, — и нечем ему возбудить любви! Одиноко догорит его жизнь. Порочно и холодно его сердце. Мысль отвергает плотскую любовь и всякое вожделение. Все желания имеют одинаково незаконную природу — и узаконенные обычаем, и тайные. Все они возникают из суетного стремления к расширению своей личности, призрачной, вечно текущей и обреченной на уничтожение. Горе вожделеющим, горе тем, кто надеется! Всякая надежда обманет, и всякое вожделение оставит по себе тягостный угар. Но и счастливы только желающие, — потому что всякое счастие — обман и мечта. Кто понял жизнь, тот ей рад и не рад, и отвергает счастие.

Но все же сладко было мечтать об Анне. Не было зависти к чужому счастию, к наивному счастию того, кто возьмет ее в жены.

Анна вошла в отцов кабинет. Она вся была простая и чистая, как вода нагорного ключа. Густая коса ее была распущена и опускалась до пояса.

Было поздно. Ермолин сидел и просматривал газеты: почта пришла утром, но Ермолин весь день был занят. На тяжелом письменном столе с потертым зеленым сукном светло горела под зеленым колпаком стеклянная на бронзе лампа. Все здесь было просто и скромно. Широкие окна давали днем много света. По стенам теснились открытые шкафы с книгами, расставленными тесно, по форматам, на передвижных полках, так что над книгами не оставалось пустых мест. Диван, обитый сафьяном, несколько кресел и стульев, по стенам несколько фотографий в ореховых резных рамках, — и нигде ничего лишнего, никаких украшений и безделушек-Анн а придвинула стул и села рядом с отцом. У нее, как и у Анатолия, была привычка каждый вечер приходить к отцу. Их беседы наедине, то краткие, то продолжительные, бывали похожи на исповеди. Беспощадная откровенность, строгий суд. Анна рассказывала впечатления дня. Это почти заменяло дневник. Ее дневники были кратки. Это были только памятные заметки, беглые намеки: одно слово обозначало целое событие, сжатые формулы вмещали ряд мыслей. Только для нее самой были понятны краткие записи в тоненьких синих тетрадках.

— Я почему-то все думаю о Логине, — сказала Анна.

— Я люблю его, — отвечал Ермолин, — но мало я в него верю.

— В нем большая борьба. Гроза, которая еще не надвинулась: не то зарницы, не то молнии...

— Не то гром, не то стучит телега, — докончил Ермолин с улыбкою.

— Да, вот ты шутишь, — а ведь ему в самом деле тяжело. Он тянется в разные стороны и видит две истины разом. У него всё противоречия, — и не хочет скрывать их.

— Или не умеет. Умственная леность.

— Скорее смелость. Он как коршун, который захватил в каждую лапу по цыпленку, и не может подняться с обоими, и не хочет бросить ни одного, и бьется крыльями в пыли. Он не овладел целою истиною.

— И не овладеет, сухо сказал Ермолин.

Почему? спросила Анна и быстро покраснела.

— Да потому, что в нем нет настоящей силы.

— А мне кажется...

— Он рассуждает иногда верно, и дело его будет сделано, может быть, но другими. Сам он-лишний.

— Ах, нет! В нем-то и есть сила, только скованная.

— Чем?

— Сама на себя разделилась. Но это настоящая сила. Ермолин улыбнулся.

— Посмотрим, в чем она скажется.

— В нем много злого... порочного, — тихонько сказала Анна, точно это слово обжигало ей губы. — Ему нужен порыв, подъем духа, — может быть, нужно, чтоб кто-нибудь зажег его душу.

— Не ты ли?

Анна покраснела и засмеялась.

Аннина спальня во втором этаже. В ней окна оставались открытыми во всю ночь.

Утром над постелью пронеслись влажные и мягкие веяния. Анна проснулась. Окна розовели. Солнце еще не взошло, но уже играла заря. Было свежо и тихо. Чирикали ранние птицы. Анна быстро встала и подошла к окну.

Томность развивалась в ее теле. Холодок пробегал под ее тонкою одеждою.

Под окном стояла березка. Ее сочные и тонкие ветки гнулись. Сад еще слегка туманился. На светлом небе алели и тлели тонкие тучки.

Анна вышла в сад. Никто не встретился. Шла босая по сыроватому песку дорожек. Охватил утренний радостный холод. Кутала плечи в платок. Хотелось идти куда-то далеко, — а глаза еще порою смыкались от недоспанного сна. Вышла через калитку из сада и шла парком, по росистой тропе между кустами бузины. Запах цветов бузины щекотал обоняние...

Солнце всходило: золотой край горел из-за синей мглы горизонта. Анна взошла на вершину обрыва, туда, где вчера Логин измял собранные им ландыши. Дали открывались из-за прозрачного, розовато-млечного тумана, который быстро сбегал. Сырость и холод охватили Анну. Было весело. И грусть примешивалась к веселости. Все было вместе: и радость жизни, и грусть жизни. В теле разливалась холодная, бодрая радость; на душе горела грусть. Мечты и думы сменялись...

Река с розовато-синими волнами, и белесоватые дали, и алое небо с золотистыми тучками — все было красиво, но казалось ненастоящим. За этою декорациею чувствовалось колыхание незримой силы. Эта сила таилась, наряжалась, — лицемерно обманывала и влекла к погибели. Волны реки струились, тихие, но неумолимые.

"Какая сила! — думала Анна. — Бесполезная, равнодушная к человеку... И все к нам безучастно и не для нас: и ветер, бесплодно веющий, и звери, и птицы, которые для чего-то развивают всю эту дикую и страшную энергию. Ненужные струи, покорные вечным законам, стремятся бесцельно, — и на берегах вечнодвижущейся силы бессильные, как дети, тоскуют люди"...

Дома Анну встретила тоненькая, смуглая девушка с резкими, угловатыми движениями и неприятно-громким смехом. У нее черные брови; густые черные волосы заплетены в косу, которую она обвила вокруг головы. На ее худощавых щеках играет густой румянец. Это — дочь бывшего здешнего чиновника Дылина; он был исключен из службы за запойное пьянство, служил потом волостным писарем, но и оттуда его удалили за неумеренные поборы с крестьян; пристроился наконец писцом у "непременного члена". Недавно умер от перепоя. Осталась жена и девять человек детей. Вся эта ватага жила в маленьком домике, на одном дворе с квартирою Логина.

Девица, которая явилась теперь, ранним утром, к Анне, — старшая из детей. Зовут ее Валентиною Валентиновною или, сокращенно,

Валею, что к ней больше идет: очень еще она юна и шаловлива. Она после смерти отца получила место учительницы в сельской школе, близ усадьбы Ермолина. Теперь она шла в свою школу из города, где была с вечера у матери.

Смерть отца была для Валиной семьи счастием: он не пропьет теперь жениной одежды и не переколотит дома всего, что ни попадет под пьяную руку. А чувствительные городские дамы пришли на помощь сиротам, пристроили Валю, определили двух ее подростков-братьев на инженерные работы, которые производились близ нашего города, и наделяли семью и одеждою, и пищею, и деньгами. Ермолиных Дылины считали в числе своих покровителей и потому забегали к ним в чаянии получить какую-нибудь подачку или работу. И теперь на Вале надеты подаренные Анною красная кофточка и синяя юбка. Башмаки, купленные для нее Анною, Валя оставила в городе; здесь она ходит босая, из подражания Анне и по привычке из детства.

— Вот, Валя, — сказала Анна, — вы целый год живете рядом с Логиным-то-то вы его, должно быть, хорошо знаете.

— Ну да, — ответила Валя с резким смехом, от которого Анна слегка поморщилась, — где там его узнаешь!

— А что ж? — спросила Анна. — Однако как ты смеешься, Валя!

Валя покраснела и перестала смеяться. Она относилась к Анне с некоторою робостью и почитанием и старалась подражать ей во всем.

— Да Василий Маркович такой неразговорчивый, объяснила она. — И гордый очень. И смотрит как-то так...

— Как же?

— Да как-то уныло, и точно он презирает.

— Ошибаешься, Валя: он не гордый и никого не презирает.

— Только я его боюсь.

— Что ж в нем страшного?

— Да у него глаз дурной.

— Что ты, Валя, — что это значит?

— Ну вот, посмотрит и сглазит.

— Ах, Валя, а еще учительница!

— Да правда же, Анна Максимовна, есть такие глаза. Уж это у человека кровь такая. Он и сам не рад, да что ж делать, коли кровь...

— Перестань, пожалуйста.

— Вот, вы ни в чох, ни в сон не верите.

— Какая ты еще неразумная девочка, Валя!

— Какая я девочка! Мне уж скоро двадцатый пойдет.

— То есть недавно восемнадцать исполнилось, и ты еще лазаешь по заборам. Где это ты приобрела?

Анна взяла Валину руку, на которой через всю ладонь проходила красная, узенькая, совсем еще свежая царапинка.

— А это я об мотовиловский забор, — без всякого стеснения объяснила Валя.

— Как же это так?

— А мы за сиренью ходили.

— В чужой сад, через забор, воровать цветы! Валя, как вам не стыдно!

Валя покраснела и хохотала.

— Ну так что ж такое! — оправдывалась она. — Цветы все крадут, даже комнатные, примета есть — лучше растут. Да и куда им сирень, у них много, даром отцветут.

— А если поймают?

— Не поймают, — убежим.

— И вы опять и нынче, как в прошлом году, будете бегать с братьями и сестрами воровать чужой горох? Право, Валя, я совсем на вас рассержусь.

— Да ведь какой же кому убыток, если возьмем по горсточке гороху?

— По горсточке! Полные подолы!

— Ведь это же только для забавы: мы у них, они у нас могут. На репище да на гороховище все ходят.

— Иди, — я совсем сердита.

— Ну я больше не буду, право, не буду, — говорила Валя, смеялась и ластилась к Анне.

— То-то же, а то лучше и на глаза мне не показывайся. А теперь похлопочи-ка о самоваре.

Валя послушно побежала. Она была рада услужить и никогда не отказывалась, какую бы работу ни задавала ей Анна. Сегодня ей хотелось еще рассказать скандальную историю, но она еще не знала, как подступить к рассказу: Анна не любила сплетен.

Глава четвёртая

Логин сидел у Анатолия Петровича Андозерского, в кабинете, убранство которого обличало тщетные претензии на вкус и оригинальность.

Сквозь закрытые окна, за низенькими, сероватыми домишками, виднелось багровое зарево заката.

Андозерский, плотный, упитанный, лет тридцати трех-четырех, с румяными пухлыми щеками и глазами немного навыкате, неопределенного цвета, был одет в серую тужурку, которая плотно охватывала его жирное тело. Он и Логин были товарищами по гимназии и университету. Юноша Андозерский, наклонный к самохвальству, был неприятен Логину, который всегда бывал неловок и застенчив. Но в учебные годы все-таки им приходилось встречаться часто, даже горячо спорить. Через несколько лет судьба опять свела их. Андозерский уже года три занимал место уездного члена окружного суда.

— Дивлюсь я на тебя, дружище, — говорил Андозерский. — Прожил ты здесь без малого год, жил затворником, — и вдруг принимаешься, ни с того, ни с сего, туманными проектами горы двигать. Ну скажи, пожалуйста, что из этого может выйти?

Логин лениво усмехнулся и сказал:

— Да я тебя и не приглашаю, — вижу, что это не в твоем вкусе.

— Знаю, что не приглашаешь, да сам-то ты... Говоря откровенно, дружище, наше общество еще, слава Богу, не готово к этим штукам. У нас коммунизм и анархизм не ко двору.

— Помилуй, Анатолий Петрович, что ты говоришь! Какой там коммунизм! Эк тебя, куда ты вывез!

— Полно, дружище, нечего притворяться, — знаю ведь я, куда ты гнешь. Только вот увидишь, — попомни мое слово, — твои же тебя выдадут,

— Право, ты ошибаешься, — выдавать нечего: у нас нет секретов, — Андозерский недоверчиво хмыкнул.

— Ну, ваше дело. Только не надейся. Тебе ведь общество для отвода глаз нужно, — только бы позволили вам собираться. А там вы и заварите кашу.

— Анатолия Петрович, да не смеши ты, сделай милость, — досадливо возражал Логин. — Ничего такого ни у кого из нас и в мыслях нет, уверяю тебя. Что я за бунтарь? Да кто тебе говорил такие вещи?

— Сорока на хвосте принесла. Ну, да что тут... Что терять золотое время, — выпьем-ка, дружище, закусим чем Бог послал, — за стаканчиком доброго винца веселее говорится.

Андозерский встал, сладко потянулся и сощурил глазки, как разбуженный жирный кот: так и казалось, что вот он сейчас замурлычит.

— Пойдем-ка, брат, в столовую, — пригласил он Логина.

Логин а коробило и от ухваток и от слов Андозерского. Он удивлялся себе: зачем он ходит к этому неумному и неинтересному человеку? Однако, после нескольких стаканов, — а вино на самом деле было хорошо, в атом Андозерский знал толк, — Логину мало-помалу перестала казаться неприятно-пошлою рослая фигура хозяина. Даже отпечаток недалекого "себе на уме" в самодовольных чертах Андозерского теперь как будто изгладился: сидел черед Логиным только добродушный, жизнерадостный человек. Конечно, — Логин это ясно помнил, — этому добродушному и недалекому малому пальца в рот не клади, но это не мешает ему быть милейшим человеком.

— Ведь я, дружище, женюсь скоро, — откровенничал Андозерский.

— На ком? — полюбопытствовал Логин.

— На ком именно, сказать теперь, видишь ли, пока еще трудно.

Логин засмеялся:

— Это, значит, еще долгая песня.

— Да вовсе нет, чудак ты этакий: дело на мази.

— Сколько же у тебя невест?

— Стой, подожди, расскажу все по порядку. Их, видишь ли, три, то есть настоящих, стоящих внимания, три, — а вообще-то невест здесь непочатый угол. Женим, дружище, ужо и тебя. А теперь выпьем-ка за моих невест!

Он налил опустелые стаканы. Чокнулись.

— Да здравствуют твои три невесты! — пожелал Логин. — И пусть тебя повенчают разом со всеми. Андозерский захохотал.

— Уж чего бы лучше: выбирать не надо, и выгоды вместе. Да, брат, жаль, что у нас не Магометов закон: три жены, да каждая с приданым, славненький вышел бы гаремчик. Да нельзя, — гаремчик только из картинок завести можно. Кстати, покажу-ка я тебе штучку, — кажется, ты ее у меня еще не видел.

Андозерский порывисто поднялся, ушел с веселым ржаньем в кабинет и минуты через две вернулся с пачкою фотографических карточек. Логин просмотрел их с равнодушною усмешкою.

— А? Что? — спрашивал Андозерский. — Ведь пикантно, не правда ли?

— Да, но только все это наивно, элементарно.

— Ну, чего ж тебе еще! — обидчиво сказал Андозерский и собрал карточки.

— Однако, что ж твои невесты? — спросил Логин.

— Невесты? А вот, во-первых, Нюта Ермолина, славная девочка. Жаль только, воспитана странно. А прилагательное изрядное. А, что скажешь?

— Милая девушка, — неохотно сказал Логин.

— Уж ты, брат, сам не втюрился ли?

Андозерский подмигнул Логину и изобразил на своем лице лукавство, что мало шло к его пухлым щекам и невыразительным глазам.

— Смотри, не вздумай отбивать: ты туда что-то повадился.

— Ну, где повадился,

— Она ведь не в твоем вкусе.

— А ты как мой вкус знаешь?

— Да уж знаю. Она не по тебе, — с придурью девчонка и шустрая; ей нужен муж с характером, практический, — а то, дружище, как два мечтателя поженятся, так проку мало.

— Помилуй, с чего я буду отбивать у тебя невест: похож ли я на Дон

Жуана!

— Кто вас знает, мечтателей: в тихом омуте черти водятся. Ты, впрочем, и не думай: ничего тебе не очистится, — девочка, я тебе доложу, в меня по уши врезалась, — как встретимся где, так у нее глазенки и засверкают.

— Вот как! Ну, поздравляю, — сказал Логин с усмешкою.

"Глазенки засверкают, — думал он, — да только отчего?"

Андозерский развалился на спинку стула и самодовольно приглаживал пестрый жилет, прикрывающий брюшко умеренно-солидных размеров.

— Да, брат, это уж доподлинно исследовано мною, — продолжал он. — Приходи хоть завтра, — выскочит с руками и ногами. Ну, да я еще посмотрю и посравню. Другие две, пожалуй, попрелестнее будут, хоть и победнее.

Логин торопливо и маленькими глотками прихлебывал из стакана.

"Всякая муха, — думал он, — может карабкаться своими нечистыми лапками всюду, куда ей вздумается!"

— Номер второй, — продолжал Андозерский, — Неточка Мотовилова, — премиленькая барышня, не правда ли?

— Да, мила и Неточка, — лениво ответил Логин. — У нее и призвание есть.

— К чему? — спросил Андозерский с некоторым даже испугом.

— Выйти замуж.

— То-то... Ее папенька, сказать тебе по правде, изрядный плут, — конечно, это между нами.

— Да уж не пойду сплетничать.

— Кстати, они тобою огорчаются.

— Кто?

— Да Мотовиловы. Зачем ты их Петьке двойки лепишь.

— Ну, уж ато...

— У других-то ведь он тянется. Да ато, конечно, твое дело. А все бы лучше... Вот кабы ты за Неточкой приударил, так, небось, и к братцу был бы помилостивее. Славная девочка, черт возьми... У папеньки состояньице кругленькое, хотя и нечисто нажито.

— Жаль только, что на много частей делить придется.

— Ну, это ничего, всем хватит. А ведь помнят старожилы, как лет двадцать пять назад он появился сюда в рваной шинелишке, в истасканных сапожишках, — прохвост прохвостом. Был управляющим одной питерской дуры-та ему вверилась: ведь он и теперь мастер о добродетелях говорить. На словах блажен муж, а на деле всукую шаташася, как говорят семинаристы.

Андозерский захохотал.

— Славный был у нее лесок, — извел начисто, а денежки прикарманил. Потом женился на богатой вдовушке. Что-то уж очень скоро она окочурилась, а капиталы ему завещала. Женился на другой. Много о нем еще скверного толкуют. Говорят, что и завещание-то было подложное. Даже совсем невероятные вещи рассказывают.

— И такого-то человека ты хочешь иметь тестем! И за таким приданым погнался!

Логин встал со своего места и прошелся по комнате. Уже давно чувствовал он к Мотовилову странное отвращение. Лицемерною казалась Логину вся его повадка. И в гимназии, и в городе он намозолил глаза Логину: был он человек заметный и довольно неугомонный, и везде воскуряли ему горожане фимиам почтения. Наконец, самого имени Мотовилова не мог слышать Логин без раздражения.

— Мало ли что! — досадливо говорил Андозерский. — Ведь и ты, небось, не отказался бы от хорошенького кушика? Дочка его ни при чем. Она премиленькая. Вот мы возьмем да за нее и выпьем.

Андозерский принялся перебирать бутылки и глубокомысленно рассматривал каждую на свет. Он приостановил свой рассказ и принял такой вид, будто слова Логина ему не понравились: румяные щеки его вытянулись настолько строго и солидно, насколько позволяла их сытая припухлость; выпуклые глаза сердито поглядывали в ту сторону, где остановился у окна Логин. Он выбрал вино подешевле, маркою пониже, и пробормотал сквозь зубы:

— Вот мы этого попробуем, это — тоже доброе винцо. Логин усмехнулся.

— Ну, так как же, однако, твои дела в этом пункте?

— Известно, дружище, девочка на меня уже давно засматривается.

— Ого, да ты победитель!

Андозерский опять оживился и весело заговорил:

— Тут, брат, из-за меня барышни чуть не дерутся, маменьки тоже так и думают, как бы в женихи изловить. Другой давно бы испекся, да я, брат, сноровку знаю, — меня не обманешь... Ну, а что до Неточки, — так здесь и папенька очень бы рад со мною породниться, — ему это пригодилось бы.

— Да?

— Есть дела... Ну, да что тут... Наконец, есть и третий номер. Тоже невеста хоть куда, — Клавдия Кульчицкая. Энергичная девушка и неглупая.

— Да, поумнее нас с тобою.

— Ну, где там, — важно ответил Андозерский, — но очень неглупая. Она мне на днях сказала: с вами можно жить, вы не злой. Очень страстная барышня, — боюсь, как бы не сбежала.

— От тебя?

— От меня не убежит! Боюсь, как бы ко мне не сбежала с бухты-барахты. Уж слишком фантастическая девица!

Того гляди, явится, скажет: твоя навеки. А я еще не решил, кто лучше.

— Вот оно что! Но, однако, с чего же бы ей бежать? Ведь она совершеннолетняя?

— Да так, взбалмошная такая: вздумает, да и весь сказ. Свой капиталец имеет, — от отца осталось. Маменька опекуншей была и порастрясла дочкины денежки. С Палтусовым спуталась. Он ей такой же брат, какая ты мне жена.

Андозерский радостно засмеялся своему сравнению.

— Он, — продолжал Андозерский, — из нигилистов. И хвост у него замаран. Говорят, ему скоропалительно пришлось оставить службу: не то проврался, не то проворовался. Впрочем, успел сколотить копеечку. Сперва широконько пожили, по заграницам околачивались. Теперь сократились. Он за аферы принялся, — в большом секрете, — и очень практично ведет дела, хоть и не совсем чисто. Ума-палата.

— А "умный человек не может быть не плутом"?

— Само собой! Нос у него собакой натерт... И по амурной части малый не промах. Врезался в Клавдию, — маменька-то ему уж понадоела. Мать ревнует, а дочка их обоих злит напропалую. Вот ты мне что, дружище, скажи-чем это Клавдия прельщает? Ведь не красавица: зеленоглазая, бледная, волоса какие-то даже не черные, а синие, — что в ней?

— Что в ней? — задумчиво переспросил Логин. — Прелесть неизъяснимая, манящая, что-то загадочное и гибкое.

— Именно, гибкая, как кошка. И презлая.

Просидели далеко за полночь, беседуя то о настоящем, то о прошлом, — больше о настоящем: общих воспоминаний было немного. Логин больше слушал, Андозерский рассказывал, больше о себе, а если и о других, то всегда так, что он сам стоял на первом месте. Он принадлежал к числу людей, которые скучают, когда речь идет не о них, и которые сердятся, когда их не хвалят или когда хвалят не их.

Была теплая и светлая ночь, когда Андозерский вышел на крыльцо за Логиным. Их шаги и голоса звучно раздались в чуткой тишине улицы. Андозерский доволен был своим внимательным слушателем и интересным для него самого разговором, а маленькие шероховатости забылись под влиянием того особого прилива приязни, который всегда ощущают хозяева, когда провожают засидевшихся гостей.

— Проводил бы тебя, — говорил он, — погода славная, и покалякать с тобой приятно, — да налимонился уж я очень. Поскорей спать завалиться.

От излишне выпитого вина Логин чувствовал легкое головокружение. Неясные очертания домов, заборов, деревьев колебались, как бы зыблемые ветром. Но прохлада ночи ласково обнимала его и успокаивала горячую голову; ласково смотрел склонившийся на запад месяц, над крушением диких мыслей возникший сладким веянием восторга. Логину становилось необычайно легко и весело: новые силы закипали, в сердце тихо звенели неведомые, таинственные струны, словно прозрачная песня рождалась в нем, наполняя его очарованием голубой мелодии.

Логин прошел длинный и шаткий мост. Тонкие устои жалобно роптали на что-то речным струям. Логин повернул по высокому берегу, где тянулись заборы садов и огородов. Задумавшись, миновал он поворот на ту улицу, по которой следовало ему выйти к своему дому, — и шел дальше.

Здесь было совсем пустынно. Огороды и сады еще продолжались на этом берегу, а за рекою начинались нивы и леса. В воздухе были разлиты теплые и влажные благоухания. Река журчала по кремнистому руслу, мелкому и широкому. Издали доносился шум и плеск струй у мельничной запруды, где жили, таясь на дне, зеленоволосые и зеленоглазые русалки. В безоблачно-светлом, синем море небес сверкали архипелаги звезд. Ночной полумрак сгущался вдали и ложился мечтательными очертаниями, а туман за рекою окутывал нижнюю часть рощи, из которой выступали вперед и темнели отдельные кусты.

Логин заметил, что зашел далеко. Осмотрелся и сообразил, что стоит у сада Кульчицкой. Высокие деревья из-за забора смотрели внимательно, и ветви их не шевелились.

Логин прислонился спиною к забору и глядел на зыбкий туман. Что-то жуткое происходило в сознании. Казалось, что тишина имеет голос, и этот голос звучит и вне его, и в нем самом, понятный, но непереложимый на слова. Душа внимала этому голосу, и растворялась, и утопала в бесконечности...

Это ощущение овладело уже не первый раз Логиным. Были в жизни проникновенные минуты, когда казались легко разрешимыми вопросы бытия, такие грозные, так мучительно непонятные в другое время. Он сознавал себя воистину слившимся с миром, который перестал быть внешним, — и минута была полна, как вечность. И все в этом мире, теснясь в его душу, сливалось и примирялось в единстве, которое показалось бы нелепым в другое время: звуки принимали окраску, запахи-телесные очертания, и образы звучали и благоухали; розовый пряный шепот реки, голубое сладкое вздрагивание веток березы, и зеленые горькие вздохи ветра, и темно-фиолетовые солоноватые отзвуки спящего города обнимали и целовали его, как шаловливые эльфы. Это было безумие, радужное, острое и звонкое, — и душе сладко было растворяться и разрушаться в его необузданном потоке.

А в саду слышались шаги, шорох платья, тихий говор: шли и

говорили двое. Вот шаги затихли, заскрипела доска скамейки, говор смолк на минуту... Опять послышались звуки слов, но слова были неуловимы для слуха. Только иногда то или другое слово различалось. Мечта влагала в эти звуки свой смысл, сладкий и томный. Логину не хотелось уходить.

Страстный женский голос, мечталось Логину, говорил:

— Влечет меня к тебе любовь, и сердце полно радостью, сладкою, как печаль. Злоба жизни страшит меня, но мне любовь наша радостна и мучительна. Смелые желания зажигаются во мне, — отчего же так бессильна воля?

— Дорогая, — отвечал другой голос, — от ужасов жизни одно спасение-наша любовь. Слышишь-смеются звезды. Видишь-бьются голубые волны о серебряные звезды. Волны-моя душа, звезды-твои очи.

Клавдия говорила в это время Палтусову неровным и торопливым голосом, и ее сверкающие глаза глядели прямо перед собою:

— Вы все еще думаете, что я для вас пришла сюда? Злость меня к вам толкает, поймите, одна только злость — и больше ничего, решительно ничего, — и нечего вам радоваться! Нечему радоваться! И зачем вы меня мучите? Я посмела бы, знайте это, я все посмела бы, но не хочу, потому что мне противно, ах противно, и вы, и все в вас.

Палтусов наклонился к Клавдии и тревожно заглядывал в ее глаза.

— Дорогая моя, — сказал он слегка сипловатым, но довольно приятным голосом, — послушайте...

Клавдия быстро отодвинулась от Палтусова и перебила его:

— Послушайте, — в ее голосе зазвучала насмешливая нотка, — словечки вроде "дорогая моя" и другие паточные словечки, которыми вы позаимствовались у Ирины Авдеевны, кажется, — вы можете оставить при себе или приберечь их... ну, хоть для вашей двоюродной сестрицы.

— Гм, да, то есть для вашей маменьки, — обидчиво и саркастически возразил он, — для обожаемой вами маменьки.

— Да, да, для моей маменьки, — тихо отвечала она. И злоба, и слезы послышались в ее голосе. Голоса на минуту замолкли; потом Палтусов снова заговорил, — и снова прислушивался Логин к лживому шепоту мечты.

— Прочь сомнения! — звучал в мечтах Логина голос любимого ею, — пусть другим горе, возьмем наше счастье, будем жестоки и счастливы.

— Я проклинаю счастье, злое, беспощадное, — отвечала она.

— Не бойся его: оно кротко уводит нас от злой жизни. Любовь наша-как смерть. Когда счастием полна душа и рвется в мучительном восторге, жизнь блекнет, и сладко отдать ее за миг блаженства, умереть.

— Сладостно умереть! Не надо счастия! Любовь, смерть-это одно и то же. Тихо и блаженно растаять, забыть призраки жизни, — в восторге сердца умереть!

— Для того, кто любит, нет ни жизни, ни смерти.

— Отчего мне страшно и безнадежно и любовь моя мучит меня, как ненависть? Но связь наша неразрывна.

— Горьки эти плоды, но, вкусив их, мм будем, как боги.

А в саду говорили свое.

— Поверьте, Клавдия, вас терзают ненужные сомнения. Вам страшно взять счастье там, где вы нашли его. Ах, дитя, неужели вы еще так суеверны!

— Да, счастие мести, проклятое счастие, и родилось оно в проклятую минуту, — со сдержанною страстностью отвечала Клавдия.

— Поверьте, Клавдия, если бы вы решились отказаться от этого счастия, которое вы проклинаете, — однако вы его не отталкиваете, — а если б… о, я нашел бы в себе достаточно мужества, чтоб устранить себя от жизни, — жить без вас я не могу.

— Умереть! Вот чего я больше всего хочу! Умереть, умереть! — тихо и как бы со страхом сказала Клавдия, и замолчала, и низко наклонила голову -

На губах Палтусова мелькнула жесткая усмешка. Он незаметным движением закутал горло и заговорил настойчиво:

— Перед нами еще много жизни. Хоть несколько минут, да будут нашими. А потом пойдем каждый своею дорогою-вы в монастырь, грехи замаливать, а я… куда-нибудь подальше!

— Ах, что вы сделали со мною! Противно даже думать о себе. Я и не была счастлива никогда, — но была хоть надежда, — пусть глупая, все же надежда, — и я веровала так искренно. И все это умерло во мне. Пусто в душе — и страшно. И так быстро, почти без борьбы, вырвана из сердца вера, как дерево без корней. Без борьбы, но с какою страшною болью! Любить вас? Да я вас всегда ненавидела, еще в то время, когда вы не обращали на меня внимания. Теперь еще больше… Но все-таки я, должно быть, пойду за вами, если захочу выместить вам всю мою ненависть. Пойду, а зачем? Наслаждаться? Умирать? Тащить каторжную тачку жизни? Я читала, что один каторжник, прикованный к тачке, изукрасил ее пестрыми узорами. Как вы думаете, зачем?

— Какие странные у вас мысли, Клавдия! К чему эта риторика?

— К чему, — растерянно и грустно повторила она, — к чему он это сделал? Ведь это ему не помогло, — с участливою печалью продолжала она, — тачка ему все же опротивела. Он умолял со слезами, чтобы его отковали. Мало ли кто чего просит!..

— Поверьте, Клавдия, настанет время, когда вы будете смотреть на эти ваши муки как на нелепый сон, — хоть все это, не спорю, искренно, молодо... Что делать! Плоды древа познания вовсе не сладки, — они горькие, противные, как плохая водка. Зато вкусившие их станут, как боги.

— Все это слова, — сказала Клавдия. — Они ничего не изменят в том, что с нами случится. Довольно об этом, — пора домой.

В мечтах звучало:

— Мимолетно наслажденье, радость увянет и остынет, как стынут твои руки от ветра с реки. Но мы оборвем счастливые минуты, как розы, — жадными руками оборвем их, и сквозь звонкое умирание их распахнется призрачное покрывало, мелькнет пред нами святыня любви, недостижимого маона... А потом пусть снова тяжело падают складки призрачного покрова, пусть торжествует мертвая сила, — мы уйдем от нее к блаженному покою..

— В душе моей трепещет неизъяснимое. Что счастие и радости, и земные утехи, бледные, слабые! Наивная надежда так далека, так превысил ее избыток моей страсти! Детская вера упраздняется совершеннейшим экстазом недостижимой любви. Память минувшего, исчезни! Рушатся, умирают тени и призраки, душа расширяется, яснеет, — без борьбы свергаются былые кумиры перед зарею любви, без борьбы, но переполняя меня сладкою болью.

— Любить-воплощать в невозможной жизни невозможное жизни, расширять свое существование таинственным союзом, сладким обманом задерживая стремительную смену мимолетных состояний!

— Так жажду жизни, что поработить себя готова другому, только бы жить в нем и через него. Возьми мою душу, ты, который освободил ее от мелькания утомительных призраков жизни, — свободную, как дыхание ветра, возьми ее, чтобы чувствовала она в своей пустыне властное веяние жизни. Всюду пойду за тобою, наслаждаться ли, умирать ли, влечь ли за собою минуты и годы ненужного бытия, — всюду пойду за тобою, навеки твоя...

— Старые заветы исполнятся, мы будем, как боги, мудры и счастливы, — счастливы, как боги.

Прохладный ветер настойчиво бился о лицо Логина. Он очнулся. Грезы рассеялись. В саду было совсем тихо. Логин медленно пошел домой. Кто-то другой шел с ним рядом, невидимый, близкий, страшный.

Когда он всходил на крыльцо своего дома, перед запертою дверью он почувствовал-как это бывает иногда после тревожного дня, — что кто-то беззвучным голосом позвал его. Он обернулся. Чарующая ночь стала перед ним, безмолвная, неизъяснимая, куда-то зовущая, — на борьбу, на подвиг, на счастие, — как разгадать? Блаженство бытия охватило его. Черные думы побледнели, умерли, — что-то новое и значительное вливалось в грудь с широким потоком опьяняющего воздуха... Радость вспыхнула в сердце, как заря на небе, — и вдруг погасла…

Ночь была все так же грустно тиха и безнадежно прозрачна. От реки все такою же веяло сырою прохладою. Скучно и холодно было в пустых улицах. Угрюмо дремали в печальной темноте убогие домишки.

Логин чувствовал, как кружилась его отяжелелая голова. В ушах звенело. Тоска сжимала сердце, так сжимала, что трудно становилось дышать. Не сразу вложил он ключ в замочную скважину, открыл дверь, добрался кое-как до своей постели и уже не помнил, как разделся и улегся.

Он заснул беспокойным, прерывистым сном. Тоскливые сновидения всю ночь мучили его. Один сон остался в его памяти.

Он видел себя на берегу моря. Белоголовые, косматые волны наступают на берег, прямо на Логина, но он должен идти вперед, туда, за море. В его руке-прочный щит, стальной, тяжелый. Он отодвигает волны щитом. Он идет по открывшимся камням дна, влажным камням, в промежутках между которыми копошатся безобразные слизняки. За щитом злятся и бурлят волны, — но Логин горд своим торжеством. Вдруг чувствует он, что руки его ослабели. Напрасно он напрягает все свои силы, напрасно передает щит то на одну, то на другую руку, то упирается в него сразу обеими руками, — щит колеблется… быстро наклоняется… падает… Волны с победным смехом мчатся на него и поглощают его. Ему кажется, что он задыхается.

Он проснулся. Гудели колокола церквей…

Глава пятая

Клавдия и Палтусов вошли через террасу в дом. В комнатах было тихо и темно. Прилив отвращения внезапно шевельнул упрямо стиснутые губы Клавдии. Ее рука дрогнула в руке Палтусова. В то же время она поняла, что уже давно не слушает и не слышит того, что он говорит. Она приостановилась и наклонила голову в его сторону, но все еще не глядела на него. Слова его звучали страстью и мольбою:

— Ангел мой, Клавдия, забудьте детские страхи! Жизнью пользуйся живущий… Хорошо любить, душа моя!

Она порывисто повернулась к нему-и очутилась в его объятиях. Его поцелуй обжег ее губы. Она оттолкнула его и крикнула:

— Оставьте меня! Вы с ума сошли.

Где-то стукнула дверь, на стене одной из дальних комнат зазыблился красноватый свет, — они ничего не заметили.

— Теми же губами вы целовали мою мать… Какая низость! Вы обманули меня, вы сумели уверить меня, что я вас люблю, но это — ложь! Я любила не вас, а ненависть мою к матери, — теперь я это поняла. Но вы, вы, — как вы унизили меня!

Поспешно, точно от погони, она пошла от Палтусова. Он мрачно смотрел вслед ей, насмешливо улыбался.

Палтусову было лет сорок пять.

Клавдия вырывалась из рук матери и отворачивала от нее раскрасневшееся лицо, — но мать цепко ухватилась за ее руки и не выпускала их. Голос ее понизился почти до шепота, и его шипящие звуки резали слух Клавдии, как удары кнута, грубо падающие на больное тело. Клавдия бросилась к двери, — дверь отворялась внутрь, и потому напрасно Клавдия схватилась за ручку двери своею рукою, которую она освободила с большими усилиями: мать надвигалась на нее всем телом, прижимала ее к двери и смотрела в ее лицо дикими глазами, которые горели, как у рассвирепевшей кошки. Обе они трудно дышали.

Мать наконец замолчала. Клавдия опустила руки и устало оперлась спиною на дверь.

— И за что ненависть ко мне? — заговорила опять Зинаида Романовна после недолгого молчания. — Ты получила от меня все, что надо, — и воспитание, и твой капитал сбережен, и все... Чего же тебе еще не хватало?

— Вашей любви!

— Какие нежности! Это мало к тебе идет.

— Может быть. В детстве я привыкла к вашей суровости и боялась вас. Я думала тогда, что вам приятно делать мне больно. Едва ли я ошиблась. Только при гостях ласкали.

— Ах, Клавдия, наказал меня Бог тобою! Если бы кто другой столько вынес в жизни! Перед тобой я ничем не виновата. Я — мать, а мать не может не любить свое дитя, несмотря на все оскорбления.

— Какая там любовь! Вы бы меня и теперь с удовольствием избили. Но вы знаете, что это бесполезно. Боитесь вы просто, вот что...

— Полно, Клавдия, чего мне бояться! Я привыкла к твоим угрозам. Ты еще девчонкой грозилась, что утопишься, — детские угрозы, ими теперь всякий школьник бросает. Когда будешь постарше, ты поймешь, что материнская любовь может обойтись и без нежностей. 'За все, что в тебе есть хорошего, ты должна быть благодарна мне.

— Странно: в том, что я зла, я сама виновата, — а что во мне хорошего, тем я вам обязана?

— Конечно, мне! — воскликнула Зинаида Романовна, — вся ты моя. Мы обе упрямы, мы обе ни перед чем не остановимся. Это себя самое я в тебе ненавидела и боялась!

— А ненавидели-таки! — сказала Клавдия с недоброю усмешкою.

— Вот мы столкнулись с тобою. Обеим нам больно, и ни одна не хочет уступить. Но ты должна уступить! Да, это правда, я готова была избить тебя, — но ты сегодня же пойдешь к нему. А он, — разве они ценят любовь, самопожертвования! Его жена-святая женщина, а он ее бросил. На мне этот грех. Но он уже и ко мне охладел, — а я не могу жить без него. Ах, Клавдия, говорю тебе, оставь его, или обеим нам худо будет. Умоляю тебя, оставь его.

Она неожиданно бросилась на колени перед Клавдиею и охватила ее колени дрожащими руками. Клавдия наклонилась к ней.

— Встаньте! Боже мой, — что вы делаете! — растерянно говорила она.

Зинаида Романовна быстро поднялась.

— Помни же, Клавдия, что я тебя прошу, — оставь его, или берегись. Я на все готова!

По ее разгоревшемуся лицу видно было, что ее порыв был неожиданным для нее самой: гордость, стыд и недоумение изображались на нем в странном смешении. Руки ее стремительно легли на плечи Клавдии и судорожно вздрагивали. Ее горящий взгляд упорно приковался к глазам дочери.

Клавдия слегка отстранилась. Руки Зинаиды Романовны упали.

— Я устала, — сказала она. — Оставь меня, я не могу больше.

Зинаида Романовна опустилась в изнеможении на длинное кресло, Клавдия подождала немного.

"Наверное, вернет сейчас же, — досадливо думала она, — финал еще недостаточно эффектен".

Наконец она подошла к двери и положила свою тонкую руку с длинными пальцами на желтую медь дверной тяги. Зинаида Романовна поднялась и с жадным любопытством посмотрела на дочь, словно увидела ее в новом освещении. Вдруг она встала и скорыми шагами подошла к Клавдии. Она обняла Клавдию и заглянула в ее лицо.

— Клавдия, ангел мой, — умоляющим голосом заговорила она, — скажи мне правду: ты любишь его?

— Вы знаете, — ответила Клавдия, упрямо глядя вниз, мимо наклонявшегося к ней лица матери.

— Нет, ты сама скажи мне прямо, любишь ли ты его? Да, любишь? Или нет, не любишь?

Клавдия молчала. Глаза ее упрямо смотрели на желтую медную тягу, которая блестела из-под ее бледной руки. Мать снизу заглядывала ей в глаза.

— Клавдия, да скажи же что-нибудь! Любишь?

— Нет, не люблю, — наконец сказала Клавдия. Зеленоватые глаза ее с загадочным выражением обратились к матери. Зинаида Романовна смотрела на нее тоскливо и недоверчиво.

— Нет, не любишь, — тихонько повторила она. — Клавдия, мне очень больно. Но ведь этого больше не будет, не так ли? Это была вспышка горячего сердечка, злая шутка, — да?

Клавдия приложила ладони к горячим щекам.

— Да, конечно, — сказала она, — он только шутил и забавлялся со мною. Вы напрасно придали этим шуткам такое значение.

— Клавдия, будь доверчивее со мною. Забудь свои темные мысли. Ты всегда найдешь во мне искреннего друга.

— Что ж, я, пожалуй, в самом деле вся ваша, — сказала Клавдия после короткой нерешительности. — Я хочу верить вам — и боюсь: не привыкла. Но все же отрадно верить хоть чему-нибудь.

Клавдия слабо протянула руки к матери.

Зинаида Романовна порывисто обнимала Клавдию и думала: "Какие у нее горячие щеки! Девчонка, правда, соблазнительна, хотя далеко не красива. Я была гораздо лучше в ее годы, но молодость-великое дело, особенно такая пылкая молодость".

И она целовала щеки и губы дочери. Губы Клавдии дрогнули. Неловкое, стыдное чувство шевелилось в ней, как будто кто-то уличал ее в обмане. Она наклонилась и поцеловала руку матери. Зинаида Романовна придержала ее подбородок тонкими розовыми пальцами, которые все еще легонько вздрагивали, и поцеловала ее в лоб. Близость матери обдавала Клавдию пахучими, неприятными ей духами.

Клавдия долго не могли заснуть. Ей было душно и почему-то жутко, и щеки все еще рдели. Порою нестерпимое чувство стыда заставляло ее прятаться в подушки от ночных теней, которые заглядывали ей в лицо пытливо и насмешливо. Одеяло давило ей грудь, но она стыдливо прятала под ним руки и натягивала его на голову, все выше и выше, пока не обнажились кончики ног; тогда она быстро подбирала ноги и окутывала их одеялом.

Потом мысли и чувства налетали на нее целым роем. Она не могла разобраться в их странных противоречиях. Она откидывала одеяло, приподнималась на постели и чутко прислушивалась к неугомонному спору непримиримых голосов. Бессвязные отрывки противоречивых мыслей овладевали порою встревоженным сознанием, вытесняли друг друга и без толку повторялись, настойчивые, суетливые-и бессильные в своем задорном споре.

"Но что же? Или я боюсь сказать правду даже себе самой?" — подумала она и тотчас же решила, что не боится. Если бы правда представилась ей сейчас, она приняла бы ее без колебаний, какова бы она ни была. Но ответа на настойчивые искания не было ни в области мысли, ни в области чувства.

Когда она вызывала воображением образ Палтусова, сердце ее томилось неуловимыми и неизъяснимыми чувствами. Что это — любовь? ненависть? То казалось, что она пламенно любит, то чувствовала приливы темной злобы. Сердце то жаждало его смерти, то замирало от жалости к нему.

Она спрашивала себя: то, что казалось ей любовью, была, может быть, жалость к его страсти или гордость его любовью? Или то, что казалось ненавистью к нему, не было ли страстным гневом на невозможность запрещенного и отвергаемого счастия? Или эта смена мучительных чувств-это и есть любовь? Или это — только мстительное, мелкое злобное чувство, и попытка привить к сердцу любовь разрешилась взрывом бешеной ненависти к человеку, который легкомысленно открыл ей путь легкого и сладкого мщения за былые детские обиды? И, быть может, эти жутко-приятные волны, которые пробегают порою в смятенной душе, — только пленительная музыка удовлетворяемой мести и самовнушенной страстности? Или все это ложные объяснения? Быть может, истина где-нибудь гораздо глубже и гораздо сложнее она? Или есть из этих сомнений выход простой и ясный и стоит лишь открыть глаза, чтобы увидеть его?

И что должна она теперь делать? Ждать ли, что принесет ей время? Медлительны его зыбкие волны, но с предательскою быстротою мчат к последнему, несомненному разрешению загадок бытия.

Ждать! Каждый день бесплодного ожидания должен увеличивать безысходные муки, усиливать неразрешимую путаницу и в ней самой, и в ее отношениях к тем людям, с судьбою которых так мучительно-нелепо сплелась ее судьба. Нет, ни одного дня ожидания! Действовать как бы то ни было!

Решимость действовать, идти вперед, быстро зрела в ней. Слагались планы смелые, несбыточные, — разум посмеется над ними, но что до того! Все-таки действовать...

Было уже светло, когда она заснула. Щебетанье ранних птиц носилось над ее тревожным сном, в котором мелькали розовые отблески утреннего солнца...

Глава шестая

Утро у Логина, по случаю праздника, было свободно. Лежал на кушетке, мечтал. Мечты складывались знойные, заманчивые, мучительно-порочные. Иногда вдруг делалось радостно. Аннин образ вплетался в мечты, — и они становились чище, спокойнее. Не мог сочетать этого образа ни с каким нечистым представлением.

Досадно стало, когда услышал звонок. Поспешно спустился вниз, чтоб не успел ранний гость подняться к нему. В гостинной увидел Юрия Александровича Баглаева, который в кругу собутыльников обыкновенно именовался Юшкою, хотя и занимал должность городского головы. Он был немного постарше Логина. Румяный, русый, невысокий да широкий, со светлою бородою очень почтенного вида, казался весь каким-то мягким и сырым. Трезвым бывал редко, но и бесчувственно пьяным редко можно было его увидеть; крепкая была натура-много мог выпить водки. Средства к жизни были сомнительные, но жил открыто и весело. Жена его славилась в нашем городе гостеприимством, обеды у нее бывали отличные, хоть и не роскошные, — и в доме Баглаева не переводились гости. Особенно много толклось молодежи.

Теперь от Баглаева уже пахло водкою, и он не совсем твердо держался на ногах. Облапил Логина и закричал:

— Друг, выручай! Жена водки не дает, припрятала. А мы ночь прокутили, здорово дрызнули, Лешку Молина поминали.

Логин, уклоняясь кое-как от его поцелуев, спросил:

— А что с ним случилось?

— С Лешкой Молиньш что случилось? Аль ты с луны слетел? Да разве ж ты ничего не слышал?

— Ничего не слышал.

— Эх ты, злоумышленник! Сидишь, комплоты сочиняешь, — а делов здешних не знаешь. Да об этом уж целую неделю собаки лают, а вчера его и сцапали.

Куда сцапали? Расскажи толком, и я знать буду. Друг сердечный, опохмелиться треба, ставь графинчик очищенной, всю подноготную выложу. Пей лучше вино, нет у меня водки. Как нет! Что ты, братец, — а кабаки на что? Знаешь, что заперты, — до двенадцати часов не откроют, а теперь всего десять.

Ах, мать честная! Как же быть! Не могу я быть без опохмелки, поколею без горелки!

У Баглаева было испуганное и растерянное лицо. Логин засмеялся.

— Что, Юрий Александрович, стишки Оглоблина припомнил? Зарядишь ты с утра-что к вечеру будет?

— Что ты, что ты! Видишь, я чист как стеклышко, — а только пропустить необходимо.

— Вот, закусить не хочешь ли? — предложил Логин.

— Перекрестись, андроны едут, буду я без водки закусывать! Я не с голодного острова.

Водка, однако, нашлась, и Баглаев расцвел.

— То-то, — радостно говорил он, — уж я тебя знаю, недаром я прямо к тебе. Как в порядочном доме не быть водки!.. Да, да, жаль нашего маримонду.

— Это еще что за маримонда?

— И того не знаешь? Все он же, Лешка Молин.

— Кто ж его так прозвал?

— Сам себя назвал. Он, брат, всякого догадался облаять. Ты думаешь, тебя он не обозвал никак? Шалишь, брат, ошибаешься.

— А как он меня назвал?

— Сказать? Не рассердишься?

— Чего сердиться!

— Ну смотри. Слепой черт, вот как. Логин засмеялся.

— Ну, это незамысловато, — сказал он. — Ну а что же это значит, маримонда?

Баглаев меж тем наливал уже третью рюмку водки.

— А вот что значит принялся он объяснить, — он говорит: я некрасивый, в такую, говорит, маримонду ни одна девица не влюбится, не моим, говорит, ртом мух ловить. Но только он по женской части большой был охотник-ко всем невестам сватался. И за нашей Евлашей приударил. Он учитель, она учительница, он и вздумал, что они пара. Но он к ней всей душой, а она к нему всей спиной. А он не отстает. Ну, известно, она у нас живет, я обязан был за нее заступиться. Но только по женской части ему и капут пришел. Ау, брат, сгинул наш Лешка, а теплый был парень!

— Да что с ним случилось, скажи ты наконец толком, а не то я водку уберу.

Баглаев проворно ухватился за графин. — Стой, стой! — закричал он испуганным голосом, — отчаянный человек! Разве такими вещами можно шутить? Я тебе честью скажу: в тюрьму посадили! Ну, что, доволен?

И Баглаев принялся наливать рюмку.

— В тюрьму? За что? — с удивлением спросил Логин. Ему приходилось встречать Алексея Ивановича Молина, учителя городского училища. Это был кутила и картежник. Но все-таки казалось странным, что он попал в тюрьму.

— Постой, расскажу по порядку, — сказал Баглаев. — Знаешь, что он жил у Шестова, у молоденького учителя?

— Знаю.

— А знаешь, почему он к Шестову переехал?

— Ну, почему?

— Видишь ты, его уж нигде не хотели на квартире держать: буянит, это раз.

— Ну, в а том-то и ты, Юрий Александрович, ему помогал.

— А то как же? Он, брат, мастак был по этой части, — такой кутеж устроим, что небу жарко. А другое, такой бабник, что просто страх: хозяйка молодая-хозяйку задевает; дочка хозяйкина подвернется-ее облапит. Ну и гоняли его с квартиры на квартиру. Пришло наконец так, что уж никто не хотел сдавать ему комнату. Ну, он и уцепился за Шестова: у тебя, мол, есть место, твоя, мол, тетка с сыном потеснятся. Ну, а Шестов уж очень его почитал, — он, брат, скромный такой, все с Молиным вместе ходили да водку пиля.

— Это ты, городская голова, и называешь скромностью?

— Чудак, пойми, от скромности и водку пил: другие пьют, а ему как отстать? Ну, вот он и не мог отказать, — пустили его, хоть старухе и не хотелось. Ну и что же вышло, — прожил он у них месяца четыре, и ведь какой анекдот приключился, так что даже очень удивительно!

— А ты, Юшка, в этом анекдоте участвовал?

— Стой, расскажу все по порядку. Я в худые дела не мешаюсь. Были мы на днях у Лешки в гостях. Собралась у нас солидная компания: я был, закладчик с женой, Бынька, Гомзин, еще кто-то, в карты играли, потом закладчик с женой как выиграли, так и ушли, а мы остались, и сидели мы, братец ты мой, недолго, часов этак до трех.

— Недолго!

— Главная причина, что хозяева так нахлестались, что и под стол свалились, ну, а мы, известно, дали им покой, выпили поскорее остаточки, да и ушли себе. А тут-то и вышел анекдот. Под самое под утро слышит старуха, что Лешка в сени вышел, а оттуда в кухню. И долго что-то там остается. А там у них в кухне прислужница спала, девочка лет пятнадцати... Чуешь, чем пахнет?

— Ну, дальше.

— Ну, старуха и начала сомневаться, чего он прохлаждается? Вот она оделась, да и марш в кухню. Только она в сени, а Лешка из кухни идет, известное дело, пьянее вина. Саданул плечом старуху и не посмотрел, прошамал к себе. Ну, а та в кухню. Видит, сидит Наталья на своей постели, дрожит, глаза дикие. Чуешь? Понимаешь?

Баглаев подмигнул Логину и захохотал рыхлым смехом.

— Этакая гадость! — брезгливо промолвил Логин.

— Нет, ты слушай, что дальше. Утром Наталья к своей бабке побежала, — бабка тут у нее на Воробьинке живет.

Воробьинкою называется в нашем городе небольшой островок на реке Мгле, который застроен бедными домишками.

— Отправились они с бабкой к надзирателю. Тот их спровадил, а сам к Молину. Ну, известное дело, тому бы сразу заплатить, — тем бы и кончилось. А он заартачился.

— Стойкий человек! — насмешливо сказал Логин.

— Прямая дубина! — возразил Баглаев. — Он думал, они не посмеют. Но не на таких напал. Вчера следователь к Лешке нагрянул, обыск сделали, да и сцапали. И ведь какие теперь слухи пошли, удивительно: будто это Наталью Шестов с теткою подговорили.

— Какой же им расчет?

— А будто бы из зависти, что Лешку хотели сделать инспектором, — Мотовилов хлопотал. И я а следователя сердятся, — говорят, что и он по злобе, из-за Кудиновой: он с нею амурился, а Лешка ее обругал когда-то, — так вот будто за это.

Глава седьмая

День выдался жаркий, какие редко бывают у нас в это время. Небо без облаков, воздух без движения, земля без влаги. Солнце крутыми лучами беспощадно обливает беззащитную перед ним землю. На открытом месте видно, как небо по краям дымно туманится. В воздухе пахнет гарью: там, вдали, тлеет лесное пожарище. Жаль смотреть на молоденькую травку, которая пробилась кой-где на улицах, немощеных и пыльных, и теперь изнывает от зноя, никнет, желтеет, пылится.

Люди двигаются лениво и сонно. Всяк, кто может, прячется в тень и лень спальни. На улицах изредка барышни под белыми зонтиками пройдут купаться. Служанки в пестрых платочках тащат за ними простыни. Вот Машенька Оглоблина, молодая купеческая девица: она держит зонтик высоко, — пусть видят ее золотой браслет. Она и купаясь не снимет браслета.

Плеск воды в купальнях убаюкивает гладкоструйную реку. Медлительные воды нежат и баюкают разлегшийся над рекою мост. И на нем пусто, как и на улицах. Только иногда протащится по его шаткой настилке гремучий тарантас неистового путешественника, или чьи-нибудь собственные дрожки уныло продребезжат, — и жалобно заскрипит обеспокоенный в полдневной дреме мост.

Во втором часу Клавдия вышла на улицу из калитки своего сада. Утром задумала нечто, что должно было иметь для нее важное значение. Наскоро написала записку Логину без обращения и без подписи: "Быть может, вас удивит, что я пишу к вам. Но вы говорили недавно, что мною владеют неожиданные, фантастические побуждения. Вот такое побуждение, — скорее, необходимость, — заставляет меня сделать что-нибудь решительное. Мне надо видеть вас: мне кажется, что вы скажете мне магическое, освобождаюшее слово. Сейчас я подымусь на вал к беседке. Если я встречу вас там, вы услышите нечто интересное".

Запечатывая записку, подумала, что поступает неосторожно. Но уже не хотела и не могла изменить своего намерения, что-то подталкивало ее.

И вот всходила на вал, и казалось, что там будет что-то решено и закончено.

Вал насыпан встарь, когда наш город подвергался нападениям иноземцев. Он замыкает площадь, которая имеет вид продолговатого четырехугольника и называется крепостью. Вал тянется без малого версту в длину. Вышина сажен восемь. Прежде был, говорят, выше, да устал стоять и осыпался. Только очертания напоминают о былом назначении: у него тупые выступы на длинных сторонах и мало выдающиеся бастионы на этих двух выступах и по всем четырем углам. Весь вид его мирный и даже веселый, недаром горожане любят гулять здесь по вечерам С наружной и внутренней его стороны, посередине высоты, тянутся две террасы, сажени по две в ширину каждая. И эти террасы, и склоны вала заросли травою. Наверху вала протоптана неширокая дорожка. Для, проезда в крепость проделаны в восточной и северной стороне вала двое ворот. Под их кирпичными сводами сыро, мрачно и гулко.

Посередине крепости собор старинной постройки, с белыми стенами и зеленою шатровою кровлею, что придает ему бодрый и молодящийся вид. Островерхий купол с заржавленным крестом подымается над алтарною частью храма. К западу от него, на скатах кровли, торчат две маленькие главки, аршина в два вышиною. Эти главки — как яблоки на тонкой ножке, с острыми придатками вверху. Они такие несоразмерно маленькие, что кажутся посторонними залетками; так и представляется, что вот-вот они спрыгнут на землю и поскачут прочь на своих тонких ножках.

К югу от собора каменный острог; стены его ярко белеют. К подошве вала лепятся огороды тюремного смотрителя. Бледный арестант смотрит из-за решетки на красные и синие тряпки, которые сушатся на изгороди, смотрит на зелень вала, на лазурь неба, на бледно-желтые одежды Клавдии, — она идет быстрою походкою по верхней дорожке, — и на птиц, которые проносятся еще гораздо быстрее и кажутся черными точками или пестрыми полосками.

На север от собора раскинулись здания местного войска: кирпичная двухэтажная казарма, деревянный манеж и каменный домик-канцелярия воинского начальника. Здесь тоже огороды, мелькают фигуры солдатиков в красных рубахах, и они кажутся мирными людьми. А у казарменной стены упрямо стоит себе в бурьяне картонный супостат с намалеванным ружьем мишень для стрельбы.

Между казармою и восточными воротами крепости четырехугольный пруд тускнеет свинцовою, неподвижною поверхностью. Он смотрит на все, что проносится над ним, и сердито молчит. Зеленая ряска затягивает его по краям.

Южная подошва вала желтою полосою дороги отделяется от реки, мелкой в этом месте. Здесь она делится на два протока и охватывает Воробьинку. С остальных трех сторон подошву вала обнимают огороды и зеленые пустыри.

На южной, короткой стороне вала красуется на верхней площадке беседка, она пестро раскрашена и украшена резьбою в русском стиле. Герб губернии намалеван на всех шести наличниках беседки. Беседка-память недавнего посещения: из нее высокий гость любовался городом. Решено было ее сохранить за красоту и как памятник.

Логин и Клавдия встретились на дорожке вала, обменялись несколькими словами, прошли в беседку и молча сели. Клавдия сжимала костяную ручку зонтика и постукивала им по деревянному полу. Логин рассеянно глядел на город.

Отсюда город был красив. Березки у подножия вала не заслонили вида. Тополя с обрубленными вершинами, верхние ветви которых все-таки немного закрывали город, росли только на восточной террасе. Здесь их не было.

Центральная часть города у большого моста видна была как на ладони. Зеленые сады у каждого дома, — лиловая пыльная даль полу скрытых домами улиц, — сероватые груды деревянных домишек с красными, синими, серыми кровлями, то яркими после недавней окраски, то тусклыми и смытыми дождем, — бурые изгороди и заборы, которые изогнулись во все стороны, — все это красиво смешивалось и производило впечатление жизни мирной и успокоенной. Случайные резкие звуки оттуда наверх не долетали. Изредка проходящие крошечные фигуры людей казались безмолвными и бесшумными; копыта лошадей точно и не стучали по камням отвратительной мостовой, и колеса медленно двигавшегося по базарной площади тарантаса, казалось, не грохотали; жесты встречавшихся походили на игру марионеток.

Река изгибалась красивыми плесами. На ней были раскиданы маленькие купальни. Около иных вода плескалась-там купались. Кое-где мальчики удили рыбу и входили для этого в самую реку. Вдали, за последними городскими лачугами, белела пена, искрились на солнце водяные брызги, сверкали тела купающихся детей. Но и детские звонкие крики сюда не долетали.

Здесь было совсем тихо. Иногда только важно жужжала пчела, медленно пролетая, да ветер шуршал в густой траве, колючей и перепутанной, и лепетал с ветками березок, которые ползли по внутреннему склону вала и никак не могли добраться до верху. Но и ветер сегодня набегал изредка, да и то слабый, не так как в другие дни.

— Я люблю бывать здесь не вечером, когда гуляют, — сказал Логин, — а днем, когда никого нет.

Клавдия подняла на него глаза, — мрачно было их мерцание, — как бы с усилием вслушалась в его замечание и спросила:

— Вы не любите толпы?

— Не люблю быть в толпе... составлять часть толпы.

— А без толпы пусто... и скучно.

— А что и в толпе? Созерцать калмыцкие обличил?

— Почему калмыцкие?

— Наша толпа всегда имеет вид азиатчины: фигуры топорные, лица не европейские... Право, Европа кончается там, на рубеже.

— А у нас что ж, Азия?

—.Нет, так, просто шестая часть света... А все-таки хорошо, что взгромоздили этот вал. Можно позволить себе невинное удовольствие подниматься от земли все выше и выше. Это окрыляет душу Город, с его пылью и грязью", внизу, под ногами, — дышится гордо и весело. После житейской мелочи и пустяковины только вот здесь и даешь себе утешение.

— Есть другие утешения в жизни! — воскликнула Клавдия.

— Какие?

— Любить, испытывать страсти, гореть с обоих концов, наполнить пылом и борьбой каждую минуту. Логин вяло улыбнулся.

— Где уж нам! Нервный век, силенок не хватает. Нам ли, с нашим темпераментом разочарованной лягушки, в приключения пускаться!

Лицо Клавдии бледнело. Она порывисто спросила::

— Чем же вы жили до этого времени? Теперь у вас есть замысел, и он даст смысл жизни. А раньше?

— Я искал правды, — тихо ответил Логин. Напряженное состояние Клавдии сообщалось и ему. Лицо его приняло грустнострогое выражение.

— Правды? — с удивлением переспросила Клавдия. — И что же?

— Не нашел, — и только напрасно запутался в ссорид.

— Не нашли!

— Да, нигде не нашел, ни на большой дороге, ни на проселке. И искать не надо было.

— Почему?

— Умные люди говорят: была и правда на земле, да не за нашу память.

— Прибаутка! — пренебрежительно сказала Клавдия.

Логии поглядел на нее печально и задумчиво. Сказал:

— А может быть, и правда нашлась бы, да не хватило терпенья, любви... сил не достало.

— Правда! В чем она? Все это книжно! — досадливо сказала Клавдия. — Надо жить, просто жить, торопиться жить.

— Почему так непременно это надо?

— Послушайте, я хотела вас видеть. Это неосторожно с моей стороны. Но я не могу ждать! Я жить хочу, по-новому жить, хоть бы с горем, лишь бы иначе. И зачем книжные взгляды на жизнь? Берите ее так, как она есть, и с нею то, что плывет вам в руки.

— Простите, но я думаю, что вы ошибаетесь во мне... а более всего в себе.

— Да? Ошибаюсь? — спросила Клавдия вдруг упавшим голосом. — Может быть.

— Я хочу сказать, что и в вашей настоящей жизни много ценного.

— Не знаю, право. В детстве и у меня было все, как у всех, и весь обиход, и удобные мысли. С такими радужными надеждами ждала я, когда буду большая... Ну, вот я и большая. А жить-то оказалось трудно. И надежды испарились незаметно, как вода на блюдце. Остались только большие запросы от жизни. А люди везде одни и те же, тусклые, ненужные мне. И все везде неинтересно, вся эта рутина жизни, и эти скучные привычки. А жажда все растет.

— Что ж, это у всех бывает. Мы утоляем эту жажду работою, стремлением к самостоятельности, к господству над людьми.

— Работа! Самостоятельность! К чему? Это все очень легко, но это все не то. Я жить хочу, жить жизнью, а не выдумками.

— Работа-закон жизни.

— Ах, эти слова! Может быть, это умные слова, но забудьте их. Ведь я не в переплете живу, — у меня кожа и тело, и кровь, молодая, горячая, скорая. Меня душит злоба, отчаяние. Мне страшно оставаться. Все это, я чувствую, бессвязно и бестолково, — я говорю не то, что надо, слова не слушаются... Мне надо уйти и сжечь... сжечь все старое.

— Я вас понимаю. Жизнь имеет свои права, неодолимые. Она бросает людей друг к Другу, и незачем сопротивляться ей.

— Да? И вы так думаете? Это очень нелепо, что я вас пригласила. И знаете ли зачем? Чтобы сказать: возьмите меня.

Бледное лицо ее все дрожало волнением и страстью, и глаза не отрываясь, смотрели на Логина. Их жуткое-, испуганное выражение притягивало его странным обаянием. Сладостное и страстное чувство закипало в нем, — но было в сознании что-то холодное, что печально и строго унимало волнение и подсказывало сдержанные ответы. Произнося их, он чувствовал, что они глупы и бледны и что каждый из них что-то обрывает, совершает что-то непоправимое. Сказал:

— Загляните в себя поглубже, испытайте себя. Клавдия не слушала. Продолжала:

— Хоть на время. Разбейте мне сердце, — потом бросьте меня. Будет горе, но будет жизнь, а теперь нет выхода, я точно перед стеною. Пусть вы меня не любите, все равно, спасите меня! Пожалейте меня, приласкайте меня!

— Вы безумны, Клавдия Александровна. И что вам из того, если и я заражусь вашим безумством? Клавдия вдруг вся зарделась. Сказала:

— Я знаю, вы говорите это потому, что уже любите... Нюточку.

— Я? Анну Максимовну? О нет... едва ли... Но почему...

— Да, вы этого и сами, может быть, не знаете, а она вас пленила быстрыми глазками, умными речами из книжек и деланною простотою-кокетством простоты.

Логин слегка засмеялся.

— Вот уж, кажется, в ком нет кокетства!

— Не спорьте. Это дразнит ваше нечистое воображение, — босые ножки богатой барышни на пыльных дорогах. Эта перехватившая через край простота, то, что никто и нигде не делает, — как же, то заманчиво, любопытно!

— Вы несправедливы.

— Я думала, вы оригинальнее. Увлечься девочкой, пустою, как моя ладонь, и сладкою, как миндальный пряник, за то только, что ее полупомешанный отец начинил ее идеями, — вряд ли она хорошо их понимает, — и за то, что он приучил ее не бояться росистой травы!

— Максим Иванович-умный человек.

— Ах, пусть он чудо по уму! Но послушайте, — я красивее Анютки и смелее ее. И что в ней хорошего! Все в ней обыкновенно, — здоровая деревенская девица.

— В ней есть настоящая спасающая смелость, — горячо сказал Логин, — а не та раздраженная и бессильная дерзость, которая крикливо говорит в вас.

— Что вы говорите! Я смелее ее и не побоюсь того, что испугает Нюту. Вот, хотите? Я приду к вам, я...

— Вы красавица, и вы смелая, — перебил ее Логин. — Вы, может быть, правы, — я, может быть, люблю ее, — да и вы, — вы тоже любите кого-то.

— Да?

— Вам пора любить. Идите к нему с этою жгучею страстью.

— Вы разве не знаете, что женщины не прощают того, что вы сделали теперь?

— Я дал вам добрый совет, но... Если бы вам понадобилась грубая подделка под любовь...

Клавдия стояла у выхода из беседки и надевала перчатки. Глаза ее и Логина встретились. На лице Клавдии отразилась безумная ненависть. Она быстро вышла из беседки.

Глава восьмая

Около четырех часов дня Логин сидел в гостиной предводителя дворянства Дубицкого. Хозяин, тучный, высокий старик в военном сюртуке, — отставной генерал-майор, — благосклонно и важно посматривал на гостя и грузно придавливал пружины широкого дивана.

Здесь все строго и чинно. Тяжелая мебель расставлена у стен в безукоризненном порядке. Все блещет чистотою совершенно военною: паркетный пол гладок, как зеркало, и на нем ни одной пылинки; лак на мебели и позолота на карнизах стен как только что наведенные; медь и бронза словно сейчас только отчищены. В квартире торжественная тишина. Двери повсюду настежь. У Дубицкого много детей, но ни малейшего шороха сюда не доносится, разве только изредка прошелестят где-то недалеко осторожные шаги.

Логину тяжело говорить о деле, для которого он пришел. Знает, что надо сказать приятное генералу, чтобы достигнуть успеха, но противно лицемерить. Становится уже досадно, что взял на себя неудобное поручение. Но говорить надо: Дубицкий все чаще вопросительно посматривает и хриплым голосом произносит все более отрывочные фразы.

— Прошу извинить меня, Сергей Иванович, за докуку, — сказал наконец Логин, — я к вам в качестве просителя.

Дубицкий не выразил на своем угрюмом лице с низким лбом и узкими глазами ни малейшего удивления и немедленно ответил:

— Вижу!

Логин хмуро усмехнулся. Подумал:

"Чем это я так похож на просителя?"

— Хотите знать почему? — спросил Дубицкий, но не дождался ответа и объяснил сам: — Если бы вы не с просьбою пришли, то положили бы ногу на ногу, а теперь вы их рядом держите.

Дубицкий захохотал хриплым, удушливым смехом, от которого заколыхалось все тучное туловище.

— Однако, — сказал Логин, — наблюдательность вашего превосходительства изощрена.

— Да-с, любезнейший Василий Маркович, повидал я людей на веку. Вот вы с мое поживите, так у вас ни зуба, ни волоса не останется, а я, как видите, еще не совсем развалина.

— Вы замечательно сохранились, Сергей Иванович, вам еще далеко до старости.

— Да-с, я старого лесу кочерга. В мое время не такие люди были, как теперь. Теперь, вы меня извините, слякоть народ пошел; а в мое время, батюшка, дубовые были. Ну-с, так чем могу служить?

Логин начал объяснять цель своего прихода. Дубицкий прервал с первых слов, даже руками замахал.

— Да, да, знаю! Почуяв, бывший учитель, как не знать, сокол ясный! Уволен, уволен. Пусть себе отправляется на все четыре ветра, мы к нему никаких претензий не имеем.

— Но, Сергей Иванович, я бы просил вас на первый раз быть снисходительным к молодому человеку.

— Что вы мне про первый раз толкуете! Кто человека первый раз укокошит, тоже снисходительно отнестись прикажете? Или по-вашему, по-новому, не вор виноват, а обокраденный, ась?

— Вина молодого человека, ваше превосходительство, зависела только от его неопытности, если можно назвать ее виною.

— Можно ли назвать виною! — воскликнул Дубицкий. — Вы изволите в этом сомневаться? Это — неуважение к старшим, это дурной пример для мальчишек. Их надо приучать к субординации.

Дубицкий сердито пристукнул кулаком по ручке кресла.

— Он хотел приветствовать исправника, — с некоторою вялостью заговорил опять Логин, — оказать ему почтение, да только не знал, как это делается. Да и, право, не большая вина; ну, первый руку подал, — кому от этого вред или обида?

— Нет-с, большая вина! Сегодня он с начальником запанибрата обошелся, — завтра он предписанием начальства пренебрежет, а там, глядишь, и пропагандою займется. Нет, на таких местах нужны люди благонадежные.

— Конечно, — продолжал Логин, — наш исправник весьма почтенный человек...

Дубицкий хмыкнул не то утвердительно, не то отрицательно.

— Нам всем известно, что Петр Васильевич вполне заслуженно пользуется общим уважением.

— Насколько могут быть уважаемы исправники, — угрюмо сказал Дубицкий.

— Но, Сергей Иванович, лучше бы ему великодушно оставить это и не так уж сердиться на молодого человека. И так ведь могло случиться, что Петр Васильевич сам подал повод.

— Чем это, позвольте спросить? — грозно воскликнул Дубицкий.

— Я, ваше превосходительство, позволяю себе только сделать предположение. Могло случиться, что Петр Васильевич вошел в класс немножко, как у нас говорится, вросхмель, с этакой своей добродушной физиономией, и отпустил приветствие на своем французском диалекте, что-нибудь вроде: мерси с бонжуром, мезанфанты, енондершиш! Учитель, понятное дело, и расхрабрился. Дубицкий хрипло и зычно захохотал.

— Могло быть, могло быть, — повторял он в промежутках смеха и кашля. — Изрядный шут, сказать по правде, наш исправник. В школы, по-моему, он некстати суется, у нас там недоимок нет. Но во всяком разе я ничего тут не могу: уволили.

— Вы, ваше превосходительство, это можете переменить, если только пожелаете.

— Я не один там.

— Но кто же, Сергей Иванович, пойдет против вас? Вам стоит только слово сказать.

— Ничего, поделом ему. Нельзя ему в этом училище оставаться: соблазн для учеников.

— А в другое нельзя ли? — с осторожною почтительностью осведомился Логин.

— В другое? Ну, об этом мы, пожалуй, подумаем. Но не обещаю. Дас, любезнейший Василий Маркович, дисциплина-первое дело в жизни. С нашим народом иначе нельзя. Нам надо к старинке вернуться. Где, позвольте вас спросить, строгость нравов? На востоке, вот где. Почтение к старшим, послушание... Вот я вам моих поросят покажу, — вы увидите, какое— бывает послушание.

Сердце Логина сжалось от предчувствия неприятной сцены.

Дубицкий позвонил. Неслышно, как тень, в дверях появилась молоденькая горничная в белоснежном, аккуратно пригнанном переднике и пугливыми глазами смотрела на Дубицкого.

— Детей! — командным голосом приказал он. Горничная беззвучно исчезла. Не прошло и минуты, как из тех же дверей показались дети: два гимназиста, один лет четырнадцати, другой двенадцати, мальчик лет девяти, в матросской курточке, три девочки разных возрастов, от пятнадцати до десяти лет. Девочки сделали реверансы, мальчики шаркнули Логину, — и все шестеро остановились рядом посреди комнаты, подобравшись под рост. Они были рослые и упитанные, но на их лицах лежало не то робкое, не то тупое выражение. Глаза у них были тупые, но беспокойные, — лица румяные, но с трепетными губами.

— Дети, смирно! — скомандовал Дубицкий. Дети замерли: руки неподвижно опущены, ноги составлены пятки вместе, носки врозь, глаза уставлены на отца.

— Умирай! — последовала другая команда. Все шестеро разом упали на пол, — так прямо и опрокинулась на спины, как подшибленные, не жалея затылков, — и принялись заводить глаза и вытягиваться. Руки и ноги их судорожно трепетали.

— Умри! — крикнул отец.

Дети угомонились и лежали неподвижно, вытянутые, как трупы. Дубицкий с торжеством взглянул на Логина. Логин взял пенсне и внимательно рассматривал лица лежащих детей; эти лица с плотно закрытыми глазами были так невозмутимо-покойны, что жутко было смотреть на них.

— Чхни! — опять скомандовал Дубицкий. Шесть трупов враз чихнули и опять успокоились на безукоризненно чистом паркете.

— Смирно!

Дети вскочили, словно их подбросило с пола пружинами, и стали навытяжку.

— Смейся!

— Плачь!

— Пляши!

— Вертись!

Командовал отец — и дети послушно смеялись, — и даже очень звонко, — плакали, хотя и без слез; усердно плясали и неутомимо вертелись; и все это проделывали они все вместе, один как другой. В заключение спектакля они, по команде отца, улеглись на животы и по одному выползли из гостиной, — маленькие впереди. Логин сидел безмолвно и с удивлением смотрел на хозяина.

— Ну что, каково? — с торжеством спросил Дубицкий, когда дети выползли из гостиной.

В соседней комнате слышалось короткое— время легкое—

шуршанье: там дети вставали с пола и тихо удалялись в свои норы. Было что-то страшное в их бесшумном исчезновении.

— Да, послушание необыкновенное, — сказал Логин. — Этак они по вашей команде съедят друг друга. Дрожь отвращения пробежала по его спине.

— Да и съедят! — крикнул Дубицкий радостным голосом. — И косточек не оставят. И будет что есть, — я их не морю: упитаны, кажись, достаточно, по-русски, — и гречневой и березовой кашей, и не бабятся, на воздухе много.

Логин поднялся, чтобы уходить. Ему было грустно.

— Так вот какова должна быть дисциплина, — говорил Дубицкий. — Лучше одного забить, да сотню выучить, чем две сотни болванов и негодяев вырастить. А вы уж уходите? Пообедайте с нами, ась? Нет, не хотите? Ну, как желаете; вольному-воля, спасенному-рай.

Когда уже Логин в передней, при помощи той же бесшумной девушки в передничке, надел пальто, Дубицкий появился в раскрытых дверях прихожей, причем заполнил своею широкою фигурою почти все пространство между косяками, и сказал:

— Так и быть, только для вас, получит ваш Почуев место. Молокосос он, выдрать бы его надо хорошенько, — ну да уж так и быть.

Логин начал было благодарить.

— Не надо, не надо, — остановил его Дубицкий, — я не купец-благотворитель. Что захотел, то и сделал. Да скажите ему, чтоб ухо востро держал вперед. А то уж окончательно! И тогда никаких ходатайств, ни боже ни.

Глава девятая

Прямо от Дубицкого Логин отправился к Ермолину. Там собралось несколько человек поговорить о том обществе, которое, по мысли Логина, предполагали они здесь учредить. Логин взялся написать проект устава. Сегодня надо было его прочесть и обсудить.

Когда Логин пришел, на террасе сидели, кроме Ермолина и Анны, еще трое: Шестов, Коноплев и Хотин. В саду раздавались голоса Анатолия и Мити, двоюродного брата Шестова; на траве мелькали весело голые ноги мальчиков. Логину показалось, что опять ясные глаза Анны приветливо поднялись на него. Складки ее сарафана падали прямо. В них было удивительное спокойствие.

Егор Платонович Шестов — молодой учитель, сослуживец арестованного Молина, невысокого роста худенький юноша, белокурый и голубоглазый. По молодости своей, — ему двадцать один год, — еще наивен, и не утратил отроческой способности краснеть от всякого душевного движения. Непомерно застенчив и нерешителен, — как будто никогда не знает, что надо делать, не знает иногда, может быть, чего сам хочет и чего не хочет. Поэтому наклонен подчиняться всякому. В гостях ли он, ему трудно решиться уйти: все ждет, когда поднимутся остальные. Если кроме него никого нет, готов сидеть без конца; когда же заметит наконец, что надоел хозяевам, то смущенно берется за шапку, словно намеревается украсть ее. При этом, обыкновенно, приглашают посидеть еще (хоть и рады были бы, чтобы ушел); отнекнется раз, пробормочет «пора» или "уж я давно" и кончит тем, что останется. Хозяева зевают и уже не удерживают; тогда уходит и терзается мыслью, что пересидел и наговорил глупостей. Последнее озабочивает его не без причины: в разговорах он весьма ненаходчив, вымучивает из себя слова, когда уж непременно надо говорить, и бывает иной раз способен, в припадке застенчивого отупения, сказать что-нибудь неуместное: то при священнике упомянет о поповских карманах, то заговорит о старых девах при девицах, которые могут на это обидеться, то примется рассматривать альбом, да и спросит вдруг хозяина дома о портрете его матери:

— Кто эта старуха? На зайца похожа. На что хозяин досадливо ответит:

— Это — так, знакомая одна...

И заговорит о другом. Каждый раз после такой выходки Шестов мгновенно соображает, в чем дело, и мучительно краснеет: намеренно он никому не сказал бы ничего неприятного.

Так как при всем том он целомудренно честен, увлекается чтением книг и при всей своей застенчивости страстно любит говорить и спорить об интересующих его вопросах со всяким, причем готов открыть случайному собеседнику заветнейшие убеждения и пламеннейшие надежды, — то понятно, что бывает неприятен в обществе людей положительных и солидных.

Савва Иванович Коноплев служит учителем здешней учительской семинарии. Он худощав и высок, как жердь, по народному сравнению. Его лицо обложено рыжею, клочковатою бородкою того фасона, который делает человека похожим на обезьяну. На нем черный сюртук, который заношен и лоснится на локтях, а под сюртуком синяя кумачная рубашка; ее ворот вышит красным гарусом. Блестящие, бегающие глаза; движения быстрые и угловатые; речь неразборчивая, торопливая, — иногда даже брызгает слюною, такая толкотня слов происходит во рту, — все это дает впечатление человека исступленного, который выскочил из колеи. Щеки у него слишком впалые, грудь чрезмерно узка, руки необычайно сухи, жилисты, длинны. Сразу видно, что он и суетлив и бестолков.

Иван Сергеевич Хотин — мелкий здешний купец. Пишет стихи и приводит ими в восторг всех наших мещан и маленьких чиновников. У него в городе только один соперник, и тоже из купцов, — молодой.

Оглоблин. Но тот образованнее, кончил гимназию, а Хотин не доучился в уездном училище. Стихи Оглоблина печатаются в губернском листке и даже иногда в каком-нибудь столичном еженедельнике. Попытки Хотина печататься были неудачны. Хотин огорчился и пришел к убеждению, что без протекции и в печать не попасть. Человек восторженный, хотя и малограмотный, и любит помечтать. Торговля идет плохо: за прилавком чувствует себя не в своей тарелке. Ему около сорока лет. Длинная черная борода. На голове изрядная лысина.

С ним Логин познакомился из-за стихов. Хотин принес стихи; Логин сказал свое мнение. Хотин показался ему интересным: неугомонная жажда справедливости закипала в его речах. О городских делишках говорил, горя и волнуясь. Но Логин понимал, что Хотин-один из «шлемялей», которым суждено проваливать всякое— дело, за какое бы они ни взялись.

Вообще, несмотря на рассеянность, которая овладевала Логиным в последнее время, он сохранил значительную степень психологической прозорливости, давнишнее, как бы прирожденное качество, — по крайней мере, оно развилось без заметных усилий. В оценке людей ошибался редко. Даже новый замысел, хотя и побуждал искать людей, но не ослеплял Логина. Эти люди, что собрались у Ермолина, были единственные, которые заинтересовались делом, каждый по-своему, так что с ними можно было "начать".

"Только бы начать!" — думал Логин.

А там, впереди, борьба за возможность работать в иных условиях.

— Что нового слышно? спросил Коноплев у Логина, когда тот поздоровался со всеми.

— Горожане, вы знаете, теперь только одним интересуются: рады скандалу.

По лицу Анны пробежало презрительное выражение; глаза ее показались Логину померкшими. Сожаление, что начал об этом, быстро сменилось в Логине странным ему самому злорадством.

— Да, это дело Молина, сказал Хотин, — скверное дело. Очень уж наши мещане все злобятся.

— Подлец этот ваш Молин! — крикнул Коноплев Шестову. Я всегда это говорил. Тоже и девчонка, сказать по правде, стерва.

Нет, вы ошибаетесь, заговорил Шестов, краснея, — Алексей Иваныч очень честный человек.

Ну еще бы, честные люди всегда так делают!

— Он в этом деле даже и не виноват нисколько.

— Ну для него же лучше. Вы откуда же это знаете?

— Да он меня так уверял.

И только-то? Вот так доказательство! Коноплев хлопнул себя по коленям длинными руками и захохотал.

Молин не стал бы лгать, горячо спорил Шестов, он человек честный и умный, и свое дело знает, и ученики его уважают.

— Подите вы, — отъявленный прохвост! — решительно и даже с раздражением сказал Коноплев. — Охота вам была с ним якшаться! Я рад, что хоть с одного лицемера маску сдернули.

Шестов был весьма огорчен этими резкими отзывами о сослуживце и собирался еще что-то возражать. Но вмешался в разговор Ермолин; он до тех пор молчал и задумчивыми голубыми глазами ласково и грустно смотрел на Шестова.

— Не будем из-за него спорить, — сказал Ермолин примирительным голосом, — виноват он или нет, это обнаружится.

Анна не то застенчиво, не то задумчиво потупилась и тихо молвила:

— Да и говорить о нем невесело. Мне всегда стыдно было на него смотреть: он такой наглый, и цепляется, как репейник.

— И всем дает ругательные клички, — сказал Хотин. Видно было, что он вспомнил какую-нибудь из этих кличек, — может быть, она относилась к кому-нибудь из присутствующих, — и едва удержался от смеха: по его лицу пробежало отражение того нехорошего чувства, которое овладевает многими из нас при воспоминании о том, как обругали или осмеяли кого-нибудь из наших приятелей.

Шестов покраснел. Логин подумал, что грубая кличка могла относиться и к Анне, и почувствовал злобу. Быстро глянул на Анну. Брезгливое движение слегка тронуло ее губы. Она протянула руки вперед, словно запрещала говорить об этом дальше. Ее движение было повелительно.

— Вот более важная новость, — сказал Ермолин, — в нашей губернии уже были, говорят, случаи холеры. Хотин вздохнул, погладил бороду и сказал:

— Недаром, видно, у нас барак построили.

— Типун вам на язык! — сердито крикнул Коноплев. — Чего каркаете!

— Уж тут каркай, не каркай... Слышали вы, что в народе болтают?

— А что? — спросил Логин.

— Известно что: барак построили, чтоб людей морить, будут здоровых таскать баграми, живых в гроб класть да известкой засыпать.

— А все-таки холера к лучшему, — заявил Коноплев. — Это чем же? — спросил Хотин несколько даже обидчивым голосом.

— А тем, что все-таки город почистили немножко. Все замолчали. Никому не хотелось больше говорить о холере. Она была еще далеко, и ясный весенний день с радостною зеленью, с нежными и веселыми шорохами и беззаботными чириканиями не верил холере и торопился жить своим, настоящим. Но этот разговор напомнил Анне другое неприятное, но более близкое— этим цветам и звукам.

— Василий Маркович, вы были у Дубицкого? — спросила она у Логина и с тревожным ожиданием склонилась в его сторону стройным станом, опираясь на край стула обнаженною рукою.

— Да, как же, был. Почуеву дадут место, но в другой какой-нибудь школе.

— Ну вот, большое вам спасибо, — сказал Ермолин и крепко пожал руку Логина. — Как это вам удалось?

Анна посмотрела на Логина благодарными глазами, и ее рука нежным движением легла на его руку. Логин почувствовал, что ему не хочется рассказывать ей, потому что она смотрит так ясно, но он преодолел себя и подробно передал все, что было.

— Молодец генерал! — воскликнул Коноплев с искренним восторгом.

Хотин неодобрительно потряс черною бородою, Шестов покраснел от негодования, Анна спросила холодно и строго:

— Что же вам так нравится? Коноплев слегка смутился.

— Как же, дисциплина-то какая? Разве худо?

— Неумно. Какие жалкие дети!

— Обо всем не перенегодуешь, так не лучше ли поберечь сердце для лучших чувств, — сказал Логин с усмешкою.

Анна вспыхнула ярким румянцем, так что даже ее шея и плечи покраснели и глаза сделались влажными.

— Какие чувства могут быть лучше негодования? — тихо промолвила она.

— Любовь лучше, — сказал Шестов. Все на него посмотрели, и он закраснелся от смущения.

— Что любовь! — говорила Анна. — Во всякой любви есть эгоизм, одна ненависть бывает иногда бескорыстна.

В ее голосе звучали резкие, металлические ноты; голубые глаза ее стали холодными, и румянец быстро сбегал с ее смуглых щек. Ее обнаженные руки спокойно легли на коленях одна на другую. Шестов смотрел на нее, и ему стало немного даже страшно, что он возражал ей: такою строгою казалась ему эта босая девушка в сарафане, точно она привыкла проявлять свою волю.

— Да вот, — сказал Логин, — вы, конечно, давно негодуете, а много вы сделали?

Анна подняла на Логина спокойные глаза и встала. Ее рука легла на деревянные перила террасы.

— А вы знаете, что надо делать? — спросила она.

— Не знаю, — решительно ответил Логин. — Порою мне кажется, что негодующие на мучителей просто завидуют: обидно, что другие мучат, а не они. Приятно мучить.

Анна смотрела на Логина внимательно. Темное чувство подымалось в ней. Ее щеки рдяно горели.

— А что, — сказал Ермолин, — не приступить ли к делу? Василий Маркович прочтет нам...

— Постойте, — сказал Коноплев, — писать-то все можно, бумага стерпит.

Все засмеялись. Коноплева удивил внезапный смех. Он спросил:

— Что такое-? Да нет, господа, постойте, я не то, что... я хочу вот что сказать: важно знать сразу самую суть дела, главную идею, так сказать. Вот я, например, я уж после Других примкнул, мне рассказали, но, может быть, не всё.

— Савва Иванович любит обстоятельность, — сказал Хотин, посмеиваясь.

— Ну а то как же? Все-таки интересно знать, что и как.

— В таком случае, — сказал Ермолин, — мы попросим Василия Марковича предварительно словесно изложить нам свои мысли, если это не затруднит.

— Нисколько, я с удовольствием, — отозвался Логин. Он мечтательно глядел перед собою, куда-то мимо кленов радостно зеленеющего сада, и медлительно говорил:

— Все нынче жалуются, что тяжело жить.

— Еще и как тяжело, — со вздохом сказал Хотин.

— Мы все, не капиталисты, — продолжал Логин, — живем обыкновенно изо дня в день.

Если бы посмотрел на Анну, заметил бы, что она вдруг смущена чемто, но ничего не видел и говорил:

— Болезнь, потеря работы, смерть главы семейства — все это быстро поглощает сбережения. Да и как сберегать? Часто не из чего, да и самый процесс скапливания денег непривлекателен.

— Ну, чем же? — недоверчиво спросил Коноплев.

— В нем есть что-то презренное, скряжническое-.

— Ну, не скажите, — прибережешь копейку, так сам себе барин, ни от кого не зависишь.

— Это верно, — подтвердил Хотин, задумчиво поглаживая длинную бороду.

— Может быть, и так, — сказал Логин, — но одни сбережения не могут быть достаточны. Возьмем хоть сберегательные кассы. У них громадные капиталы, но что ж? Вы делаете сбережения в кассе, но это не ставит вас ни в какие отношения с другими вкладчиками. Исчерпали вы ваш вклад и беспомощны: касса ни в каком случае не даст вам в долг.

— Для того ссудосберегательные кассы, — сказал Коноплев.

— Да, это хорошо, но и это узко, — деньги не всегда достаточная помощь. Бывает иногда нужно живое содействие, совет врача, юриста, достать работу или еще что-нибудь. Надо установить тесные связи между членами общества, как в семье, где все друг другу помогают.

— Тоже, какая семья! — сказал Хотин.

— Мы хорошую устроим, — отвечала Анна с ласковою улыбкою.

— Множество людей, — продолжал Логин, — терпят недостаток в необходимом, и они же часто не могут найти работы. А лишних людей нет.

— Да, кабы лишних ртов не было, — спорил Коноплев.

— Не бывает их, — говорил Логин. — Если новый работник увеличивает собою предложение труда, так зато он увеличивает и спрос на чужую работу. Человек не может прожить без помощи других, это понятно: естественное состояние человека-нищета. Но зато естественное состояние общества-богатство, и потому общество не должно оставлять своих сочленов без работы, без хлеба, без всего такого, чего на всех хватит при дружной жизни. В нашем городе, например, найдется немало людей и образованных, и простых, у которых есть досуг, и почти каждый из них во многом нуждается. Они могут соединиться. Можно вперед рассчитать, сколько работы потребуется в год, работы друг на друга. Каждый делает, что умеет: сапожник сапоги тачает...

— И пьянствует, — вставил свое словечко Коноплев.

— Пусть себе пьет, лишь бы свою долю работы сделал, — сказал Ермолин.

— А работы у него будет много, — продолжал Логин, — зато и на него будут работать многие: и врач, и плотник, и слесарь, и учитель, и булочник. Образуется союз взаимной помощи, где каждый нужен другим и каждый братски расположен помочь другим, — зато и ему окажут всегда помощь и поддержку, все будут свои люди, соседи и друзья. Всякому, кто хочет работать, найдется работа. И всякий будет пользоваться большими удобствами жизни, возможностью жить не в тех конурах, в которых теперь живет большинство. А еще выгода, — при таком устройстве добрососедских союзов нет надобности в дорогом посредничестве купцов, хозяев, предпринимателей.

"Он холоден, и не верит, — вдруг подумала Анна, и вся наклонилась на стуле, и с удивлением посмотрела на Логина. — Нет, — опять подумала она, — я ошибаюсь, конечно!"

— А если члены пересорятся? — спросил Коноплев.

— Весьма вероятно, — отвечал Логин. — Но это не беда: неуживчивые выйдут, другие спорщики подчинятся общему мнению, увидят, что это выгодно.

— Нужен капитал, — сказал Хотин, — без денег самых пустых вещей не устроишь.

Деловая озабоченность не шла к нему, — такое— v него всегда было рассеянно-мечтательное лицо.

— Каждый человек сам по себе капитал, — сказал Логин. —

Инструменты у многих, конечно, найдутся.

— И деньги найдутся, — сказала Анна и опять покраснела.

Странное чувство неловкости владело ею; стала смотреть в сад и положила руки на деревянную изгородь террасы. Цветы, которые пахли безмятежно, по-весеннему, возвратили ей спокойствие.

— С миру по нитке, — начал было Шестов. Но уже он так давно молчал, что у него на этот раз не вышло, — горло пересохло, звук оказался хриплым. Шестов сконфузился, закраснелся и не кончил пословицы.

— Самое главное, — сказал Ермолин, — надо для начала людей убежденных, чтоб они верили в дело и повлияли на других своею уверенностью.

— Люди найдутся, — сказал Хотин с уверенным видом и погладил бороду, как будто бы эти люди были у него в бороде.

— Было бы корыто... — начал опять Шестов и опять в смущении замолчал: он видел, что Анна улыбается.

— Заведем в складчину машины, — заговорил Логин, — работа будет производительнее, меньше будет утомлять. Приспособим электричество. Много есть под руками живых сил, которыми не пользуются люди. Заведем общие библиотеки. Будем обмениваться нашими знаниями, будем устраивать путешествия...

— На луну, — тихо сказал кто-то, Логин не расслышал кто.

Логин вздрогнул слегка и заметил, что мечтает вслух.

— Зачем на луну? — досадливо сказал он, — хоть бы по родине, а то мы и ее не знаем как следует.

— Еще один вопрос, — торопливо сказал Коноплев, — типография будет?

При этом его лицо приняло такое— выражение, точно это было самое важное и интересное для него дело, и черные глаза с ожиданием уставились на Логина.

— Что ж, если понадобится, отчего же, — ответил Логин, — в других городах есть, так отчего бы и у нас ей не быть!

— В нашем городе? Что у нас печатать? — спросила, улыбаясь, Анна. — Листок городских известий и сплетен?

— Непременно надо, оживленно заговорил Коноплев, — мало ли здесь учреждений разных, и частных, и казенных, — нужны бланки, книги торговые, объявления, мало ли что. Наконец, книги печатать.

— Какие? Приходно-расходные?

— Ну да вот я напечатаю свое сочинение, — почти готово.

— Для книги-то стоит, согласился Ермолин с едва заметною усмешкою.

— Эта типография, — сказала Анна, — будет как теплица, чтобы взращивать провинциальные книги.

Решили прочесть вслух и обсудить устав. Мальчики вернулись на террасу, и Анатолий выпросил, чтобы читать позволили ему.

После чтения каждого параграфа подымались споры, довольно-таки нелепые. Горячее всех спорили, причем часто не понимали друг друга, Коноплев и Хотин: Коноплев любил спорить, Хотин хотел показать свою практичность, и оба оказывались бестолковыми одинаково. Ермолин и Анна помогали им разобраться и с трудом успевали в этом. Шестов говорил мало, зато много волновался и краснел. Мальчики не ушли и слушали внимательно; Митя горел восторгом и сердился на непонимающих. Логин молчал и смотрел все так же, мечтательными, не замечающими предметов глазами. Но он видел, что ласковые глаза Анны иногда останавливались на нем, — и ему приятно было чувствовать на себе ее взгляд. Казалось ему иногда, что ее чистые глаза, доверчивые, были насмешливы. Да, от насмешливого отношения к себе, зачинателю, и к своему замыслу он никогда не мог совсем освободиться.

Когда чтение окончилось, спорили еще долго о названии общества: Коноплев предлагал назвать его дружиною, Хотин-компаниею. Шестов-братством, — и не пришли ни к чему.

— С этим обществом мы таких делов наделаем, что страсть! — воскликнул Хотин, внезапно воодушевляясь. — Мы им покажем, как жить по совести. Только бы удалось нам осуществить, а уж мы им нос утрем.

И он яростно погрозил кому-то кулаками.

Логин вдруг нахмурился; язвительная улыбка промелькнула на его губах.

"Ничего не выйдет", — подумал он, и тоскливо стало ему. Но вслух он сказал:

— Да, конечно, если приняться с толком, то должно осуществиться.

"Отец-такой же мечтатель, как и дочь, — думал он об Ермолиных. — Он верит в мой замысел больше, чем я сам, — поверил сразу, с двух слов. А я, после стольких дум, все-таки почти не верую в себя! А какой бодрый и славный Ермолин! Глаза горят совсем по-молодому, — позавидуешь невольно".

— Однако, — суетливо заговорил Коноплей, — я не стану тратить времени даром: сейчас же буду готовить книгу для типографии. Мне типография больше всего нужна. Это хорошо будет устроено. Вот я книгу написал. Напечатать-надо деньги. А своя типография, то даром, — выгода очевидная.

— Ну, не совсем даром, — сказал Логин, хмурясь и в то же время улыбаясь.

— Да, да, понимаю: бумага, краска типографская. Ну да это подробности, потом.

— У вас и так много работы, — сказал Шестов, — а вы еще находите время писать.

Он с большим уважением относился к тому, что Коноплев пишет.

— Что делать, надо писать, — с самодовольною скромностью отвечал Коноплев. — Никто другой не говорит в печати о том, что нужно, — приходится выступать нам.

— А не будет нескромностью полюбопытствовать, о чем ваша книга? — спросил Логин.

— Против Льва Толстого и атеизма вообще. Полнейшее опровержение, в пух и прах. Были и раньше, но не такие основательные. У меня все собрано. Сокрушу вдребезги, как Данилевский Дарвина. И против науки. — Против науки! — с ужасом воскликнул Шестов.

— Наука-ерунда, не надо ее в школах, — говорил Коноплев в азарте. — Все в ней ложь, даже арифметика врет. Сказано: отдай все, — и возвратится тебе сторицею. А арифметика чему учит? Отнять, так меньше останется! Чепуха! Против Евангелия. К черту ее!

— Со школами вместе? — спросил Ермолин.

— Школы не для арифметики!

— А для чего?

— Для добрых нравов.

— В воззрениях на науку, — сказал Логин, — вы идете гораздо дальше Толстого.

— Вашего Толстого послушать, так выходит, что до него все дураки были, ничего не понимали, а он всех научил, открыл истину. Он соблазняет слабых! Его повесить надо!

— Однако, вы его недолюбливаете.

— Книги его сжечь! На площади, — через палача!

— Ас читателями его что делать? — спросила Анна с веселою улыбкою.

— Кто его читает, всех кнутом, на торговой площади! Анна взглянула на Логина, словно перебросила ему Коноплева.

— Виноват, — сказал Логин, — а вы читали?

— Я? Я читал с целью, для опровержения. Я зрелый человек. Я сам все это прошел, атеистом был, нигилистом был, бунтовать собирался. А все-таки прозрел, — Бог просветил; послал тяжкую болезнь, — она заставила меня подумать и раскаяться.

— Просто вы это потому, что теперь мода такая, — сказал Шестов; он от слов Коноплева пришел в сильнейшее негодование.

Коноплев презрительно посмотрел на него.

— Мода? Скажите пожалуйста! — сердито сказал он.

Широкие губы его нервно подергивались.

— Ну да, — продолжал Шестов, волнуясь и краснея, — было прежде поветрие такое— вольное, и вы тянулись за всеми, а теперь другой ветер подул, так и вы...

— Нет, извините, я не тянулся, я искренно все это пережил.

— И Толстой-искренно.

— Толстой? На старости лет честной народ мутит.

— Ваша книга его и обличит окончательно, — сказала Анна примирительным тоном,

— Мало того! На кол его, и кнутом!

— Меры, вами предлагаемые, не современны, к сожалению, — сказал Шестов.

Он старался придать своим словам насмешливое выражение, но это ему не удалось: он весь раскраснелся, и голос его звенел и дрожал, — очень уж обидно ему было за Толстого, и он теперь от всей души ненавидел Коноплева.

— Не современны! — насмешливо протянул Коноплев. — То-то нынче все и ползет во все стороны, и семья, и все. Разврат один: разводы, амурные шашни! А по Домострою, так крепче было бы.

— Так, по Домострою, — сказал Ермолин, — то есть непокорную жену...

— Камшить плетью!

— Хорошо, кто с плетью, худо, кто под плетью, — сказал Логин, — всяк ищет хорошего для себя, а худое оставляет другим. Так и жена.

— Нет, совсем не так. Жена-сосуд скудельный, она слабее, и поэтому ее обязанность-повиноваться мужу.

— Вот вы говорите, что жена слабее, — сказала Анна. — А если случится так, что жена сильнее мужа?

— Не бывает! — решительно сказал Коноплев.

— Однако!

— Если телом и сильнее, так умом или характером уступит. Муж-глава семьи. Вот Дубицкий-примерный семьянин, он в повиновении держит...

— Изверг! — воскликнул Шестов.

— А взять хоть нашего городского голову, — да он прямой колпак. Я б его жену а бараний рог согнул.

— Это вам не удалось бы, — возразил Хотин, — посмеиваясь.

— Не беспокойтесь! Или еще исправничиха, — разве хорошо? Муж долги делает, а она наряжается. Не молоденькая, пора бы остепениться!

Глава десятая

Логин и Шестов с Митею втроем возвращались от Ермолиных. Они отказались от экипажа, который им предлагали, а Коноплев и Хотин предпочли ехать.

Митя устал за день. Ему хотелось спать. Иногда он встрепенется, пробежит по дороге и опять шагает лениво, понурив голову.

Тихо было на большой дороге. Уже солнце касалось мглистой полосы у горизонта. Откуда-то из-за дали доносились заунывные звуки песни, тягучие и манящие. По окраинам дороги, на высоких и пустых стеблях покачивались большие желтые цветы одуванчика. На лугу кой-где ярко желтели крупные калужницы. В перелеске коротко и скучно загоготал одинокий леший и смолк.

Шестов так бодро шагал по дороге, словно уже совершал некоторый подвиг. Логин с усмешкою слушал его восторженные восклицания. Вспомнилось, как при прощанье Анатолий крепко сжал его руку. Он смотрел тогда на Логика разгоревшимися глазами, и щеки его раскраснелись. Восторг мальчика понравился Логину и позабавил его.

"Игрушка, заманчивая для детей, незнакомых с жизнью, и для стариков, которые молоды до могилы"-так определил он теперь свой замысел.

— Какая превосходная идея! — восклицал Шестов. — Да, вот это именно и хорошо, что без всяких потрясений можно устроить разумную жизнь, — и так скоро!

— Разумную жизнь в Глупове! — тихо сказал Логин.

Помните, — продолжал Шестов, — "Через сто лет" Беллами. Когда я читал, я все думал, что это что-то далекое-, почти несбыточное. Ведь он через сто с лишком лет Рассчитывает. А через сто лет что еще будет нравиться людям У них свои идеалы, может быть, будут, получше наших. А это наше дело теперь же можно сделать! Сейчас же можно начать!

Сейчас, конечно, угрюмо сказал Логин, — вот придем домой и переменим свою жизнь.

Ну, не буквально сейчас... Да нет, именно сейчас, теперь же можно говорить, собирать сотрудников, разрабатывать устав. Ведь начальство разрешит!

Было бы для кого разрешать.

Шестов посмотрел на Логина внимательно, словно обдумывал-разрешат или нет, — и опять быстро и уверенно зашагал.

— Ведь тут нет ничего пред осу дительного или незаконного. Впрочем, как посмотрят. Вот мне один из товарищей писал, что в их городе клуба не разрешили: мало членов, и никого из местных заправил. Но мыто навербуем толпу участников.

— Едва ли десяток найдется.

— Почему же вы так думаете?

— Равнодушие-злейший враг всякого движения.

Шестов примолк ненадолго.

"Ах, если бы я сам был поменьше недоверчив к себе, думал Логин. — Этот мальчик своим энтузиазмом разогрел бы кого-нибудь... если бы не обстоятельства".

Настолько Логин был уже знаком с историею, которая занимала

город, и с настроением некоторых влиятельных в городе лиц, чтобы предвидеть, что участие Шестова не принесет пользы для проведения замысла в жизнь. Скорее напротив: будут мешать за то, что' он участвует.

А все-таки поборемся, — решительно сказал Шестов.

Горделивое чувство поднялось в душе Логина, как перед битвою в душе воина, который не уверен в победе, он дорожит честью.

— Поборемся, — весело повторил он.

И вера в замысел, такая же сильная, как и неверие, встала в его душе, о и все же не могла затмить угрюмой недоверчивости.

"Восторг его хорош сам по себе, помимо возможных результатов, ^ думал он о Шестове, эстетичен этот восторг!"

Было, в самом деле, что-то прекрасное и трогательное в молодом энтузиасте. Дорога, где шли они, с серым избитым полотном и узкими канавами по краям, пыльно протянулась среди унылого ландшафта, утомительнооднообразного; она своим пустынным и жестким простором под блеклозеленым небом, всем своим скучающим видом странно и печально оттеняла незрелый восторг молодого учителя. Чахлые придорожные березки не слушали его восклицаний, вздрагивали пониклыми и порозовелыми на заре ветками и не пробуждались от вечного сна. Грубая дорожная пыль взлетала по ветру нежными клубами, сизыми, обманчивыми. Когда она подымалась у ног Логина, за нею мерещился ему кто-то злой и туманный.

— Какая светлая личность-Ермолин! — продолжал восторгаться Шестов. — Какая удивительная девушка— Анна Максимовна! Их Толя-замечательно умный мальчик, не то, что ты, Митька!

— Ну уж, ты, — сердито пробормотал Митя, — все-то у тебя замечательные!

— Коноплев тоже очень умный человек, но только он ужасно заблуждается.

— Что вы говорите! — досадливо сказал Логин, — какой он умный! У него в голове не мозг, а окрошка с луком.

— Ах нет, вы его еще очень мало знаете!

— Говорит, был нигилистом. Да он и теперь нигилист.

Логин не пошел прямо домой. Сообразил, что горожане глазеют на острог, где сидит арестованный учитель Молин, — и захотелось поглядеть на это.

Не ошибся. На валу нашел вереницы гуляющих по той Дорожке над рекою, откуда видны окна острога. Некоторые останавливались перед острогом и смотрели на него сверху вниз; старались угадать окно, за которым сидит Молин. Надеялись, что он покажется; кто-то уверял, что днем Молин разговаривал из окна с учениками. Но теперь он не появлялся. Любопытствующие горожане спорили о том, какое

— окно принадлежит его камере.

Логин встречал знакомых, слышал отрывки разговоров, веселый смех, шутки, довольно плоские, по обыкновению, — все о заключенном. Кто попроще, не стесняясь, бранили Молина и издевались над тем, что он угодил в тюрьму: прельщала мысль, что вот, хоть и барин, а все-таки посажен. Но в речах людей, которые стараются в обхождении и одежде подражать "господам и барышням", не мог Логин уловить ни сочувствия к заключенному, ни пылкого осуждения: в сонную толпу брошен забавный анекдот, занимаются им, — и только.

Здесь была сегодня все больше публика, одетая странно, в подражание господам; шляпки, не идущие к лицу, стриженые холки над румяными лупетками, пестрые галстуки под корявыми рожами, тесные башмаки на громадных ножищах и усилия подражать господам не только в разговорах, но и в самых мыслях.

Какие-то вертлявые, но как бы испуганные чем-то барышни хихикали; молоденькие, развязные и неловкие чиновники вертелись вокруг них-иной поместится против барышень, да так и марширует спиною вперед. Смуглый, рябой поручик Гомзин, со сверкающими белыми зубами, молодцевато прошел с Машенькою Оглоблиною, которая фасонисто потряхивала хорошенькою глупенькою головкою, чтобы пощеголять золотыми сережками, и помахивала пухленькими короткопалыми ручонками, чтобы увидели ее золотые браслеты. Ее брат, жирный молодой купчик, суетливо пробежал в толпе бестолково-шумливых молодых людей; они покрывали каждую его фразу восторженным ржанием. Валя Дылина и ее младшая сестра Варя прошмыгнули тут же; их преследовали двое невзрачных юношей, воспитанники учительской семинарии; в воздухе, мягком и влажном, резко взвизгнули скрипучие и трескучие нотки громкого смеха веселых девушек.

Внизу, на площадке между собором и острогом, тоже был народ. Но они не прикрывали своего любопытства тем, что будто бы пришли на прогулку, — это был рабочий народ, который гуляет только в кабаке да в трактире. Прохаживались угрюмо, застаивались перед железными воротами острога, — мрачные, унылые фигуры в испачканных, заплатанных одеждах: мальчишки грязные, растрепанные и изумленные, — мастеровые: сапожник, опорки измызганные и дырявые, почерневшие от вара пальцы-краснели кий мясник, одежда пахла кровью убитых быков, — столяр, высокий, тощий, бледный, цепкие и костлявые руки бесприютно болтались по воздуху, тосковали об оставленном дома рубанке. Говорили тихо, но злобно, — обрывками зловещих угроз и таинственных афоризмов.

— А вы что здесь один делаете, Кудинов? — спросил Логин румяного, длинноносого гимназиста, который с любопытным и суетливым видом шнырял в толпе, на дорожке вала.

— А меня мама послала посмотреть, что здесь делается, — откровенно объяснил Кудинов.

Трое почтовых чиновников остановились на валу против окон острога. Пьяные. Один из них, хромой, с выражением совестливости на румяном лице, круглом, безусом, уговаривал товарищей идти дальше и сконфуженно улыбался. Бормотал:

— Братцы, бросьте! Довольно безобразно, и даже нехорошо. Ну, что там! Наплевать! Невидаль какая! Пойдемте, ей-богу, пойдемте!

Двое других, тощие, бледные, обалделые и нахальные лица, удерживали его, хватали за руки и вскрикивали, обращаясь к острогу:

— Друг, Лешка, ясное солнышко, покажись! Скотина ты этакая, выставь свою мордашку, друг распроединственный!

Наконец-таки благоразумный товарищ (они пили по большей части на его счет и потому несколько слушались его) убедил их. Пошли, неистово хохотали, шатались, ругались. Были не настолько пьяны, как представлялись, и могли бы держаться прямее, но хотелось покуражиться.

Молодой щеголеватый портной Окоемов, у которого кривые ноги двигались, как ножницы, подскочил к Логину с форсом, протянул ему руку. Разило1 помадою и духами резедою; галстучек на тонкой, жилистой шее торчал зеленый с розовыми крапинками; рыженький котелок, аккуратненький пиджачок бирюзового цвета, узкие клетчатые брючки. Шил на Логина и потому на улицах подходил беседовать. Логин знал, что Окоемов глуп, и беседы с ним уже не забавляли.

— Вот извольте полюбоваться, — презрительно сказал Окоемов, — совершенно непросвещенный народ: дивятся, а чему? Что тут глаза таращить! Все одно, — много ли увидят? И что такого особенного? Ну, будем так говорить, за нарушение целомудренности засадили интеллигентного человека. Но, я вас спрошу, разве же это редкость?

— Будто бы не редкость?

— Помилуйте, скажите, да они не читают газет, а взять хоть бы "Сын Отечества", — да там в каждом номере самых разнообразных преступлений хоть отбавляй: читай не хочу, так что под конец и внимания не обращаешь, ну убил, зарезал, отравил, — тьфу!

— А тут наш попался, — объяснил Логин, — всем и интересно.

— Конечно, — согласился Окоемов, — так как в нашем богоспасаемом граде не имеется, можно сказать, никаких высших интересов и увеселений, то им и это обстоятельство лестно. В столицах же и в больших городах теперь в моде психопатия. Я ведь и сам, как вы, может быть, изволите знать, жил в Санкт-Петербурге, обучался своему художеству.

— И насмотрелись на психопатию?

— Да-с, оно точно, психопатия — веди", будем так говорить, очень тонкая и деликатная. Значит, как хочу, так и верчу, и ты моему нраву не препятствуй. Ну а чуть ты что не потрафил, так уж тут держись, берегись да улепетывай, а не то живым манером пистолетная запальчивость. Так что остальные прочие уж лучше терпи, кто ежели попроще и без нервов. Ловко! Господа очень одобряют.

— Ну а вы как?

— Чего-с?

— Одобряете, кажется, психопатию?

— Я-то?

— Ну да, вы.

— Да как вам сказать; оно, конечно... Но только, будем так говорить, если кого, например, через свою психопатию умертвить, то все-таки большие треволнения для себя самого произойдут, а я этого не уважаю. Я больше обожаю, чтобы все было тихо, мирно, благородно.

— Значит, людей умерщвлять не будете?

— Зачем же? Пусть живут!

— А вот рыбку умерщвляете, видел я вас сегодня поутру.

Окоемов покраснел: утром сегодня он был одет уж очень в распояску. В это время встретился им Толпугин, молодой полицейский чиновник из самых незначительных, зато известный в городе за искусного переплетчика. Маленький человечек, тощенький, курчавенький, шепелявенький, весь запыленный и слегка проклеенный. Видно было, что он радостно озабочен и занят чем-то своим. Слегка задыхался от волнения, когда говорил Логину:

— Поздравьте, меня произвели.

— А, так вы теперь?..

— Коллежский регистратор! — с гордостью сказал Толпугин, и его рябенькое— лицо засияло.

Логин поздравил нового коллежского регистратора.

— Что, нет ли у вас работки для меня? — спросил Толпугин.

— А вот зайдите ко мне на днях, — кажется, найдется. Так обделал Толпугин свои делишки и заговорил тоже о Моли не. Он кивнул головою на острог.

— Жирует там теперь, — сказал он и захлебнулся от восторга. — Ведь поставили же острог на самом тору!

Кондитер с семьею-женою, сыном-сельским учителем и дочерью, тоже учительницею,— прошли мимо Логина, черные и торжественные, как неторопливые вороны. Если бы Логин был один, то они заговорили бы с ним. Но они презирали Толпугина и Окоемова, считали их ниже себя

Логина утомила сутолока лиц и безлепица разговоров. Он призакрыл глаза. Перед ним поднялось из тьмы смуглое лицо Анны с ее смущенно опущенными глазами, с презрительною усмешкою на негодующих губах. И потянуло его прочь от этих людей, — от этих добрых людей. Сошел с вала и нанял извозчика. Чувствовал себя усталым. Голова начинала болеть.

Энтузиазм Шестова вспомнился и разогрел Логина. Начал, незаметно для себя самого, мечтать о том, как задуманное осуществится. Мечта за мечтою роились. Предметы действительности пропали. И вдруг в то время, когда он, в собрании членов общества, при единодушных рукоплесканиях, кончал речь об открытии в нашем городе классического общедоступного театра, дрожки сильно тряхнуло, Логин подпрыгнул, как на пружине, и чуть не упал. Взъезжали на мост. Из плохо налаженной настилки торчала доска, — она-то чуть и не свалила дрожек. Казалось, что весь мост скрипит и шатается под копытами облезлой клячи. Логин побледнел.

"Провалится, все провалится", — подумал он с внезапным бешенством.

Ощутил в правом виске тупую боль: что-то холодное и крепкое — прижалось к виску. Дуло револьвера произвело бы такое — ощущение. Он поднял руку, бессмысленным жестом отмахнул невидимое дуло и потерянно улыбнулся.

— Василий Маркович, домой? — послышался голос Баглаева.

Баглаев подходил к дрожкам. Был, по обычаю своему, заметно нетрезв. Извозчик, привычный к частым остановкам седоков при встречах, — в нашем городе некуда торопиться, — сам остановил лошадь. Логин пожал пухлую руку Баглаева. Сказал:

— Да, сейчас вот чуть не вывалился на вашем городском мосту,

Баглаев засмеялся и показал свои попорченные зубы.

— Ну что, каков мостик?

— Хорош, нечего сказать!

— Провалится, брат, провалится. Весной только починили, да ледоход опять снесет.

— Неужели?

— Уж в этом я тебе ручаюсь. На живую нитку заштопали. Уж теперь не устоит, — совсем будет капуткранкен.

— Эх ты, городская голова! Тебе-то какая радость? Юшка захихикал и принялся звать Логика к себе на вечер. Логин отказался.

Извозчик проехал по мосту шагом, как установлено, и повез Логина по мучительно-громадным булыжникам улиц. Дрожки гремели и сотрясали Логина. Он мрачно смотрел по сторонам,

Дома, с высоко поднятыми, под самую кровлю, окнами, имели глупый вид, — бессмысленные хари, у которых волосы начинают расти почти сразу от бровей. Грязные лавчонки, шумные кабаки, глупые вывески, — "шапочных дел ремесленник", прочел на одной из них Логин.

Дикие мысли вспыхивали, отрывочные, мучительные. Нелепою

казалась жизнь. Странно было думать, что это он переживает зачем-то все это. Томила тоска воспоминаний.

"Почему на мою долю эта смута и этот сумбур? И почему я? Какое—блаженство было бы по воле покинуть постылую оболочку и переселиться, — ну, хоть вот в этого оборванного и чумазого мальчишку, или вот в этого толстого купца, угрюмо-задумчивого. Зачем эта скупость одиночной жизни?"

Внезапный шум и гам привлекли внимание Логина. Проезжал мимо трактира Обряднина. Это место было излюблено нашими мещанами. Теперь там разгорелась драка. Вдруг распахнулись с треском и звоном выходные двери трактира. Пьяная ватага вывалилась оттуда и свирепо горланила. Растрепанный мужик с багровым лицом и налитыми кровью глазами бросился за дрожками. Извозчик отмахнул его кнутом. Пьяница зарычал от боли, но трусливо отстал.

Логин быстро удалялся от толпы, которая гудела сзади него.

Глава одиннадцатая

Утро веселилось и радовалось. Шестов сидел у окна. В нем сменялись смутные, неопределенные настроения. День выдался свободный-занятий в училище не было.

Он то брал в руки, то опять бросал на стул рядом с собою книгу, — не читалось. Рассеянно посматривал на немощеную улицу, где торчали серые заборы, бродили куры, росла буро-зеленая трава и жались к заборам желтые зонтики чистотела. «Задавал» себе думать о проекте Логина. Но невольно мысли направлялись в другую сторону. Своего, арестованного теперь, товарища он очень уважал за «ум», за презрительные отзывы обо всех и за то, что Молин был старше его лет на пять. Теперь Шестову жаль было, что Молин "взят под стражу". Но он с неприязненным чувством вспоминал, как бесился Молин, когда увидел, что дело плохо. В комнате, которую он занимал, со стен висели лохмотья порванных и запятнанных обоев, валялись поломанные гнутые стулья; его были следы буйства: накануне ареста Молин вернулся поздно ночью откуда-то, где его предупредили о предстоящем, и долго метался по комнате, энергично ругал кого-то, швырял с грохотом стулья и кидал в стены что ни попало. Шестов сказал ему:

— Алексей Иванович, ведь уж поздно, тетушка спит.

— О, черт вас возьми с вашей тетушкой! — закричал Молин и сильным ударом об пол раздробил легкий буковый стул.

Шестов скромно скрылся в свою комнату и уж больше не препятствовал порывам шумного гнева. Это бешенство даже подняло Молина в глазах наивного юноши, — "значит, невиновен, если так негодует". А все ж ему было досадно, — "стулья-то зачем ломать?"

Вспомнил, что Молин был очень невыгодный квартирант: слишком много на него было расходов, а платил он мало, так что в последнее время накопился долг в лавках, а Молин еще не каждый день был доволен пищею. Его чрезмерная разборчивость выводила из себя Александру Гавриловну, тетку Шестова, и она говаривала:

— Не в коня корм.

Шестов упрекал себя за эти мысли и старался гнать их. Так привык уважать ум и честность Молина, что считал себя обязанным и теперь верить ему, а Молин уверял, что он невиновен. Но как только пробовал Шестов взглянуть на дело беспристрастно, так немедленно и несомненно убеждался, что Молин сделал то, в чем его обвиняют. И не только сделал, — мало ли что случайно может сделать человек, — но и способен был сделать: такой уж у него был темперамент, и такие наклонности, и такие взгляды. Это убеждение мучило Шестова, как измена дружбе.

А и друзьями-то не были, — пьянствовали только вместе, причем Молин не упускал случая выставить свое превосходство. Против этого Шестов и не спорил, но начинал догадываться, что это — плохая дружба. И с тех пор, как научился пить водку почти так же хорошо, как Молин, он начал замечать, что никакого превосходства нет. Уже слушал недоверчиво, когда Молин горделиво говорил:

— Меня здесь каким-то уездным Мефистофелем считают!

Но Шестов старался не давать воли слишком свободным мыслям о своем товарище: уж очень поразил и пленил его с самого начала, года два тому назад, Молин.

Если в таком сбивчивом настроении Шестов хватался за постороннюю идею, чтобы ею развлечься, то это была попытка отчаянная. Идея не могла прогнать прежних мыслей, хоть и велик был его восторг перед нею и перед ее автором.

Вдруг Шестов досадливо нахмурился: увидел на улице Галактиона Васильевича Крикунова, учителя-инспектора училища, в котором Шестов служил. Очевидно было, что Крикунов направляется сюда; он уж начал даже пальто расстегивать, когда приметил Шестова у окна.

Шестов считал Крикунова человеком злым и лицемерным, ненавидел его вкрадчивые манеры, ханжество, низкопоклонство перед значительными людьми, его взяточничество, несправедливое отношение к ученикам и мелочные прикарманивания казенных денег. В последнее время по некоторым мелким, но несомненно верным признакам Шестов стал догадываться, что и Крикунов его возненавидел. Причиною могли быть только разве неосторожные слова Шестова в "своей компании", то есть в кругу выпивавших с Молиным молодых людей. Но так как наиболее резкие из этих выражений были сказаны в разговоре с Молиным с глазу на глаз, да и в таком месте, где подслушать было некому, за городом, на шоссе, и так как Крикунов злился очень сильно, то Шестов подозревал, что все это передал Молин жене Крикунова и что, может быть, и свои собственные резкости взвалил заодно на Шестова. По своей повадке давать всем пренебрежительные клички, Молин иначе и не называл Крикунова в своем пьянствующем кружке, как сосулькою или леденчиком. Откровенно объясниться по этому поводу с Молиным Шестов не решался, отчасти по своей застенчивости, отчасти и потому, что боялся оскорбить Молина, если заговорит с ним о таких своих подозрениях.

Шестов с тяжелым сердцем вышел в переднюю встречать Крикунова.

— Здравствуйте, здравствуйте, с добрым утречком, — заговорил Крикунов, — вот и я к вам, Егор Платонович, рады не рады, — принимайте.

Носовые звуки его жидкого тенорка казались Шестову гнусными. Он покраснел, когда пожимал руку Крикунова, и неловко ответил:

— Очень рад, здравствуйте.

— Матушка, Александра Гавриловна! Сколько лет, сколько зим не видались!

Александра Гавриловна, худощавая и бодрая старуха высокого роста, лет пятидесяти с лишком, неприязненно оглядела сверху вниз маленькую, тощую и сутуловатую фигурку гостя и сказала:

— Редко у нас бываете.

— Некогда, голубушка, нисколиньки времячка нет, — отвечал Крикунов и придал своему лицу с острыми глазенками озабоченное выражение. — Вот забежал по делу, на минуточку. Я еще вчера хотел поговорить с вами, Егор Платонович, после обеденки, да вы, кажется, у обедни вчера не были?

Шестов вошел за Крикуновым в гостиную, Александра Гавриловна не пошла за ними. Крикунов подобрал фалды аккуратно сшитого сюртучка, уселся в кресло, медленно вынул из кармана серебряную табакерку, с видимым удовольствием повертел ее, похлопал по крышке, открыл ее и с наслаждением втянул понюшку. Приучился нюхать, чтоб отстать от курения: дешевле. Звучно и сладко чихнул. Серые, бойкие глазки шмыгали по углам большой, пустовато обставленной комнаты. Заговорил протяжно:

— Вот уж я вам похвастаюсь, — подарочек получил от бывшего ученика. Володя Дубицкий прислал, я его в корпус готовил: отлично сдал все экзамены, отец очень мне был благодарен. Да-с, Егор Платоныч, мы хоть и лыком шиты, а тоже...

— Хорошенькая табакерка, — сказал Шестов.

— То ведь мне дорого, что сам вспомнил; отец говорит, что никовушкото ему не советывал.

Крикунов показал Шестову выгравированную на нижней стороне

серебряной крышки надпись и прочел ее вслух, раздельно и с чувством:

— Многоуважаемому Галактиону Васильевичу от благодарного ученика Володи Дубицкого.

— Молодец Володя! — сказал Шестов.

— Да, вспомнил старика, утешил. Крикунов не был стар, ему было лет сорок, стариком он называл себя, очевидно, для большей чувствительности.

— И вот, — продолжал он, — хоть вам, молодым людям, это и смешно, хоть вы и улыбаетесь...

— Помилуйте, Галактион Васильевич, вовсе не смешно, — совсем даже напротив, то есть хочу сказать, что вполне сочувствую, что это очень трогательно.

— Да, утешил, утешил. И карточку мне свою прислал.

— Тоже с надписью?

— Да-с, с надписью, — раздражительно сказал Крикунов.

Маленькие глазки его засверкали. Но сладость воспоминаний утешила, — повторил вкусно, с кошачьею ухваткою:

— С надписью! Сам Сергей Иваныч принес вчера вечером. Пришел ко мне, так, запросто. Посидели мы с ним, потолковали кое— о чем. Вдруг подает мне. Очень меня тронуло. Грешный человек, чуть я не заплакал. Ведь что дорого? Что сам вспомнил, самушко вспомнил, мальчик милый!

Шестов натянуто улыбался.

— Уж такой, говорю, ваше превосходительство, вы мне праздник сделали, такой праздник! Теперь, говорю, уж я никогдашеньки с этой табакерочкой не расстанусь, всегда с собой буду носить, когда пойду куда-нибудь. Домато из старой берестяной тавлиночки понюхаю, а пойду куда, серебряную захвачу, пусть видят добрые люди. Похвастаюсь всем, говорю, ваше превосходительство: вот, мол, как мы нынче. Умирать стану, говорю, с собою в гроб прикажу положить эту табакерочку, ваше превосходительство.

Крикунов с умилением понюхал табачку, вздохнул и поднял к потолку плутоватые глаза.

— Вместе с записочкой? — спросил Шестов. Крикунов мгновенно окрысился.

— С какой записочкой?

— Да от Калокшина.

— Да-с, и ту записочку, и эту табакерку, вот как! Записка, о которой напоминал Шестов, имела вот какое— происхождение: прошлою зимою приезжали в город для ревизии учебных заведений два чиновника: помощник попечителя учебного округа и при нем, чтобы вникать в подробности, окружной инспектор. Первый из них держал себя величественно, удостаивал более или менее распространенных обращений только лиц заслуженных, младших же служащих ошеломлял лаконизмом вопросов, внушительностью замечаний и молниями взглядов. Младший из ревизоров, более доступный, должен был однажды вечером передать Крику нову некоторое внезапное приказание помощника попечителя. Чтобы не призывать к себе Крикунова лично, — некогда было: предстояла интересная партия винта, окружной инспектор написал Крикунову коротенькую записку на лоскутке бумаги, чуть ли не оберточной. Эту записку Крикунов принял с волнением, как знак высокой милости: собственноручная записка, и в ней Крикунов назван по имени и отчеству! Положим, ревизор перепутал и назвал Галактиона Васильевича Василием Галактионовичем, но это, конечно, произошло по множеству забот. Что всего умилительнее, записка начиналась словом "уважаемый!". Растроганный до глубины души, показал Крикунов записку всем сослуживцам и объявил, что, умирая, прикажет положить ее себе в гроб; потом долго ходил по всем знакомым, показывал записку и повторял то же завещание, потом записку спрятал и рассказывал уже повторительно. Наконец дошли до него грубоватые насмешки Молина над его гробом, который обратился в корзину для сорных бумаг, так как служебная карьера его еще не кончена, — а в эти бумажки бросят и обсосанный леденчик. Крикунов обиделся и перестал рассказывать о записке.

В последнее время Шестов заметил, что Крикунов считает его автором непристойного уподобления Теперь Шестов спохватился, что дал Крикунову повод еще более убедиться в том.

"Ну к чему вот я? Эх, всегда-то я так наглуплю!" — терзался Шестов.

— Да-с, Егор Платоныч, — брюзжал Крикунов, — ничего, что гроб на мусорную корзину будет похож, ничего. Дай Бог всякому в такую корзину лечь!

— Да уж, конечно, где ж всякому! — говорил Шестов и сам не знал, зачем это говорит: с языка сорвалось, — да и вам дай Бог еще не скоро в гроб ложиться.

— Эх, Егор Платоныч! — вздохнул Крикунов, — неприятности везде. Сколько раз уж просил, чтобы взяли от меня училище, сделали простым учителем. Да нет, начальство просит остаться, да и родители... Видно, еще нужен я. Ну что ж делать, буду трудиться, пока Господь силы дает.

— Конечно, зачем уходить, коли вас так любят.

— Так-то, Егор Платоныч, голубчик вы мой. Вы еще молоды, а вы у меня спросите... Ну, да засиделся я. Пора к домам пробираться. Я ведь по делу.

— Что ж вы торопитесь, посидели бы.

— Некогда. Завтрашняя мне почта-ох! Вы ведь за меня не сделаете? Так вот дело-то какое: был я у Алексея Степаныча.

Глазенки Крикунова опять зашныряли по углам комнаты. Сладкое и нетерпеливо-злое выражение мелькало в них, как в глазах кошки, когда она издали почует добычу. Шестов смотрел на него и сидел неподвижно.

— Так вот. Алексей Степаныч просит вас пожаловать к нему.

— Когда же? — тоскливо, срывающимся голосом спросил Шестов.

— Да уж, вот сейчас же, если вам возможно.

— Он вам говорил зачем?

Крикунов забеспокоился, поерзал в кресле и встал.

— Наверно не знаю. А думаю, что по этому делу...

— О Молине?

— Да, по этому самому делу.

— Ну хорошо, я схожу.

— Ну вот и хорошо, вот и отлично. Уж вы, Егор Платоныч, послушайтесь меня, — не спорьте вы с ним,

— Как это? Я и не собираюсь спорить.

— Нет, видите ли, если он предложит вам сделать что-нибудь, понимаете, так уж вы не отказывайте.

— Что ж он мне предложит?

— Да это я так, больше по соображениям. Я ничего верного не знаю, — а только я вам же добра желаю, и вообще, чтоб все это получше как-нибудь обделать. Уж я вас прошу, уж пожалуйста, сделайте милость, Егорушка Платонович!

Крикунов поглаживал Шестова по плечу, чувствительно пожимал ему руки и глядел на него замаслившимися лукавыми глазами; для пущей ласковости он хотел было и отчество Шестова сказать в ласкательной форме, да только это у него не вышло. Шестову стало очень совестно и очень смешно.

Мотовилов и в городском училище состоял почетным попечителем. Шестов ему не понравился, из-за мелочей и сплетен.

Шестов надел новенький сюртучок, спрыснутый духами иланжилан по четвертаку за бутылочку, и отправился к Мотовилову с храбростью подпоручика, который первый раз идет на сражение и уверен, что его убьют, потому что он дурной сон видел. По дороге старался думать о предметах посторонних и преимущественно приятных.

Идти было недалеко, — в нашем городе и нет больших расстояний. Через десять минут Шестов стоял у дома Мотовилова. Это был деревянный двухэтажный дом, широкий, некрасивый; цветные стекла на крытом балконе; в первом этаже — магазин и кладовая, во втором — жилые покои.

Шестов сообразил, что приличнее пройти дальше, как будто бы гуляет, и уж только1 от следующего угла повернуть обратно и зайти. Так и сделал Но не дошел до намеченного угла, как вдруг решил, что достаточно показал свою независимость, — и стремительно повернул назад. Шага за три до крыльца подумал, что не лучше ли будет не идти. Ведь не ему нужно, а его хотят видеть, а ведь ему-то что ж за дело? Однако он остановился у крыльца. А раз остановился, то как не зайти? Еще, может быть, кто-нибудь видел, как он стоит у крыльца. Не войти, подумают, побоялся. Внезапно покраснел от этой мысли, взбежал на ступеньки крыльца, дернул медную ручку звонка и поспешно скрылся от предполагаемых наблюдателей за незапертою нижнею дверью.

В первой комнате, куда вошел он из прихожей вслед за отворившею двери горничною, попалась ему навстречу старшая дочь хозяина, Анна Алексеевна, молоденькая и миловидная девушка, предмет его тайных мечтаний. Он никогда не пользовался ее вниманием: застенчивый с барышнями, Неты он даже побаивался, считал ее насмешливою, хотя она была только смешлива. Но такой суровости, как сегодня, раньше никогда не бывало: Нета едва глянула на него, едва кивнула головою на его почтительный, неловкий поклон, презрительно отвернулась и молча прошла мимо. Горничная насмешливо улыбалась. Шестов упал духом и тихонько побрел в одну из гостиных, где горничная предложила ему подождать барина Ждать пришлось минут двадцать, и это время показалось очень длинным.

Солнце стояло еще не высоко. В гостиной, небольшой, в два окна, с цветами у окон и по углам, с темною мебелью, было1 светло1 и грустно. Сквозь закрытые двери из внутренних комнат не слышно было движения и голосов. Шестов несколько раз порывался уйти, несколько рая подходил к дверям — и оставался. Наконец совсем уже собрался уходить и пошел из комнат. Но через две или три комнаты встретил Мотовилова.

— А, это вы, — сказал Мотовилов, на ходу подал руку и пошел впереди.

Мотовилов высок и тучен. Привычка на ходу слегка раскачиваться. Небольшая голова, — низкий покатый лоб, — седеющие, кудрявые, густые волосы; борода клином, полуседая. Затылок широкий, скулы хорошо обозначены. В разговоре слегка наклоняется одним ухом к собеседнику, — глуховат.

Указал Шестову кресло у преддиванного стола и сам сел на кресло по другую сторону. Пеструю скатерть озаряли косые лучи солнца; на ней стояла глиняная красная пепельница в виде рака и невысокая тяжелая лампа. Мотовилов постукивал пухлыми пальцами по скатерти. Шестов молчал и жался.

— Я хотел с вами поговорить о деле Алексея Иваныча, — начал Мотовилов, — вы вместе жили, вам это лучше известно. Вы как думаете, виновен он или нет?

— Я не знаю, — нерешительно отвечал Шестов. — Он сам говорит, что невиновен.

Мотовилов строго посмотрел на Шестова и заговорил с растяжкою:

— Такс. Признаться, мы все больше расположены верить Алексею Иванычу, чем этой девице. Алексей Иваныч, как говорится, ни мухам ворог. Но очень нехорошо, что ваша тетушка позволила себе дать такое— показание. Очень жаль это.

— Да, но я-то при чем же? — сказал Шестов и весь зарделся.

— Мне кажется, — внушительно сказал Мотовилов, — что вы, как товарищ, должны были позаботиться о том, чтобы не вредить Алексею Иванычу. Для вас это особенно важно ввиду неблаговидных слухов, которые ходят в городе, о том, что вы принимали участие в возникновении этого дела.

— Вздорные слухи!

— Тем лучше. Но не скрою от вас, что эти слухи держатся упорно. Конечно, показание вашей тетушки уже дано, но его можно изменить.

— Что ж, следователь может еще допрос сделать, — смущенно говорил Шестов.

— Но может и не сделать. Я вам советую убедить вашу тетушку, чтоб она сама явилась к следователю и заявила ему, что ее первое показание, так сказать, не точно, что она не слышала, там, этой двери, ну и так далее, вообще, чтоб видно было, что нельзя сказать, входил он в кухню или нет.

— Я, Алексей Степаныч, говорил со своей тетушкой об этом деле, — сказал Шестов дрожащим голосом.

— Такс, ну и что же? — строго спросил Мотовилов.

— Она, конечно, не согласится на это. Все именно так и было, как она показывала.

— Ну, вы должны убедить ее, наконец даже заставить.

— Как заставить?

— Да, именно заставить. Вы содержите ее и ее сына на свой счет, ее сын освобожден от платы в нашей гимназии, — и это надо очень ценить, — она должна вас послушаться.

В лучах солнца глиняный рак на столе краснел, как Шестов, и стыдливо прятался под его вздрагивающими пальцами.

— Выходит, как будто я должен припугнуть ее, что прогоню ее от себя, если она не послушается?

— Да, в крайнем случае намекнуть, дать понять, даже прямо объявить. Это для вас самих очень важно, вся эта грязная история может отразиться даже на вашей службе.

Мотовилов придал голосу и лицу внушительное выражение, что любил делать.

— Нет, Алексей Степаныч, я не могу так поступить.

— Напрасно. Потом сами пожалеете. Кто заварил кашу, тому и расхлебывать.

— Это, по-моему, даже нечестно, — давать ложные показания.

Шестов встал. Дрожал от негодования, искреннего и наивного.

— Нет, вы меня не поняли, — с достоинством сказал Мотовилов, — я вам недолжного не могу посоветовать, — посмотрите, у меня борода сивая. Я вас просил только, во имя чести и правды, повлиять на вашу тетушку, чтобы она вместо неверного показания дала верное.

— Вот как! — воскликнул Шестов.

— Да-с, вот как. У вашей тетушки свои виды, а по нашему общему мнению, тут только один шантаж, и это обнаружится, могу вас уверить. А если ваш товарищ, к нашему общему сожалению, и пострадает из-за вашего коварства, то вы, поверьте мне, ничего не выиграете по службе.

— Зачем вы мне грозите службой?

— Не грожу, а предостерегаю.

— Ну хорошо, нам с вами больше не о чем говорить, — с внезапной решительностью сказал Шестов, неловко поклонился и бросился вон.

Глава двенадцатая

Вечерело. Солнце близилось к закату. Усталое небо разнежилось, смягчилось и прикрывало свою грозно зияющую пустыню тканью ласковых оттенков. Но обманчива была эта ласковость: легкие облака, сквозные, как паутина, тлели и вспыхивали, как тонкая пряжа.

По узким дорожкам вала кружилась, все прибывая, пестрая и болтливая толпа. Босые крестьянские ребятишки суетливо продавали ландыши. Внизу, перед острогом, уже не толпились: любопытство толпы притупилось.

В беседке сидел Логин, один. Голова болела, томила грусть. Мысли проносились отрывочные, несвязные. Досадливо мережили в глазах проходившие мимо. Наконец увидел недалеко от себя светло-желтую соломенную шляпу с белыми и желтыми перьями. Эту шляпу он видел недавно на Анне. Встал и пошел в ту сторону; казалось, что повернул туда случайно, — и присоединился к обществу, где находилась Анна.

Тут были, — он заметил остальных, кроме Анны, только когда здоровался с ними, — Нета Мотовилова, нарядная и веселая; около нее увивался молодой человек деликатного сложения, одетый старательно и узко, причесанный волосок к волоску, напомаженный, надушенный, с коротко подстриженною черною бородкою, с предупредительною улыбкою и маслеными глазками, Иван Константинович Биншток; он служит в суде, занимается приискиванием невесты и тратит все, что остается от жалованья после уплаты за квартиру, на одежду, духи и вообще на поддержание приличного вида: на пищу издерживает мало, так как предпочитает каждый день быть в гостях; с Анною поручик Гомзин, человек из тех, что пороху не выдумают, с рябым лицом темно-бурого цвета и белыми зубами, которыми он, по-видимому, гордится, потому что часто испускает звуки, похожие на ржанье, и старательно показывает свои зубы; дальше Мотовилов в легкой серенькой крылатке и с тяжелою тростью в руке, — и с ним под руку другая дочь, пятнадцатилетняя Ната. Так изменено, для благозвучия и краткости, имя Анастасия.

Ната еще девочка нескладная и неловкая. Еще носит короткие платья, но старается держать себя степенно и стыдится тех угловатых, почти мальчишеских движений, которые выдают порою ее возраст. Уже ей не нравится, если на нее смотрят как на девочку, но еще она краснеет как вишня, когда ее называют Анастасиею Алексеевною. Теперь она сердито поглядывает на Бинштока и на сестру; ее бледное лицо часто покрывается румянцем досады. Ее мордовский костюм вдруг перестал ей нравиться, — она думает, что он слишком пестрый.

Биншток иногда занимается и Натою, — он приберегал ее "на всякий случай", "в запас", и говорил приятелям:

— Погодите, она будет пикантненькая.

Бывало, он обижался, когда Молин уверял, что за него отдадут разве только «чахоточную» Нату, да и то потому только, что она «глухая». Молин любил грубовато подразнить своих собутыльников. На этот раз он был не совсем прав: Ната не была глухая, не была и в чахотке, — но случались дни, когда у нее шла кровь из горла или из носа, и она начинала плохо слышать.

Вместе со всеми Логин вернулся в беседку. Расселись по скамейкам. Логину казалось, что всем скучно и что все притворяются, что им хорошо.

Биншток вполголоса рассказывал что-то Нете, должно быть, смешное: он улыбался очень убедительно и даже иногда похихикивал и пофыркивал. Нета смеялась и, когда на нее не глядели, подносила руки к щекам: Логину удалось подметить, что она пощипывает щеки, чтоб не быть бледною. На ней и шляпа с широкими полями на розовой подкладке, чтобы лицо было в розовой тени.

Гомзин развлекал Анну рассказами на общеармейский лад. Он повернулся к ней всем корпусом с необычайною любезностью. Прекрасные гарнизонные зубы его отлично блестели.

Мотовилов опирался сложенными ладонями на серебряный набалдашник трости, которую он поставил между раздвинутыми ногами, и медлительно рассказывал Логину случаи, которые должны были доказать, что он — всеми уважаемый местный деятель и что его труды уж так полезны обществу, что и сказать нельзя. Логин в соответствующих местах делал приличные случаю замечания, почти машинально. Он спрашивал себя: неужели Анне интересны россказни Гомзина? Она разговаривает с ним так, как будто это доставляет ей удовольствие.

"Гарнизонный воин, — думал Логин, — просто глуп и очень доволен собою. Он воображает, что его мундир и его любезность неотразимо-очаровательны. Ей следовало бы дать ему понять, что он-фофан, да и то резервный".

Ему было досадно. Аннино платье из легкой ткани блеклого зеленовато-желтого цвета, с поясом светлой кожи, не нравилось ему. Белые отвороты корсажа казались ему слишком большими, перья на шляпе слишком желтыми и широкими и бант палевых лент на мелочно-белой ручке красного легкого зонтика слишком пышным, в несоответствии с тонкими ремнями ее сандалий, надетых на голые ноги.

Мотовилов догадывался, что Логин слушает недостаточно внимательно. Это Мотовилов относил к легкомыслию и вольнодумству Логина и удваивал обычную внушительность интонаций и лица.

— Василий Маркович, — сказала Нета, когда Мотовилов приостановился в своих рассказах, — я слышала, что вы устраиваете здесь общество, благотворительное, — правда это?

— А от кого, позвольте узнать, вы это слышали?

— Вот Иван Константиныч говорит.

— Да-с, — с любезнейшею улыбкою подтвердил Биншток, — сейчас у меня был Шестов и просвещал меня на этот счет.

— Это ужасно, ужасно хорошо, благотворительное общество! — залепетала Нета. — У нас так много бедных, а мы будем им помогать, — восхитительно!

Взмахивала красивыми ручками. Биншток глядел на нее с восхищением. Логин начал было:

— Не то чтобы благотворительное...

— Да, да, я все прекрасно поняла, — перебила Нета, — им не даром будут помогать, а чтоб они работали. Они могут плести благотворительные корзинки.

— Или собирать благотворительные грибы, — прибавила Анна улыбаясь.

— Да, да, грибы, или тоже ягоды можно. Мотовилов постучал золотым перстнем по набалдашнику трости и внушительно заговорил:

— Благотворительность, конечно, святое дело. Все мы обязаны помогать неимущему, — по мере средств. Истинные христиане так и делают, я уверен в этом. Кто решится отказать в куске хлеба человеку честному, но по несчастию или по слабости обедневшему и протягивающему руку со слезами на глазах? Надо иметь слишком жестокое— сердце, чтобы думать только о себе. Но самое лучшее— благотворить так, чтобы левая рука не знала, что делает правая. Общественная же благотворительность-дело очень трудное и даже, позволю себе так выразиться, деликатное, — требует, во-первых, большой опытности, во-вторых, знания местных условий, вообще, очень многого.

— Совершенно верно изволили сказать, — угодливо подтвердил Гомзин и повернул к Мотовилову свои восхитительно оскаленные зубы и почтительно склоненный стан, — и опытность, и знание местных условий, и, главным образом, влиятельное положение в обществе.

Мотовилов важно наклонил голову.

— Да, именно, влияние на общество. Именно это я и хотел сказать.

— Влияние на общество, — подхватил Гомзин и взвизгнул от подобострастия.

— Вот возьмем, например, нашу общедоступную столовую, — продолжал Мотовилов, — мы ее устроили на практических началах, и она оказалась настоящим благодеянием.

Логин знал эту столовую, которую устроили при городской богадельне скучающие дамы нашего города и в которой ежедневно кормили десятка полтора нищенок по протекции тех же дам. Он сказал улыбаясь:

— Тут недоразумение маленькое-. Я и не мечтал посягать на благотворительность и на другие добродетели: где уж мне, конечно! — человек я грешный, да мне и не по средствам. Дело проще.

Принялся объяснять замысел. Мотовилов слушал со строгим вниманием. Говорил Логин вяло и кратко, словно нехотя. Неприятно было распространяться о своих планах перед Мотовиловым.

Анна внимательно смотрела на Логин а. Ее брови слегка сдвинулись, словно она старалась понять какую-то свою думу. Нета была разочарована и досадливо покусывала тонкие губы. Упрекнула Бинштока:

— Что ж вы мне вовсе не так рассказали?

— Я и сам сначала так понял. Да признаться, я не очень внимательно слушал Шестова: работал днем, голова разболелась, хотелось погулять, а тут он пришел, — скандал!

Анна обняла Нету и со смехом сказала:

— Ах ты, благотворительница! Вот подожди, мы зимой опять устроим живые картины в пользу бедных, а пока подежурь в неделю разок в благотворительной столовой, — старушки тебе ручки целуют, королевишной тебя называют.

Логину было досадно, что Анна забавлялась и тем, как понял Биншток слова Шестова, и тем, как отнеслись к этому Нета и Мотовилов. Он чувствовал в ее настроении еще что-то, что было вызвано вялостью его слов: это выдавало тихое постукивание ее сандалии по полу беседки.

— Не берусь судить об удобоисполнимости вашего проекта, — сказал Мотовилов с удвоенною внушительностью, — конечно, в теории все это хорошо, но на практике-другое дело. Осмелюсь только заметить, что вы рискуете встретиться вот с какою неприятностью: чем вы гарантированы от вторжения в ваше общество растлевающего элемента, лентяев и тунеядцев, которые только о том и думают, чтобы поменьше работать и побольше получать? Такие трутни, если и будут работать, так плохо.

— Если бы меня, например, — беззаботно заметил Биншток, — кормили, и одевали, и вообще содержали так, без денег, за здорово живешь, разве я стал бы работать? Скажите, пожалуйста, с какой стати?

— А вы обо всех по себе не судите, — стремительно вмешалась в разговор Ната.

Это вышло неожиданно и резко. Ната густо покраснела, когда все на нее посмотрели. Все засмеялись, Логин сдержанно улыбнулся. Анна ласково глядела на Нату и думала:

"Бедная птичка, у тебя не будет крыльев".

— Вы, конечно, правы, Ната, — сказал Логин, — городские жители не должны об этом судить по себе: мы привыкли к рее сеянной жизни, и превосходно обходимся без работы. А рабочему человеку без дела-смерть.

— Нет, — возразил Мотовилов, — без дела он, так в кабак пойдет последние гроши пропивать.

Анна спокойно взглянула на него. Ее губы презрительно дрогнули. Перевела ясные глада на Логина, — и вдруг не захотелось ему спорить с Мотовиловым. Он сообразил, что и невыгодно иметь Мотовилова против себя в замышляемом деле; проныра, — забежит, повредит. Сказал:

— Но я, впрочем, согласен с вашим мнением, Алексей Степаиыч. Это, конечно, следует предвидеть.

— Да-с, непременно, — самодовольно заговорил Мотовилов. — Дело надо держать в руках. Без хозяина нельзя. Мы, русские, не можем жить без руководства. И— вы меня извините, — я вам позволю еще посоветовать, как человек опытный, поживший на свете немало, — если, конечно, вам угодно будет выслушать.

— С глубочайшей признательностью выслушаю ваш совет, — сказал Логин с любезною улыбкою. Но чувствовал-накипает досада.

— Вы, конечно, помните изречение баснописца: "с разбором выбирай друзей"? — спросил Мотовилов с выражением глубокой мудрости на хитром лице.

Логин заметил, что при этом предисловии к обещанному совету все постарались придать своим лицам серьезное и понимающее выражение. Одна только Анна улыбнулась насмешливо, а впрочем, может быть, так только показалось: через полминуты ее лицо уже было спокойно; ее руки неподвижно лежали на коленях.

Гомзин показал зубы Логину и с глубокомысленным видом, сказал:

— Золотое правило. Крылов весьма остроумно сочинял свои басни.

— Свои, а не чужие? — задорно крикнула расходившаяся Ната.

— Ната! — строго, вполголоса, остановил ее отец. Ната присмирела и сверкнула глазами на Гомзина. Мотовилов продолжал:

— Так вот я и скажу, что следовало бы вам осторожнее выбирать сотрудников. Нечего греха таить, не все способны быть хорошими товарищами. С иным нетрудно и впросак попасть, поверьте моей опытности. Вы не думайте, что я говорю что-нибудь такое, что бы я не мог повторить при ком угодно. Да-с. Я-человек прямой Смею думать, что недаром пользуюсь некоторым уважением. Личностей касаться я не буду, но считаю своим долгом предостеречь вас.

Логин нетерпеливо дергал черную тесьму пенсне. Неприязненное чувство к Мотовилову разгоралась, и внушительно-важная фигура старого лицемера становилась несносною. Сказал решительно:

— Шестов не способен ни на какое— коварство, — он молод, наивен и честен,

— Не только те хороши, кто молоды, — обидчиво заговорил Мотовилов, — но, как я уже имел честь вам объяснить, личностей я не трогаю и не навязываю никому своего мнения, — не смею: вы, может быть, изволите обладать большим знанием света и большим умом, — вам и книги в руки; а я говорю, как по моему, может быть, несовершенному разуму выходит, — и я говорю вообще.

Он раздраженно постукивал в такт словам тростью.

— А, вообще... Я думал... Впрочем, благодарен вам за ваши советы, — сухо сказал Логин.

"На сегодня будет!" — решил он, раскланялся и отправился домой.

Солнце зашло. Запад пылал, как лицо запыхавшегося от беготни ребенка. Восточная половина неба была залита нежно-алыми, лиловыми и палевыми оттенками. Воздух был тих и звучен. Грустная задумчивость разлита была в его светлом колыхании. Прозрачно мерцал вечер, и незаметно набегали сумерки. Влажная и сонная тишина стояла над рекою. Гладкие струи плескались о сырой песок берега с легким шепотом, словно нежные детские губы целовали мамины руки. Вдали, на берегу, радостно зажглась красная звездочка костра; там виднелась рыбачья лодка.

Логин спускался с вала и чувствовал, что его осеняет мирное, благостное настроение.

"Отчего?" — подумал с удивлением, и-ответ, — улыбка Анны затеплилась перед ним.

Как мог я досадовать на ее улыбку? Вот теперь она меня греет, и я несу в себе завет мира".

В мягком, прозрачном воздухе раздавалась песня. На Воробьинке, у самой воды, сидела компания оборванцев. Это они пели, и пели прекрасно.

Логин направился через остров: так ближе. Когда он перешел мост, от артели певцов отделился высокий детина в отрепьях, в опорках на босую ногу, и приблизился к Логину. Заговорил, обдал запахом сивухи. Старался придать хриплому голосу просительное выражение.

— Милостивый государь, осмелюсь вас обеспокоить. По лицу и по изяществу телодвижений ваших усматриваю, что вы-человек интеллигентный. Не откажите помочь людям тоже интеллигентным, людям из общества, но впавшим в несчастье и принужденным снискивать пропитание тяжелою землекопною работою.

Логин остановился и с удивлением рассматривал его. Сказал:

— Вы слишком красноречиво изъясняетесь.

— Проникаю в сокровенный смысл вашего замечания. Изволите намекать, что я того... заложил за галстук.

Детина щелкнул себя по тому месту, где некогда имел обыкновение носить галстук.

— С горя, милостивый государь, и от климата для предупреждения и пресечения простуды. Видел, как и эти птенцы, со мною путешествующие и воспевающие, видел лучшие дни. Но "миновали красные дни Аранжуеца!" Был некогда судебным следователем. Но сердечные огорчения и несправедливость начальства вторгнули меня в пучину несчастия, где и пребываю безвыездно. А эти, со мною странствующие, тоже из сильных мира сего: один — бывший полицейский надзиратель, другой-бывший столоначальник, а третий-бывший дворянин, лишенный столиц приблизительно безвинно. Благороднейшая, чиновная компания!

— Куда же вы путешествуете? спросил Логин.

— Работаем совместно над улучшением путей сообщения, а инженеры здешние, с позволения сказать, жулики! Но, впрочем, благороднейшие люди!

— А от меня-то вам что же угодно?

— Испрашиваю некоторое количество денег заимообразно-отнюдь не в виде милостыни.

— Хорошо, я дам вам что-нибудь заимообразно, как вы выражаетесь. А вы всегда в таком состоянии?

— Чистосердечно каюсь: почти беспрерывно! Как благородный

человек! "Чужды нравственности узкой, не решаемся мы скрыть этот знак натуры русской-да, веселье Руси пить". Цитата из Некрасова!

— Однако потрезвее бываете же вы когда-нибудь?

— По утрам-с, а также и во дни невольного поста.

— Так вот в такое— время не придете ли вы когда-нибудь ко мне на квартиру?

— Изволите быть писателем? — спросил оборванец, хитро подмигивая.

— Нет, не писатель. Другой у меня расчет.

— Слушаю-с.

Логин объяснил, как найти его. Детина выслушал, видимо постарался запомнить и потом сказал с широкою улыбкою:

— Да вы не извольте утруждать себя объяснениями, так найду. Почему, угодно знать? Вот почему: есть благодетели, что юродивых да кошек собирают, особенно благодетельницы есть такие сердобольные; ну а которые бы нашего брата желали увидеть, таких не более как по одному на миллиард граждан. Когда сами придем, так и то смотрят, как бы мы не уперли чего, вытурить торопятся, потому что мы народ, с позволения сказать, отпетый. Так я так смекаю, что вашу милость и без адреса найду.

Логин молча выслушал, нахмурился и пошел прочь.

— Ваше высокоблагородие! — окликнул оборванец. — А обещанное-то вами заимообразное вспомоществование?

Логин остановился, достал деньги и сказал:

— Все равно пропьете.

— Немедленно же, но за ваше драгоценное здоровье. Щедры, щедры и милостивы, награди вас Господь! Возвращу при первой же возможности. Серпеницын! — назвал он себя, приподнял рваный, серый от пыли и грязи картуз и шаркнул опорками. — Простите, что не ношу с собой вексельной бумаги!

Детина возвратился к товарищам, — и снова понеслись звуки песни. Задушевные были они и ласкали слух. Публика на валу слушала певцов. Эти звуки мучили и дразнили Логина.

"Поэтический замысел, артистическое исполнение... и певцы-пропойцы. Дико и прекрасно!"

Вернулся домой. Из открытых в соседним флигеле окон доносились громкие голоса: то Валя бранилась с семинаристом, который ухаживал за нею.

— Ах ты домовладелец! — долетал на улицу Валин голос. — Толкну ногой-и твой домишка развалится.

— А ты думаешь, Андозерский на тебе женится? — отвечал сердитый юношеский тенорок. — Что забавляется с тобой, так ты и рада.

— А ты дурак; педагогом себя называешь, а сам мальчишка, еще тебя в угол ставят.

— Меня никто не смеет в угол ставить. Ты-наставница, а тебя твои ученики поколотили.

— Врешь, он не нарочно снежком залепил!

Глава тринадцатая

Логин сидел в своем кабинете. Темно-зеленые обои, раздвижные, сурового полотна с розовыми каймами занавески, на медных кольцах по медным прутьям, у трех узких окон на улицу, низкий потолок, оклеенный желтоватою бумагою, темно-зеленый лионский ковер — все делало комнату мрачною. Мимолетным был кроткий свет, которым осенила сегодня Аннина улыбка, и увял цвет, расцветший у ее белых ног.

На столике возле кушетки, на мельхиоровом подносе, стояла бутылка мадеры, белый хлеб, рокфор и маленький тонкий стакан. Логин выпил стоя стакан вина, налил другой стакан и перенес его к письменному столу. Несколько минут просидел в тяжелой задумчивости. Голова горела и кружилась. Чувствовал, что не скоро уснет. Тоскливая жажда тянула к вину.

В последнее время часто случалось проводить ночи вовсе без сна, — ночи томительных грез, отрывочных воспоминаний. В нем творилось что-то неладное. Сознательная жизнь мутилась, — не было прежнего цельного отношения к миру и людям. Достаточно стало малейшего повода, чтобы внезапно начинал думать и чувствовать по-иному, и тогда казался диким только что оставленный строй мысли и чувства.

В бессонные ночи пробегали картины прошлого. Иногда внимание останавливалось на одной из них, — ее очертания становились яркими, назойливо-выпуклыми.

Казалось странно отождествлять себя с мальчиком, на которого смотрел с горы опыта и усталости. Вспоминая, видел себя немного со стороны. Не то чтоб ясно наблюдал того другого, о котором думает, когда по взаимной неточности языка и мысли говорит: я был, я делал. Похоже было на то, когда высунешься из окна и стараешься заглянуть в соседние окна или под карниз дома, где лепятся серые гнезда, или в окна других этажей; дом виден не совсем со стороны, но и чувствуешь, что не в самом доме находишься. Так и он видел приливы и отливы румянца на щеках, строгие, слегка волнистые линии лица, всю тонкую и хрупкую фигуру, всегда немного понурую, — видел это, как что-то чужое, но не так ярко, как вспоминались предметы совершенно посторонние. Даже сильные душевные движения, пережитые когда-то, припоминались смутно. Зато иногда что-нибудь внешнее и мелкое-, что связано с испытанным сильным чувством, выпукло вставало в памяти.

Были некоторые обстоятельства, которые казались совершенно утраченными для памяти. Чувствовалось, что многие звенья той цепи впечатлений, которые некогда стройными волнами перелились через порог сознания, теперь затерялись, упали в общую темную массу пережитого, — и сходные соединились, как сливающиеся ручьи. Сознание, блуждающий огонек, мается по этой нестройной массе и своим мельканием делает то, что называется сознательною жизнью.

Казалось Логину, что не было единства в содержании души, не было целости, что распадение души началось давно и вот теперь близится к завершению. Были дни, когда мысли и чувства шли жизнерадостным путем, — все темное в жизни забывалось. Бывали и жестокие полосы жизни: невыносимая тоска сжимала сердце, и все могилы душевного кладбища высылали своих мертвецов, — тогда изглаживалась в душе память об ее другом, лучшем мире.

Но чаще огонь сознания горел на мосту, между двумя половинами души, и чувствовалось томление нерешительности. Устои моста шатались и трещали под напором волн жизни, и брезжущий огонь сознания озарял иногда их белопенные верхи и страшное шатание устоев. Иногда этот огонь освещал радостные и полные надежд мысли, но сила жить принадлежала ветхому человеку, который делал дикие дела, метался, как бешеный зверь, перед удивленным сознанием и жаждал мук и самоистязания. Чем больше скоплялось в жизни угнетающего, тем бывало сильнее и дольше продолжалось торжество освобожденного низшего сознания.

"Не очевидно ли, думал иногда Логин со странным злорадством, — что мое «я» — довольно жалкая претензия существа, текущего и обновляющегося, как вода реки в берегах, которые и сами неизменны только по внешности?"

Логин открыл один из ящиков стола и достал письмо, которое получил недавно. На это письмо еще не отвечал. Оно было от лучшего из приятелей, с которым беседовал почти откровенно. Перечитал теперь внимательно все четыре страницы письма. Потом отыскал почтовую бумагу, придвинул кресло поближе к столу и начал писать, — о своем замысле. Долго просидел за этим, то быстро водя пером по бумаге, то откидываясь на спинку кресла и задумываясь. Иногда брал стакан, пил понемногу.

Холодный воздух вливался с улицы в открытое окно. В городе было тихо. Издали доносились болтливые звуки реки у мельничной запруды-там звучно лепетала, и смеялась, и плакала беспокойная русалка, и зеленые над белым телом разметались косы.

Окончил письмо. Допил вино из стакана. Ощущение холодноватого стекла и вкус вина доставляли наслаждение, в котором на минуту весь сосредотачивался. Потом опять становилось тоскливо.

Прошелся несколько раз по комнате, перелил из бутылки в стакан остатки вина и опять сел к столу перечитывать письмо.

Прочтя то место, где говорится о завещании, на случай неудачи замысла, грустно улыбнулся. Думал:

"Завещание самоубийцы-клочок бумаги с традиционною просьбою в смерти никого не винить. Очень это нужно, подумаешь! Люди привыкли любопытствовать, даже забавляться всяким происшествием, в том числе и самоубийством. Ищут причин, тщательно отмечают их— для статистики, А самоубийцы покорно подчиняются ненужному им порядку и оставляют объяснения смерти. Иной целое письмо сочинит, — к другу, к невесте, — с тайною целью порисоваться трагизмом кончины. Глупо! Впрочем, в таких случаях люди, должно быть, ужасно теряются и плохо соображают.

Если бы до меня дошла очередь убить себя, я постарался бы сделать это словно нечаянно: мало ли бывает несчастных случаев!

А всего бы лучше исчезнуть совсем незаметно, бесследно: потонуть в океане, отравиться в непосещаемой пещере. Нашли бы потом кости, череп и поместили бы этот хлам в археологическую коллекцию".

Неприятное ощущение тупой боли в виске повторялось все чаще. Откинулся на спинку стула. Побледневшее лицо казалось спокойным. Слышал тихий смех, который звенел за спиною. Смех Анны вспомнился Сырой холод пробежал по телу. Оглянулся на открытое окно. Подумал:

"Закрыть бы его".

Но лень было встать.

"Нет, лучше после, — решил он, — а то будет душно"

Выпил мадеры, опять принялся за письмо. Некоторые места напоминали ему почему-то Мотовилова, — и каждый раз ненависть и презрение к этому человеку вспыхивали в нем. Удивился окончанию письма. Подумал:

"С чего это я вздумал уверять, что верую в свою идею? Ведь и так понятно, что без веры в нее я не стал бы думать о ее выполнении. Дурной признак! Или в самом деле я живу слишком рано, еще в утренних сумерках, и только тени далекого будущего ложатся на меня?"

Когда запечатывал письмо, надписывал адрес, все продолжал слышать странный, несмолкающий смех. Тупая боль в голове расползалась все дальше. Казалось, что постороннее что-то стоит за спиною.

Вдруг заметил, что страшно. С напряженною улыбкою преодолел жуткое— чувство, обернулся назад.

"Это — река", — сообразил он, встал и затворил окно. В комнате стало тише, — за стеклом окон шум воды раздавался глуше и слабее.

Допил вино, стало теплее и веселее. Зажег спичку, потушил лампу, собрался лечь спать. Со свечкою в руках подошел к постели.

Одеяло тяжелыми складками лежало на кушетке и закрывало подушку. На красном цвете резко выделялись тени складок. Странно расположилось оно на кушетке: посередине коробилось, с боков лежало плотнее. С нижней стороны кушетки, в ногах, образовалась продольная складка; доходила до середины одеяла. На подушке оно тоже возвышалось и круглилось. Похоже было, как будто забрался кто-нибудь под одеяло и лежит там тихонько, не шевелясь. Логин стоял неподвижно перед постелью и подымал перед собою правую руку со свечкою, точно хотелось осветить что-то сверху поудобнее. На побледневшем лице сумрачные глаза горели тягостным недоумением.

Тихий, назойливый смех шелестел за спиною. Мысли складывались медленно и трудно, как будто хотелось что-то припомнить или понять, и это усилие было мучительно. Но казалось, что начинает понимать.

Там, под одеялом, лежит кто-то, страшный и неподвижный. Холодом веет от него. Логин чувствует на лице и на теле этот холод. Это — холод трупа. Там, под одеялом, еще не началось тление. Но посинелые губы тяжелы, неподвижные глаза впалы.

Странное оцепенение сковывает Логина, и не может он приподнять одеяло. Красный свет свечки зыблется на красном одеяле. Белесоватый туман надвигается, наползает со всех сторон, — и только красное одеяло зияет темными складками. Туман вздрагивает и смеется беззвучно, но внятно. Лицо мертвеца мерещится Логину; это — его собственное лицо, страшно бледное, с тускло-свинцовыми тенями на впалых щеках, еще не тронутых тлением.

Мертвец, еще не погребенный и блуждающий по свету, оживленный на время солнечным сиянием, лег здесь и покоится сном без видений. И знает Логин, что это он сам лежит, неподвижный и мертвый.

"Нелепая мечта! Надо взять себя в руки!" — шепчут бледные губы Логина.

Рука тянется к одеялу. А туман разрастается, клубится уже над одеялом и смеется злобно и жалобно. Свеча колеблется в отяжелелой и затекшей руке. Логин чувствует, что томительно и страшно лежать неподвижным, непогребенным трупом и ждать. Сквозь одеяло просвечивает багровый огонь. Тяжелые складки давят бессильное тело. Кто-то стоит над ним и всматривается дико горящими глазами в его покрытое красным одеялом тело. Чья-то рука ложится на его грудь, нащупывает ее сквозь одеяло, дрожит, — и грудь его ощущает быстрые и слабые толчки... Томительно и жутко ждать, когда не можешь пошевелиться.

Одеяло приподымается, — холодный воздух струится по лицу мертвеца, орошенному холодным потом. Страшное, нечеловеческое

— напряжение насквозь пронизывает его, — он подымается с подушек...

Страшным усилием воли смиряя расходившиеся нервы, Логин поставил свечку на круглый столик и прошелся по комнате из угла в угол. Туман, который застилал глаза, стал рассеиваться. Логин подошел к кушетке и быстро опустил руку на одеяло. Мягкая подушка под одеялом, — и только... Подумал:

"Однако, надо лечиться, — целый день голова болит нестерпимо".

Разделся и откинул одеяло.

"Отчего впадина на подушке? Ах да, это я рукою... А точно голова лежала".

Потушил свечку и лег. Красный цвет одеяла погас. Было темно. Только окна мутно белели, — внимательно-неподвижные глаза чудовища подстерегали добычу. Вдали смеялась русалка.

Логину захотелось лечь так, как тогда лежал под одеялом «он». Мелкая дрожь пробежала по телу.

"Так-то будет теплее", — подумал он и закрыл лицо одеялом.

Лежал лицом кверху. Одеяло тяжело падало на грудь и на лицо. Опять представилось Логину, что он-холодный и неподвижный мертвец. Страшная тоска сжала сердце. Воздуха, света страстно захотелось ему... Откинул одеяло... Но оцепенение сковало его, и неподвижно лежал он. Страх и тоска умерли. Лежал, холодный и спокойный, и глядел мертвыми, закрытыми глазами сквозь тяжелую ткань.

Спиною к нему, у письменного стола, сидел человек и отдавался грустным думам. И странно было Логину, и не понимал он, зачем томится этот человек, когда его мечты и надежды, убитые до срока, холодеют здесь, в мертвом теле. Все решено и кончено, не о чем думать, — и тяжелым взором звал он к себе того другого; мертвец звал и ждал человека.

Мерещилось Логину, как стоял над ним этот человек и дикими глазами глядел на красное одеяло. И знал Логин, что это он сам стоит над своим трупом. И слышит он свои странные речи.

"Лежи, разрушайся скорее, не мешай мне жить. Я не боюсь того, что ты умер. Не смейся надо мною своею мертвою улыбкою, не говори мне, что это я умер. Я знаю это, — и не боюсь. Я буду жить один, без тебя. Если бы ты не умер сам, я убил бы тебя. Я приберег для тебя (для себя, поправляешь ты, — пусть будет так, все равно) хорошую пулю, в алюминиевой оболочке. Освободи мне место, исчезни, дай мне жить.

Я хочу жить, и не жил, и не живу, потому что влачу тебя с собою. О, если бы ты знал, как тяжело влачить за собою свой тяжелый и ужасный труп! Ты холоден и спокоен. Ты страшно отрицаешь меня. Неотразимо твое молчание. Твоя мертвая улыбка говорит мне, что ятолько иллюзия моего трупа, что я — как слабо мигающий огонек восковой свечи в желтых и неподвижных руках покойника.

Но это не может быть правдою, не должно быть правдою. Я-сам, постоянный и цельный, я-отдельно от тебя.

Я ненавижу тебя и хочу жить отдельно от тебя, по-новому. Зачем тебе быть всегда со мною? Ты не пользуешься жизнью. Ты уже отжил. Ты-мое отяжелелое прошлое.

Отчего не исчезаешь ты, как тает снег весною, как тают в полдень облака? Зачем ты вливаешь трупный яд ненавистного былого в божественный нектар несбыточных надежд?

Исчезни, мучитель, исчезни, пока я не раздробил твоего мертвого черепа!"

Лежал неподвижно. И жутко, и радостно было терзать обезумевшего от тоски человека. Тихий смех звенел в комнате и напоминал, что мучит он самого себя.

Мерещилось опять, что стоит он в темной комнате, над постелью, проклинает мертвеца, — и томительный ужас леденит его. Мрак душит цепкими объятиями, подымает и бросает в бездну. Голоса бездны глухо смеются. Он падает глубже и глубже… Сердце замирает. Смех затихает где-то вдали. Тишина, мрак, бездумье, — тяжелый и безгрезный сон.

Логин откинул одеяло. Побледневшее лицо плотно приникло к подушке. Дыхание быстрое и тихое. Ночь смотрит мутными глазами сквозь стекла окон на усталое лицо, на улыбку безнадежного недоумения, которая застыла на губах.

Глава четырнадцатая

У Кульчицкой званый вечер. Было еще не поздно, когда пришел Логин, но уже почти все собрались. Виднелись нарядные платья дам и девиц; были знакомые и незнакомые Логину молодые и старые люди в сюртуках и фраках.

Еще в его душе не отзвучали тихие уличные шумы, грустные, как и заунывный шелест воды на камнях, за мельничною запрудою. Призраки серых домов в лучах заката умирали в дремлющей памяти, как обломки старого сна. Светлые обои комнат, в которых вечерний свет из окон печально перемешивался с мертвыми улыбками ламп, создавали близоруким глазам иллюзию томительно-неподвижного сновидения.

Переходил из комнаты в комнату, здоровался. Чувствовал, что каждое встречное лицо отражается определенным образом в настроении. Черты пошлости и тупости преобладали мучительно. Самое неприятное впечатление произвела семья Мотовилова: жена, маленькая, толстенькая, вульгарные манеры, злые глаза, грубый голос, зеленое платье, пышные наплечники, — сестра, желтая, сухая, тоже в зеленом, — Нета, глуповато-кокетливый вид, розовое открытое платье, — Ната, беспокойно-задорные улыбки, белое платьице, громадный тройной бант у пояса, — сын гимназист, гнилые зубы, зеленое лицо, слюнявая улыбка, впалая грудь, развязные любезности с барышнями помоложе.

Встречались и милые лица. Были Ермолины, отец и дочь. Логин почувствовал вдруг, что скука рассеялась от чьей-то улыбки. Осталось чувство мечтательное, тихое. Хотелось уединиться среди толпы, сесть в углу, прислушиваться к шуму голосов, отдаваться думам. С неохотою вошел в кабинет хозяина, где раздавался спор, толпилась курящая публика.

— А, святая душа на костылях! — закричал казначей Свежунов, толстый, красный и лысый мужчина.

— Мы все о Молине толкуем, — объяснил Палтусов Логину.

— Да-с, я готов с крыши кричать, что поступки следователя возмутительны: запереть невинного человека в тюрьму из личных расчетов! — говорил Мотовилов.

— Неужели только из личных расчетов? — осторожным тоном спросил инженер Саноцкий.

— Да-с, я утверждаю, что из-за личных столкновений, и больше не из-за чего. Прямо это говорю, я на правду— черт. И вы увидите, это обнаружится: правда всегда откроется, как бы ни старались втоптать ее в грязь. Мы все ручаемся за Молина, я предлагал какой угодно залог, — он продолжает держать его в тюрьме. Но это ужасно, — невинного человека третировать вместе со злодеями! И только по навету подкупленной волочаги!

— Всего лучше бы, — сказал исправник Вкусов, старик с бодрою осанкою и дряхлым лицом, — эту девицу по-старинному высечь хорошенько, енондершиш.

— Я надеюсь, — продолжал Мотовилов, — что нам удастся обратить внимание судебного начальства на это возмутительное дело и внимание учебного начальства на настоящих виновников гнусного шантажа.

— А не лучше ли подождать суда? — спросил Логин.

— На присяжных надеетесь? — насмешливо и губо спросил казначей Свежунов. — Плоха надежда, батенька: наши мещанишки его засудят из злобы и дела слушать не станут как следует.

— Чем он их так озлобил? — улыбаясь спросил Логин.

— Не он лично, — пробормотал смущенный казначей.

— Позвольте, — перебил Мотовилов, — что ж, вы считаете справедливым тюремное заключение невинного?

— Во всяком случае, — сказал Логин, — агитация в пользу арестанта бесполезна.

— Выходит, по-вашему, что мы занимаемся недобросовестной агитацией?

— Помилуйте, зачем же так! Я не говорю, что ж, прекрасные намерения. Но одних добрых намерений, я думаю, мало. Впрочем, правда обнаружится, вы в этом уверены, чего же больше?

— Правда для нас и теперь ясна, — сказал отец Андрей, старый протоиерей, который имел уроки и в гимназии и в городском училище, — потому нам и обидно за нашего сослуживца: напрасно терпит человек. Не чужой нам, да и всячески по человечеству жалко. Надо только дивиться тому поистине злодейскому расчету, который проделан из-за товарищеской зависти. Дело ясное, тут и сомнений быть не может.

— Поступок недостойный дворянина, — сказал Малыганов, наставник учительской семинарии, который, слушая, то лукаво подмигивал Логину, то почтительно склонялся к Мотовилову.

— Нехороший человек ваш Шестов, — говорил отец Андрей Логину. — Помилуйте, он мою рясу однажды пальтом назвать вздумал. На что же это похоже, я вас спрошу?

— А слышали вы, — спросил Логина Палтусов, — как он назвал нашего почтенного Алексея Степаныча?

— Нет, не слышал.

— Это, изволите видеть, у нас в училище, говорит, почетная мебель.

— А своего почтенного начальника, — сказал Мотовилов, — уважаемого нами всеми Крикунова он изволил назвать сосулькой!

— Не без меткости, — сказал со смехом Палтусов.

— Конечно, — внушительно продолжал Мотовилов, — у Крикунова фигура жидковатая, но к чему глумиться над почтенными людьми? Непочтительность чрезмерная! на улице встречается с женой, с дочками, не всегда кланяться удостоит.

— Он близорук, — сказал Логин.

— Он атеист, — возразил отец Андрей сурово, — сам признался мне, и со всеми последствиями, то есть, стало быть, и в политическом отношении. И тетка его — бестия преехидная, и чуть ли не староверка.

— Мове! — сказал Вкусов. — Вся публика на него обижается. Вот Крикунов — так учитель. Такому не страшно сына отдать.

— А если ухо оборвет? — спросил Палтусов.

— Ну, кому как, — возразил исправник. — В их училище иначе нельзя, такие мальчишки, все анфан терибли. "Рабы и деспоты в одно время", — думал Логин. Опять мстительное чувство подымалось в нем ярыми порывами и опять сосредоточивалось на Мотовилове.

— Что ни говорите, — заговорил вдруг Палтусов, — славный парень Молин: и выпить не дурак, да и относительно девочек малый не промах.

— Ну, уж это вы, Яков Андреевич, напрасно, — укоризненно сказал Мотовилов.

— А что же? Ах да... Ну да ведь я, господа, от мира не прочь.

— Однако, — сказал Логин, — ваше мнение, кажется, не сходится с тем, что решил мир.

— Глас народа-Божий глас, — оправдывался Палтусов посмеиваясь. — Однако не выпить ли пока, стомаха ради?

В столовой был приготовлен столик с водками и закусками. Выпили и закусили. Исправник Вкусов увеселял публику «французским» диалектом:

— Дробызнем-ну! — шамкал он беззубым ртом, потом выпивал водку, закусывал и говорил:-Енондершиш! Это постуденчески, так студенты в Петербурге говорят.

— А что это значит? — страшивал с зычным хохотом отец Андрей.

— Же не се па, благочинный бесчинный, — отвечал исправник. — А ну-тка, же манжера се пти пуасончик. Эге, се жоли, се тре жоли, — одобрял он съеденную сардинку.

А его жена сидела в гостиной, куда долетали раскаты хохота, и говорила:

— Уж я так и знаю, что это мой забавник всех развлекает. У нас вся семья ужасно веселая: и у меня темперамент сангвинический, и дочки мои — хохотушки! О, им на язычок не попадайся!

— В вас так много жизни, Александра Петровна, — томно говорила Зинаида Романовна, — что вам хоть сейчас опять на сцену.

— Нет, будет с меня, выслужила пенсию, и слава Богу.

— Выходной была, а туда же, — шепнула сестра Мотовилова, Юлия Степановна, на ухо своей невестке.

Та смотрела строго и надменно на бывшую актрису, и даже не на нее самое, а на тяжелую отделку ее красного платья; но это, впрочем, нисколько не смущало исправничиху.

— Вы какие роли играли? — с видом наивности спрашивала актриса Тарантина, красивая, слегка подкрашенная полудевица.

Наши барыни ласкали ее за талант, а в особенности за то, что она была из "хорошей семьи" и "получила воспитание".

Гомзин сидел против нее и готовил на ее голову любезные слова, а пока тихонько ляскал зубами. Его смуглое лицо наклонялось над молодцеватым, но сутуловатым станом, а глаза смотрели на актрису плотоядно, — издали казалось, что он облизывается, томясь восточною негою.

— Когда я была в барышнях, — рассказывала в другом углу гостиной молоденькая дама — лицо вербного херувима, приподнятые брови, — поехали мы раз в маскарад...

— Со своим веником, — крикнул выскочивший из столовой казначей.

— Ах, что вы! — воскликнула дама краснея. Рядом с дамою, которая недавно была в барышнях, сидела Анна. Пышные плечи в широких воланах шелковой кисеи. Цвет платья как нежная кожица персика. Все оно легко золотилось, и золотистые отсветы ложились на смуглое лицо и шею. Крупные желтые тюльпаны, которыми с правой стороны была заткана юбка, казалось, падали из-под бархатного темно-красного кушака. Перчатки и веер цвета сгёте. Белые бальные легкие башмачки. Медленная улыбка алых губ. В широких глазах ожидание.

Звуки интимного разговора долетали до нее из укромного уголка.

— Давно мы с вами не видались, Михаил Иваныч, — притворно-сладким голосом говорила Юлия Петровна, дочь Вкусова от первой жены, девица с мужественною физиономиею, красным носом, маленькими черненькими усами, высокая, ширококостная, но сухощавая.

Ее собеседник-учитель Доворецкий, толстенький коротыш, лицо приказчика из модного магазина. Разговор ему не нравился; он досадливо краснел, пыхтел и оглядывался по сторонам, но Юлия Петровна преграждала путь огромными ногами и тяжелыми складками голубого платья.

— Да, это давно было, — сухо ответил он.

— Ведь мы с вами были почти как невеста и жених.

— Мало ли что!

— Почему бы не быть этому снова? Ведь вы уже делали мне предложение.

— Нет, я не делал.

— Не вы, так Ирина Авдеевна от вас, вес равно.

— Нет, не все равно.

— Папаша вам даст, сколько вы просили.

— Я ничего не просил, я не алтынник.

— Он даже прибавит двести рублей.

Грубоватый голос Юлии Петровны звучал при этих словах почти музыкально. Доворецкий оставался непреклонным. Досадливо отвечал:

— Нет уж, Юлия Петровна, вы мне и не заикайтесь о деньгах. У вас есть жених: вы за Бинштоком ухаживаете, вы его и прельщайте вашими деньгами, а меня оставьте в покое.

— Что вы, Михаил Иваныч, что за жених Биншток! Это вот вы за Машенькой Оглоблиной ухаживаете.

— Оглоблина мне не пара.

— А я?

— Нет, то было два года тому назад. И вы за это время изменились, да и я себе цену знаю. И вы меня оставьте, пожалуйста. Не на такого наскочили!

Доворецкий решительно встал. Лицо его было красно и злобно.

— Раскаетесь, да поздно будет, — зловещим голосом сказала Юлия Петровна, отодвигая ноги и подбирая платье.

— Шкура барабанная, — проворчал Доворецкий, отходя.

Логин вошел в гостиную. Улыбка Анны опять показалась ему не то досадною, не то милою. Захотелось пройти к Анне. Клавдия остановила. Повеяло запахом сердца Жаннеты. Спросила:

— Вы не сели играть в карты?

— Какой я игрок!

Стояли у дверей, одни. Клавдия нервно подергивала и оправляла драпировку корсажа, которая лежала поперечными складками и была прикреплена у левого плеча, под веткою чайных роз.

— Мы будем танцевать, а вы... Послушайте, — быстро шепнула, — вы меня презираете?

— За что? — так же тихо сказал он и прибавил вслух:-Я не танцую.

— Что ж вы будете делать? Скучать?.. Вы меня очень презираете? Вы считаете меня нимфоманкой?

— Буду смотреть... Полноте, с какой стати! Презирать-глупое занятие, на мой взгляд, — я этим давно не занимаюсь.

Вкусова вслушалась в его слова со своего места и вмешалась в разговор:

— Это танцы-то-глупое занятие? Эх вы, молодой человек!

— Какой я молодой человек! Мы с вами-старики.

— Благодарю за комплимент, только я на свой счет не принимаю.

— Василий Маркович мастер говорить такие любезности, что не обрадуешься, — с кислою улыбочкой сказала Марья Антоновна Мотовилова.

Кто-то заиграл на рояле кадриль. Произошло общее движение. Откуда-то вынырнули и засуетились кавалеры с развязными жестами. Два-три военных сюртука чрезвычайно ловко извивались рядом со своими дамами. Статские кавалеры потащили дам; двигали в стороны плечами, словно расталкивали толпу. Барышни и дамы, которые отправлялись танцевать, имели обрадованный вид.

Логин рассеянно смотрел на нелепые фигуры кадрили. Молодой человек, который дирижировал, кричал глухим голосом.

"Дышать как следует, каналья, не умеет, а туда же, кричит!" — думал Логин.

Кадриль кончилась. Логин пробрался к Анне, сел рядом с нею и заговорил:

— Утомляют меня эти добрые люди!

— Почему вы называете их добрыми? — спросила Анна, ласково улыбаясь ему.

— Спросить бы их, каждый о себе что думает? Все оказались бы добрыми и хорошими. А если б им сказать, что хороших людей по нынешним временам не так много, чтоб всякая трущоба кишела ими, — как бы озлились эти добрые люди!

— Может быть, каждый только себя считает хорошим?

— Хорошо, кабы так...

— Мало хорошего!

Анна засмеялась. Логин сказал, улыбаясь:

— Ведь тут что утешительно? Что если все мои знакомые-хорошие люди, так в хорошие люди не трудно попасть, — я ведь знаю их, мерзавцев, — так рассуждает всякий и охотно наделяет каждого дипломом хорошего. А представить себе только, что хороших людей мало! Значит, это трудно! Ну я, положим, один хорош, остальные-подлецы. Но как же трудно удержаться в такой позиции! Потому их и злит всякая критика.

— Их только? А нас с вами? — оживленно спросила Анна.

— Что ж, было время; и я считал себя и многих моих друзей альтруистами, а за что? На поверку взять, так за то только, что мы на высокие темы умели красно говорить. Теперь мне и самое это словечко долговязое, «альтруизм», нелепым кажется.

— Вы считаете себя эгоистом?

— Все-эгоисты. Люди только обманывают себя на свою же беду, когда уверяют, что возможна бескорыстная любовь.

— Вот уж это несправедливо так рассуждать: как только я перестал быть альтруистом, так и все должны быть эгоистами.

— Впрочем, я готов на уступку. Пусть будут и альтруисты, — не пропадать же слову. Но, право, это не больше как избыток питания.

— Чем же отличается добро от зла?

— А чем отличается тепло от холода или жара? Должно быть, всякое — добро произошло оттого, что нам кажется злом, при помощи какого-нибудь приспособления.

— Да это нравственная алхимия.

А рояль опять бренчал, по зале носилась пара за парою. Гомзин подскочил к Анне с преувеличенною ловкостью. Анна улыбаясь положила руку на его плечо.

Логин рассеянно следил за танцующими. Щеки дам горели, глаза блестели, женские голые плечи были красивы, но кавалеры, на взгляд Логина, были неприличны: красные, потные, скуластые лица, черные клоки волос, которые мотались над плоскими и наморщенными лбами, и выражение любезности и усердия в вытаращенных глазах. Гомзин смотрел сверху, за охровожелтую кружевную Аннину берту, туда, где она прикреплялась к корсажу темно-красным шу; Анна весело улыбалась. Все это казалось Логину глупым.

Анна вернулась и сейчас же ушла танцевать с молодым человеком в мешковато сидевшем фраке. Фамилии молодого человека Логин не знал, не знал и его общественного положения, но они считали себя знакомыми и при встречах разговаривали.

Логин хотел было уж уйти из этой пыльной залы, где музыка и свечи надоедливо веселились, — но Анна опять села рядом и сказала:

— Если б умели делать из свинца золото, чего стоило бы золото?.. Нет, благодарю вас, я устала, — ответила она пригласившему ее танцору, который от усталости имел жалкий и мокрый вид.

Закрывая вышитым веером улыбку, Анна смеющимися глазами следила за ним, пока он искал даму. Потом вопросительно взглянула на Логина. Он улыбнулся и сказал:

— Золото подешевело бы, но не стало бы для всех доступно.

— Дар-недоверчиво спросила Анна.

Опустила на колени раскрытый веер. Имя Анна было вышито на нем, между веток ландышей, желтыми шелками. Логин смотрел на это имя и говорил:

— Того же достигнет и психологическая алхимия. "Искру Божию" находили в падших, а другою рукою развенчивали идеалы. И вот, резкое— различие между добрыми и злыми стерлось, мы стали жалостливы и в то же время равнодушны к тому, что прежде казалось возвышенным. Наивность утрачена, и с нею счастье!

— Точно счастье непременно глупо!

— Избранные натуры не ищут счастья и не имеют его.

— Почему? — спросила Анна, подымая на Логина удивленные глаза.

— Счастье не для них. Блаженство-для них гнусное чувство. Как пользоваться тем, что нам представил случай, когда везде так много печали, страданий!

— В страданиях есть восторг, — задумчиво сказала Анна.

— Выто это откуда знаете?

— Из опыта. И счастье всегда надо завоевать.

— Да ведь побеждают только сильные?

— Конечно, — сказала Анна.

Решительный склад ее губ показался Логину жестоким.

— А слабые? Топтать слабых, чтоб добиться счастья! Уж лучше быть побежденным. Да и наивное счастье, которым удовлетворяется людское— стадо, как трудно оно достигается! Или пробирайся к экватору степью под вьюгой, или грейся у камина. Но в степи замерзают, а у камина...

— Сердце черствеет, — тихо докончила Анна.

— Да, сердце черствеет!

— Вот как я удачно подаю реплики! — сказала Анна, смеясь.

Минутная задумчивость быстро сбежала с ее лица.

— Отвлеченный разговор в неподходящей рамке, — ответил Логин, стараясь попасть в ее тон для окончания разговора. — А знаете, кто мне из всего этого общества всех симпатичнее?

— Кто? — спросила Анна, слегка нахмуривая брови.

— Баглаев.

— Неужели! Что в нем хорошего? Болтает, врет.

— Да. Он нравится мне тем, что он самый непосредственный из мерзавцев. У него нет ничего в душе, кроме того, что ползает на языке.

Барышня с бледными глазами подошла к Анне и заговорила с нею. Логин отошел и встретил Андозерского.

— Ищу визави. Танцуешь? — озабоченно спросил его Андозерский.

— Нет, где мне!

— Так, дружище, нельзя, — что ты кисляем таким? Бери с меня пример. А я тут около Неточки занялся.

— Ну, и что ж?

— А вот надо этого актеришку проучить, Пожарского, — ухаживать вздумал. И какой он Пожарский, — просто буйский мещанин Фролов, и пьяница вдобавок, мразь этакая!

— Не все ли равно! Фролов так Фролов

— Ну да! Да, впрочем, и все здешние актеры-те же золоторотцы, босяки. Надоедят публике, перестанут сборы делать и поплетутся в другой город по образу пешего хождения, на своих подошвах, вздев сапоги на палочку. Ну, пойду искать.

Логин подошел к Нете; она разговаривала с незнакомою Логину барышнею. Сел рядом с Нетою, нагнулся к ее уху и тихо спросил:

— Кто лучше: Пожарский или Андозерский? Нет а вскинула на него глаза и постаралась придать им строгое выражение. Логин спокойно улыбался и настойчиво глядел прямо в ее глаза. Спрашивал:

— Для вас-то кто лучше кажется?

— Послушайте, так нельзя спрашивать, — отвечала Нета с легонькою растяжкою, стараясь выдержать строгий тон.

— Полноте, отчего же нельзя?

— Отчего? Да только вы способны так спрашивать.

— Но, однако, кто же лучше?

Нета засмеялась. Сказала с жеманною ужимкою:

— Андозерский-ваш друг.

— О, я не передам.

— Да, в самом деле? Ах, как вы меня утешили! А я этого-то и боялась.

— Так кто же лучше?

— Знаете, ваш друг чванен и скучен не по возрасту, — сказала Нета. Сделала капризную гримасу.

— Да. А неправда ли, как мил и остроумен Пожарский?

— Прелесть! — искренним голосом воскликнула Нета.

— А вы не знаете его фамилии?

— Вот странный вопрос!

— Пожарский — по сцене. Настоящая фамилия — Фролов.

— А я не знала.

— Буйский мещанин. В Костромской губернии есть город Буй.

— Что ж из этого? — краснея и досадуя, спросила Нета.

В замешательстве она так сильно, по привычке, щипнула свою щеку, что на ней осталось явственное пятнышко,

— Так, к слову пришлось, — равнодушно усмехаясь, сказал Логин.

Нета замолчала. Логин отошел.

"Я сегодня веду странные разговоры", — подумал он.

Пожарский был первый актер нашего театра. Он нес на своих плечах весь репертуар, играл Хлестакова в «Ревизоре», а иногда и городничего, и Гамлета, и все, что придется, кувыркался в водевилях, умирал в трагедиях, пел куплеты, читал стихи и сцены ид еврейского, армянского, народного и всякого иного быта в дивертисментах. Вне сцены он был разбитной малый, мог выпить водки сколько угодно, мало хмелел при этом и бывал душою общества в компании пьяных купчиков, которых мастерски обыгрывал в стуколку. Состязаться с ним в этом искусстве мог один только Молин.

Публика любила Пожарского, — театр в его бенефисы бывал полон, и ему подносили ценные подарки: иногда серебряный портсигар, иногда роскошный халат с кистями и с ермолкою. Но денег у него не водилось, — все добытое от искусства или от карт немедленно пропивалось. На его счастье, всегда находилась сердобольная вдовушка, которая заботилась об его удобствах. Теперь Нета уязвила его сердце не на шутку - он пил меньше обыкновенного и уже месяца два порвал с своею последнею подругою.

Глава пятнадцатая

Кончилась вторая кадриль. Воздух сделался мглистым. Неприятно пахло духами, потом и ароматною смолкою. Середина залы опустела. Туманными казались неяркие цвета платьев на барышнях. Кавалеры успели проглотить по несколько рюмок водки, но многие из них в антрактах между танцами все еще держались подальше от дам, только глаза их приобретали алчное выражение. Несколько безусых юношей робко вертелись около барышень; они старались быть развязнее и беспрестанно густо краснели. Глаза их блестели, улыбки были пошлые.

Пожарский страстно шептал Нете:

— Видеть вас хоть изредка, хоть издали, чтобы потом унести в памяти ваш милый образ, как святыню, и молиться ему, — и это одно было бы для меня блаженством, для которого стоит жить. Вы одна отнеслись ко мне как к человеку, а не гаеру,

Нета делала актеру нежные глазки. Сказала:

— Но вас здесь так почитают!

— Почитают! Да, пожалуй, даже любят, как шута, как забавника. Никому нет дела до того, что и в груди актера бьется человеческое— сердце. Когда мы на сцене, мы заставляем плакать и смеяться, и нам рукоплещут. А в обществе — нас презирают.

— О, неправда'

— Доброе, доброе дитя! Вы еще не знаете людей, они злы и неблагодарны. Актер, по их мнению, всегда ломается, и его чувства не настоящие, и все его поступки— дурацкие выходки. Поскользнись актер на этом паркете-весь зал задрожит от хохота: комедиант коленце выкинул!

— Не все же на свете злые люди, Виталий Федорович.

— Да, да, это верно. Вот, например, господин Логин, — Гамлет, принц датский; он не засмеется, потому что не только актеров-он и весь мио презирает. А вот благородный отец, добродетельный Ермолин, — он слишком высоко парит, чтоб на какого-нибудь фигляра любоваться... Но прочь черные мысли! Пусть толпа командует: смейся, паяц! — передо мною вы, белая голубка в стае черных грачей!

Нета смотрела на актера с восхищением и жалостью; розовые тонкие губы улыбались растроганно; белокурые локоны трепетали над нащипанными украдкой щеками.

Логин сказал Андозерскому:

— Кажется, Неточка находит Пожарского пленительным.

— Ну, это дудки! — самоуверенно отвечал Андозерский.

— Однако взгляни, как они мило беседуют.

— А вот я его спугну.

Андозерский подошел к Пожарскому, бесцеремонно хлопнул его по плечу и сказал:

— Ну что тут лясы точить пойдем, брат, выпьем.

Пожарский быстро глянул на Нету и повел плечом. Его быстрая усмешка и торжествующий взгляд сказали ей:

"Вот видите, я прав!"

Нета вспыхнула и посмотрела на Андозерского гневно засверкавшими глазами. Пожарский встал, принял вид из «Ревизора» и сказал беззаботно, как Хлестаков:

— Пойдем, душа моя, выпьем.

Потом он галантно раскланялся с Нетою и пошел за Андозерским. Нета провожала их опечаленными глазами. Белый веер дрожал и судорожно двигался в ее маленьких руках.

— Пока справки, пока что, — толковал исправник Логину, — меньше года не пройдет.

— Неутешительно, — сказал Логин. — Кто из нас, людей служащих, наверное знает, где он будет через год.

— Что делать, атандеву немножко. Нельзя тяпляп да и клетка. Мье тар ке жаме, говорят французы.

— Что, брат, все о своем обществе толкуешь? — спросил хихикая подошедший Баглаев. — Власть предержащую в свою ересь прельщаешь?

— Да вот беседуем о дальнейшем течении этого дела, — ответил за Логина исправник.

— Брось, брат, всю эту канитель: ничего не выйдет. Пойдем-ка лучше хватим бодряги за здоровье отца-исправника.

— Хватить-хватим, только отчего ж ничего не выйдет?

— А вот, я тебе скажу, я тебе в один миг секрет открою. Ну, держи рюмку, — говорил Баглаев, когда они вошли в столовую и протолкались к столику с водкою. — Вот я тебе сначала рябиновой налью, — против холеры лучше не надо, — а потом скажи: кто я таков, а?

— Шут гороховый, — с досадою сказал Логин и выпил рюмку водки.

— Ну, это ты напрасно так при благородных свидетелях. Нет, пусть лучше исправник скажет, кто я.

— Ты, Юшка — городская голова, енондершиш; шеф де ля виль, как говорят французы.

— Нет, не так, а прево де маршан, — поправил казначей, ткнул Юшку кулаком в живот и захохотал с визгом и криком.

— Ну ты, — огрызнулся Юшка, — полегче толкайся, я человек сырой, долго ли до греха. Ну так вот, брат, я — здешняя голова, излюбленный, значит, человек, мозговка всего города, — мне ли не знать нашего общества! Мы, брат, люди солидные, старые воробьи, нас на мякине не проведешь, мы за твоей фанаберией не пойдем, у нас никогда этого не бывало. Вот если я, к примеру, объявлю, что завтра рожать буду, ко мне, брат, весь город соберется на спектакль, в лоск надрызгаемся, а наутро опять чисты как стеклышки, опять готовы "на подвиг доблестный, друзья". Так, что ли, казначей?

— Верно, Юшка, умная ты голова с мозгами!

— Вот то-то. Ну, братвы, наше дело небольшое: выпьем, да ешшо, — чтоб холера не приставала.

— Все это верно, Юрий Александрович, а ты скажи, зачем ты водки так много пьешь? — спросил Логин.

— Ну, сморозил! Где там много, сущую малость, да и то из одной только любви к искусству: уж очень, братцы, люблю, чтоб около посуды чисто было.

— Нельзя, знаете ли, не пить, — вмешался Оглоблин, суетливый и жирный молодой человек, краснощекий, в золотых очках, — такое время-руки опускаются, забыться хочется.

Между тем у другого угла столика Андозерский пил с Пожарским.

— Повторим, что ли, — угрюмо сказал Андозерский. Злобно смотрел на розовый галстук актера, повязанный небрежно, сидевший немного вбок на манишке небезукоризненной свежести.

— Повторим, душа моя, куда ни шло, — беспечно откликнулся Пожарский.

Потянулся за бутылкою и запел фальцетом:

> Мы живём среди полей
> И лесов дремучих,
> Но счастливей и вольней
> Всех вельмож могучих.

— Что, брат, не собрался ли жениться? — спросил Андозерский.

Покосился на потертые локти актерского сюртука.

— Справедливое наблюдение изволили сделать, сеньор: публика мало поощряет сценические таланты, — для избежания карманной чахотки женитьба-преотличное средство.

— Гм, а где невеста?

— Невесту найдем, почтеннейший: были бы женихи, а невестой Бог всякого накажет, — такая наша жениховская линия.

— Что ж, присмотрели купеческую дочку?

— Зачем непременно купеческую?

— Ну, мещанскую, что ли?

— Зачем же мещанскую? При наших приятных талантах, да при наших усиках мы и настоящую барышню завсегда прельстить можем, — пройдем козырем, сделаем злодейские глазки, — и клюнет.

— Ну, брат, гни дерево по себе, — со злым смешком сказал Андозерский.

Актер сделал лицо приказчика из бытовой комедии:

— Помилуйте, господин, напрасно обижать изволите. И мы не лыком шиты. Чем мы не взяли? И ростом, и дородством, и обращением галантерейным, да и в темя не колочены. Нет уж, сделайте милость, дозвольте иметь надежду.

— По чужой дорожке ходишь, чужую травку топчешь, — смотри, как бы шеи не сломать.

Актер сделал глупое лицо из народной пьесы, расставил ноги, тупоумно ухмыльнулся и заговорил:

— Ась? Это, то ись, к чему же? То ись, к примеру, невдомек маненечко. Вот, дяденька, обратился он к Гуторовичу, старику актеру на комические роли, — барин серчает, ни с того ни с сего, ажно испужал. Чем его я огорчил? Ей-ей, невдомек.

Морщинистое, дряхлое лицо Гуторовича сложилось в гримасу, которая должна была изобразить смиренную покорность подвыпившего мужичка, и он залопотал, помахивая головою и руками по-пьяному и показывая черные остатки зубов:

— А мы, Виташенька, друг распроединственный, песенку споем,

распотешим его высокое— благородие, судию неумытного.

— А и то, споем, старче.

Андозерский пробормотал что-то неласковое и отошел от стола. Пожарский и Гуторович обнялись и запели притворно-пьяненькими голосами, пошатываясь перед столом:

Эх ты, тпруська, ты тпруська бычок,
Молодая телятинка!
Отчего же ты не телишься,
Да на что же ты надеешься?
Эх ты, Толя, ты, Толя дружок,
Молодая кислятинка!
Отчего же ты не женишься,
Да на что же ты надеешься?

Актёров окружила компания подвыпивших мужчин. В середину толпы замешалась развеселая жена воинского начальника; она выпила две рюмки водки с юным подпоручиком, за которым ухаживала. Всем было весело. Гуторович для увеселения зрителей изображал некоторых лиц здешнего общества в интересные моменты их жизни: врача Матафтина, как он осматривает холерных больных на почтительном расстоянии и трепещет от страха; — спесивого директора учительской семинарии Моховикова, как он с неприступно-важным видом и со шляпою в руке расхаживает по классам; — Мотовилова, как он говорит о добродетели и проговаривается об украденных барках; — Крикунова, как он молится, и потом, как дерет за уши мальчишек.

— Вот черт-то! — восклицал Баглаев, — животики надорвешь.

Все это наконец до невыносимости опротивело Логину. Ушел. Гуторович мигнул на него веселой публике, изогнул спину и зашептал:

— Экая беда, — прямо по земле ходить человеку приходится. Пьедестальчик, хоть махонький, а то ведь так же нельзя, господа.

«Господа» радостно захохотали.

Логин вошел в одну из гостиных, где слышался звонкий смех барышень.

"И здесь, наверно, встретится что-нибудь пошлое", — пришло ему в голову.

Увидел Андозерского, — тот успел чем-то насмешить девиц. Среди барышень была Клавдия. Кроме Андозерского, здесь не было других мужчин. Логину показалось, что Андозерский смутился, когда увидел его: круто оборвал бойкую речь. Глаза барышень обратились к Логину, веселые, смеющиеся. Клавдия смотрела задорно; что-то враждебное светилось в глубине ее узких зрачков, и злобно горели зеленые огни ее глаз. Она сказала:

— Мы только что о вас, Василий Маркович, говорили.

И слегка отодвинулась на стуле, чтобы Логин мог сесть на соседний стул, который раньше был прикрыт складками ее юбки.

— Легки на помине! — весело сказала маленькая кудрявая барышня с лицом хорошенького мальчика.

— Любопытно, что интересного нашлось сказать обо мне, — лениво молвил Логин.

— Как не найтись! Вот Анатолий Петрович рассказывал...

— Ну, это шутка, — заговорил было Андозерский.

Клавдия удивленно посмотрела на него. Андозерский сконфуженно повернулся к подошедшей служанке и взял апельсин. Он сейчас же подумал, что апельсин велик и что напрасно было брать его. Ему стало досадно. Клавдия спокойно продолжала:

— Рассказывал, что члены вашего общества должны будут давать тайные клятвы в подземелье, со свечами в руках, в белых балахонах, и что им будут выжигать знаки на спине в доказательство вечной принадлежности. А кто изменит, того приговорят к голодной смерти.

Логин засмеялся коротким смехом. Сказал:

— Какая невеселая шутка! Что же, впрочем, мысль не дурна: одну бы клятву следовало брать, хотя почему ж тайную? Могла бы это быть и явная клятва.

— Какая же? — спросила Клавдия.

— Клятва, — не клеветать на друзей.

— Ну вот, я ведь шучу, — беспечно сказал Андозерский.

— Заешьте клевету сладким, — сказала Клавдия.

Указала Логину на девушку, которая держала перед ним поднос с фруктами.

Логин положил себе на блюдечко очень много, без разбору, и принялся есть. Тонкие ноздри его нервно вздрагивали.

В соседней гостиной тихо разговаривали Мотовилов и исправник. Мотовилов говорил:

— Шибко не нравится мне Логин!

— А что? — осторожным тоном спросил Вкусов.

— Не нравится, — повторил Мотовилов. — У меня взгляд верный, — даром хаять не стану. Поверьте мне, не к добру это общество. Тут есть что-то подозрительное.

— Сосьете, енондершиш, — меланхолично сказал Вкусов.

— Поверьте, что это только предлог для пропаганды против правительства. Надо бы снять с этого господина личину.

— Гм... посмотрим, подождем.

— Он, знаете ли, и в гимназии положительно вреден. К нему ученики бегают, а он их развращает...

— Развращает? Ах, енондершиш!

— Своею пропагандой.

— А!

Хитрое и пронырливое выражение пробежало по лицу Мотовилова, словно он внезапно придумал что-то очень удачное. Он сказал:

— Да я не поручусь и за то, что он... кто его там знает; живет в стороне, особняком, прислуга внизу, он наверху. У меня сердце не на месте. Вы меня понимаете, вы сами отец, ваш гимназист-мальчик красивый.

— Да вы, может быть, слышали что-нибудь? — спросил Вкусов с беспокойством.

— Не слышал бы, так не позволил бы себе и говорить о таких вещах, — с достоинством сказал Мотовилов. — Поверьте, что без достаточных оснований, понимаете, — вполне достаточных! — я бы не решился...

— О чем шушукаетесь? — спросил подходя Баглаев. Мотовилов отошел.

— Да вот о Логине говорим, — печально сказал исправник.

— А! Умный человек! Надменный! Все один! Он, брат, нас презирает, и за дело; мы свиньи! Впрочем, он и сам свинья. Но я его люблю, ей-богу, люблю. Мы с ним большие друзья-водой не разольешь,

Вкусов задумчиво смотрел на него тусклыми глазами, покачивал головою и шамкал:

— Се вре! Се вре!

Глава шестнадцатая

Логин искал, куда бы поставить опорожненное блюдечко, и забрел в маленькую, полутемную комнату. Тоскующие глаза глянули на него из зеркала. Досадливо отвернулся.

— Дорогой мой, какие у вас сердитые глаза! — услышал он слащавый голос.

Перед ним стояла Ирина Авдеевна Кудинова, молодящаяся вдова лет сорока, живописно раскрашенная. У нее остались после мужа дочь-подросток, сын-гимназист и маленький домик. Средства были у нее неопределенные: маленькая пенсия, гаданье, сватанье, секретные дела. Одевалась по-модному, богато, но слишком пестро (как дятел, сравнивала Анна). Бывала везде, подумывала вторично выйти замуж, да не удавалось.

— Что ж вы, мой дорогой, такой невеселый? Здесь так много невест, целый цветник, одна другой краше, а вы хандрить изволите! Ай-ай-ай, а еще молодой человек! Это мне, старухе, было бы простительно, да и то, смотрите, какая я веселая! Как ртуть бегаю.

— Какая еще вы старуха, Ирина Авдеевна! А я очень веселюсь сегодня.

— Что-то не похоже на то! Знаете, что я вам скажу: жениться бы вам пора, золотой мой,

— А вам бы всех сватать!

— Да право, что так-то киснуть. Давайте-ка, я вас живо окручу с любой барышней Какую хотите?

— Какой я жених, Ирина Авдеевна!

— Ну вот, чем не жених? Да любая барышня, вот ей-богу... Выобразованный, разноречивый.

Подошел Андозерский. Бесцеремонно перебил:

— Не слушай, брат, ее. Хочешь жениться-ко мне обратись: я в этих делах малость маракую.

— Хлеб отбиваете у меня, — жеманно заговорила Кудинова, — грешно вам, Анатолий Петрович!

— На ваш век хватит. У вас пенсия.

— Велика ли моя пенсия? Одно название

— Я, брат, даром сосватаю, мне не надо на шелковое платье. И себя пристрою, и тебя не забуду. Только чур, — таинственно зашептался он, отводя Логин а от Кудиновой, — пуще всего тебе мой зарок-за Нюткой, смотри, не приударь: она — моя!

— Зачем же ты Неточку к актеру ревнуешь?

— Я не ревную, а только актер глазенапы запускает не туда, куда следует, с суконным рылом в калачный ряд лезет. Да и все-таки на запас. Я тебе, так и быть, по секрету скажу: на Нютку надежды маловато, — упрямая девчонка!

— Чего ж ты говоришь, что она-твоя?

— Влюблена в меня по уши, это верно. Да тут есть крючок, — принципы дурацкие какие-то. Поговорили мы с нею на днях неласково. Ну, да что тут много растабарывать: ты мне друг, перебивать не станешь.

— Конечно, не стану.

— Ну, и добре. Вот займись-ка лучше хозяйкой.

— Которою?

— Конечно, молодою. Эх ты, бирюк! Ну, я, дружище, опять в пляс.

Логин остался один в маленькой гостиной. Мысленно примерял роли женихов Клавдии и Неты. Холодно становилось на душе от этих дум.

Нета-переменчивый, простодушный ребенок, очень милый. Но чуть только старался представить Нету невестою и женою, как тотчас холодное равнодушие мертвило в его воображении черты милой девушки, глуповатой, избалованной, набитой ветхими суждениями и готовыми словами.

"Вот Клавдия-не то. Какая сила, и страстность, и жажда жизни! И какая беспомощность и растерянность! Недавняя гроза прошла по ее душе и опустошила ее, как это было и со мною когда-то. Мы оба ищем исхода и спасения. Но нет ни исхода, ни спасения: я это знаю, она—предчувствует. Что нам делать вместе? Она все еще жаждет жизни, я начинаю уставать".

Это были мысли то восторженные, то холодные, а настроение оставалось таким же. Пока вспоминалась Клавдия такою, как она есть, было любо думать о ней: энергичный блеск ее глаз и яркий внезапный румянец грели и лелеяли сердце. Но стоило только представить Клавдию женою, очарование меркло, исчезало.

Иной образ, образ Анны представился ему. Видение ясное и чистое. Не хотелось что-нибудь думать о ней, иначе представлять ее: словно боялся спугнуть дорогой образ прозаическими сплетениями обыкновенных мыслей.

Закрыл глаза. Грезилось ясное небо, белые тучки, с тихим шелестом рожь и на узкой меже Анна-веселая улыбка, загорелое лицо, легкое— платье, загорелые тонкие ноги неслышно переступают по дорожной пыли, оставляют нежные следы. Открывал глаза-видение не исчезало сразу, но бледнело, туманилось в скучном свете ламп, милая улыбка тускнела, расплывалась, — и опять закрывал глаза, чтобы восстановить ненаглядное видение. Назойливое бренчанье музыки, топот танцующих, глухой голос юного дирижера, — а над всем этим гвалтом слегка насмешливая улыбка, и загорелые руки в такт музыки двигались и срывали синие васильки и красный мак.

— Однако, вам не очень весело: вы, кажется, уснули, — раздался над ним тихий голос.

Открыл глаза: Клавдия. Встал. Сказал спокойно:

— Нет, я не спал, а так, просто замечтался. Глаза Клавдии, зеленея, светились знойным блеском. Спросила:

— Мечтали о Нюточке?

— Мало ли о чем мечтается в праздные минуты, — ответил Логин.

Натянуто улыбнулся, с чувством странной для него самого неловкости.

— Счастливая Анюточка! — с ироническою улыбкою и легким вздохом сказала Клавдия и вдруг засмеялась. — А я пари готова держать, что вы воображали сейчас Анютку в поле, среди цветов, во всей простоте. Скажите, я угадала?

Логин хмурился и прикусывал зубами нижнюю губу.

— Да., угадали, — признался он.

— Нюточка солнышку рада. Да мотылечки, — говорила Клавдия, и быстро открывала и закрывала веер, и дергала его кружевную обшивку. — А вот теперь она по-бальному. Вам не жаль этого?

— Отчего же?

— Видите, и Нюточка не может стоять выше моды. Глупо, не правда ли? Лучше было бы, если бы мы босые танцевать приходили, да? Однако, прошу вас не задремать: сейчас будем ужинать.

Музыка умолкла. Шумно двинулись к ужину. Ужинали в двух комнатах: в большой столовой и в маленькой комнате рядом. В большой столовой было просторно и чинно. Там собрались дамы и девицы, несколько почтенных старцев скучающего вида и молодые кавалеры, обязанные сидеть с дамами и развлекать их,

Андозерский сидел рядом с Анною и усердно занимал ее. Хорошенькая актриса Тарантина наивничала и сюсюкала, блестя белыми, ровными зубами. Апатичный Павликовский развлекал ее рассказами о своих оранжереях. Биншток говорил что-то веселое Нете, Ната сверкала на него злыми глазами. Гомзин расточал любезности Нате. Каждый раз, когда Ната взглядывала на его оскаленные зубы, белизна которых была противна ей (у Биншток зубы желтоваты), в ней закипала злость, и она говорила дерзость, пользуясь правами наивной девочки. Мотовилов с суровым пафосом проповедовал о добродетелях. Жена воинского начальника потягивала вино маленькими глотками и уверяла, что если б ей представило случай для обогащения отравить кого-нибудь и если бы это можно было сделать ни для кого неведомо, то она отравила бы. Мотовилов ужасался и энергично восклицал:

— Вы клевещете на себя!

Дряхлый воинский начальник и обе старшие Мотивиловы тихо разговаривали о хозяйстве. Дубицкий рассказывал, как он командовал полком. Зинаида Романовна делала вид, что это ей интересно. Клавдия и Ермолин о чем-то заспорили тихо, но оживленно. Палтусов и жена Дубицкого-она была рада, что муж сидел от нее далеко, — говорили о театре и о цветах.

В маленькой комнате было тесно, весело и пьяно. Здесь были одни мужчины: подвыпивший отец Андрей; Вкусов, беспрестанно восклицавший то по-русски:

— Я, братцы, налимонился! То по-французски:

— Фрерчики, же сюи налимоне!

— И забыл о жене! — попадал ему в рифму Оглоблин. Казначей рассказывал циничные анекдоты; Юшка, красный как свекла; Пожарский и Гуторович, их не забирал хмель, хоть они пили больше всех; Саноцкий и Фриц., неразлучная парочка инженеров; еще штук пять господ с седеющими волосами и наглыми взглядами. Сюда же попал и Логин.

За этим столом пили много, словно всех томила жажда, выбирали напитки покрепче, лили их в самые большие рюмки, не стесняясь тем, что на дне остаются капли иного напитка; ели с жадностью и неопрятно, громко чавкали, говорили громко, перебивали друг друга, переругивались. Разговоры были такие, что даже эти пьяные люди иногда понижали голос, чтоб не услышали дамы. Тогда кружок собеседников сдвигался, сидевшие далеко перегибались через стол, другие наклоняли головы, на короткое— время становилось тихо; слышался только торопливый шепот, — и вдруг раскаты разудалого хохота оглашали тесную комнату и заставляли вздрагивать дам в большой столовой.

— Что анекдоты, — сказал с гулким смехом отец Андрей, — слушайте, братцы, я вам лучше расскажу действительное происшествие, бывшее со мною. Какой я на днях сон видел! Вижу я себя в некоем саду, и в том саду стоят все елочки, а на елочках висят лампадочки. В лампа дочках масло налито, светиленки плавают, огонечки теплятся, так это все чинно, благообразно. И вижу я, около тех лампадочек суетятся услужающие. Как только погаснет лампадка, сейчас ее услужающий снимает. Вот я постоял, поглядел, да и спрашиваю, что, мол, это за лампадки. Услужающий и говорит: "Это не простые лампадки, это— судьба человеческая; где ярко горит огонь, там еще много жизни у человека осталось, а где масла мало, тому, говорит, человеку скоро конец". Тут я, братцы, ужаснулся хуже, чем перед архиереем. Однако собрался с духом, да и спрашиваю: "А что, господин, нельзя ли узнать, какая тут моя лампадка?" Повел он меня к одной елочке. Висит там несколько лампадочек, все горят ярко, а одна чуть-чуть теплится. "Вот эта, — говорит, — твоя и есть". Стал я изыскивать средства. Вижу — услужающий отвернулся, Я засунул скорее палец в чужую лампадку, — масло, известно, пристает, — я в свою лампадку его скапнул— огонек опять оживился. И так я несколько раз: как только он отвернется, так я палец в чужую лампадку, а потом в свою, накапываю себе помаленьку. И уж изрядно накапал, только вдруг не остерегся, поторопился, — и попался. Услужающий, как на грех, обернись, и видит, что я пальцем в чужой лампадке колупаюсь. Как он закричит: "Что ты делаешь? Да куда ты лезешь?" Да как хлобыснет меня по роже, аж, братцы, я проснулся.

Гулкое— грохотание носилось вокруг стола.

— И что ж оказывается? Это по морде-то меня жена в сердцах огрела.

Когда хохот затих, Баглаев начал было:

— А вот, господа, когда я служил в сорок второй артиллерийской бригаде...

— Врешь, Юшка, — крикнул Саноцкнй, — никогда ты в артиллерии не служил.

— Ну вот, как не служил?

А ты, голова с мозгами, в каком универсетете воспитывался?

— В Московском, известно!

— А я так слышал, что тебя из второго класса гимназии выгнали.

— Наплюй тому в глаза, кто тебе это говорил.

— Наплюй сам: вот он здесь, — Константин Степаныч.

— Костя, друг, и это ты? И у тебя язык повернулся? — с укором восклицал Баглаев.

— Знаем мы тебя, городская голова: враль известный, — отвечал Оглоблин-Вот ты расскажи лучше, как из городской богадельни мальчишки бегают.

— Богадельня-мерзость! — оживился Юшка, — грязь, беспорядок, все крадут, старики и старухи пьянствуют, мальчишки без надзору шляются и шалят.

— Стой, стой, голова с мозгами, — закричал Саноцкий, — кого ты обличаешь? Кто богадельней заведует?

— Известно кто: голова.

— А голова-то кто? За столом хохотали.

— Ловко, Юшка, — восторгался казначей, — забыл, что голова.

— Вовсе не забыл!

— Это он чует, что его прокатят, енондершиш!

— Ничего не прокатят, а я сам не хочу. А богадельню я подтяну.

— Расскажи, отчего у тебя мальчишка дал тягу, — приставал Оглоблин.

— Оттого, что мерзавец: каждый год бегает. Прошлый год убежал, да дурака свалял, — поймали в Летнем саду под кустиком, привели и выдрали; а нынче он опять по привычке, айда в лес, — весну почуял. Негодяй! Не сносить ему головы!

— А ты что ж, нынче в задаток его взъерепенил, что ли? или так, здорово живешь?

— Ничего не в задаток, а не учится! Крикунов пожаловался, а я распорядился.

— Всыпать сотню горячих?

— Ничего не сотню, а всего пятнадцать. При мне и пороли.

— А ты держал, что ли?

— Дурак! Не хочу с дураком и разговаривать! За столом хохотали, а Юшка злился и бубнил:

— Я голова. Мое дело-распорядиться, а не держать, вот что.

— Юрочка! кричал отец Андрей, — Юрочка, не хочешь ли окурочка?

Логин упрямо молчал, всматривался в пьяные лица и трепет ал от мучительной злобы и тоски. Каждое слово, которое он слышал, вонзалось раскаленною иглою и терзало его. Пил стакан за стаканом. Сознание мутнело. Злоба расплывалась в неопределеннотяжелое чувство.

Наконец ужин кончился Сквозь шум отодвигаемых стульев, топот ног и веселооживленный ропот разговоров послышались звуки музыки: молодежь собиралась еще танцевать. Но гости, более отяжелевшие, прощались с хозяевами.

Логин вышел на лестницу вместе с Баглаевым. Юшка увивался вокруг Логина и лепетал что-то. Логин на крыльце протянул руку Баглаеву и сказал:

— Ну, нам в разные стороны.

— Зачем, чудак? Говорю-пойдем пьянствовать.

— Ну вот, мало пили! Да и куда мы пойдем так поздно?

— Уж я знаю, я тебя проведу! Чудород, нас пустят, — убедительно говорил Баглаев. — Даром, что ли, я от жены сбежал? Пусть она мазурку отплясывает, а мы кутнем. Право, чего там, — тряхнем стариной!

Логин подумал и пошел за ним. Скоро их догнал Палтусов. Юшка, хихикая, спрашивал:

— А, волыглаз! Бросил гостей?

— Ну их к черту, — мрачно говорил Палтусов. Твоя жена тебя хватилась, так я обещал тебя найти...

— И напоить, — кончил Логин.

— И доставить домой.

— Ой ли? — хихикал Баглаев. — Так я и пошел домой, держи карман. Нет, черта с два.

— Скажу, не нашел, — говорил Палтусов. — Голова болит, напиться хочется.

— Дело! — сказал Логин.

— Нельзя мне не пить, — объяснял Палтусов. — Жить в России и не пьянствовать так же невозможно для меня, как нельзя рыбе лежать на берегу и не задыхаться. Мне нужна другая атмосфера... Тьфу, черт, здесь и фонари не на месте!.. Исправники, земские начальники, — меня от одного их запаха коробит.

Все колебалось и туманилось в сознании Логин а. Сделалось как-то "все равно", С чувством тупого удовольствия и томительного безволия шел за приятелями, прислушивался к их речам и бормотанью. Их шаги и голоса гулко и дрябло отдавались а ночной тишине.

В трактире, куда они зашли через задние двери, дрема начала овладевать Логиным. Все стало похоже на сон: и комната за трактиром, слабо освещенная двумя пальмовыми свечками, — и толстая босая хозяйка в расстегнутом капоте, которая шептала что-то невнятное и, как летучая мышь, неслышно сновала с бутылками пива в руках, — и это пиво, теплое и невкусное, которое зачем-то глотал.

Палтусов говорил что-то грустное и откровенное, о своей любви и о своих муках; имя Клавдии раза два сорвалось у него ненарочно. Юшка лез к нему целоваться и плакал на его плече. Логин чувствовал великую тоску жизни и хотел рассказать, как он сильно и несчастливо любил: ему хотелось бы, чтоб Юшка и над ним заплакал. Но слова не подбирались, да и рассказать было не о чем.

— Зинаида! — воскликнул Палтусов. — Я никогда ее не любил, а теперь она мне ненавистна.

— Субтильная дама! — бормотал Юшка.

— Жеманство, провинциализм, это выше моих сил. В ней нет этого букета аристократизма, без которого женщина-баба. О, Клавдия!

Только я могу ее оценить. Мы с нею родственные души.

— Огонь девка! — одобрил Юшка.

Палтусов замолчал, облокотился на стол, залитый пивом, и свесил на руки голову. Юшка подвинулся к Логину и зашептал:

— Вот, брат, человек замечательный, я тебе скажу Он только один меня понимает до тонкости, брат, хитрая штука, шельма. Ему бы Панаму воровать, уж он бы не попался, — нет, брат, шалишь, — гений!

В двери заглянул городовой. Хозяйка испуганно зашептала:

— Говорила я вам! Господи, этого только недоставало!

— Крышка! — в ужасе лепетал Юшка и пучил глаза на городового.

— Не извольте беспокоиться, ваше благородие, — успокоительно заговорил городовой, — я так, потому как, значит, огонь; а ежели знакомые хорошие господа...

Знакомые хорошие господа дали ему по двугривенному и велели хозяйке угостить его пивом. Городовой остался "много благодарен" и ушел. Юшка начал хорохориться по адресу полиции. Но настроение было испорчено. Посидели молча, высосали пиво и ушли,

Что было дальше, Логин не помнил. Он очнулся дома, у открытого окна. Лица и образы проносились. Новое чувство кипело.

"Это — ревность к Андозерскому", — подумал он и сам удивился своей мысли.

Он думал, что Андозерский глуповат и пошловат, даже подловат, и злоба к Андозерскому мучила его. Но вдруг из темноты выплыла жирная и лицемерная фигура Мотовилова, и Логин весь затрепетал и зажегся древнею каинскою злобою. А на постели опять лежал труп, и опять страх приступами начинал знобить Логина.

Вдруг Логин почувствовал прилив неодолимой злобы и решительно двинулся к ненавистному трупу.

— Перешагну! — хрипло шептал он и сжимал горячими руками тяжелые складки одеяла.

Он заснул тяжелым, безгрозным сном. Под утро вдруг проснулся, как разбуженный. Визгливый вопль реял в его ушах. Сердце усиленно билось. С яркостью видения предстали перед ним своды, решетка в окне, обнаженное девичье тело, пытка. Кто-то злой и светлый говорил, что все благо и что в страданиях есть пафос. И под ударами кнута из белой, багрово-исполосованной кожи брызгала кровь.

Глава семнадцатая

Ермолин и Анна возвращались домой. Коляска плавно покачивалась, колеса на резиновых шинах катились бесшумно, и только копыта лошадей мерно и часто стучали по мелкому щебню.

Уже передрассветный сумрак начинал редеть. Влажные, неподвижные вершины деревьев окрашивались еле заметными розовыми отсветами. Где-то недалеко соловей устало и томно досвистывал нежную песенку. Запоздалая летучая мышь пронеслась близ коляски, угловато повернулась в воздухе и шарахнулась прочь.

Анна обменивалась с отцом отрывочными фразами. Глаза ее были дремотны. Впечатления вспыхивали, перебегали: от тяжелых, шумных воспоминаний вечера отвлекали вдруг нежные прикосновения холодного ветра, и тогда все дорогое и знакомое придвигалось к ней, вся эта мирная тишина отуманенных полей и темных деревьев. Теперь, в этот необычный для бодрствования час, все это знакомое и мирное являлось загадочным и обманчивым.

Прежде было у Анны ясное миропонимание, была любовь к природе и рассудочные объяснения явлений, а неизвестное и непонятное в природе не тревожило. Но эта весна пришла странная, не похожая на прежние, и обвеяла страхами и тайнами. Ничто, по-видимому, не изменилось в Анне, так же ясны были ее взгляды на жизнь и на мир, но сны стали тревожны, и мечтания иногда устремлялись, наперекор всему прошлому, к бесполезному и невозможному. В былые дни она ясно видела свои отношения к каждому, с кем приходилось встречаться, и свои чувства к каждому из этих людей. Но теперь предчувствовала в себе что-то новое, еще неопределившееся. Тяготила неясность мыслей и чувств. С непривычною робостью пока оставляла некоторую область впечатлений неразъясненною. Но так как мысли иногда невольно и случайно обращались к этой области, и с течением времени все чаще, то и объединяющее, определенное слово порою внезапно представлялось, и тогда она вся загоралась застенчивым, и радостным, и жутким чувством. Но не верила еще этому определенному объяснению и, вся взволнованная, вздыхала тихонько, — и высоко подымалась грудь.

Теперь, перед розовою прохладою ранней зари, Анне было радостно отдаваться влажным прикосновениям тихо веющей силы, навстречу которой уносилась она по затишью дороги. Неподвижная рябина белыми, душистыми цветами предвещала печаль, — но не страшили грядущие печали.

Вдруг тень неприятных воспоминаний легла на ее лицо, слегка побледнелое от усталости, и она тихо сказала:

— Как тяжело веселятся здешние молодые люди! Ермолин посмотрел на нее ласковыми глазами, — в них таилась старинная грусть. Ответил:

— Хорошо и то, что хоть и такая радость не иссякла. Анна закрыла глаза. Дремотно наклонила голову. Легкий сон набежал, но чрез минуту разбудило что-то, невнятный звук. Выпрямилась, посмотрела на отца широко открытыми глазами.

— Спишь? — ласково спросил Ермолин и улыбнулся.

— Дремлется. Пел кто-то? — спросила Анна вслушиваясь.

— Нет, не слышал, — отвечал отец. Все было тихо. Кучер, дремля, покачивался на козлах. Лошади не спеша бежали знакомою дорогою.

— Так это я заснула, — сказала Анна. — Мне казалось, что солнце на закате и кто-то поет: "Не одна-то во поле дороженька". А я будто иду на проселке, и мне хочется идти навстречу тому, кто поет, — так и манит песней.

— Иди, милая, — задумчиво промолвил Ермолин. Анна покраснела. Подняла на него удивленные, заискрившиеся глаза. Спросила:

— Куда?

Ермолин встряхнул головою. Провел рукою по лицу. Сказал:

— Куда? Нет, это так. Я, кажется, тоже дремлю. Анна улыбаясь закрыла глаза. Откинулась назад. Было удобно и приятно лежать, покачиваться, нежиться в прохладе предутреннего воздуха.

По лицу пробегали тени деревьев; они чередовались с розовыми просветами от начинающейся зари. Деревья разрастались, становились гуще, придвигались купами, сумрачно заслоняли от розовых, таких еще слабых просветов.

И опять снится Анне, что она идет в странной, сумрачной долине, среди темных, угрюмых деревьев. Между ними струится слабый, неверный свет. Тягостное предчувствие наводит тоску.

Вдруг замечает Анна, все вокруг просыпается: старые деревья, широколиственные и высокие, — и молодые травы, жесткие и блестящие, — и бледно-зеленые мхи, — и робкие лесные цветы, — все проснулось, и чувствует Анна на себе устремленные со всех сторон тяжелые и враждебные взоры. Все следит за Анною, и все неподвижно и безмолвно. Страшна вражда безмолвных свидетелей. Анна идет. Тяжело двигаются ноги, — идет она, идет торопливо. И знает, что идти некуда, а ноги все более тяжелеют. И она падает и открывает испуганные, отяжелелые глаза.

Лошади пофыркивают-чуют близость конюшни. Кучер встрепенулся, помахивает кнутом. Отец смотрит, ласково улыбается. Анна отвечает улыбкою, но лень шевельнуться, и глаза опять смыкаются.

— Вот мы и дома, — говорит отец. Протягивает ей руку помочь выйти из коляски.

Анна сбросила одежды, стала у окна, оперлась плечом, всем стройным телом отдалась ласкам холодного воздуха. Сад радостно вздрагивал росистыми и сочными ветвями. Небо быстро и весело алело, и нежная алость широко лилась на смуглость лица и на линии обнаженного тела.

Внезапная радость первых ждала лучей.

Напряженно глядела Анна на зарю, полыхавшую в небе, но легкая греза неслышно подкралась и опустилась на глаза золотистым туманом. Глаза сомкнулись.

Ярко-зеленый луг приснился, весь залит солнечным светом, обнесен низенькими кирпичными стенами. На скошенной траве бегают мальчики в красных плащах и девочки в голубых юбочках. Перебрасывают ловкими ударами палок большой мяч, и он высоко взлетает. Дети смеются. Серебристый смех раскатывается, звон колокольчиков, безостановочный, ровный.

Анне сначала весело следить за игрою. Хочется вмешаться, — ловчее бы это сделала. Но скоро смех утомляет. Анна всматривается в детей и думает:

"Отчего у них бледные, злые лица?"

Подымает глаза к кирпичным стенам, — они непрерывны, за ними ничего не видно, только утомительно одноцветное, блекло-голубое небо подымается над ними. Анна опять смотрит на детей. Ничто не изменилось в скучном однообразии веселой игры, — но Анне внезапно делается страшно.

Знает, что приближается ужасное, и каждый раз, как взлетает мяч, сердце сжимается от ужаса. Под однозвучное бренчание безрадостного смеха возрастает ужас.

Знает, что надо сделать что-то, чтобы рассеять гибельные чары, но не может двинуться. Как пораженная летаргиею, напрягает все силы, но напрасно, — и неподвижно цепенеет посреди ярко-зеленого луга.

Видит: мяч опускается на нее, растет... Делает последнее, отчаянное усилие-и открывает глаза.

Сердце колотится до боли быстро, тело дрожит, холодея, но страх скоро уступает место радости. Солнце только что взошло, но все еще тихо вокруг, и только ранние пташки гомозятся в кустах.

Анна дивится своим грезам. Хотелось бы выйти в парк, к реке, но сон клонит, и она нехотя подошла к постели.

Закрывая одеялом похолодевшие плечи, почувствовала во всем теле истому и усталость, но ей казалось, что не заснуть. Однако, едва прилегла щекою к подушке, как уже глаза закрылись, и заснула.

Пролежала в постели меньше обыкновенного и за это время несколько раз просыпалась. Перед каждым пробуждением снились новые сны, странные для нее, — прежде спала крепко и снов почти никогда не видела. Казалось потом, что во всю ночь грезила и поминутно просыпалась.

Приснилась густая роща. Между высокими деревьями теснились кусты, желтели стручки акаций, краснела волчья ягода и рябина. Удивительными цветами покрыты были маленькие холмики. Еле видные из-за чащи, пестрели деревянные кресты и каменные плиты. Светло, тихо, грустно...

Приснилось, что в густом лесу рыщут свирепые псы, яростно лают, обнюхивают землю и кусты, выслеживают кого-то... Бледный, испуганный, прячется за деревом. А она верхом въезжает в лес и не знает, что ей делать.

Еще видела себя у постели больного ребенка. Подымает одеяло-все тело ребенка в темных пятнах. Ребенок лежит смирно, смотрит на нее укоряющими глазами. Анна спрашивает его:

— Ты знаешь?

Ребенок молчит, — еще совсем маленький и не умеет говорить, — но Анна видит, что он понимает и знает. Кто-то спрашивает ее:

— Чья же это вина? И чем помочь? Анне становится страшно, и она просыпается. Потом увидела себя в каменистой пустыне. Воздух душен, мглист и багрян, почва— красный пепел. Анна несет на плечах человека-неподвижную, холодную ношу. Он ранен, и на Аннины плечи падает густая, липкая кровь. Его руки в ее сильных руках, — они бледны и знакомы ей. Она торопится и жадно смотрит вперед, где сквозь мглу видится слабый свет. Раненый говорит ей:

— Оставь меня. Я погиб, спасайся ты.

Она слышит шум погони, гвалт, хохот. Он шепчет:

— Брось, брось меня! Не вынесешь ты меня.

— Вынесу, — упрямо шепчет она и торопится вперед, — как-нибудь да вынесу.

Ее ноги тяжелы, как свинцовые, она движется медленно, а погоня приближается. Отчаяние! Выбивается из сил - и просыпается, и опять тревожно прислушивается к торопливому биению сердца.

Глава восемнадцатая

В маленьком городе, как наш, быстро расходятся сплетни, и тем быстрее, чем неправдоподобнее и грязнее. Стоило поговорить Мотовилову со Вкусовым наедине на вечере у Кульчицкой, как уже на другой день неожиданная выдумка Мотовилова гуляла по городу, выдавалась за несомненное и ни в ком не встречала возражений.

В тот же день сплетня дошла до Клавдии. Занесла ее Валя, — она забегала иногда и к Кульчицким, где их семье тоже помогали.

Клавдия выслушала, сдвинула брови и сказала:

— Пустое! Как вам, Валя, не стыдно повторять такие гадости!

Валя засмеялась и приняла лукавый вид. Когда она ушла, Клавдия задумалась.

"Узнает и Нюточка, — злорадно соображала она, — оскорбится и не поверит. А может быть, и поверит? Или будет сомневаться? Или и совсем не узнает, — не скажет ей Валя, не посмеет или и начнет говорить, да не захочет и слушать Нюточка?"

Клавдия долго стояла у окна, щурила зеленые глаза и коварно улыбалась. День был ясен и тих, небо безоблачно, деревья зелены и свежи, теплый воздух льнул к бледным щекам Клавдии, — и жестокая непреклонность ясной природы навевала злые мысли.

Наконец веселая, решительная улыбка озарила лицо Клавдии. Она села к своему красивому письменному столу, загроможденному блестящими, вычурными пустяками, расчистила место для бумаги, откинула широкие рукава, взяла в руки перо-и звонко засмеялась. Беззаботный смех, как у мальчишки перед потешною шалостью. Но глаза дико горели.

Принялась выводить на почтовой бумаге буквы; старалась удалиться от обычного почерка. Всячески изменяла положение бумаги и рук, то изгибала, то выпрямляла спину, наклоняла голову то на одну, то на другую сторону, вскакивала иногда со стула, становилась на него коленями, и вся при этом трепетала и рдела, и пачкала пальцы чернилами.

Когда буквы долго не слушались, сжимала зубы, колотила кулаком по столу. Когда же казалось, что дело идет на лад, Клавдия вдруг принималась хохотать и зажимала рот рукою, чтобы кто-нибудь в саду или в комнатах не услышал ее веселья. Исписанный лист сжигала на спичке и принималась за другой.

Чем больше уничтожала листов, тем труднее казалось достижение цели, но тем спокойнее становилась она. Лицо бледнело сильнее обычного и принимало упрямое выражение. Через несколько часов решила, что торопливостью не возьмешь, и продолжала трудиться настойчиво, терпеливо замечала малейшие разности и укрепляла их старательными упражнениями.

Поздно ночью увидела, что достигла еще немногого, но что все-таки кое-чего добилась. На другой и на третий день сидела v себя безвыходно, и все медленнее, спокойнее и увереннее становилась работа.

К вечеру третьего дня осталась довольна своим трудом: перед нею лежал лист, которого уже не надо было жечь.

Откинулась на спинку стула, подняла над головою белые руки-рукава с них упали до плеч, — и устало потянулась. Лицо было бледно и спокойно. Подошла к зеркалу. Долго смотрела прямо в глаза своему отражению, не улыбаясь, не торжествуя, холодным и неотразимым взглядом. Казалось, не было никакого выражения в ее лице, так оно было неподвижно.

Наглядевшись, равнодушно улыбнулась, опустила глаза на белые руки. На них были чернильные пятна, —

Потом стала перед открытым окном на колени и целый час так стояла, прямо и неподвижно, и смотрела на ясное небо и на яркую зелень.

С почты принесли Анне письмо с городскою маркою, что было редкостью в нашем маленьком городе. Почерк был незнаком.

Первые же строчки заставили Анну ярко покраснеть. Брезгливо уронила письмо на пол и с гневно сдвинутыми бровями подошла к окну. Ясен и тих был день перед нею, и она преодолела отвращение, подняла письмо и внимательно прочла с начала до конца. Оно было наполнено — такими подробными достоверных будто бы похождений Логина, которые невозможно передать. В конце приведены были оскорбительные и циничные слова, будто бы сказанные Логиным об Анне в присутствии нескольких человек.

Долго сидела перед прочтенным письмом и всматривалась в белые тучки, которые скользили по небу. Щеки горели, на глаза навертывались слезы. Мысли были рассеянны, но, как эти белые тучки, неудержимо влеклись в одну сторону. Чем дальше всматривалась в них, тем светлее и торжественнее становилось в душе. Когда косвенные лучи мирного заката упали на ее платье, кто-то незримый тихо и благостно сказал:

— Солнце их заходит, но тень твоя перед тобою! Вслушиваясь в эти странные слова, которые носились над душою, как вечерний благовест над широкими полями, Анна встала, и радостно и грустно заблестели под слезами лучистые глаза.

— Так надо, — тихо сказала она и покорно наклонила голову.

Но хотела знать мнение отца, — во всем была ему послушна. Принесла письмо отцу, молча отдала. Ермолин прочел.

— Доброжелатель, как водится, — сказал он, когда дошел до подписи.

Анна молча стояла перед ним и смотрела с ожиданием. Ее платье, изжелта-белое с розовыми цветами, с очень высоким поясом, почти без складок опускалось к нагим стопам. Широко собранные выше локтя рукава

— Веришь? — спросил Ермолин. Анна отрицательно покачала головою.

— И не следует верить, — решил Ермолин. — Это не может быть правдою, — не должно быть правдою.

Анна стала на колени перед отцом и опустила на его колени голову. Ермолин видел, что она плачет, но знал, что слезы ее радостны. Она сказала:

— Я рада, что и ты так думаешь. Нет, это я думаю, как ты, — ты мне показываешь, куда мне идти, и я делаю то, что ты мне скажешь.

Ночью Анне снилось, что она летает. Поднялась с постели, легкая, почти бестелесная, и тихо плыла под самым потолком, лицом кверху. Опускалась немного, когда достигала двери, и опять подымалась в другой комнате. Было сладко и жутко. Из окна тихо выскользнула в сад. Была темная ночь. Аллеи, под старыми ветвями которых проносилась она, хранили тайну и молчание. Кто-то следил за темным полетом черными глазами. Древние каменные своды вдруг поднялись над нею, — она медленно подымалась к вершине широкого, мрачного купола. Смутно-розовая заря занималась за узкими окнами. Своды раздвигались и таяли, — смутный свет разливался кругом. Заря бледно разгоралась. Небеса казались блеклыми, ветхими. Яркие полосы, как трещины, вдруг изрезали их. Еще мгновение-и словно завесы упали с неба. Анна смотрела вниз, — мирные долины радовались солнцу. Мальчик трубил в серебряную дудку. Его розовые щеки надулись. Солнце горело на его дудке, — и в этом была несказанная радость.

Казенной работы у Логина было мало. Учебный год кончался, начались экзамены.

С учениками у Логина установились хорошие отношения. Он имел способность привлекать юношей и мальчиков, хотя никогда не заботился о том. Влечение к нему гимназистов происходило, может быть, оттого, что ему нравилось быть с ними и он искренно хотел, чтоб они приходили. Мягкие и незаконченные очертания их лиц тешили Логина, как и незрелые особенности их речи.

"Они еще строятся, — думал он, — а мы начинаем разрушаться. Они захватывают от жизни что можно, все себе и себе; мы, усталые под бременем нашей ноши, облегчаем себя, разбрасываем на ветер как можно больше, — и если нашею расточительностью кто-нибудь пользуется, мы называем ее любовью. Как невыразимо хорошо было бы умалиться, стать ребенком, жить порывисто-и не задумываться над жизнью!"

Мечта рисовала наивные картины, — а рассудок ворчливо разрушал их. Возникала зависть к детскому жизнерадостному настроению, и даже к их легким и быстрым печалям. Порою хотелось быть жестоким с ними, — но был только ласков.

Иногда казалось, что следует стать дальше от мальчиков. По-видимому, это было нетрудно: стоило только быть, как все, смотреть на гимназистов, как на машинки для выкидывания тетрадок с ошибками. Но вот это и не удавалось: как бы ни был он иногда угрюм, он смотрел на них и желал от них чего-то. И они приходили к нему, как будто это было в обычае или так нужно было.

Сослуживцам его не нравилось, что гимназисты к нему ходят; говорили, что это не порядок. Им бы с учениками не о чем было говорить. С любовью беседовали только о городских делишках и разносили сплетни, ничтожные, как сор заднего двора.

В эти дни толки шли о деле Молина. Передавались нелепые слухи. Не стеснялись в непристойностях, — ими сопровождались всегда разговоры среди учителей, благо дам нет.

Утром в учительской комнате, в гимназии, Антушев, учитель истории, стоя у окна, сказал:

— Наш почетный куда-то катит в коляске.

— Где, где? — засуетился любопытный отец Андрей. Все столпились у окон. Остались сидеть только Логин и Рябов, учитель древних языков, длинный, сухой, в синих очках, с желтым лицом и чахоточною грудью, одна из тех фигур, о которых говорят: "Жердяй! В плечах лба поуже". Он тихонько покашливал, язвительно улыбался и курил папиросу за папиросою с отчаянною поспешностью, слов но от их количества зависело спасение его жизни. Подмигивая, шепнул Логину:

— Устремились, как цветы к солнцу.

— Наш дом на такой окраине, — ответил Логин, — что здесь редко кто проедет.

Знал, что Рябов-большой сплетник и любит, когда сплетничает на кого-нибудь, приписать тому или совершенную небывальщину, или свои же слова.

— А ведь это он к нам! — воскликнул отец Андрей.

— Красное солнышко, — проворчал Рябов, — майорское— брюхо.

— А вы, Евгений Григорьевич, его не любите? — спросил Логин.

— Я? Помилуйте, почему вы так спрашиваете?

— Да так, мне показалось.

— Нет-с, не имею причин не любить его.

— В таком случае, прошу извинить.

Рябов подозрительно посмотрел на Логин а, улыбнулся мертвою гримасою, похлопал Логин а по колену деревянным движением холодной руки и шепнул:

— Все мы, батенька, не прочь друг Другу ногу подставить, — только зачем кричать об атом?

— Благоразумно!

Все уселись по местам и говорили вполголоса, точно ждали чего-то.

Минут через пять показался Мотовилов. Он был в мундире. Форменный темно-синий полукафтан, сшитый, когда Мотовилов был потоньше, теснил его. Толстая красная шея оттеняла своим ярким цветом золотое шитье на бархате воротника. Шпага неловко торчала под кафтаном и колотилась на ходу по жирным ногам. Мотовилов имел торжественный вид. На его левой руке была белая перчатка; в той же руке держал он другую перчатку и треугольную шляпу. За ним вошел директор, Сергей Михайлович Павликовский, человек еще не старый, но болезненный, с равнодушным бескровным лицом.

— Пахнет речью! — шепнул Логину Рябов и устремился мимо него к Мотовилову.

Произошло общее движение. Учителя толкались, чтобы пораньше пробраться к Мотовилову. Кланялись почтительно, сладко улыбались и пожимали пухлую руку Мотовилова с благоговейною осторожностью.

— Удостоился и я приложиться, опять шепнул Рябов Логину, — а вы что ж такой гмырой стоите? Видите, стенка какая: и не заметит.

Но Мотовилов заметил, раздвинул толпу жестом необыкновенного достоинства и с протянутою рукою сделал к Логину шага два. Учителя смотрели на Логина с завистью.

— Я особенно рад, — сказал Мотовилов, — что нахожу здесь и вас. Вы познакомитесь с нашим общим делом, к которому направлены наши мысли и, смею сказать, наши чувства. По всей вероятности, вы уже знакомы отчасти с этим.

— Кажется, еще не знаком, — возразил Логин.

— Знакомы, наверное, — я говорю о деле несчастного Молина.

— Ах, это! Виноват, я не догадался, что это — общее дело.

— Вы познакомились с ним через лиц заинтересованных, а теперь послушайте нас, людей беспристрастных.

Мотовилов тяжелою поступью подошел к столу, остановился перед ним и значительно посмотрел на учителей. Логин заметил в руках директора бумагу, большой лист, свернутый трубочкою. Мотовилов заговорил:

— Господа, мне очень приятно, что я вижу здесь почти всех вас. Мы успели составить дружную семью. Если в деле нашего взаимного единения и я моими скромными стараниями мог помочь, то я весьма горжусь этим. Я всегда был того мнения, — и глубокоуважаемый Сергей Михайлович, насколько мне известно, согласен со мною, — что моя обязанность не состоит только в том, чтобы делать взносы. Я решаюсь надеяться на более, так сказать, интимное отношение к вам, господа. Мне кажется, я встречаю на этом пути ваше полное сочувствие. Надеюсь, что я не ошибаюсь?

— Мы все, — льстиво ответил отец Андрей, — очень высоко ценим ваше сердечное участие в наших делах. Да и как не ценить? Вы у нас, может быть, умнейший человек в городе. Я и старик, а с удовольствием слушаю ваши рассказы и поучаюсь, — без стеснения говорю, истинно поучаюсь.

— Краснобаи! — шепнул Рябов Логину. А желтое лицо его, обращенное к Мотовилову, корчилось такою же гримасою низкопоклонства, как и умильные лица остальной компании.

— Благодарю вас, — сказал Мотовилов и пожал руку отца Андрея. — Само собой разумеется, что — такие же отношения пытался я установить и в городском училище. Но в последние годы, к сожалению, мои намерения стали встречать дурную почву. В дружную семью преподавателей вторгся, если можно так выразиться, зловредный элемент. Надеюсь, что мне позволено будет говорить напрямки. Молодые люди часто заражены духом излишнего самомнения.

Мотовилов строго покосился на Логина, и все посмотрели на Логина строго.

— Да, молодежь не всегда достаточно почтительна, — с улыбкою сказал Логин.

— Дело не в одной почтительности. Впрочем, мы, люди старинного покроя, думаем, что и почтительность к людям, достойным уважения, — дело не лишнее. Почтенный инспектор городского училища, Галактион Васильевич, уже не раз выражал желание оставить свое место. Я уговаривал его. Я даже не раз ходатайствовал перед начальством-в частных разговорах, — об его повышении, которого этот честный труженик вполне заслуживает. Мне обещали. И вот, когда явилась возможность, что освободится вакансия инспектора, явилась претензия на нее с той стороны, откуда ее нельзя было ждать, так как нет никаких заслуг и всего года два службы, и возраст слишком ранний. Был в училище и другой кандидат, вполне достойный, — и вот он теперь устранен при помощи возмутительного поклепа.

— Да это — трагедия, — сказал Логин, улыбаясь, — и элодей, и жертва.

— Могу только удивляться вашему... взгляду на этот весьма серьезный предмет, — сказал Мотовилов и значительно поглядел на Логина.

Логин не отвечал. Ненависть к Мотовилову опять начинала мучить его. Мотовилов продолжал:

— Господа, я полагаю, что мы обязаны прийти на помощь нашему собрату

— По картам и вину, — шепнул Рябов Логину.

— Перестаньте шептать, — тихо сказал Логин, ведь он может обидеться.

— Все порядочные люди, с которыми я говорил об этом, думают, что Алексей Иванович-жертва интриги. Вы знакомы с его благородным характером и высоконравственными правилами, и я уверен, что найду в вас такое— же сочувствие. Алексей Иваныч совершенно убит, и мы его должны утешить. Вот отец Андрей его видел и подтвердит вам, что он плачет

— Да, плачет, — уныло сказал отец Андрей. Все выразили на своих лицах сочувствие.

— Необходимо вывести дело на свежую воду, иначе это ляжет на нашу совесть. Мы составили коллективное заявление прокурору, что мы все уверены в невинности Молина, что просим освободить его и ручаемся за него всем своим имуществом.

— Берем на поруки, — пояснил директор.

— Попрошу кого-нибудь из вас, господа, прочесть заявление, и затем, кому угодно, пусть подпишет. Только те, кому угодно.

Рябов просунулся вперед и прочел заявление вслух. Все внимательно выслушали, сделали сочувственные лица и потянулись подписываться. В стороне остались Мотовилов, директор, которые подписались раньше, и Логин.

— Очень жалею, — сказал он, — но не могу присоединиться. Как я могу ручаться?

— Ваша воля! — сказал Мотовилов.

— Вот если б насчет выпивки, — по этой части я его знаю. Да и принесет ли это пользу?

— Там не могут не дать веса нашему мнению. Господа, — обратился Мотовилов к другим, круто отвернувшись от Логина, — могу сообщить вам печальную новость: и у нас холера, — вчера захворало двое мужчин и одна женщина.

Учителя испуганно переглянулись.

— Ничего, — ободрительно сказал отец Андрей, — до нас не доберется. Мне кстати прислали бочоночка три очищенной, — славная водка, — милости прошу завтра ко мне отведать.

Глава девятнадцатая

Вечером у Логина был Андозерский. Они сидели в саду, в беседке, пили чай и разговаривали. В соседнем огороде бегали и смеялись Валя, ее вторая сестра Варвара и подруга их, Лиза Швецова, дочь здешнего частного поверенного, полуграмотного, почти всегда пьяного мещанина.

Андозерский посматривал на Валю маслянистыми глазками.

— Аппетитненький кусочек! Егоза! — шептал он Логину. — Только чур-мое! Это не про тебя, у меня уж начато здесь дельце.

— А как же те три невесты?

— Э, невесты своим чередом: там честным пирком да и за свадебку, а здесь так, для приятного времяпрепровождения.

— Вот оно что! А и баболюб же ты!

— Есть тот грех, — скромно сознался Андозерский, нескромно подмигивая на девиц.

— Что ж, разве эта лучше?

— Ну, чего там, — я, дружище, не брезгуля. Да ты что думаешь? Она рада-радешенька. Вот увидишь, я сейчас заговорю.

Андозерский заговорил с девицами и открыл им калитку сада. Девицы, по-видимому, были очень довольны. Положим, в сад они не входили, жеманились, но зато не отходили и от калитки. Логин даже заметил, что Валя расцветала от удовольствия каждый раз, как Андозерский заговорит с нею.

Поболтав с девицами с полчаса и посмешив их незамысловатыми анекдотцами и шуточками, Андозерский тихонько сказал Логину:

— Ну, хорошего понемножку. Этот народец, девчоночки, не ценят того, что им подносят в изобилии, а потому пора благородно отретироваться.

Логину жаль стало бедной девочки и захотелось предостеречь ее. За год он успел присмотреться к ней, хотя она, служа в селе, бывала дома, у матери, только по праздникам.

Валя была девушка совсем простенькая, легкомысленная. Кроме учебников своих, которые знала она плохо, да трех-четырех случайно попавшихся ей в руки романов, она ничего не читала. Само собою разумеется, что у Вали было очень мало отвлеченных понятий и что идеалы ее не были возвышенными.

Бедность не исключает желания повеселиться и принарядиться. Не была чужда атому желанию и Валя, как и ближайшая к ней по возрасту сестра, Варя. Дома, не при людях, они ходили в затрапезных платьицах, босиком, но, отправляясь в город погулять или в гости, они принаряжались и охорашивались, как и след быть настоящим барышням.

У Вали уже был и жених. Не то чтоб они совсем сговорились, но как-то все точно условились называть и дразнить их женихом и невестою.

Это был воспитанник здешней учительской семинарии Яков Сеземкин, рябой, кудрявый молодец по двадцатому году, который нынче весною кончал свой курс.

Мещанская молодежь, в которой вращались Валя и Варя, разбивалась очень рано на парочки: «кавалер» лет семнадцати выбирал «барышню» лет пятнадцати и валандался с нею. Эти связи не бывали прочны: то барышня, то кавалер изменяли своему «предмету», чтобы вступить в новый союз. Возникали отсюда сцены ревности, ссоры, баламуты.

Случалось и Вале и Варе посчитаться из-за кавалера или друг с дружкою, или с подругами. Бывали и — такие размолвки, которые постороннему могли бы показаться очень серьезными. Так, иногда сестры вдвоем нападут на свою задушевнейшую подругу и наиболее частую гостью, смазливенькую Лизу Швецову, и, по наивной простоте своего нрава и пылкости темпераментов, поколотят ее, "поправят ей прическу", как они выражались. Лиза заверещит и выбежит от них в слезах и гневе, объявляя, что "нога ее больше не будет в этом доме". Пройдет два-три дня, Лиза снова у Дылиных, обнявшись с сестрами, гуляет по огороду.

Но из-за Якова Сеземкина сестрам не приходилось завидовать подругам: он ухаживал только за ними, поочередно, то за Валею, то за Варею, и не давал другим девицам ни малейших надежд на благосклонность. Сестры по праву старого знакомства называли его, иногда даже в глаза, запросто Яшкою. Они были соседями: мать Сеземкина имела домишко, полуразвалившуюся избушку на курьих ножках, рядом с огородом, который принадлежал к квартире Дылиных. Этот домишко зачастую бывал предметом насмешек, которыми обе сестры безжалостно осыпали бедного Яшку.

Вообще сестры почти всегда ссорились и ругались с Яшкою, хотя питали высокое уважение к его уму и познаниям.

— Он-башковитый, — говорили они про него. Сам Сеземкин чванился тем, что он умный и что он педагог. Самомнение и обидчивость Сеземкина особенно подстрекали сестер: они вволю над ним издевались и тем его беленили. А все-таки его тянуло в их квартиру, как муху к меду.

В последний год одна Валя была его забавою: он ухаживал только за нею. Варя ожесточеннее обыкновенного издевалась над ним. Валя за него начала заступаться.

Как-то незаметно для себя перешли они к интимным беседам: стали строить планы, как они будут жить, когда он кончит семинарию; встречаясь наедине, они торопливо целовались, и при этом оба краснели до ушей и стыдливо потупляли глаза.

Но все это изменилось, когда Андозерский обратил внимание на Валю. Валя вздумала, что Андозерский влюблен в нее и хочет на ней жениться; тогда она будет барынею. Это льстило ее воображению. Да и сам Андозерский был бравый мужчина и не в пример солиднее молоденького, не оперившегося еще семинариста. Что Яшка? Мальчишка, молокосос, а тот настоящий барин и красавец. Валя охладела к Якову. Он сначала недоумевал, потом озлился, стал высматривать, выспрашивать и узнал-таки, в чем дело. Это было и не трудно в нашем городе, где все обо всех знают всю подноготную.

Яков попытался было убедить Валю.

— Ой ты, бесстыжие глазья, — говорил он, — не женится ведь он на тебе. Он только лясы точит, турусы на колесах подпускает, — а ты и развесила уши. Подденет он тебя, как щуку на блесну, тогда запоешь свиным голосом.

Но сестры беспечно подняли его на смех. Яков с горя запил. Это было еще на Пасхе. Каждый день на брезгу он начинал пить и к полудню бывал уже пьян.

Так продолжалось несколько дней.

Наконец товарищи стали его уговаривать:

— Брось, ведь могут исключить.

— Теперь мне все равно, — мрачно ответил Яков, поматывая над водкою вихрастою головою, — пусть исключают, я пришел в отчаяние. Бултыхну в воду-и дело с концом.

Мне больше некого любить,

Мне больше некому молиться! — продекламировал он, упал головою на стол и горько зарыдал.

Товарищи стояли вокруг с торжественными лицами. Они прониклись сознанием важности того, что совершалось: они созерцали, как губительно действует на сильную и гордую душу отвергнутая любовь. Впрочем, все они были пьяны.

На буесть пьяных товарищей остальные семинаристы смотрели с уважением. Но тем было мало этого: они жаждали всенародного подвига.

На пятый день праздника банда подвыпивших семинаристов блыкалась по городским улицам, оглашая город удалыми песнями. Один из них держал в руке бутылку с водкою, другой тащил связку извалявшихся в грязи бубликов. На соборной площади они уселись на земле в кружок, взялись за руки и запели "Вниз по матушке по Волге". Яков запевал. Грубые с перепоя голоса далеко раздавались, как дикий рев.

Горожане были возмущены. Сразу два анонимных доноса полетели к учебному начальству. Но авторы переусердствовали, нагородили несообразностей и к тому же разошлись в показаниях. Доносы были брошены под стол. Доносчики ждали ревизии-и не дождались.

На другой день, раньше, чем вчерашние герои успели опохмелиться, им пришлось уже иметь объяснение с директором семинарии. Объяснение было кратко, но внушительно. Пришедшие было в отчаяние семинаристы вернулись в прежнее, не отчаянное состояние и перестали баловаться.

Только Сеземкин напивался еще каждое воскресенье у себя дома, подальше от директорских глаз.

А Валя размечталась не на шутку. Да и как ей было не мечтать? Ведь и свое место получила она лишь благодаря общему сочувствию к Дылиным, вызванному смертью их отца. А раньше наш инспектор народных училищ никак не мог признать простенькую Валю достойною занять учительскую должность.

— Помилуйте, — говорил Александр Иванович Пономарев, — что это за учительница: за водой с ведрами босая бегает! Да и науки изучала она не отлично. Легкомысленная девчонка, и больше ничего. И без всяких манер. Да у меня есть кандидаты из учительской семинарии, прекрасно воспитанные юноши: говорит с начальством, так он руки по швам держит, стоит навытяжку. Вот это я понимаю, я спокоен за школу, — он там заведет образцовую дисциплину. А чтоб эту вертушку назначить, — да ни за какую благодать! Да и из девиц у меня есть кандидатки, воспитанные барышни из хороших семей. А этой, уж извините, я не могу доверить школу.

Инспектор говорил решительно и убежденно, потому что так думали влиятельные лица в земстве и в городе. Сам же он был человек к школьным вопросам довольно равнодушный уже по самому своему невежеству: отличался он в молодости не столько успехами в науках, сколько скромным поведением, и на свое настоящее место был назначен за благочестие, которым сумел обратить внимание какой-то особы. До манер и воспитанности тоже ему мало было дела: сам он до настоящего времени сохранил много простоватых привычек. В службе наш инспектор был и очень исполнителен, и очень несообразителен, и всячески старался оберегать школы от неблагонамеренных элементов: он не давал потачки учителям, которые не постились по средам и пятницам, а красное платье одной учительницы послужило поводом к ее увольнению от должности.

Когда в городе заговорили о бедственном положении Дылиных, всеми было решено без рассуждении, что Вале надо дать место. Инспектор не сопротивлялся и дал Вале место на пятнадцать рублей в месяц.

— Послужите помощницей годика два, три, — ласково говорил он ей, — а там мы вас и учительницей сделаем.

Валя была в восторге и горячо принялась за дело. Мальчики, ее ученики, маленькие удивленные зверьки с грязными лапами и неопрятными носами, были тупы и бестолковы, но они хотели учиться и всячески натуживались на уроках, чтоб "дойти до дела". Уроки были, конечно, трудны для неопытной и малосведущей Вали, но дело койкак двигалось.

Зато Вале трудно было ладить с учителем. Сергей Яковлевич Алексеев был человек дикого и глупого вида. Лоб у него был узкий, низкий, затылок воловий, лицо заросло колючими темно-рыжими волосами. Сестры Дылины, знавшие его раньше, со свойственною им откровенностью называли его обалдуем. Беда Вали была в том, что он имел причины быть недовольным ее назначением и смотрел на Валю как на врага.

До Вали в его школе тоже была помощница. Учитель и помощница рассчитали, что им будет выгодно соединить свои жалованья и жить вместе: сорок рублей в деревне-это громадные деньги, — к старости можно прикопить кругленький капиталец, если откладывать каждый месяц понемногу. Они поженились в прошлом году на Красной Горке. Лизавета Никифоровна переселилась из крестьянской избы в квартиру учителя, при школе. В неуютных дотоле двух комнатах Сергея Яковлевича запахло семейным очагом, — и учитель блаженствовал.

Получив в земской управе в первый раз жалованье свое и женино и почувствовав себя богаче Ротшильда, Сергей Яковлевич решил кутнуть во всю ивановскую, но не по-холостецки, а приличным, семейным образом. Он купил с этой целью елисеевского портвейну, целую бутылку, в рубль двадцать пять копеек, и остальную до двух рублей сумму издержал на приобретение разных закусок, а именно: сыру со слезою и трещинками и колбасы, полгода тому назад привезенной из столицы и слегка подернутой белесоватым слоем плесени. Нагрузив карманы, он шел по улицам в праздничном настроении, которому соответствовала превосходная погода. Сквозные тучки тихонько таяли и тонули в голубой пустыне;

молодые березки бульвара покачивали за зеленою решеткою своими белыми стволами и протяжно лепетали тоненькими веточками; веселая пыль вилась и носилась серыми вихрями и облаками и не хотела угомониться; река игриво колыхалась во всю свою ширину мелкою рябью, и солнечные лучи дробились на ней, словно кто-то рассыпал целую горсть новеньких гривенников. Такое— сравнение пришло в голову Сергею Яковлевичу, и он, опершись на перила моста, размышлял:

"А что, если б там в самом деле были гривенники? Пошел ли бы я теперь собирать их? Э, зачем бы я стал трудиться, лезть в воду, рисковать простудиться!"

Встречались знакомые, поздравляли, дружелюбно подмигивали на левый карман его пальто, откуда торчала завернутая в белую бумагу бутылка. Сергей Яковлевич улыбался, хлопал себя по карману, где было вино, и по тому карману, где были деньги, и объявлял:

— Тороплюсь домой. Знаете, нельзя ж.

— Ну, ну, — отвечали ему, — еще бы, жена, поди, ждет не дождется.

И присовокупляли к этому еще разные поощрительные и остроумные замечания, соответствующие, по правилам приятного обхождения, положению дел.

Встретился Сергею Яковлевичу и инспектор, Александр Иванович, и тоже поздравил.

— Вот теперь вам веселее будет, — сказал он.

— Как же-с, Александр Иваныч, гораздо веселее.

— Семейка ваша учительская увеличится…

— Гы-гы, — стыдливо и радостно хихикнул Сергей Яковлевич.

— К осени, — кончил Александр Иванович.

— Гы-гы, Александр Иваныч, к осени не поспеет.

— Чего не поспеет, — уж есть кандидатка.

— Кандидатка? — в замешательстве и недоумении пролепетал Сергей Яковлевич.

— Есть, есть! Уж за лето, так и быть, пусть ваша супруга попользуется жалованьем, — пригодится вам на обзаведенье, — а с осени назначим вам помощницу.

— Да зачем же, Александр Иваныч? Жена ведь не хочет уходить, — она останется, что ж, отчего ж ей не остаться?

— Что вы, Сергей Яковлевич, разве это можно?

— Да отчего же?

— Оттого, что не дело. Что за учительница, коли она замужем? У нее хозяйство, дети будут. Да надо и другим место дать, — Лизавета Никифоровна пристроилась.

Сергей Яковлевич как с неба упал. В состоянии, близком к мрачному отчаянию, возвращался он домой, трясясь на жестком сиденье валкого тарантаса, который прыгал высокими колесами по твердым колеям глинистой дороги.

Несносная пыль лезла Сергею Яковлевичу в рот и в нос, слепила глаза; солнце, опускаясь к западу, глупо и равнодушно смотрело ему прямо в лицо, — очень неудобно было ехать. Воркуны надоедали своим однозвучным брекотком. Притом же вспомнил он, что Лизавета Никифоровна вовсе не так красива, как ему казалось до свадьбы.

"Это я, значит, на свою шею взвалил такой сахар, — злобно думал он, — бантики, тряпочки, а зубы уж съела, — ни кожи, ни рожи, ни виденья!"

Его оскорбила мысль, что он везет для нее вино. "Не жирно ли будет?" — подумал он и принялся откупоривать бутылку при помощи перочинного ножа. Выпивая и закусывая, скоротал он дорогу. Домой вернулся он в настроении воинственном и произвел первый семейный дебош.

Сергей Яковлевич притеснял Валю и старался показать ей, что он-начальник. Лизавета Никифоровна "подпускала шпильки". Батюшка-законоучитель держался сначала дипломатично, но предпочитал Сергея Яковлевича: у учителя бывала водка, у Вали ее не было; Валя жила в избе у крестьянина, которому платила пять рублей в месяц за квартиру и за обед, — Сергей Яковлевич жил посемейному, солидно, у него можно было и закусить после урока.

И вот однажды, когда при такой закуске случилась Валя, батюшка решился дружески попенять ей, что она мало следует примеру старших.

— Вы их избаловали, Валентина Валентиновна, — укоризненно говорил он, закусывая верещагою водку, — давно ли здесь, а избаловали. Нехорошо-с!

— Да чем же?

— У Лизаветы Никифоровны не так бывало. Были тише воды, ниже травы. Без мер строгости нельзя-с, милостивая государыня!

— Вестимо, нельзя, — солидно сказала Лизавета Никифоровна.

— Да коли мне не приходится наказывать!

— Да, вот разводите им ушами, — вот и распустили.

— Да коли не за что наказывать, так как же, батюшка?

— Ну, это дичинка с начинкой, — сказал Сергей Яковлевич.

— Гм, не за что! — продолжал батюшка. — А вот вам пример: придет к вам какой-нибудь мерзавый мальчишка с грязными лапами, так вы что сделаете?

— Пошлю помыться, — ответила Валя.

— А если и завтра тоже?

— Ну, что ж, ну, опять пошлю мыться.

— Нет-с, это канитель одна. А вот вы у вашего большака спросите, как он в — таких случаях поступает, а то вы очень артачливы, вам бы все по-своему.

— Гы-гы, да-с, вы у меня спросите, дело-то лучше будет. Слава Богу, не первый год в школе.

— Ну, как же вы поступаете?

— А вот как: я такого неряху, не говоря худого слова, пошлю на двор да велю ему на руки шестьдесят ковшиков вылить.

— Это зимой-то?

Да-с, зимой. Небось, другой раз не захочет.

— Ау, брат, не захочет, — подтвердил батюшка. Так-то вот, молоденькая наставница, вы у нас, опытных людей, спросите.

— А по-моему, это глупо, — сказала Валя, густо краснея.

— Вот как! — воскликнула Лизавета Никифоровна, — скажите, пожалуйста, мы и не знали!

Вскоре произошел случай, который заставил батюшку занять положение, явно враждебное Вале.

Когда батюшка приходил на урок в ее отделение, — младшее, — Валя уходила домой. Однажды во время батюшкина урока не посиделось ей дома, и она вернулась в школу раньше обыкновенного. В сенях услышала она крик батюшки и вой мальчугана. Она открыла дверь. Удивительное зрелище представилось ей.

Батюшка с ожесточением бутетенил свернутую полою рясы мальчика; другую руку он запустил ему в волоса; мальчик вопил и корячился. Другой наказанный стоял у печки вверх тормашки; ноги его были подняты на печку, тело наклонно свешивалось головою вниз, лицо, обращенное к полу, было закрыто опустившимися и спутанными волосами. Мальчик стоял как вкопанный, крепко упираясь в пол растопыренными пальцами.

Услышав стук отворившейся двери, батюшка выпустил мальчика, с которым занимался, строго посмотрел на Валю и спросил:

— Вам что угодно?

— Что вы делаете? — крикнула Валя, краснея до слез. Как вам не стыдно!

Она бросилась к печке и поставила мальчика на ноги. Мальчик тяжело пыхтел. Покрасневшее до синевы лицо его выражало тупой испуг.

— А позвольте вас спросить, госпожа помощница учителя, вы по какому праву вмешиваетесь в мои распоряжения? — воскликнул батюшка, грозно выпрямляясь. А по такому праву, что вы так не смейте поступать. Дурману вы объелись, что ли?

— Так-то вы при учениках поговариваете! Вы их против меня бунтовать! Ну, попомните вы это. Я вам улью щей на ложку! Я не останусь в долгу!

Батюшка ушел, грозно хлопнув дверью. Мальчишки сидели ни живы ни мертвы. Засудят, поди, — думалось им, — бесшабашную учительницу!

Начались у Вали раздоры с учителем и с батюшкою, раздоры, не раз заставлявшие ее поплакать. Поповны сделались также ее врагами и раз весною чуть не засыпали ей глаза табаком, когда она шла мимо их дома. Сеземкин помогал ей советами, — дал ей, например, рецепт от глупости, который Валя подбросила Сергею Яковлевичу и тем очень оскорбила его. Но когда с Яковом она поссорилась, уже некому было давать ей остроумные советы.

Когда Андозерский ушел, Логин опять спустился в сад. Девицы были еще в огороде. Логин подошел к калитке.

— Послушайте-ка, Валя, хотите я вам новость скажу? Девицы захихикали.

— Ах, скажите, пожалуйста, — сказала Валя, жеманно поджимая губы.

— Вот скоро свадьба будет.

— Ах, неужели? Ах, как это интересно! Чья же свадьба?

— А вы будто не слышали?

— Право, не знаю.

— Андозерский женится. Валя покраснела.

— Не может быть! — воскликнула она. Логин улыбнулся.

— Отчего ж ему и не жениться?

— На ком же? — спросила Валя, насмешливо посматривая на сестру.

— А вот уж этого я вам не скажу. Впрочем, на богатой девице.

— На богатой? — переспросила Валя, стараясь сделать равнодушное лицо. — Вот как!

— Да, да, на богатой. Однако по любви.

— На ком же, однако? — приставала Варя.

— Нет, уж не скажу. Сами догадайтесь.

— О, я разнюхаю! — воскликнула Валя.

Она еще пуще покраснела и бросилась бежать домой.

Глава двадцатая

Анатолий часто заходил к Логину, — успел завязать сеть общих интересов.

— А вы, Толя, похожи на сестру, — сказал Логин. Мальчик в это время пересматривал берендейки на письменном столе. Он засмеялся и сказал:

— Должно быть, очень похож: вы мне и вчера то же говорили.

— Да? Я очень рассеян бываю нередко, мой друг.

— У нас с сестрой широкие подбородки, правда?

— Чем широкие? Вот вы какой молодец, — кровь с молоком!

Анатолий застенчиво покраснел.

— Я к вам по делу. Можно говорить? Не помешаю? Прочел о

летательном снаряде, — и захотелось сделать этот снаряд по рисункам. Долго и подробно толковали, что нужно для устройства снаряда. Заходила речь и о других предметах.

Провожая Анатолия, Логин опять думал, что мальчик похож на сестру. Захотелось целовать Толины розовые губы, — они так доверчиво и нежно улыбались. Ласково обнял мальчика за плечи. Сказал:

— Приходите почаще с вашими делами.

— Спасибо, что берегли, — сказал Анатолий. — Это так здешние мещане говорят хозяевам, когда уходят, — пояснил он, сверкая радостными глазами; потом сказал тихо:-А к вам барышня идет.

И побежал по ступенькам крыльца. Логину весело было смотреть на его белую одежду и быстрое мелькание загорелых босых ног, голых выше колен.

Ирина Петровна Ивакина, сельская учительница, шла навстречу Анатолию по мосткам пустынной улицы. Логин встречал ее всего раза дватри. Ее школа была верстах в тридцати от города.

Логин провел Ивакину в гостиную. Девица уже не молодая, маленькая, костлявая, как тарань, чахоточно-розовая, легко волнующаяся, говорила быстро, трескучим голосом, и сопровождала речь беспокойными движениями всего тела. Заговорила:

— Я явилась к вам, чтобы указать вам дело, которое наиболее необходимо для нашей местности. Я слышала о ваших предположениях от Шестова. Это чрезвычайно порядочный господин, но, к сожалению, заеденный средою и своею скромностью. Я вполне уверена, что его безвинно впутали в дело Молина: это интриги протоиерея Андрея Никитича Никольского, который состоит личным врагом Шестова из-за религиозных убеждений. Но это после. А теперь я должна сказать, что необходимо издавать газету.

— Газету? Здесь?

— Ну да, что же вас удивляет? Необходимо иметь местный орган общественного мнения в нашей глухой, забытой Богом трущобе.

— На что вам так вдруг понадобилось общественное мнение? — спросил Логин с усмешкою.

Ивакина вся взволновалась, раскраснелась, закашлялась.

— Как! Помилуйте! Можно ли об этом говорить? Вы здесь смеетесь, вам хорошо в городе, а каково нам в селах, в самых армии невежества и суеверий, где мы, учителя и учительницы, являемся единственными пионерами прогресса!

— Едва ли мы можем помочь вам нашей газетой, да и средства...

— Обязательно можете, — барабанила Ивакина, — направление школьного дела во многом зависит от людей, живущих в городе, — здесь живут те особы, на ответственности которых лежит весь ход кампании во имя народного просвещения, и они должны сосредоточить все свое внимание на положении народной школы.

— Уж и все внимание!

— Обязательно. Школа в селе-это аванпост, утвердившийся во враждебном стане, аванпост, который один мог бы пробить брешь в китайской стене народного неразумия. А вместо того полнейшее невнимание, хоть волком вой.

— Но разве у вас не бывают?

— Я, например, за два года заведывания школой в Кудрявце только однажды удостоилась посещения господина инспектора, но и это посещение было только проверкою школьных успехов без всякого отношения к внутреннему строю школы.

Чрезмерно быстрая трескотня Ивакиной начала утомлять Логина. Он вяло сказал:

— Должно быть, вам доверяют.

— Я имею за собой пятнадцатилетнюю опытность и некоторое знание школы, — продолжала Ивакина, — что и помогло мне не потерять головы, не отрясти праха от ног своих и не убежать без оглядки. Впрочем, тому, что я была забыта, причиной, вероятно, личные счеты, хотя, по моему крайнему разумению, в таком деле, как народная культура, личные недоразумения следует откладывать в сторону до более удобного случая. Я, например, не могла добиться полного сочувствия в таком полезном и чрезвычайно благородном предприятии, как "товарищество покровительства полезным птицам" из школьников, устроенное недавно мною.

— Как же это, я не понимаю, полезные птицы из школьников? — спросил Логин с досадливою усмешкою.

— Нет, школьники по моей инициативе составили из себя товарищество для покровительства полезным птицам, гнезда которых разоряются мальчиками из шалости.

— А!

— Можете себе представить, даже такая светлая личность, как Ермолин, отнесся к этому делу без должного сочувствия, — хотя он и признает это товарищество полезным, но не смотрит на него как на дело возвышенное, идеальное.

— А Анна Максимовна как смотрит на это дело?

— Она слишком молода. Она еще только улыбается, когда с нею говорят о таких серьезных вопросах. Она только жать хлеб умеет да свои платочки стирать, а вопросы высшего порядка ей малодоступны.

— Вот как!

— Но я все-таки устроила это товарищество. Ни за какие блага в мире я не намерена в чем-нибудь скиксовать!

— Это делает честь вашей энергии.

— Наша обязанность-посвящать все силы святому делу просвещения. Не то поразительно, что приходится вести борьбу с дикостью массы, — это естественно, — а поражает то грустное явление, что лица, которых обязанность-служить духовному просвещению этой массы и поддерживать учреждения, стремящиеся к той же великой цели поднятия масс, поступают как раз наоборот: подкапывают эти учреждения, стараются всячески уронить их в глазах народа, не брезгая для этого ни заугольными сплетнями, ни грязными инсинуациями или прямо клеветой. Я говорю о тамошнем священнике, господине Волкове. Это человек, которого не сразу раскусишь, совершенный хамелеон. Он расточает любезности, пожимает вам руку, а в то же время всячески старается вас подкузьмить и пишет на вас кляузные доносы. Я не стала бы подымать всей этой грязи, если б не считала себя нравственно обязанной разоблачить шашни этого человека.

Ивакина тарантила бы еще долго. Но Логин угрюмо и настойчиво перебил ее.

— Послушайте, Ирина Петровна, вы не пишете ли стихов?

Ивакина опешила.

— Но какое— же отношение? Я не понимаю... Конечно, нет.

— Знаете что? Вы подождите немножко... хотя воздушных шаров.

— Как? Аэростатов?

— Вот когда полетят всюду управляемые воздушные шары, тогда и без газеты ваш аванпост, как вы изволите выражаться, будет сильнее, я вам ручаюсь за это.

— Но как же это ждать? — лепетала Ивакина в недоумении.

— А теперь никакая газета не поможет, отложите попечение. Делайте скромно ваше дело и ждите воздушных шаров.

— С динамитом! — прошептала Ивакина, в страхе вглядываясь в угрюмое лицо Логина.

— С динамитом? — с удивлением переспросил Логин. — Полноте, есть вещи посильнее динамита, без всякого сравнения.

— Сильнее динамита?

— Ну да, конечно.

— Но... как же... неужели без революции нельзя?

— Ну, какая там революция, — сказал Логин и прибавил, чтоб утешить Ивакину:-Что ж, подумаем и о газете. Ивакина с перепуганным видом стала прощаться. "Мозги у нее набекрень", — думал Логин. Едва ли мог предвидеть, к каким последствиям приведут нечаянные слова о воздушных шарах.

Ивакина вышла напуганная. Разговор припомнился ей в самых мрачных красках: Логин сидел хмурый, почти ничего не говорил, кусал губы, улыбался саркастически, — и вдруг таинственные слова, — воздушные шары, и на них что-то сильнее динамита.

Ивакина боялась и говорить об этом, — рассказала двум, трем, на скромность которых можно положиться. А на другой же день пошли слухи, один нелепее другого, и взбудоражили город.

Стали говорить, что кто-то видел воздушные шары от прусской границы (она находится на расстоянии многих верст от нашего города). Говорили, что один шар летал совсем близко к земле и что с него немецкие офицеры бросали прокламации, а мужики их подбирали и, не читая, несли к уряднику. Другие говорили, что это не прокламации, а целая уйма поддельных кредиток, и мужики будто бы их припрятали, — собираются платить ими подати.

Говорили и то, что сидели в шарах не офицеры, а молодые люди в поярковых шляпах и красных рубахах-косоворотках, пьяные, и пели возмутительные песни, не то «Марсельезу», не то камаринского. Казначей Свежунов спорил, что пьяные в поярковых шляпах приехали не "на шарах", а по реке в лодках, что пели они про утес Стеньки Разина и привезли с собою голую девку; все это, уверял казначей, видел он своими собственными глазами, купаясь, а теперь, по его словам, молодые люди сидят в Летнем саду в ресторане, пьют и поют, а девка пляшет и красным флагом машет. Многие пошли в сад, но не нашли молодых людей в поярковых шляпах, а половые уверяли, что чужих голых девиц здесь не было. Обманутые устремлялись снова к казначею и укоряли его.

— Я пошутил, душа моя, — говорил Свежунов и громко хохотал.

Но мещане волновались и беспокоились не на шутку.

Солнце склонялось к западу и стремилось озарить насквозь террасу дома Ермолиных, — оно вонзало неяркие лучи в промежутки холстинных занавесей. Смуглые Аннины щеки пламенели. Задумчивая улыбка румянила ее губы, и они круглились, как створки розовой раковины. Ее руки устало лежали. На ней было платье из полосатой вигони. Черные атласные ленты на кушаке и на банте у воротника в лучах солнца казались подернутыми розоватым налетом, нежным, как цветень. И нарядное платье, и едва видные из-под его края белые ноги, как ноги лесной царевны, — и вся она как сказка, как воплощенная жизнью милая мечта.

Ермолин и Логин оживленно разговаривали. Это была одна из бесконечных бесед, которые Логин часто вел с Ермолиным. Его неопределенные воззрения были так печально противоположны ясным взглядам Ермолиных, что он сам чувствовал свою душевную разоренность, но не хотел отказаться от своего.

В саду послышались шаги. Анна прислушалась к ним. Сказала, улыбаясь Логину:

— Нашего полку прибывает.

— Кажется, я узнаю шаги, — тихо ответил он, — тогда это не те, с кем я хотел бы стоять в одних рядах.

Это пришли Андозерский и Михаил Павлович Ухаяов, судебный следователь. Его считали v нас необыкновенно умным за то, главным образом, что он всегда бранил русских людей и русские порядки. Он начинал болезненно тучнеть, имел бледное лицо и казался недолговечным. Своими длинными черными волосами он кокетничал. Андозерский посещал Ермолиных не только потому, что имел виды на Анну, но и потому, что считал своею обязанностью, как член судейского сословия, придерживаться общества образованных, независимых людей, хотя скучал, если не было карт, танцев или выпивки. Душою же тянулся к влиятельным людям, делающим свои и чужие судьбы.

Уханов на вопрос Ермолиных про дела заговорил о трудностях следствия по делу Молина. Рассказывал:

— Получается такое— впечатление, точно кто-то старается замазать дело. Свидетели несут околесицу, точно их запугивают или подкупают.

— Ну, кому там подкупать! — вмешался Андозерский.

— Кому? Русские люди, известно, — один затеет пакость, за ним и другие. Я вот уверен в его виновности, а в городе шумят, на меня жалуются.

— Добрый малый, — друзьям за него обидно.

— То-то вот, друзьям, — тоже гуси лапчатые, Мотовилов, например, — да это привычный преступник. Нагрел руки, воровать уж не надо, — он иначе закон нарушает: подкупает свидетелей, самоуправствует. У него и дети — выродки.

— Ну, вы уж слишком, — перебил Андозерский. Уханов сердито замолчал. Логин сказал:

— А и правда, — об этом деле все в городе под чью-то дудку поют; по-своему и думать боятся, — террор какой-то: кто запуган, кто захвален. Вот я слышал на днях, кто-то хвалил Миллера: "Прекрасный человек, честный, — он так возмущен поступками следователя в деле Молина".

Все засмеялись. Ермолин заметил:

— Многие из них уверены, что доброе дело делают, спасают.

Логин и Анна сидели за шахматным столиком, у окна, в розовом свете догорающего вечера. Анна играла внимательно, точно работала, — Логин рассеянно. Пока Анна обдумывала ход, он печально смотрел на ее наклоненную над шахматами голову и на высокий узел прически. Томила мысль, посторонняя игре, мысль, которую не мог бы выразить словами, — точно надо было решить какой-то вопрос, но решение не давалось. Знал, что она сделает ход, подымет глаза и улыбнется. Знал, что в ее доверчивой улыбке и в ее светлых глазах мелькнет ему решение вопроса, простое, но для него непонятное и чуждое. Более всего томило это сознание отчуждения, неразрушимой преграды между ними.

Когда приходила его очередь делать ход, он изобретал затейливые и рискованные сочетания. Ответы Анны были просты, но сильны; они приводили его в и грецкий восторг. Составить себе ясный план он теперь не мог, — увлекали ненадежные, переменчивые соображения; мог бы выиграть только в том случае, если бы играл с неискусным или горячим игроком. Но Анна продолжала играть обдуманно и верно.

Наконец увидел, что его фигуры нелепо разбросаны, а черные-ими играла Анна, держатся дружно. Сделал ход осторожный, но зато и слабый. Анна после ответного хода сказала:

— Если вы так будете продолжать, живо проиграете, — вы точно поддаетесь.

— Поддаюсь? Нет, но на моем месте фаталистазиат, любитель шахмат, сказал бы: "Мудрый знает волю Всемогущего, — я должен проиграть".

— Пока еще нельзя сказать.

— Я должен проиграть, — с грустью в голосе сказал Логин и сделал рискованный ход,

Анна покачала головою и быстро ответила смелою жертвою. Он поднял было руку, чтобы взять ферзя, но сейчас же опять сел спокойно. Анна спросила:

— Что же вы?

— Все равно, пришел мат, — вяло ответил Логин. — Приходится сдаваться. Выигрывает только тот, кто верит, а верит только тот, кто любит, а любить может только Бог, а Бога нет, — нет, стало быть, и любви. То, что зовут любовью, — неосуществимое стремление.

— Этак рассуждая, никто не должен выигрывать.

— Никто и не выигрывает. Да не только выигрыш, победа, — самая жизнь невозможна. Если позволите, я расскажу вам одно детское—воспоминание.

Анна молча наклонила голову. Она откинулась на спинку стула и на минуту закрыла глаза. Шахматная доска с фигурами ясно рисовалась перед нею, потом задвигалась и растаяла. Логин говорил:

— Было мне лет двенадцать. Я захворал. И вот перед болезнью или когда выздоравливал, не помню хорошо, приснилось мне, что случилось что-то невозможное, а виной этому я, и это невозможное я должен исполнить, но нельзя исполнить, сил нет. Словами сказать-это бледно, а впечатление было неизъяснимо ужасное, ни с чем не сравнимое, — как будто все небо с его звездами обрушилось на мою грудь, и я должен его поставить на место, потому что я сам уронил его. И я безумно шептал впросонках: "Тысячу гнезд разорил, — сыграть не могу". Это часто припоминалось мне потом, но всегда гораздо слабее, чем я пережил. Так удивительно было это впечатление, что я потом старался вызвать его в себе, — искусственно создавал кошмар. Кошмары мучили, томительные, сладостные, — но то, единственное, не повторялось. Теперь, после того как я так долго и упорно гнался за жизнью и так много ее погубил, я понимаю этот пророческий сон: жизнь душила меня, — ее необходимость и невозможность.

— Невозможность жизни! Живут же...

— Живут? Не думаю. Умирают непрерывно-в том и вся жизнь. Только хочешь схватиться за прекрасную минуту жизни-и нет ее, умерла.

— Какая гордость! Зачем требовать от жизни того, чего в ней нет и не может быть? Сколько поколений прожило-и умерли покорно.

— И уверены были, что так и надо, что у жизни есть смысл? А стоит доказать, что нет смысла в жизни, — и жизнь сделается невозможною. Если истина станет доступна всем, никто не захочет жить. Чем более знания и ума в обществе, тем заметнее делается, как иссякают источники жизни. Вот почему, я думаю, люди нашего века так жалостливы к детям: их наивная простота завидна нам. Говорят, — я для детей живу. Для детей! Прежде для себя жили и были счастливы, как умели.

— Потому что были глупы?

— Давно сказано: "блаженны нищие духом".

— Что ж дальше будет?

— Что? Дальше — хуже. Великий Пан умер-и не воскреснет. Зато Прометей освобождается.

— Да, да, освобождается, — свирепый от боли, рычит и жаждет мести. Скоро увидит, что мстить некому, — и завалится дрыхнуть навеки.

— Какое неожиданно-грубое окончание! — воскликнула Анна.

— Что тут грубого? Естественное дело.

— Нет, я с этим не согласна. У жизни есть смысл, да и пусть нет его, — мы возьмем и нелепую жизнь и будем рады ей.

— А в чем смысл жизни?

Анна положила локти на стол, оперла голову на ладони и молчала. Обшитые тонкими нитяными кружевами воланы пышных длинных рукавов обвисли двумя желтоватыми запястьями. Улыбалась и глядела на Логина. Радостью и счастьем веяло от доверчивой улыбки; она сулила блаженство и погружала душу в тихий покой самозабвения. Логину казалось, что душа растворяется в этом веянии юной радости, что нисходит забвение, успокоительное и желанное, как смерть.

— Смысл жизни, — сказала наконец Анна, — это только наше человеческое— понятие. Мы сами создаем смысл и вкладываем его в жизнь. Дело в том, чтоб жизнь была полна, — тогда в ней есть и смысл, и счастье.

"Мысль изреченная есть ложь", — припомнилось Логину. Да и самое обаяние, которое владеет им, не обман ли, не одна ли из тех ловушек, которые везде расставлены жизнью? Он грустно сказал:

— Так, так, вкладываем в жизнь смысл, — своего-то смысла в ней нет. И как ни наполняйте жизнь, все же в ней останутся пустые места, которые обличат ее бесцельность и невозможность.

— Вы упрямы, вас не переспоришь, — мягко сказала Анна, расставляя шахматные фигурки: ее руки привыкли приводить вещи в порядок.

— Все люди упрямы, ответил в тон ей Логин, нежно глядя на ее задумчивое лицо. — Их можно убедить только в том, что им нравится. На что очевиднее смерть, и то не верится; хочется и сгнивши опять жить на том свете.

"Умрет и она! — подумал вдруг Логин. — И всякая смерть будет встречена без ужаса и забудется!"

Острые струи жалости, ужаса и недоумения пробежали в его душе. Он почувствовал, как погибло то молодое и счастливое, что трепетало сейчас в его сердце.

"Умерла минута счастья-и не воскреснет!"

Что-то поблекло, отлетело. Минуты умирали. Было тоскливо и больно.

Глава двадцать первая

В первом часу ночи Логин, Андозерский и Уханов вышли на крыльцо. У крыльца стояли дрожки: Андозерский велел извозчику приехать за ним. Но извозчика отпустили-ночь стояла теплая, тихая, — и пошли пешком. При луне дорога блестела мелкими камнями. Ермолин и Анна проводили гостей с полверсты и вернулись домой. Андозерский начал рассказывать неприличные анекдоты; Уханов не отставал. Их голоса и смех оскорбляли чистую тишину ночи, — и влажный воздух дрожал смутно и недовольно. Логин незаметно отстал и вошел в лес. Места здесь были ему памятны: он любил бывать в этом лесу.

— Ау, ау! Куда запропастился? — раздались с дороги голоса его спутников. Волки съедят!

Логин не откликнулся и продолжал углубляться в чащу. Скоро голоса замолкли, их заменил далекий, но звонкий голос соловья. Березы чутко наклоняли к нему молчаливые ветви, зелено и влажно задевали его по лицу, точно спрашивали у него, что значит жить и любить, и жаловались на свою грустную бессознательность. Он шел, — и сладостные грезы носились в его голове. Извилистые тропинки на каждом повороте напоминали ему милый образ девушки с доверчиво-ясными глазами. Точно белая тень мелькала перед ним в просвете ветвей; казалось, что на дорожке еще видны следы ее ног.

Он подходил к той лужайке у ручья, где первый раз увидел в прошлом году Анну и удивился ей. Мыслями о ней была полна его душа. Робкая надежда на любовь согревала ее. Бесшумный ручей, который широко разливался здесь на обмелевшем русле, блеснул перед ним гладкою поверхностью. Он отражал деревья, но не видел их и был печален. Старый дуб, под которым Логин увидел тогда Анну, выступал из мглы, с каким-то напряженным и скрытым волнением, словно желания, рожденные чьею-то горячею кровью, трепетно бились о его безжизненно-отяжеленный ствол и почти овладели его покорным сном. Что-то смутно темнело под этим деревом. Логин подошел.

У дерева лежал худенький мальчик, в рваных штанишках, изношенных сапоженках и пестрядинной рубахе с балаболами и помятыми кузиками. Наивно и кротко было его лицо; оно казалось синевато-бледным, потому что луна любовалась им и раздвигала холодными лучами верхние ветки деревьев. Короткие каштановые волосы слиплись на лбу неровными прядками. Засунув руки в рукава, поджимая ноги, он дышал быстро и тревожно и во сне иногда бормотал. С ним рядом стоял на земле пустой маленький бурак из сосновой драни.

Логин подумал, что это, должно быть, беглый из богадельни мальчишка, которым дразнили Баглаева. Истомленное лицо ребенка показывало, что он устал и изголодался. Очевидно было, что нельзя его здесь оставить. Логин потряс его за плечо. Мальчик открыл глаза. Логин сказал:

— Вставай, брат, домой пора!

Мальчик приподнялся и сел на землю. Он лихорадочно дрожал, глаза его горели, весь он был жаркий и потный. Логин спросил:

— Ты в богадельне живешь?

Мальчик беспокойно задвигался. Залепетал:

— Не хочу, не надо, не пойду в богадельню.

— Так как же? Здесь, брат, плохо ночевать, — сыро. Мальчик молчал и наклонялся вперед всем тонким телом, словно в дремоте.

— Пойдем, я тебя к себе отведу, — сказал Логин и попытался поднять его.

Мальчик ухватился за дерево слабыми руками.

— Ну что ж ты, я тебя не отдам в богадельню. У тебя отец есть?

— Нет, — прошептал мальчик, опуская руки и рассматривая Логина.

— А мать?

— Нет.

— Кто ж у тебя есть?

— Никого нет. Оставьте, пустите, — шептал мальчик, рванулся, чтобы встать, но как-то ослабело вытянулся и лег на траве.

— Ну, что ж ты! — повторил Логин. — Вот я нашел тебя, теперь, брат, ты мой, а в богадельню я тебя не отдам. Пойдем.

Мальчик с помощью Логина поднялся на ноги. Он бессильно покачивался и, по-видимому, переставал соображать и сознавать. Логин поднял мальчика на руки. Мальчик, почувствовав себя на воздухе, потянулся руками и охватил шею Логина. Логин понес его. Мальчик дремал; ему сделалось тепло, — он улыбнулся. Потом он открыл глаза и посмотрел на Логина.

— Да вы меня в богадельню не отдавайте, — сказал он внезапно.

— Ладно, не отдам.

Мальчик закрыл глаза и помолчал.

— Я заслужу, — опять сказал он.

— Ну ладно, спи себе.

— Я сам пойду, — сказал он, помолчав еще немного. Логин поставил его на ноги. Мальчик ухватился за его руки.

— Меня Леонидом зовут, Ленькой, — сказал он и приник к ногам Логина.

Логин приподнял его лицо с устало-закрытыми глазами, неподвижное и бледное.

— Эх ты, путешественник! — сказал он. Мальчик молчал. Логин опять взвалил его на плечи. "Однако нелегкая ноша! — думал Логин, подходя к дому. — Недостает того, чтобы он умер у меня на плечах".

Ленька не умер, но был болен. Несколько дней пролежал, начинал бредить, но все обошлось легко. Логин позвал к нему врача, и тот принялся угощать мальчика микстурами. Надо было определить положение ребенка в будущем. Логин заявил о своем желании взять мальчика на воспитание. Препятствий не оказалось. Однако все, с кем Логину приходилось говорить об этом, удивлялись и спрашивали:

— Да на что он вам понадобился? Маята одна с ними, — у кого и свои, так плачутся.

Логин тоже удивлялся и отвечал вопросом:

— Да куда ж мне его деть?

— Как куда! Ведь он же был в богадельне?

— Да я обещал ему, что не отдам его туда: он не хочет.

— Вот еще, нежности какие! С непутевым мальчишкой!

И не было в городе никого, кто бы не подивился странной затее Логина

— Дурь на себя напускает! говорили благоразумные люди.

А те, до кого уже дошла сплетня, зародившаяся в разговоре Мотовилова со Вкусовым, многозначительно переглядывались.

Одни Ермолины не удивлялись и не сердились на Логина. Анна однажды сказала ему с улыбкою:

— Достанется вам за Леньку.

— От кого?

— От всех здешних. Взяли бы вы мальчика для того, чтобы пользоваться его силенками, были бы вы купец или ремесленник, это было бы понятно. Но пустить к себе чужого ребенка только потому, что у вас найдется лишняя копейка для него, — это для них диковинка. Подождите, вас еще хвалить будут, да так, что не поздоровится.

Ленька стал выздоравливать; он каждый раз отымал у Логина долю времени и создавал для него что-то вроде семейной обстановки. Ленька был беспомощен и кроток, конфузился своего нового положения, боязливо слушался и начинал поговаривать о городском училище, где учился. Потом повадился рассматривать картинки в книжках и пытался срисовывать, но рисунков своих не показывал, вообще дичился и разговаривал мало. Иногда же на него находил откровенный стих, и он вдруг, без всякого, по-видимому, повода, принимался выкладывать Логину свои воспоминания.

Анатолий часто забегал к ним. Ленька и его дичился сначала, но скоро привык. Они сделались мало-помалу друзьями. Анатолии пользовался большим уважением Леньки, и Ленька ему беспрекословно подчинялся. Это было полезно для "смягчения нравов", говорил Толя.

Прасковья, служанка Логина, рябая и мрачная, была в большом негодовании: ей прибавилось дела. В беседах с соседками, Дылиными, она называла обращение Логина с Ленькою баловством. Когда Ленька стал на ноги, Прасковья, чтоб не лодырничал, пыталась приспособить его к кухне: заставить сапоги почистить, в лавочку сходить. Мальчик повиновался, если не был в распоряжении Анатолия Вся его способность сопротивления, казалось, была истощена без остатка побегом.

Дылины сочувствовали Прасковье. Как все, привыкшие бедняться и пользоваться подачками, они были завистливы на чужое добро. Тратят на "дрянного мальчишку" то, что могло бы быть подарено кому-нибудь из братьев или сестер! Это казалось им свинством. То, что Ленька может, когда захочет, усесться на любое кресло и даже на диван, злило мальчишек и девчонок, которые спали где придется, на полу, на лавках, покрывались тряпками и носили рваную одежонку. Поэтому они дразнили Леньку и задевали его, когда он показывался на дворе один

— Завидущие! — называл их Ленька.

В городе продолжали носиться слухи, которые волновали горожан. Были случаи смерти от холеры. К толкам о причинах ее приплелась басня о воздушных шарах. Говорили, что на шарах неведомые люди летают, сыплют сверху в реки и колодцы зелье, и оттого холера. А потом сообразили, что шары прилетели из Англии: англичане народ

144

морить вздумали, потом воевать придут, — англичане будто бы и врачей подкупили. Около холерных бараков стали похаживать небольшие артели мещан; они злобно посматривали на фельдшеров и тихонько поругивались. Фельдшера принимали напряженно-равнодушный вид. Они напрасно ждали больных: родные прятали заболевших или просто не давали переносить их в больницу, — думали, что в бараке уморят. На улицах чаще стали попадаться пьяные.

Кто-то пустил молву, что Молин улетел из тюрьмы на воздушном шаре К острогу собралась толпа мещан и загалдела под окном квартиры тюремного смотрителя. Оказалось, что Молин на месте. Но многие говорили:

— Известно, убежит, — господа все заодно.

— Нашли дурака, — на каторгу идти!

Юшка Баглаев, как городской голова, вздумал показать свою распорядительность и велел окрасить несколько фур в черный цвет: на этих фурах думал он перевозить в бараки холерных больных Когда фуры были готовы и Юшка осматривал их, он внезапно вдохновился и велел намазать на них по краям белые полосы. Мрачные экипажи показались на улицах и привели горожан в уныние.

К городским толкам приплеталось имя Логина, — и стал он в городе популярным, сам не зная о том. В низших слоях общества догадки насчет Логина были совсем нелепы. Говорили, что это он летает на шарах по ночам, когда все спят, а видеть его нельзя и шара нельзя видеть: вроде как шапка-невидимка.

— Какой там шар! — толковали старухи. — А летает он на огненном змее.

— А пожалуй, что и так, — соглашались другие.

— А то просто оседлает метлу, да и поедет. Говорили, будто Логин собирает людей в тайное согласие и кладет на них антихристову печать. Эти толки исходили преимущественно из лавок, — купцы возненавидели проект Логина, как только услышали о нем.

Толками о Логине особенно интересовался Мотовилов. У него тоже был в городе магазин, а потому и его сердил проект Логина. По поводу городских толков Мотовилов имел интимный разговор с директором гимназии. Директоор выслушал Мотовилова апатично и выразил мнение, что надо подождать «поступков», а пока все в порядке. Мотовилов заметил, что дожидаться поступков будет, пожалуй, неосторожно, надо бы объясниться с Логиным и вывести его на чистую воду. Директор усмехнулся, но согласился. Однако он не торопился требовать от Логина объяснений.

Каждый раз, когда Логин выходил на улицу, встречные осматривали его с особенным вниманием. Иные останавливались и смотрели вслед за ним. Враждебны и боязливы были эти взгляды. А Логин не замечал их, — он погружен был в свои планы и мечты. Надежда на счастие все чаще зажигалась в нем, как заря над развалинами. Образ Анны мелькал перед ним, ее голос звучал в его ушах. Но что-то темное бросало на его душу колеблющуюся, тревожную тень. Кто-то туманный, неуловимый, злой издевался над заветными мечтами.

Тоскливые глаза Логина и его малословность поражали иногда, но не пугали Леню. Мальчик присматривался к нему и старался что-то сообразить, но пока напрасно.

Вечером, когда Логин сидел за чайным столом, пришел Юшка Баглаев, по обыкновению, под хмельком и красный. Объявил:

— Сперва дела, — завтра на маевку едем. Согласен? Что тебе все корпом корпеть, — надо поразмяться.

— Кто едет, скажи сначала, — лениво спросил Логин.

— Чудак! — воскликнул Юшка. — Уж скучать не будешь, — ведь и я там с тобой буду.

— В таком разе как не ехать! — усмехаясь, отвечал Логин.

— Ну, а коли так, давай водки.

— Вот я тебе чаю налил, — сказал Логин, указывая на дымившийся перед Баглаевым стакан.

Но Юшка вытребовал водки. Ухватив рюмку дрожащими руками, он нечаянно стукнул ею о край стакана и пролил в свой чай половину водки. Логин потянулся за Юшкиным стаканом и сказал:

— Давай-ка, я тебе чай переменю. Но Юшка замахал руками. Закричал:

— Что ты, что ты! Добром добра не испортишь.

— Где это ты клюкнул сегодня, городская голова?

— Известно где, — дома, за обедом, около стекла чисто обошелся, — а вот, пока к тебе шел, ветром опахнуло, и опять чист как стеклышко. Юшка Баглаев, заметь себе, никогда не бывает пьян.

— Верно!

— Я, брат, к тебе урвался потихоньку от жены, — зашептал Юшка, — ревнует меня к Вальке.

— Да Валентины нет сегодня в городе.

— Да, поговори вот с бабой.

— А ты, надо полагать, дал повод к ревности.

— Ну, ври больше.

Не успел Юшка опрокинуть еще и двух рюмок, как на улице раздались звонкие крики Жозефины Антоновны, жена Баглаева:

— Я знаю, что он здесь, подлец этакой! Я ему кишки повытереблю!

Юшка вскочил и прижался к стене. Выпуклые глаза его выразили страх. Он прижимал локти к стене, словно желая вдавиться в нее. Зашептал, вращая покрасневшими белками:

— Вот влопался! Спрячь, спрячь меня подальше: все закоулки обшарит.

Логин подошел к окну. Жозефина Антоновна, вертляво двигаясь всем своим телом, закричала:

— Как вам не стыдно, господин Логин! Где вы спрятали моего мужа? Но не беспокойтесь, я знаю, где он и с кем он.

Смуглое лицо Баглаевой нервно подергивалось тысячью гримас. С нею пришли Биншток, слюняво и опасливо хихикающий в сторонке, и Евлалия Павловна, увядающая девица с веселыми улыбками и хмурыми глазами, учительница женской прогимназии.

— Полноте, Жозефина Антоновна, — принялся уговаривать Логин, — ваш муж у меня в безопасности, уж я его в обиду не дам.

— А, вы еще смеетесь! — пуще загорячилась Баглаева. — Да что ж это такое-! Что вы у себя публичный дом, что ли, устроили?

— Да вы войдите, посмотрите сами, Жозефина Антоновна.

Вы мне мужа моего подайте, а к вам я не пойду. Ну, Юшка, сказал Логин, отходя от окна, — убирайся, не продолжай скандала.

Юшка, видя, что Логин намерен выдать его, мгновенно рассвирепел и забормотал, наступая на Логина:

— Что? Гнать меня? За это я даю по мордасам. Логин засмеялся.

— Ну иди, иди, нечего хорохориться. Юшка так же быстро остыл. Логин нахлобучил на него шляпу, взял его под локоть и вывел на улицу.

— Вот ваш супруг, — сказал он Баглаевой, — и клянусь вам, никого, кроме Светланы, с нами не было.

— Знаю я вас, — ворчливо отвечала Жозефина Антоновна. — Вам, мужчинам, поверить, так будешь плакать кровавыми слезами. На ваше счастье, я наверное знаю, что эта стрекоза Валька сегодня в деревне.

— Так зачем же вы скандалили? — спросил Логин, досадливо хмуря брови.

— А зачем вы мне его сразу не отдали? Ну, да Бог с вами. Не забудьте же, завтра на маевку.

Юшка с беззаботным видом распрощался с Логиным и прошептал ему, подмигивая на жену:

— Нервы! Сам знаешь!

— Ведь вот, — сказал Ленька, когда Логин вернулся, — во всем-то он жены боится, а чтобы он водки не пил, до этого она еще не дошла.

Ночью несколько шалунов из мещанских семей забрались в огород Мотовилова, к его парникам. Были там сестры и братья Дылины, была и сама Валя. Было темно и тихо. Шалуны тихонько пересмеивались. Вдруг один из них отчаянно взвизгнул. Остальные мигом были на заборе.

Сам Мотовилов заслышал шорох в огороде, подкрался к одному из незваных посетителей и ухватил его за волосы Мальчишка отчаянно барахтался, а Мотовилов тащил его к дому и громким криком сзывал прислугу.

— Эге! Да я тебя, негодяй, знаю! — заговорил Мотовилов, вглядевшись в мальчишку. — Ах ты, скотина, а еще в училище был!

Это был Иван Кувалдин, мальчик лет четырнадцати. Был он родом из ближней деревни, но жил в городе, в обучении у сапожника. Раньше он учился в городском училище, но не кончил. Шалуны поставили Ваньку на стражу, а сами занялись делом. Мальчишка зазевался и попался.

Послышались голоса людей, которые бежали из дому на помощь барину. Ванька изловчился и укусил правую руку Мотовилова прямо в большой палец. Мотовилов вскрикнул и выпустил его. Ванюшка в один миг был на заборе и улепетывал за своими товарищами. Скоро он догнал их и похвалялся удачею.

С хохотом, криком и визгом неслась по городу толпа мальчишек, девчонок, подростков и девушек. Растрепанные, босые, дикие, мелькали они в белесоватой мгле чуть обозначившегося в воздухе рассвета, как неистовые привидения, которые бегут за околицу по крику петуха. Собаки подняли тревожный и громкий лай. В домах поспешно открывались окна. Встревоженные обыватели выбегали на улицу, неодетые. Полиция всполошилась. Караульный, который задремал было на вышке пожарной каланчи, сдуру ударил в набат. По всему городу пробежала тревога. Раздавались боязливые крики:

— Пожар!

— Шары приехали! Холеру окаянники спущают!

— Англичане мору в колодец засыпали, да наши ребята поймали и колошматят.

На базарной площади было особенно людно и шумно, — туда подзывал набат, туда гнала и привычка. Пьяный мужчина стремительно пер в толпу, отчаянно работал могучими кулаками и локтями и орал:

— Никто, как Бог! Не выдавайте, православные! А зачинщики беспорядка бегали по городу, кричали, ухали и наслаждались смятеньем.

Потом собралась толпа и у дома Логина. Близко к дому не подходили, и криков здесь не было. Окна были не освещены, — Логин спал и не слышал суматохи. В толпе одни сменялись другими, — разошлись только под утро.

Глава двадцать вторая

Приехали на маевку и расположились верстах в шести от города, на лесной лужайке близ дороги, у ручья, за которым подымались холмы, заросшие сосною да елью. По другую сторону дороги, на траве, около тарантасов паслись отпряженные лошади. Вокруг костра, на котором варилось что-то, на коврах или прямо на траве сидели и лежали маевщики, разговаривали и смеялись.

Здесь были: Логин, Мотовиловы, Клавдия, Анна, супруги Баглаевы, с ними Евлалия Павловна, Андозерский, Биншток, Гомзин, юный товарищ прокурора, Браннолюбский, серенький, тоненький, с прилизанными волосиками, актеры Пожарский, Гуторович, Тарантина, Ивакина и Валя с сестрою. Было еще несколько дам, девиц, молодых людей, гимназистов. Вся эта компания казалась Логину докучною, — уж очень много лишних людей.

Ивакина смотрела на Логина с ужасом, но ее тянуло к нему; робко лепетала об идеалах и золотых сердцах. Логин глядел на залитое чахоточным румянцем лицо, на перепуганные глазки, на серое платье с мелкими складками на груди, и ему казалось, что Ивакина больна и бредит. Впрочем, приветливо улыбался ей: Анна сидела против него, и глаза ее были лучисты. Она сняла и положила рядом с собою шляпу из черной соломы с желтыми цветами и высоким бантом, и тихонько разглаживала на коленях широкое— платье из легкой узорчатой материи лилового цвета. Логину казалось, что Анна рада сидеть здесь, молчать и улыбаться, — и радость ее сообщалась ему. Ивакина расхрабрилась и решилась коснуться того, что ее волновало.

— Позвольте вас спросить, — начала она, — об одном предмете, который в последние дни чрезвычайно интересует и даже волнует меня.

— Сделайте одолжение, — сказал Логин, хмурясь. Серые глаза его стали суровы. Ивакина струсила. А ему было на Анну досадно, — теперь он испытывал это часто: Андозерский делал ей нежные глаза, и она весело говорила с ним. Его румяные щеки лоснились из-под широкополой соломенной шляпы. Логин не понимал, как она может смотреть на этого фата без отвращения и улыбаться ему. Ивакина волнуясь говорила:

— Когда я имела честь быть у вас последний раз, вы изволили упоминать об аэростатах.

— Об аэростатах? — с удивлением переспросил Логин.

"Конечно, — думал он, — нельзя же ей быть прямо невежливою, но зачем ясная доверчивость в глазах, безразличная ко всем? Зачем солнечная улыбка на этого нетопыря?"

— Я тогда не совсем поняла, — лепетала Ивакина. — То есть я поняла, но я хотела бы знать о времени. Вы говорили, что скоро последует прибытие воздушных шаров, но не можете ли вы определить более точно, когда именно это произойдет?

Испуганные глазки Ивакиной уставились на Логина с томительным ожиданием.

— Извините, я что-то не помню, — сказал Логин с мягкою улыбкою.

"Ото, — думал он, — какими жестокими бывают Анютины глазки!

Бедный ухаживатель, кажется, наткнулся на хорошенькую шпильку и делает жалкое— лицо. Поделом. Но мне непростительно думать, что Анна не видит его насквозь!"

Снял свою мягкую серую шляпу и махал ею перед лицом. Тонкая прядь светло-русых волос над высоким лбом колебалась от движения воздуха. Ивакина шептала:

— Позвольте, я понимаю, что секрет, но я, уверяю вас, не выдам. Я оправдаю ваше доверие. Логин наконец вспомнил.

— Ну, это я неясно выразился. Я хотел сказать, что теперь не всем доступны скорые способы сообщения, — железных дорог мало, воздушные шары не усовершенствованы. А если бы житель каждой деревушки мог легко сноситься с кем угодно, жизнь изменилась бы.

На лице Ивакиной отразилось сначала разочарование, потом недоверчивость. Она обиженно сказала:

— Нет, я вижу, вы не хотите оказать мне доверия. Но это совершенно напрасно. Конечно, я не принадлежу к партии действия, но я глубоко презираю те злоупотребления, которые держат наш бедный, заброшенный край в глубоких объятиях мрака невежества и суеверий. И если ожидаются какие-нибудь неожиданные акты, которые двинут вперед дело цивилизации и прогресса, то я, как всякий искренний друг народа и просвещенной культуры, буду искренно радоваться.

"Вот дура какая досадная! — думал Логин. — Ей хочется, чтоб я преподнес ей какую-нибудь нелепость. Ну что ж, изволь!"

И он сказал ей шепотом:

— Здесь могут услышать. Посмотрите, — сказал он громко, — за рекой деревянные развалины, — что-то вроде мельницы. Через полчаса, — опять шепнул он, — я там буду.

Он отошел от Ивакиной. Глаза его глядели устало и слегка насмешливо.

Ивакина заволновалась и стала пробираться к кустам. Она приняла так много предосторожностей быть незамеченною, что все заметили ее желание скрыться. Но у нее был такой несчастный вид, что никто не мешал ей, и только Баглаев начал объяснять что-то на ухо Андозерскому, давясь от хохота. Андозерский выслушал, захохотал, хлопнул Баглаева по плечу и закричал:

— Ах ты, брехун, что выдумал!

Баглаев испугался и растерянно забормотал:

— Ну, ну, пожалуйста, ты вслух не повторяй, здесь барышни.

— Так ты и не говори при барышнях — таких вещей, гусь лапчатый!

— Ну, ну, нализался ни свет ни заря, да и безобразничаешь, — надо и стыд знать.

— Выпьем, брат Юша, лучше, — примирительно сказал Андозерский.

— Ну, вот это — дело. А то что хорошего так-то, — рот нараспашку, язык на плечо. И хлобыснуть можно.

— И при барышнях можно?

— Это, брат, всегда можно. Ее же и монахи приемлют.

Евлалия Павловна беседовала тихо с юным товарищем прокурора. Ее щеки раскраснелись, а Браннолюбский млел и таял. Биншток смотрел на них и злился. Когда Браннолюбский отошел, Биншток горячо заговорил о чем-то шепотом; он наклонялся к самому уху Евлалии, под ее широкую, нарядную шляпку Она досадливо отклонилась от него и сказала негромко:

— Ах, оставьте, — что вы за жених!

— Что ж такое-! Я, кажется... Положим, я теперь мало получаю, но у меня есть протеже. Евлалия засмеялась язвительно.

— Протеже! Туда же! А с Жозефиной кто целовался?

Она отошла от Биншток а. Он сделал сердитое лицо и стал иронически улыбаться. Логин подошел к нему. Биншток сказал злобно:

— Ну, люди здесь! Скандал!

— А что?

— Сплетники, клеветники. Знаете, например, что про вас говорит Браннолюбский? Логин нахмурился и спросил:

— А помните, что вы сами обо мне говорили? Глаза Биншток а смущенно забегали.

— Что вы, Василий Маркович, когда же это? Кто это вам сказал? Поверьте, я всегда за вас, а вот Андозерский...

— Не желаю этого знать, — сухо прервал его Логин и отошел от него. Биншток торчал среди полянки и сконфужена о улыбался.

Меж тем, в ожидании завтрака, общество расходилось с лужайки в лес. Барышни вздумали купаться: Валя обещала показать превосходное место. Но когда уже совсем собрались уходить, Анна сказала что-то на ухо Клавдии. Клавдия покраснела и села на прежнее место.

— Что же ты, не пойдешь? — спросила ее Анна.

— Конечно, не пойду.

Так и я не пойду, — сказала Анна и тоже села.

Остались и другие. Клавдия тихо сказала Анне:

— Ты же сама говоришь...

Анна взглянула на нее холодными, ясными глазами, повела плечом и лениво ответила:

— Я наверное не знаю, — я только так подумала. Да и не все ли равно?

Валя и Варя попытались было уговорить других идти с ними, потоптались, похихикали и пошли себе одни. Анна посмотрела за ними с равнодушною улыбкою и сказала:

— Все ушли понемногу, пойдем и мы куда-нибудь. Она пошла в

другую сторону от ручья, между кустами и дорогою. Клавдия и Нета шли за нею.

— Как надоели мне эти господа! — говорила Клавдия. — Как с ними мучительно скучно!

Анна задумалась о чем-то. Почти бессознательно сорвала она тонкую ветку, оброснула ее и легонько покачивала ею по своему платью.

— Кажется, он не вовремя затеял это, — сказала она вдруг.

— Ты про кого это? — удивилась Клавдия.

— Я думаю про Логина.

— Ты уж не влюбилась лир-воскликнула Нета и засмеялась. — Вот уж прелесть! Какой-то неодушевленный.

Анна покраснела и сказала:

— А ты, одушевленная…

— Да уж я, конечно, — с бойкою гримасою говорила Нета.

— А он что?

Нета быстро огляделась-никого близко не было.

— Не знаю, как быть, — зашептала она, — хоть убегом венчайся, так ни за что не отдадут.

— Поэтично! — насмешливо сказала Клавдия.

— Вот уж нет, — одна досада! То ли дело, как все по порядку.

— Фата, цветы, подружки, певчие, — тихо улыбаясь, говорила Анна.

Логин стоял на мостике, который своими полу с гнившими досками уныло навис над веселым ручьем Безоблачно ясен был день—безнадежно тоскливо было в душе Логина.

Андозерский и Баглаев подошли к нему. Оба они были чем-то радостно возбуждены. Андозерский сказал со смехом:

— Барышни не пошли купаться, — жаль! Все Анюточка виновата.

— Что ж, ты подсматривать собирался? — спросил Логин почти враждебно.

— А то зевать, что ли? Ну да ничего, и эти две сестрицы недурнененькие, как веретенца ровненькие.

— Сущие лягушки по грациозности, — сказал хихикая Баглаев. — Пойдем, спасибо скажешь.

— Они не обидятся, — убеждал Андозерский. — Нарочно на видное место пошли.

Они оба потянули за собою Логина, но он наотрез отказался, — и они отправились вдвоем подсматривать за купающимися девицами. Сестры плескались в ручье на открытом месте, где было широкое русло. Еще издали были слышны их крики и визги и всплески воды под их ногами. Андозерский и Баглаев остановились за кустами и смотрели на купальщиц. Потом присели на корточки и пробрались поближе к берегу.

Валя метнула на них вороватыми глазами, затрепетала от веселой радости и сделала вид, что не замечает никого. Тихонько сказала что-то сестре. Варя посмотрела в ту же сторону и тоже притворилась, что ничего не видит. Сестры смеялись и плавали, и брызги воды вздымались со звонким, стеклянным плеском из-под их проворных ног. Сильные, стройные тела под ярким, веселым солнцем выделялись розово-золотистыми яркими пятнами среди белых брызг, синей полупрозрачной воды, веселой зелени леса и желтой полосы прибрежного песку, на котором лежали платья. Тяжелые черные волосы красиво осеняли загорелые лица с блудливыми глазами и пышно-багряными щеками.

— Вот бы сюда Гомзина, — захихикал Баглаев, — то-то бы он зубами защелкал.

— А вот и Валькин жених любуется, сказал Андозерский. — Эх, рылом не вышел!

— Чучело гороховое! — подхватил Баглаев. — Черти у него на роже в свайку играли, Ишь, глазища выкатил!

На другом берегу из-за кустов выглядывала кудрявая голова Якова Сеземкина. Очевидно, что он не видел тех, кто стоял против него: его глаза жили в это время одною только Валею, — он словно заучивал каждую черточку красивого тела. Сестры видели его и были рады.

Логин постоял на мосту, потом перешел ручей и стал взбираться на высокий берег по узкой тропинке Но когда с вершины холма услышал смех и голоса купающихся сестер и увидел, что они плещутся на открытом месте, он повернул назад-и вдруг встретил Жозефину Баглаеву. Она запыхалась от скорой ходьбы. У нее было озабоченное и раздраженное лицо. Быстро спросила:

— Где мой муж?

— Право, не знаю.

— Ах, вы его укрываете! — злобно закричала Баглаева, и черные глаза ее гневно засверкали на Логина. — Но не беспокойтесь, — найду и без вас.

Пробежала мимо Логина. Он остановился и прислушался. Скоро услышал ее гневливые крики и громкий визг и смех сестер Дылиных.

Вспомнил, что Ивакина уже давно ждет его. То подымаясь, то опускаясь по крутым откосам берега, пробирался к той мельнице, которую показал Ивакиной Иногда приходилось схватываться за смолистые ветви молодых елок, чтоб не соскользнуть вниз.

В укромном местечке за кустами увидел нежную парочку: Нета и Пожарский сидели рядом, тесно прижимались друг к другу, любовно переглядывались и говорили. Он прошел сзади их-не заметили. Сладкий, звонкий поцелуй раздался за ним и разнежил его истомою желания.

Наконец Логин добрался до заброшенной мельницы. Ивакина сидела на пороге покинутой избы. Ее горячее лицо было почти красиво, — таким пылким нетерпением сверкали маленькие глазки. Логин сказал:

— Вот вы где! Пойдемте-ка вниз, авось нас там угостят варей.

Ивакина робко подала ему руку, и они потихоньку пошли к мостику. Логин сказал:

— Так вот, любезнейшая Ирина Петровна, вы хотите знать, когда именно. Извольте, — но сначала дайте клятву, что вы сохраните это в тайне.

— Клянусь, — торжественно сказала Ивакина. Логин остановился, выпустил ее руку и, мрачно глядя на нее, сказал:

— Клянитесь спасением вашей души Ивакина изумилась и даже всплеснула руками.

— Но, помилуйте, это — нерациональная клятва. С тех пор, как Дарвин доказал...

— Ну, все равно, — снисходительно сказал Логин, — каждый дает обещание сообразно своим убеждениям. Да вы, может быть, толстовка?

— Я отношусь, понятно, к великому русскому писателю с глубочайшим уважением, но нахожу, что пресловутые доктрины о непротивлении злу, о неделании, — ошибки гениального человека. Когда повсюду вокруг царит беспросветное зло, когда паразиты на двух ногах и кулаки в поддевках и во фраках сосут народную кровь, обязанность каждого честного гражданина-борьба и труд. К тому же ссылки на такой устарелый источник, как Евангелие, в наш электрический и нервный век я признаю нерациональными и несовременными: принципы, изложенные в этой замечательной книге вперемежку с легендами, конечно, были в свое время полезны, но уже давно отслужили человечеству свою службу.

— Итак, заповедь: не клянись...

— В обыкновенных условиях жизни я отвергаю клятву, как недостойное уважающих себя людей проявление взаимных отношений недоверия и мелочной подозрительности. Но в исключительных случаях, когда дело касается социальных и прогрессивных интересов, а также возвышенно-идеальных стремлений, я считаю своим долгом признавать обязательность клятвы.

"Типун тебе на язык, распространенная болячка!" — думал между тем Логин.

— Итак, — сказал он, — клянитесь не выдавать никому тайны, которую я вам открою, клянитесь наукой, прогрессом и народным благом.

Ивакина торжественно подняла правую руку и воскликнула:

— Клянусь наукой, прогрессом и народным благом никому не выдавать тайн, которые будут мне открыты вами!

— Через две недели в четверг, — таинственным голосом сказал Логин и опять подал руку Ивакиной. Ивакина затрепетала.

— Как? Что именно?

— Произойдет решительное: прилетят воздушные шары секретной конструкции и привезут конституцию прямо из Гамбурга.

— Из Гамбурга! — в благоговейном ужасе шептала Ивакина. Она шла взволнованная, не замечая дороги. Логин продолжал:

— Больше ничего не могу сказать. И помните: за измену-смертная казнь, — в мешок и в воду.

— О, я знаю, знаю! Я дала клятву, — и сдержу ее!

— Не занимаетесь ли вы, Ирина Петровна, литературой?

Ивакина лукаво улыбнулась и спросила:

— Почему же вы так думаете, Василий Маркович?

— Да вы так литературно выражаетесь.

— Да? Вы находите? О, я очень много читаю: не говоря уже о том, что ни одна деталь школьного режима не ускользнула от моего внимания, я читаю много и по общей литературе. Но представьте! В моем захолустье, где вместо людей можно встретить только господ Волковых да совершенно неинтеллигентных волостных писарей, мне не с кем, положительно не с кем, обменяться живыми и свежими мыслями, которые навеиваются чтением книг честного направления. Да, вы угадали: я немножко занимаюсь литературой. То есть я, видите ли, составила одну азбуку по генетически-синтетическому слого-звуковому методу и сборник диктантов популярно-практическинаучного содержания, расположенных по аналитически-индуктивному методу.

— Очень полезные работы; они, конечно, приняты во многих школах?

— Увы! К сожалению, у нас везде царит такая рутина, стремление придерживаться раз пробитой колеи: ничего оригинального и знать не хотят. Азбука моя употребляется в двух школах нашего уезда, представьте, только в двух! и в одной школе тетюшского уезда, всего в трех школах. Сборник диктантов постигнут еще более плачевною участью: я не могла даже найти для него издателя и могу употреблять только в своей школе.

— Это очень печально.

— Но я не падаю духом. Меня воодушевляет мысль, что в великом процессе поднятия народных масс и я приношу долю пользы, хотя бы и минимальную. Теперь я привожу к окончанию одно грандиозное предприятие, которое стоило мне многих бессонных ночей, нравственной и умственной борьбы и нескольких лет интенсивного труда и неутомимых изысканий.

Логин напряженно старался не засмеяться. Он сказал:

— Это очень любопытно. Какое— же это предприятие?

— Это — хрестоматия для народных школ с целью поставить перед сознанием детей во весь рост те идеальные личности, которых так много на нашей родине, чтобы дети имели образцы для почитания и подражания.

— А вы верите в идеальные личности?

— Безусловно! Я привожу литературные примеры идеального священника, доктора, лакея, сестры милосердия, идеальной учительницы, идеального помещика, идеального станового, — словом, идеальных личностей всех сословий.

— Ну а просто человек, живой человек, — есть он в вашей книге?

— Это все люди, и притом лучшие!

— И всей этой слащавой идеальностью вы хотите пичкать деревенских малышей? К чему? Зачем обманывать их? — горячо говорил Логин.

— К чему? Что же, по-вашему, следует с самого раннего возраста показать детям все худое в жизни и разбить в них веру в хорошее? Нет, школа обязана давать детям положительные идеалы добра и правды.

— Идеал — Бог, идеальный человек — Христос, а вы им дрянных кумирчиков налепите, приучите всяких лицемерных честолюбцев на пьедестал ставить, по-холопски стукаться лбами, и перед кем?

— Вы отвергаете, что есть идеально хорошие люди?

— Не встречал я — таких.

— Сожалею вас. А я встречала.

— Всякий паршивец воображает, что он на каждом шагу так подвигами любви и сыплет. А поглядишь-и наилучшие люди самолюбцы, только полезнее для других.

— Как? Вы отвергаете самоотверженную любовь? Эту святую силу, которая иногда облагораживает даже злодея?

— Самоотверженная любовь, Ирина Петровна, такая же нелепость, как великодушный голод. Уж коли я люблю, так для себя люблю.

— Я должна вам сказать, что вы или не видели хороших людей, или не сумели оценить их. Но я глубоко верю в то, что есть высоко-идеальные, светлые личности, и я убеждена, что мы обязаны показать детям идеалы в их жизненном воплощении. Думать иначе, извините меня, могут только черствые натуры или люди, желающие щеголять напускным нигилизмом.

Ивакина была в большом негодовании; все морщинки ее маленького лица дрожали и волновались. Логин смотрел на нее с улыбкою, но и с досадою.

"Вот, ведь чахоточная, а какой в ней отважный дух!" — думал он.

В это время они пришли на лужайку, где остальное общество уже сидело за завтраком, в тени старых илимов и берез.

— Что, дружище, — закричал Андозерский, — никак тебе Ирина

Петровна головомойку за нигилизм задает? Логин засмеялся. Сказал:

— Да, вот мы об идеалах не сошлись мнениями.

— Не признавать идеалов-безнравственно и нерационально, — горячо сказала Ивакина.

— Я вполне согласен с многоуважаемой Ириной Петройной, — внушительно сказал Мотовилов. — Главный недостаток нашего времени-затемнение нравственных идеалов, которым, к сожалению, отличается наша молодежь.

— Совершенно верно изволили сказать, к сожалению, — подтвердил Гомзин, почтительно оскаливая зубы.

Глава двадцать третья

Мотовилов ораторствовал об идеалах длинно, внушительно и кругло. Иные почтительно слушали, другие вполголоса разговаривали. Андозерский занимал Нету и украдкою кидал на Анну пронзительные взгляды.

— Вы были с нею на мельнице? — тихо спросила Клавдия.

— Да, — сказал Логин, — там хорошо.

— Хорошо! В этом прекрасном диком месте говорить с нею! И она молола вам суконным языком об идеалах! Какая жалость!

Логин засмеялся.

— Вы не любите ее?

— Нет, я только дивлюсь на нее. Быть такой мертвой, говорить о прописях, букварях и вклеивать в эти разговоры тирады об идеалах, — как глупо! Идеалы установленного образца!

— Она любит говорить, — сказала Анна, — о том, чего не понимает, — о своем деле. Так, заученные слова, лакированные, прочные. И притом теплые. И бесспорные.

Она говорила спокойно, — и Логину ее слова, и ясная улыбка, и медленные движения рук казались жестокими.

Браннолюбский хлопал под шумок рюмку за рюмкою и быстро пьянел. Вдруг закричал:

— Не согласен! К черту идеалы!

Но тотчас же "ослабел и лег". Биншток и Гомзин прибрали его, и он больше не являлся. Евлалия Павловна притворялась, что весела, но была в жестокой досаде и безжалостно издевалась над Гомзиным. Биншток не подходил к ней и посматривал злорадно.

Баглаев сидел рядом с женою; имел пристыженный вид. Девицы Дылины вернулись с видом "как ни в чем не бывало" и только потряхивали мокрыми косами. Андозерский подмигнул Вале, Валя лукаво опустила глазки, Баглаев старательно не глядел на сестер. Нета разрумянилась, и лицо у нее было счастливое.

Пришли гимназисты; с хохотом рассказывали что-то Андозерскому.

Андозерский захохотал. Крикнул:

— Вот так дети!

Все повернулись к нему.

— Вот наши молодые люди интересное зрелище видели.

— Представьте, — заговорил Петя Мотовилов, показывая гнилые зубы и брызжась слюною, — мальчишки изображают волостной суд: там один из них будто пьяница, его приговорили к розгам. И все это у них с натуры, и тут же приговор исполняют. А девчонки тоже стоят и любуются.

Барышни краснели, кавалеры хохотали. Баглаева сказала пренебрежительно:

— Какие грубые русские мужики!

— Ну и что ж дальше? — спросил Биншток.

— Да мы ушли: очень уж подробно они представляют, даже противно.

Жозефина Антоновна сердито ворчала на мужа, сверкала на всех черными глазами и бросала гневные взгляды на Валю. Совсем неожиданно она заявила:

— Которая дрянь чужих мужей прельщает, той бесстыдной девице иная жена может и глаза выцарапать.

— Руки коротки, — огрызнулась Валя.

— Что ж вы на свой счет принимаете, — накинулась на нее Баглаева, — видно, по вашей русской пословице, знает кошка, чье мясо съела?

Валя хотела было отвечать, но Анна строго уняла ее. Валя ярко покраснела и смущенно начала рассказывать барышням, что говорят в городе о холере. Анна засмеялась, взяла ее за локоть и тихо сказала ей:

— Надо вас, Валя, вицей хорошенько.

— За что ж, Анна Максимовна? Почему ж я знала, что он пойдет? — оправдывалась Валя.

Варвара злорадно смотрела на сестру. Мотовилов сказал внушительно и негромко:

— А вот мне на вас жалуются, госпожа Дылина. Валя сидела как на иголках и растерянно молчала.

— Да-с, крестьяне жалуются, — продолжал Мотовилов, помолчав немного.

— Да за что же? — робко спросила Валя.

— Вообще, недовольны. Вообще, им не нравится, что учительница. Ну, и вы ссоритесь с сослуживцами и детей балуете, да-с! И все вообще у вас идет навонтараты.

— Да я, Алексей Степаныч...

— Ну-с, я вас предупредил, а там не мое дело. А впрочем, и я согласен. По-моему, баба или девка в классе— одно баловство.

— Ну, что о делах теперь! — вмешался было Баглаев. Но жена сейчас же его уняла.

— Какое— ты имеешь право вступаться? Разве тебя просили? Разве ты чей-нибудь здесь любовник? Ты от всякой смазливой вертуньи сам не свой. Знай свою жену, и будет с тебя.

— Знаю, знаю, матушка, виноват!

— Тото, — наставительно сказал Гуторович, — не фордыбачь, виносос, — у тебя еще вино на губах не обсохло.

Молодые люди смеялись.

— Что, напудрили голову? — язвительным шепотом спрашивала Варя у своей сестры. — Так тебе и надо!

Логин и Пожарский стояли в стороне. Логин спросил:

— Скоро на вашей свадьбе запируем?

— Какая там свадьба! — уныло сказал Пожарский.

— Что так?

— Сама девица-ничего, почтительна к нам, что и говорить, да вот где точка с запятой: богатый, но неблагородный родитель и слышать о нас не хочет, — козырь есть на примете.

— Плохо! Но все ж вы попытайтесь.

— Чего пытаться-то? Формальное предложение сегодня по дороге делал, — нос натянули. А вы, почтеннейший синьор, уж за престарелой ingenue* приударили, за Ивакиной. Но это сушь! Вы бы лучше наперсницу барышень тронули, — веселенькая девочка!

— Занята уж она, мой друг.

— Фальстаф?

— Нет. Это — ложная тревога Жозефины, — жених

— Елена прекрасная, значит, даром волнуется?

— Совершенно напрасно.

Биншток обратился к Мотовилову с заискивающею улыбкою:

— Алексей Степаныч, вот Константин Степаныч желает прочесть вам стихи.

— Стихи? Я не охотник до стихов: стихами преимущественно глупости пишут.

— Но это, — сказал автор, Оглоблин, — совсем не — такие стихи. Я взял смелость написать их в вашу честь.

— Пожалуй, послушаем, — благосклонно согласился Мотовилов.

Логин с удивлением смотрел на неожиданного автора стихов в честь Мотовилова; его раньше не было на маевке, и как он сюда попал, Логин не заметил. Оглоблин стал в позу, заложил руку за борт пальто и, делая другою рукою нелепые жесты, прочел на память:

Недавно гражданин честной,
Наш друг и педагог искусный,

Был вдруг постигнут клеветой
И возмутительной, и гнусной.
И кто же первый клеветник?
Его завистливый коллега!
Быть может, цели бы достиг
Лукавый нравственный калека,
Но вдруг за правду поднялся
Боярин доблестно бесстрашный,
И речью гневнобесшабашной
Скликать сограждан принялся,
И им всеобщего протеста
Проект разумный предложил
Против того, что дали место
В тюрьме тому, кто честен был.
И говорит, не устава,
Боярин мудрый за того,
Кто горько слезы лил, рыдая,
Когда схватили вдруг его,—
И за невинного хлопочет,
И постоять за правду рад,
И доказать начальству хочет,
Кто в этом деле виноват.
Хвала, боярин именитый!
Живи и здравствуй столько лет,
Чтоб был ты в старости маститой
Не только дед, но и прадед!
А нам тебе кричать пора:
Ура! ура! ура! ура!

Стихотворение, прочитанное с чувством и с дрожью в голосе, произвело впечатление. Мотовилов встал и горячо пожимал руку Оглоблина. На лице его лежал отпечаток величия души, которой услышанные похвалы были как раз в пору. Говорил:

— Очень вам благодарен за чувства, выраженные вами по отношению ко мне. Но и вообще очень прочувствованные стихи. — такие мысли делают вам честь.

Оглоблин прижимал руку к сердцу, кланялся, бормотал что-то умиленное. Около него столпились, пожимали руку, хвалили за хорошие чувства. Баглаев восклицал:

— Ловкач! Обожженный малый!

Были немногие, на которых чтение произвело иное впечатление. Палтусов улыбался язвительно. Логин слушал с досадою. Клавдия тихонько засмеялась при словах "нравственный калека"; потом она слушала с презрительно-скучающим видом. Анна хмурила брови, неопределенно улыбалась; слово «прадед» рассмешило ее своим ударением, и она весело, долго смеялась. Нета чувствовала себя неловко: стихи ей нравились, но презрительный вид Клавдии и смех Анны заставляли ее краснеть.

Клавдия спросила Валю:

— Что, Валя, понравились вам стихи?

— Отличные стишки, — с убеждением сказала Валя. — А вот теперь есть еще очень хороший поэт, господин Фофанов, совсем вроде Пушкина. Говорят, ему одно время запретили писать.

— За что же?

— Ну вот, разве вы не слышали?

— Не слышала.

— Да, а теперь, говорят, опять пишет. Тоже, говорят, очень хорошие стишки.

Анна стояла одна у ручья. Задумчиво глядела на тихо струящуюся воду, на темно-зеленые, широкие листья водяного лопуха. Они качались и дремали, но Анна знала, что над ними развернутся, будет время, большие белые цветы. Издалека слышался резкий стук дятла.

Логин подошел к Анне. Спросил:

— И зачем вы здесь?

Анна улыбнулась. Логин продолжал:

— Такое пошлое все это общество! Впрочем, пусть их, здесь хорошо, вот здесь, где мы одни.

Осторожно заглянул в ее рдеющее лицо. Глаза ее были грустны и ласковы. Руки их сошлись в нежном пожатии, и ощущение радости пронизало обоих, как внезапная боль.

Вдруг страстное желание чего-то невозможного повелительно охватило Логина. Он смотрел на Анну, и ему стало досадно, что она теперь нарядна, как все. Спросил притворно-ласково:

Вы сегодня опять в новом платье?

— И рыбы наряжаются, бывает пора, — ответила она. — Я люблю радость.

— Только радость?

— Нет, и все в жизни. Хорошо испытывать разное. Струи Мэота, и боль от лозины-во всем есть полнота ощущений.

Логину больно было думать, что Анна переносит боль. А она говорила спокойно:

— Хорошо чувствовать, как падают грани между мною и внешним миром, — сродниться с землею и с воздухом, со всем этим.

Показала широким движением руки на воду ручья, на лес, на далекое — небо, — и все далекое— показалось Логину близким.

Пьяный мужик топтался на дороге. Понемногу делался смелее, все ближе подвигался к веселящимся господам. Подбитое лицо, недоумевающие глаза, тусклая постоянная улыбка на синеватых, сухих губах, взлохмаченные волосы, плохая одежонка; пахло водкою; впечатление безвозвратно опустившегося пропойцы.

Баглаев захихикал. Сказал Логину тихонько:

— Скандальчик будет, чует мое сердце, веселенький скандальчик.

Логин вопросительно посмотрел на него. Баглаев объяснял:

— Видишь этого субъекта? Ну, это, в некотором роде, соперник Алексея Степановича.

— Как это так? — спросил Логин.

— А это Спирька, Ульянин муж, той, знаешь, что у Мотовилова живет, экономкой, понимаешь? Мотовилов Спирьке рога ставит, а Спирька с горя пьянствует.

— Вот так мужичинища! — опасливо сказал Биншток. — Этот притиснет, так мокренько станет.

Спирька был уже совсем близко и вдруг заговорил:

— Ежели, к примеру, господин какую девку из нашего сословия, то, выходит, на высидку, а там, брат, ау! пошлют лечиться на теплые воды. Ну а ежели кто баб, так я так полагаю, что и за это по головке не погладят

— Ты, Спирька, опять пьян, — сказал Гомзин.

— Пьян? Вот еще! Важное дело! И господа пьют. Вот в нашей школе учитель пьет здорово, а где научился? В семинарии, обучили в лучшем виде, всем наукам, и пить, и, значит, за девочками.

— Спиридон, уходи до греха, — строго сказал Мотовилов.

— Чего уходи! Куда я пойду? Ежели теперь моя жена... Ты мне жену подай, — взревел яростно Спирька, — а не то я, барин, и сам управу найду. Есть и на вас, чертей...

Но тут Спирьку подхватили мотовиловские кучера и извозчики, за которыми успел сбегать проворный Биншток. Спирька отбивался и кричал:

— Ты меня попомни, барин: я тебе удружу, я тебе подпущу красного петуха.

Но скоро крики его затихли в отдалении. Общество усиленно занялось развлечениями. Все делали вид, что никто ничего не заметил. Тарантина затянула веселую песенку, ей стали подтягивать. Нестройное, но громкое— и веселое пение разносилось по лесу, и звонкий вой передразнивал его.

Биншток придумывал, что бы сказать приятное Логину, доказать, что он не клевещет на Логина, а сочувствует. Подошел к Логину и сказал, делая серьезное лицо:

— Несчастный человек-этот Спиридон. Мне его очень жалко!

— Да? — переспросил Логин.

— Правда! И я думаю, что все беды народа от его невежества и малой культурности. Я часто мечтаю о том времени, когда все будут равны и образованны.

— И мужики будут щеголять в крахмальных сорочках и цилиндрах?

— Да, я убежден, что такое— время настанет.

— Это будет хорошо.

— Еще бы! Тогда не будет этой захолустной тосчищи: общество везде будет большое. И вообще у нас много предрассудков. Вот хоть брак. Дети Адама женились на сестрах, отчего же нам нельзя?

— В самом деле, как жаль!

— Или древние пользовались мальчиками, а мы отчего же?

— Да, все предрассудки, подумаешь!

— Но прогресс победит их, все это будет впоследствии, и свободный брак, и все, и вольная проституция.

— Именно.

— А какую стишину он сляпал! — осклабился Биншток.

— Вам нравится? Биншток фыркнул.

— Еле выдержал!

— Ну что, канашка-соблазнитель, — сказал подошедший Гуторович, — что ж барышень забыли? Евлалия, живописная раскрасавица, поди, соскучилась!

— А ну ее! — досадливо сказал Биншток и отошел. Пьяный Баглаев подходил то к одному, то к другому и таинственно шептал:

— А ведь Спирьку-то Логин подуськал, никто, как он, уж это, брат, верно. Уж я знаю, мы с ним приятели.

— Ты врешь, Юшка, — сказал Биншток.

— А, ты не веришь? Мне, голове? Ах ты немецкая штука! Эй, ребята, — заорал Баглаев, — немца крестить, Быньку! В воду.

Подвыпившие молодые люди с хохотом окружили Бинштока и потащили его к ручью. Биншток хватался за кусты и кричал:

— Костюмчик испортите, вся новая тройка! Скандал.

Глава двадцать четвёртая

Царский день. К концу обедни церковь наполнилась. Чиновники с важным положением в городе пыжились впереди, в мундирах и при орденах. Сбоку, у клироса, стояли их дамы. И они, и оне мало думали о молитве; они крестились с достоинством, оне с грациею, и в промежутке двух крестных знамений вполголоса сплетничали-так было принято. Барышни жеманились и часто опускались на колени от усталости. Одна из них молилась очень усердно; прижав ко лбу средний палец, стояла несколько мгновений неподвижно на коленях, с глазами, устремленными из-под руки на образ, потом кончала начатое знамение и прижималась лбом к пыльному полу.

Дальше стояла средняя публика: чиновники помоложе, красавицы из мещанского сословия. Еще дальше— публика последнего разбора: мужики в смазных сапогах, бабы в пестрых платочках. Седой старик в сермяге затесался промеж средней публики, истово клал земные поклоны, шептал что-то. Два канцеляриста, один маленький, сухонький, тоненький, как карандаш, другой повыше и потолще, бело-розовое лицо вербного херувима, подталкивали друг друга локтями, показывали глазами на старика и фыркали, закрывая рты шапками.

Впереди слева стояли рядами мальчишки, ученики городского училища. Стояли смирно, исподтишка щипались. В положенное время крестились, дружно становились на колени. Детские лица были издали милы, и очень красивы были коленопреклоненные ряды, особенно для близоруких, не замечавших шалостей. За ними стоял Крикунов. Молитвенно-сморщенное лицо; злые глазки напряженно смотрели на иконостас и на мальчишек; маленькая головка благоговейно покачивалась. Новенький мундир, сшитый недавно на казенный счет по случаю проезда высокопоставленной особы, стягивал его шею и очень мало шел к его непредставительной фигурке.

Мальчик лет двенадцати, пришедший с родителями, молился усердно, делал частые земные поклоны. Когда подымался, видно было по лицу, что очень доволен своею набожностью.

Певчие, из учеников семинарии и начальной при ней школы, были хороши. Пели на хорах, как ангелы. Регент, красное лицо, свирепая наружность, увесистый кулак. Зазевавшиеся дискантики и сплутовавшие альтики испытывали неоднократно на своих затылках силу регентовой длани. Поэтому шалили только тогда, когда регент отворачивался. Публика не видела их, слушала ангельское пение и не знала, что уши певцов, изображавших тайно херувимов, находятся в постоянной опасности.

День выдался жаркий, сухой. В соборе становилось душно. Логин стоял в толпе; мысли его уносились, и пение только изредка пробуждало его. Потные лица окружающих веяли на него истомою.

Молебен кончился. Особы и дамы их прикладывались к кресту; они и она старались не дать первенства тому, кто по положению своему не имел на то права.

К Логину подошел Андозерский в красиво сшитом мундире. Спросил:

— Что, брат, жарища? А как ты находишь мой мундир, а? Хорош?

— Что ж, недурен.

— Шитье, дружище, заметь: мундир пятого класса, почти генеральский! Это не то, что какого-нибудь восьмого класса, бедненькое шитьецо. А ты что не в мундире?

— Ну что ж, — с улыбкою ответил Логин, — мой мундир восьмого

164

класса, — что в нем? Бедненькое шитьецо!

— Да, брат, я многонько обскакал тебя по службе. Что ж ты не тянешься?

— Это для мундира-то?

— Ну, для мундира! Вообще, мало ли. Ну да ты, дружище, и так по-барски устраиваешься.

— Это как же?

— Да как же: свой казачок, обзавелся, вроде как бы крепостного, — да еще какой смазливый.

В голосе Андозерского прорвалась нотка злобного раздражения. Логин усмехнулся. Спросил:

— Уж не завидуешь ли?

— Нет, брат, я до мальчиков не охотник.

— Ты, мой милый, как я вижу, до глупостей охотник, да и до глупостей довольно пошлых.

— Ну, пожалуйста, не очень.

— Только ты вот что скажи: сам ты сочинил свою эту глупость или заимствовал от кого и повторяешь?

— Позволь, однако я, кажется, ничего оскорбительного...

— А ну тебя, — прервал Логин и отвернулся от него.

Андозерский злобно усмехнулся. Язвительно подумал:

"Не нравится, видно!"

Слова о казачке он слышал от Мотовилова, счел их чрезвычайно остроумными и повторял всякому, кого ни встречал, повторял даже самому Мотовилову.

Дома Логин нашел приглашение на обед к Мотовилову; были именины Неты. По дороге встретил Пожарского. Актер был грустен, но храбрился. Сказал:

— Великодушный синьор! Вы, надо полагать, направляете стопы "в ту самую сторонку, где милая живет"?

— Верно, друг мой!

— Стало быть, удостоитесь лицезреть мою очаровательную Джульетту! А я-то, несчастный...

— Что ж, идите, поздравьте именинницу.

— Гениальнейший, восхитительный совет! Но, увы! Не могу им воспользоваться, — не пустят. Формально просили не посещать и не смущать.

— Сочувствую вашему горю.

— Ну, это еще полгоря, а горе впереди будет.

— Так тем лучше, — значит, "ляг, опочинься, ни о чем не кручинься"!

— А великодушный друг сварганит кой-какое дельце, а? Не правда ли?

Пожарский схватил руку Логина, крепко пожимал ее и умильно смотрел ему в глаза, просительно улыбался. Логин спросил:

— Какое— дело? Может, и сварганим.

— Будьте другом, вручите прелестнейшей из дев это бурнопламенное послание, — но незаметным манером.

Пожарский опять сжал руку Логина, — и сложенная крохотным треугольником записочка очутилась в руке Логина. Логин засмеялся.

— Ах вы, ловелас! Вы моему другу дорогу перебиваете, да еще хотите, чтоб я вам помогал.

— Другу? Это донжуан Андозерский-ваш друг? Сбрендили, почтенный, — не валяйте Акимапростоту, он вам всучит щетинку. Да вы, я знаю, иронизировать изволите! Так уж позвольте быть в надежде!

Когда Логин здоровался с Нетою, он ловко всунул ей в руку записку. Нета вспыхнула, но сумела незаметно спрятать ее. Потом она долго посматривала на Логина благодарными глазами. Записка обрадовала ее, — она улучила время ее прочесть, и щеки ее горели, так что ей не приходилось их пощипывать.

Перед обедом у Мотовилова в кабинете сидели городские особы и рассуждали. Мотовилов говорил с удвоенно-важным видом:

— Господа, я хочу обратить ваше внимание на следующее печальное обстоятельство. Не знаю, изволили вы замечать, а мне не раз доводилось наталкиваться на такого рода факты: после молебна младшие чиновники, наши подчиненные, выходят первыми, а мы, первые лица в городе, принуждены идти сзади, и даже иногда приходится получать тычки.

— Да, я тоже возмущался этим, — сказал Моховиков, директор учительской семинарии, — и я, между прочим, вполне согласен с вами.

— Не правда ли? — обратился к нему Мотовилов. — Ведь это возмутительно: подчиненные нас в грош не ставят.

— Это, енондершиш, вольнодумство, — сказал исправник, — либерте, эгалите, фратерните!

— Следует пресечь, — угрюмо решил Дубицкий.

— Да, но как? — спросил Андозерский. — Тут ведь разные ведомства. Это — щекотливое дело.

— Господа, — возвысил голос Мотовилов, — если все согласны... Вы, Сергей Михайлович?

— О, я тоже вполне согласен, — с ленивою усмешкою отозвался директор гимназии Павликовский, не отрываясь от созерцания своих пухлых ладоней.

— Вот и отлично, — продолжал Мотовилов. — В таком случае, я думаю, так можно поступить. Каждый в своем ведомстве сделает распоряжение, чтоб младшие чиновники отнюдь не позволяли себе выходить из собора раньше начальствующих лиц. Не так ли, господа!

— Так, так, отлично! — раздались восклицания.

— Так мы и сделаем. А то, господа, совершенное безобразие, полнейшее отсутствие дисциплины.

— Какую у нас разведешь дисциплину, енондершиш! Скоро со всяким отерхотником на «вы» придется говорить. Ему бы, прохвосту, язык пониже пяток пришить, а с ним… тьфу ты, прости Господи!

— Да-с, — сказал инспектор народных училищ, — взять хотя бы моих учителей: иной из мужиков, отец землю пахал, сам на какие-нибудь пятнадцать рублей в месяц живет, одно слово-гольтепа, — а с ним нежничай, руку ему подавай! Барин какой!

— Нет, — хриплым басом заговорил Дубицкий, — я им повадки не даю. Зато они меня боятся, как черти ладана. Приезжаю в одну школу. Учитель молодой. Который год? — спрашиваю. Первый, — говорит. То-то, — говорю, — первый, с людьми говорить не умеешь; я генерал, меня ваше превосходительство называют. Покраснел, молчит. Эге, думаю, голубчик, надо тебе гонку задать, да такую, чтоб ты места не нашел. Экзаменую. Как звали жену Лота? Мальчишка не знает…

— А как ее звали? И я не знаю, — сказал Баглаев. Он до тех пор сидел скромненько в уголке и тосковал по водке.

— Я тоже забыл. Но ведь давно учился, а они… Ну ладно, это по Закону Божьему. А по другим предметам? Читай! Газета со мной была, «Гражданин», дал ему. Читает плохо. А что такое-, спрашиваю, палка? Молчат, стервецы, никто не может ответить. Хорошо! Пиши! Пишет с ошибками, сьчь через «е» пишет! Это, — говорю, — любезный, что такое-? да чему ты их учишь? да за что ты деньги получаешь? да я тебя, мерзавца! — Да вы, — говорит, — на каком основании? — Ах ты, ослоп! Основание? На основании предоставленной мне диктаторской власти-вон! Да чтоб сегодня же, такойсякой, и потрохов твоих в школе не было, чтоб и духу твоего не пахло! А как это вам понравится?

Дубицкий захохотал отрывисто и громко. Свежунов крикнул:

— Вот это ловко!

— Нагнали вы ему жару, — говорил Мотовилов. Остальные сочувственно и солидно смеялись.

— Что ж вы думаете? Смотрю, дрожит мой учитель, лица на нем нет, да вдруг мне в ноги, разрюмился, вопит благим матом: "Смилуйтесь, ваше превосходительство, пощадите, не погубите!" — Ну, — говорю, — то-то, вставай, Бог простит, да помни на будущее время, такой-сякой, ха-ха-ха!

Одобрительный хохот покрыл последние слова Дубицкого.

— Вот это по-нашему, енондершиш! — в восторге восклицал исправник.

Когда смех поулегся, отец Андрей льстиво заговорил:

— Вы, ваше превосходительство, для всех нас, как маяк в бурю. Одного боимся: не взяли бы вас от нас куда повыше.

Дубицкий величаво наклонил голову.

— И без меня есть. Не гонюсь. Впрочем, отчего ж!

— Да-с, господа, — солидно сказал Мотовилов, — дисциплина-всему основание. Вожжи были опущены слишком долго, пора взять их в руки.

— А вот, господа, — сказал отец Андрей, — у меня служанка Женька, — видели, может быть?

— Смуглая такая? — спросил Свежунов.

— Во-во! Грубая такая шельма была. Вот я погрозил ее высечь: позову, мол, дьячка, заведем с ним в сарай, да там так угощу, что до новых веников не забудешь. Теперь стала как шелковая, хи-хи!

— Ишь ты, не хочет отведать, енондершиш!

— И дельно, — сказал Мотовилов. — Потом сама будет благодарна. Дисциплина, дисциплина прежде всего. К сожалению, надо признаться, мы сами во многом виноваты.

— Да, гуманничаем не в меру, — меланхолично заметил Андозерский.

— Да, — сказал Мотовилов, — и в нашей, так сказать, среде происходят явления глубоко прискорбные. Возьмем хоть бы недавний факт. Вам, господа, известно, в каком образцовом порядке содержится, стараниями Юрия Александровича, здешняя богадельня, какой приют и уход получают там старики и старухи и какое— высоконравственное воспитание дается там детям, в духе доброй нравственности, скромности и трудолюбия.

— Да, могу сказать, — вмешался Юшка, — не жалею трудов и забот.

Затасканное лицо его засветилось самодовольством.

— И Бог воздаст вам за вашу истинно христианскую деятельность! Да-с, так вот, господа, из богадельни убежал мальчишка, убежал, заметьте, второй раз: в прошлом году его нашли, наказали, так сказать, по-родительски, но, заметьте, не отказали ему в приюте и опять поместили в богадельне. И как же он платит за оказанные ему благодеяния? Бежит, слоняется в лесу, его там находит человек, известный нам всем, берет к себе и что же с ним делает? Возвращает туда, где мальчик получал соответственное его положению воспитание? Нет-с! Мальчишку, которого за вторичный побег следовало бы выпороть так, чтоб чертям стало тошно, он берет к себе и обращает в барчонка! Положению этого олуха может буквально позавидовать иной благородный ребенок, сын бедных родителей. Я спрашиваю вас: не безобразно ли это?

— Безнравственно! — решил Дубицкий.

— Именно безнравственно! — подхватил казначей. — И почем знать, к чему ему понадобилось брать этого свиненка?

— Знаете, — сказал Андозерский, — есть люди, которым мальчики нравятся.

— Именно, нравятся, — согласился Мотовилов, — но я вас спрошу: как следует относиться к — таким возмутительным явлениям?

Все изобразили на своих лицах глубочайшее негодование.

— Гуманность! — сказал Дубицкий с презрением. — А по-моему, мальчишку следовало бы отобрать от него, отодрать и сослать подальше.

— Да, да, сослать, — подхватил Вкусов, — в Сибирь, приписать куда-нибудь к обществу, к пейзанам.

— По крайней мере, — сказал Мотовилов, — нравственность его была бы в безопасности. Какое-то общество затевает! Но это — такая глупая мысль, что просто нельзя поверить, чтоб здесь чего не скрывалось.

— Гордыня, умствование, — наставительно говорил отец Андрей, — а вот Бог за это и накажет. Нет чтобы жить, как все, — надо свое выдумывать!

— Господа, — сказал Андозерский, — я должен заступиться за Логина: он, в сущности, добрый малый, хотя, конечно, с большими странностями.

Мотовилов перебил его:

— Извините, мы вас понимаем! Это с вашей стороны вполне естественно и великодушно, что вы желаете вступиться за вашего бывшего школьного товарища. Но кого ни коснись, кому приятно быть товарищем сомнительного господина.

— Уж это, — сказал исправник, — конечно, се не па жоли.

— Но все-таки, любезный Анатолий Петрович, уж на что вы не переубедите.

— Да ведь я, господа, что ж, — оправдывался Андозерский, — я, конечно, знаю, что у него одного винтика не хватает. Ведь мы с ним давно знакомы, знаю я, что это за господчик. Но в существе, так сказать, в сердцевине, он добрый малый, — конечно, испорченный, ну да что станешь делать! Сами знаете, наш нервный век!

— Да, — сказал Дубицкий, — не раз пожалеешь доброе старое время.

— Доброе дворянское— время, — подхватил Мотовилов, — когда невозможны были оригиналы, вроде Ермолина, который так дико воспитал своих несчастных детей.

— Да, — сказал Вкусов озабоченно, — смирно живет, а все у меня сердце не на месте: Бог его знает.

— Вредный человек! — сказал отец Андрей. — Атеист, и даже не считает нужным скрывать этого. Человек, который не верит в Бога, — да что ж он сам после того? Если нет Бога, значит, и души нет? Да такой человек все равно что собака, хуже татарина.

— Что собака! — сказал Дубицкий. — Да иной человек хуже всякой собаки.

— И дочка у него, — продолжал сокрушаться Вкусов, — ведет себя совсем неприлично. Пристало ли дворянской девице, богатой невесте, бегать по деревне, с позволения сказать, босиком? Нехорошо, енондершиш, нехорошо! Совсем моветон!

— Дрянная девчонка! — решил отец Андрей.

А в гостиной дамы с большим участием расспрашивали Логина о мальчике-найденыше.

Анна Михайловна Свежунова, жена казначея, говорила, подымая глаза к потолку:

— Вы поступили так великодушно, так по-христиански!

— О да, это такой благородный поступок! — вторила ей Александра Петровна Вкусова.

Клеопатра Ивановна Сазонова, мать председателя земской управы, пожелала показать и другую сторону медали и с грустным сочувствием сказала:

— Да, но люди так неблагодарны! Вы им благодеяние оказываете, но они разве чувствуют?

— Ах, это так верно, Клеопатра Ивановна, — сказала Свежунова, — уж какая от них благодарность!

— Жулье народ, — сказала Вкусова, сконфузилась и прибавила:- Извините за выражение.

— Вот хоть бы у меня, — рассказывала Клеопатра Ивановна, — взяла я сиротку, воспитала, как родную дочь, и что же? Можете себе представить, идет замуж, сама выбрала себе жениха, какого-то купца, Глиняного, Фаянсова, что-то в этом роде, — а обо мне и думать не хочет. Ей это ничего не значит, что я к ней так привыкла!

— Удивительная неблагодарность! — воскликнула Вкусова. — Смотрите, Василий Маркович, и с вами то же самое случится.

— О, непременно, — подтвердили другие дамы.

— Помилуйте, что за благодарность! — сказал Логин. — Ведь если мы делаем что-нибудь полезное для других, то единственно потому, что это нам самим приносит удовольствие...

Дамы выразительно переглянулись.

— За что же тут благодарность? — продолжал Логин.

— Вот уж я не понимаю, какое— удовольствие беспокоиться о людях, от которых, знаешь наперед, не будет никакой тебе благодарности, — сказала Сазонова.

— Ах, Клеопатра Ивановна, — язвительно подбирая губы, сказала Вкусова, — у всякого свой вкус; ведь кому что нравится.

В это время из кабинета вышли Мотовилов и его гости. Мотовилов, вслушиваясь в слова Логина, обратился к нему с наставительной речью:

— Я должен вам сказать, Василий Маркович, что наш простой народ не понимает деликатного с ним обращения. Разве это — такие же люди, как мы? Вы ему одолжение делаете, даже благодеяние, а он принимает это за должное.

— Ах, это совершенно верно! Совершенная правда! — раздались сочувственные голоса.

Мотовилов продолжал:

— Я вообще думаю, что с этим народом нужны меры простые и быстрые. Позвольте рассказать вам по атому поводу факт, случившийся на днях. Живет у меня кухарка Марья, очень хорошая женщина. Правда, любит иногда выпить, — да ведь кто без слабостей? Один Бог без греха! Но, надо вам сказать, очень хорошая кухарка, и почтительная. Есть у нее сын Владимир. Держит она его строго, ну и мальчик он смирный, послушный, услужливый. Учится он в городском училище. Конечно, отчего не поучиться? Я держусь того мнения, что грамота, сама по себе, еще не вредна, если при этом добрые нравы. Нус, вот один раз стою я у окна и вижу: идет Владимир из школы, — а было уж довольно поздно. Ну там зашалился с товарищами, или был наказан, — не знаю. И вижу, другие мальчишки с ним. Вдруг, вижу, выскакивает из калитки Марья, прямо к сыну, и по щеке его бот! по другой бот! да за волосенки! Тут же на улице такую трепку задала, что любо-дорого.

Рассказ Мотовилова произвел на общество впечатление очень веселого и милого анекдота.

— Расчесала! — вкусно и сочно сказал Андозерский.

— Воображаю, — кричал казначей, — какая у него была рожа!

— Да-с, — продолжал Мотовилов, — тут же на улице, при товарищах, товарищи хохочут, а ему и больно и стыдно.

— Верх безобразия, — брезгливо сказал Логин, — эта таска на улице, и смех мальчишек, гадкий смех над товарищем, — какая подлая сцена!

Все неодобрительно и сурово посмотрели на Логина. Вкусова воскликнула:

— Вы уж слишком любите мальчиков!

— А по моему мнению, — сказал Мотовилов, — весьма нравственная сцена: мать наказала своего ребенка, — это хорошо, а смех исправляет. Зато он у нес по ниточке ходит.

Логин улыбнулся. Странная мысль пришла ему в голову: смотрел на полу седую бороду Мотовилова, и почти неодолимо тянуло встать и дернуть Мотовилова за седые кудри. Голова кружилась, и он с усилием отвернулся в другую сторону Но глаза против воли обращались к Мотовилову, и глупая мысль, как наваждение, билась в мозгу и вызывала натянутую, бледную улыбку. И вдруг волна злобного чувства поднялась и захватила. Он вздохнул облегченно, глупая мысль утонула, унося с собою бледную, ненужную улыбку.

"Убить тебя-доброе дело было бы!" — подумал он. Его глаза загорелись сухим блеском. Резко сказал:

— Ваша теория имеет одно несомненное преимущество: это — последовательность.

— Очень рад, — иронически ответил Мотовилов, — что сумел угодить вам хоть в этом отношении.

В это время в дверях показалась Анна. Шелест ее светло-зеленого платья успокоил Логина.

"Как глупо, подумал он, — что я чувствую злобу! Негодовать на филинов, когда знаешь, что солнце все так же ярко!"

И отвечал Мотовилову спокойно и мягко:

— Нет, извините, мне вовсе не мила такая последовательность, Я привык чувствовать по-другому... У всякого свои мысли... Я не думаю переубедить...

— Совершенно верно, — сухо сказал Мотовилов. — У меня уж сивая борода, мне не под стать переучиваться.

После этого разговора общество окончательно убедилось в том, что отношения Логина к Лене нечисты.

— Какое— бесстыдство! — говорила потом Свежунова, когда Логин был в другой комнате. — Сам проговорился, что этот мальчишка доставляет ему у довольствие

— Воображаю, — сказала Сазонова, — какое— это удовольствие. Хорош гусь!

В компании мужчин-конечно, тоже в отсутствии Логина, — Биншток уверял, что уже давно известно, какие именно штуки проделывает Логин с мальчишкою и что ему, Бинштоку, это известно раньше всех и доподлинно: он сам-де это видел, то есть чуть-чуть не видел, почти совсем застал. По этому поводу Биншток рассказал, довольно некстати, как в Петербурге одна барыня завладела им на Невском проспекте и целую неделю пользовалась его услугами, а потом уплатила весьма добросовестно. Рассказ Бинштока вызвал общий восторг.

Подстрекаемый успехом Бинштока, Андозерский вдохновился и сочинил, что у Логина была очень молодая и очень красивая мать, весьма чувственная женщина.

— Ну, и вы понимаете?

Негодующие сплетники восклицали хором:

— Однако!

— Это уж слишком!

— Гадость какая!

— И вот, представьте, — продолжал фантазировать Андозерский, — один раз отец их застал!

— Вот так штука!

— Енондершиш, се тре мове!

— Воображаю!

— Положение хуже губернаторского!

— Мать-хлоп в обморок. Отец-пена у рта. А сын прехладнокровно: ни слова, или я выведу на чистую воду ваши шашни с моей сестрой! Ну, и отец сбердил, можете представить! — тихими стопами назад, а вечером жене брошку в презент, а сыну-ружье!

Раздался громкий хохот, посыпались восклицания:

— Вот так семейка!

— Ай да папенька!

— Переплет!

— Конечно, господа, — озабоченно сказал Андозерский, — это между нами.

— Ну, само собой!

Глава двадцать пятая

Обед, шумный, веселый, для Логина тянулся скучно. Пили, ели, говорили пошлые глупости. Даже с Анною не пришлось говорить сегодня. Мотовилов обратился к Лосину с вопросом:

— Ну, а что вы намерены, Василий Маркович, делать в последующее время с этим... как его... вашим воспитанником? Разговоры призатихли, ножи приостановились в руках обедающих, все повернули головы к Логину, и прислушивались к тому, что он скажет. Не успел приспособить голоса к внезапному затишью, и ответ прозвучал несоразмерно громко:

— Отдам в гимназию.

— В гимназию? — с удивленным видом переспросил Мотовилов.

Дамы засмеялись, мужчины улыбались насмешливо и изображали на своих лицах, что от него, мол, чего же и ожидать, как не глупостей. Мотовилов сделал строгое лицо и сказал:

— Ну, я должен вам заметить, что это едва ли вам удастся.

Логин удивился. Спросил:

— Это отчего?

— Да кто же его примет? Я первый против. И я уверен, что и почтенный Сергей Михайлович со мною согласен, не правда ли?

Павликовский апатично улыбнулся, молча наклонил голову. Логик сказал:

— Приготовится, выдержит экзамен, — за что ж его не принимать? В нашей гимназии не тесно.

— Гимназия не для мужиков, — возразил Мотовилов, — вы это напрасно изволите не принимать во внимание.

— И гимназия, и университет, — настаивал Логин, — для всех желающих.

Даже университет? — посмеиваясь, сказал Андозерский. — Нет, дружище, и так перепроизводство чувствуется, да еще мужичонков через университет протаскивать, — да они еще там будут стипендии выклянчивать. Ну, и конечно, с их мужицким трудолюбием...

— Стипендии все эти, — заявил Дубицкий, грозно хмуря брови, — баловство, разврат. Не на что тебе учиться-марш в деревню, паши землю, а не клянчи. Учатся они там! На собаках шерсть околачивают, а потом в чиновники лезут, да чтоб им тысячи отваливали. Это из податного сословия-то, а?

— Да, — сказал Павликовский, — уж вы оставьте эту дорогу детям из общества, а для других... ну, там у них свои школки есть, — ведь это достаточно, куда ж там!

— Напрасно думать, — возражал Логин, — что у нас людей образованных достаточно. В нашем обществе невежество сильно дает себя чувствовать.

— Вот как! В нашем обществе-невежество? — обидчиво сказала хозяйка.

Дамы переглядывались, улыбались, пожимали плечами. Только Анна ласково смотрела, оправляя широкий бант своей газовой светло-зеленой косынки. Кроткая улыбка ее говорила:

"Не стоит сердиться!"

— Извините меня, — сказал Логин, — я вовсе не то хочу сказать. Я вообще о русском обществе говорю.

— А вот мы, енондершиш, — вмешался Вкусов, — и не были в университете, да что ж мы, невежды? А мы и парлефрансе умеем!

— Мы с тобой — дурачье, — закричал казначей, — так умники решили.

Логин обвел глазами стол: глупые, злые лица, пошлость, злорадство. Он подумал:

"А ведь и в самом деле могут не пустить Леньку в гимназию!"

Апатичное лицо Павликовского никогда раньше не казалось — таким противным. Торжественно-самодовольная мина Мотовилова подымала со дна души негодование, бессильное и озлобленное.

В конце обеда произошел неожиданный и даже маловероятный скандал. Неведомо какими путями в дверях появился пьяный Спирька. Оборванный, грязный, безобразный, стоял перед удивленными гостями, подымал громадные кулаки, кричал диким голосом, пересыпал слова непечатною бранью:

— Все-одна шайка! Наших баб портить! Подавай мою жену, слышь, подлец! Расшибу! Будешь мою дружбу помнить!

Дамы и девицы выскакивали из-за стола, разбегались, мужчины приняли оборонительные позы. Только Анна сидела спокойно.

Спирьку скоро удалось вытащить. Все пришло в порядок. Мотовилов ораторствовал.

— Вот, мы видим воочию, что такое— мужик. Это— тупая скотина, когда он трезв, и разъяренный зверь, когда он напьется, — но всегда животное, которое нуждается в обуздании. Вы, члены первенствующего сословия, не должны забывать нашего высокого призвания по отношению к народу и государству. Если мы устранимся или ослабеем, вот кто явится нам на смену. И чтобы выполнить нашу миссию, мы должны быть сильны не только единодушием, но и тем, что, к сожалению, дает теперь силу всякому: мы должны быть богаты, должны не расточать, а собирать. И мы явимся в таком случае истинными собирателями русской земли. Это — великая заслуга перед государством, и государство должно оказать нам более существенную поддержку, чем было до сих пор. Пора вернуться и нам домой!

— Что так, то так! — подтвердил Дубицкий. — Поразбрелись.

— Я иногда мечтаю, господа, — продолжал Мотовилов, — как наша святая Русь опять покроется помещичьими усадьбами, как в каждой деревне опять будет культурный центр, — ну, а также и полицейский, — будет барин и его семья...

— Это — миф, русское — дворянство, — сказал Логин, — и поверьте, ничего не выйдет из дворянских поползновений. Таков удел нашего дворянства-прогорать, с блеском: пыль столбом, дым коромыслом.

Когда обед кончился, Баглаев под шумок отвел Логина в сторону и шепнул ему заплетающимся от излишне выпитого вина языком:

— А ведь это я сделал!

— Что такое-?

— Спирьку-то, — напоил и науськал-я!

— Как это ты? И для чего?

— Те! После расскажу. А? Что? Потешно? Утер я ему нос? А Спирька-то каков!

Улучив минуту, когда Логин остался один, Нета подошла к нему. Сказала:

— Извините, но вы такой добрый!

И опять крохотный лоскуток лежал в его ладони. Логин усмехнулся, сунул письмо в боковой карман сюртука и заговорил о другом.

Уже был вечер, когда Логин вышел из дома Мотовилова. На небе высыпали звезды. Толпился народ на улицах-больше народа, чем обыкновенно в праздничные дни. Шорох возбужденных разговоров струился по улицам. Все глядели в одну сторону, на небо, где светилась яркая звезда. Говорили о воздушном шаре, о прусских офицерах, об англичанке и о холере. Кто-то уверенно рассказывал, что в самую полночь шар «подъедет» к окну острога, Молин сядет "в шар" и уедет. Женщины причитали, охали Мужчины больше прислушивались к бабьим толкам и были озлоблены.

Логин услышал за собою нахальный голос:

— А вот это и есть самый лютый лютич! Оглянулся. Кучка мещан, человек десять, стояла посреди улицы. Впереди молодой парень с бледным, злым лицом. Какой-то несуразный вид. Сбитые набок волосы торчали из-под фуражчонки, просаленной насквозь, как ржаной блин; на него она была похожа и формою, и цветом. Губы перекошенные, сухие, синие, тонкие. Глаза тускло-оловянные. Тонкий большой нос казался картонным. Измызганный пиджачишка, рваные штаны, заскорузлые опорки, все неуклюже торчало, как на огородном чучеле. Он-то и сказал слова, которые остановили Логина.

Логин стоял и смотрел на мещан. Они мрачно рассматривали его. Парень с оловянными глазами сплюнул, покосился на товарищей и заговорил:

— Антихристову печать кладет на людей, кого, значит, в свое согласие повернет. Что ни ночь, на шарах летает, немит травой сыплет, оттого и холера.

Остальные все молчали, угрюмо и злобно.

Поле зрения Логина вдруг сузилось: видел только бледное лицо, синие губы, оловянные глаза, — все это где-то далеко, но поразительно отчетливо. Чувствовал в груди какое-то, словно радостное, стеснение; что-то властное и торжествующее толкало вперед. Бледное лицо, которое приковало к себе его глаза, приближалось с удивительною быстротою, и так же быстро суживалось поле зрения: вот в нем остались только оловянные глаза, — и вдруг эти глаза беспомощно и робко забегали, замигали, заслезились, шмыгнули куда-то в сторону.

Логин очнулся. Мещане раздвинулись. Уходил, не оглядываясь. Мещане глядели за ним.

Один из толпы сказал:

— Ежели слово знает, так его не возьмешь.

— Нет, — возразил другой, — коли наотмашь сдействуешь, так оно того, и не заикнется.

— Наотмашь, это верно, — подтвердил буян с оловянными глазами.

Жгучее любопытство мешало Логину идти домой Ходил по улицам, смотрел, слушал. Незаметная для него самого злая улыбка иногда выползала на его губы, медленная, печальная. Горожане, которые видели эту улыбку и слышали короткий смех, вырывавшийся порою из его груди, смотрели на него со злобою.

Долго ходил и стал собирать впечатления.

"Дикие, злобные лица! — думал он. — За что? Нет, вздор, это — иллюзия. Я просто пьян, и все тут".

На одной улице встретил директоров, Павликовского и Моховиков а. Стояли на деревянных мостках, поддерживали друг Друга под руку, слегка покачивались, смотрели на яркую звезду. Моховиков обратился к Логину:

— Удивительное невежество! Ну скажите, пожалуйста, где тут сходство с воздушным шаром?

— Да, сходства мало, — согласился Логин. Павликовский продолжал апатично глазеть на небо.

Пьяная улыбка некрасиво растягивала его малокровные губы. Моховиков продолжал излагать свои соображения:

— Я, между прочим, думаю, что это комета.

— Почему вы так думаете, Николай Алексеевич? спросил Павликовский.

По его лицу видно было, что на него напала блажь заспорить. — На том простом основании, объяснял Моховиков, — что у него есть фост.

— Извините, я не вижу хвоста.

— Маленький фостик!

— И хвостика не вижу, — невозмутимо продолжал настаивать Павликовский.

— Этак, знаете, закорючкой, — очень убедительно говорил Моховиков, но в голосе его уже звучала нотка нерешительности и сомнения.

— Нет, я не вижу

— Гм, странно, — протянул Моховиков, чувствуя себя сбитым с толку. — Ну а что же это, по-вашему? Павликовский принял важный вид и сказал:

— Как вам сказать! Я думаю, что это — Венера Моховиков постарался придать своему ляду, раскрасневшемуся от вина, еще более глубокомысленное выражение и сказал:

— А я хочу вам сказать следующее, Сергей Михайлович, — по моему мнению, уж если это не комета-то Курмурий!

— Как? — удивился Павликовский— То есть Меркурий?

— Ну да, я и говорю, между прочим, Меркурий.

— Вы думаете?

— Да непременно, — убежденно и горячо говорил Моховиков. — Ну посудите сами, какая ж это Венера! Не может быть ни малейшего сомнения, что это именно Меркурий.

— Пожалуй, — согласился Павликовский, — может быть, и Меркурий.

Уже его упрямство улеглось, удовлетворенное первою победою; надоело спорить, было все равно. Моховиков пыжился от радости, что верх-таки его.

Бойкая бабенка, которая выюркнула из толпы и сновала около разговаривающих господ, теперь метнулась к своим товаркам и оживленным шепотом сообщила:

— Слышь ты, там в шаре сидит не то Невера, не то Мор курий, господам-то не разобрать до точности.

Среди столпившихся баб послышались боязливые восклицания, молитвенный шепот.

Логин вышел из города и пошел по шоссейной дороге. Было тихо, темно. Быстро шел. Ветер тихонько шелестел в ушах, напевал скорбные и влажные песни. Мечты и мысли неслись, отрывочные, несвязные, как мелкие вешние льдинки. Несколько верст прошел, вернулся в город и почти не чувствовал усталости.

Было уже далеко за полночь. Город спал. На улицах никого не было. Когда Логин переходил через одну улицу, мощенную мелким щебнем, покатился под ногами камешек, выпавший из мостовой. Логин огляделся. Недалеко был дом Андозерского.

Логин поднял камешек и, улыбаясь, пошел к этому дому. Окна были темны. Логин поднял руку, размахнулся и швырнул камешек в окно спальни Андозерского. Послышался звон разбитого стекла.

А Логин уже быстро шел прочь. Он завернул за первый же угол и все ускорял шаги. Сердце его сильно билось. Но мысли ни на одну минуту не останавливались на этом странном поступке, только неумолчно раздавался в ушах назойливый, звонкий смех стекла, разлетающегося вдребезги, — и смех звучал отчаянием.

Глава двадцать шестая

В беспокойной голове Коноплева разживался план, который, по его расчетам, можно привести в исполнение теперь же, до утверждения задуманного общества: Савве Ивановичу хотелось устроить типографию. Работы нашлось бы, по соображениям Коноплева: мало ли в городе учреждений, которые заказывают множество фирменных бланок. Все заказы достаются типографии в губернском городе, единственной на губернию До той типографии далеко, своя же будет под боком, вот и шанс взять в руки всю типографскую работу в городе.

Об этом рассуждали, выпивая и закусывая, в одно прекрасное утро в квартире Логина он сам, Коноплев и Шестов. Денег ни у кого из них не было, но это не останавливало: Коноплев был уверен, что все можно достать и устроить в долг; Логин соглашался, — заранее был уверен, что из этого все равно ничего не выйдет, кто-нибудь помешает, наклевещет, а пока все-таки это создает призрак жизни и деятельности; Шестов верил другим на слово по молодости и совершенному незнанию того, как дела делаются. Возник спор, очень горячий, и обострился донельзя: Коноплев рассчитывал, что типография будет печатать даром его сочинения, Логин возражал, что Коноплев обязан платить. Коноплев забегал по комнате, бестолково махал длинными руками и кричал захлебывающейся скороговоркою:

— Помилуйте, если типография моя, то зачем же я буду платить? Что мне за расчет? Да плевать я хочу на типографию тогда.

— Типография не ваша собственная, а общая, — возражал Логин.

— Да польза-то мне от нее какая? — кипятился Коноплев.

178

— А польза та, что дешевле, чем в чужой: часть того, что вы заплатите, вернется вам в виде прибыли.

— Да никогда я вам платить не буду: бумагу, так и быть, куплю, за шрифт, сколько сотрется, заплачу, чего еще!

— А работа?

— А работники на жалованье, это из общих средств.

— Так! А вознаграждение за затраченный вашими компаньонами капитал?

— Ну, это черт знает что такое-! С вами пива не сваришь. Вы смотрите на дело с узко меркантильной точки зрения, у вас грошовая душонка!

— Савва Иванович, обращайте внимание на ваши выражения.

— Ну да, да, именно грошовая, мелкая душонка.

У вас самые буржуазные взгляды! У вас фальшивые слова: на словах одно, на деле другое!

— Одним словом, мы с вами не сойдемся, я по крайней мере.

— Я тоже, — вставил Шестов и покраснел. Коноплев посмотрел на него свирепо и презрительно.

— Эх вы, туда же! А я было считал вас порядочным человеком. Своего царя в голове нет, что ли?

— Поищите других компаньонов, — сказал Логин, — а нас от вашей ругани избавьте.

— Что, не нравится? Видно, правда глаза колет.

— Какая там правда! Вздор городите, почтеннейший.

— Вздор? Нет-с, не вздор. А если бы вы были честный и последовательный человек...

— Савва Иванович, вы становитесь невозможны... Но Коноплев продолжал кричать, неистово бегая из угла в угол:

— Да-с, вы воспользовались бы случаем применить свои идеи на практике. Если я написал, я уже сделал свое дело, а вы обязаны печатать даром, если и я участвую в типографии.

— Савва Иванович, вы не стали бы даром давать уроки?

— Это другое дело: там труд, а тут капитал. Эх вы, буржуй презренный! Теперь я понимаю ваши грязные делишки!

— Да? Какие же это делишки? — спросил Логин, делая над собою усилие быть спокойным.

— Да не ахтительные делишки, что и говорить! Верно, правду говорят, что вы самый безнравственный человек, что вы так истаскались, что вам уже надоели девки, что вы для своей забавы мальчишек заводите.

Логин побледнел, нахмурился, сурово сказал:

— Довольно!

— Постыдные, подлые дела! — продолжал кричать Коноплев.

— Молчите! — крикнул Логин, подходя к Коноплеву.

— Ну уж нет, на чужой роток не накинете платок.

— Вам не угодно ли взять свои слова назад?

— Нет-с, не угодно-с, оставьте их при себе!

— Предпочитаете вызов?

— Вызов? презрительно протянул Коноплев. — Это какой же?

— Дуэль, что ли, предпочитаете? Коноплев захохотал. Крикнул:

— Нашли дурака! У меня жена, дети, стану я всякому проходимцу лоб подставлять.

В таком случае, вы неуязвимы, — сказал Логин, отвертываясь от него, — судиться я не стану.

По принципу будто бы? Так я вам и поверил, просто из трусости.

— Уж это мое дело, а только...

— А напрасно. Я бы вас на суде разделал, в лоск положил бы. Понимаю я теперь отлично, что и общество ваше-только обольщение одно, а цель тоже какая-нибудь подлая. Черт вас знает, да вы, может быть, бунт затеваете! Прав, видно, Мотовилов, что называет вас анархистом. Только не выгорит ваше общество, не беспокойтесь, пожалуйста, мы с Мотовиловым откроем глаза кому следует.

Наконец Коноплев изнемог от своей скороговорки и приостановился. Логин воспользовался передышкою. Сказал:

— А теперь прошу вас избавить меня от вашего присутствия.

— Не беспокойтесь, уйду, и нога моя больше у вас не будет. Я вам не такая овца, как Егор Платоныч, которого вы совсем обошли.

А Егор Платоныч сгорал от неловкости. Краснея, забился в угол комнаты и глядел оттуда обиженными глазами на Коноплева. А тот кричал все громче, брызжа бешеною слюною:

Но на прощанье я вам выскажу всю правду-матку. Вы уж меня больше не обольстите, сахар медович! Я вам отпою.

— Нет, уж увольте.

Нет, уж я не смолчу. Да чего уж, коли ваши соседи даже говорят, ведь уж им-то можно знать. Да вас из гимназии гнать собираются!

— Послушайте, если вы не оставите моей квартиры, я сам уйду.

— Нет, шалишь, никуда вы от меня не уйдете! Да я за вами по улице пойду, на перекрестках вас расписывать буду, что вы за человек. У вас болячки везде, у вас нос скоро провалится. Туда же еще к честным девицам липнете, свидания им в беседке назначаете!

Логин подошел к двери-Коноплев загородил дорогу.

— Вы заманиваете к себе гимназистов и развращаете! Дрожа от бешенства, сдерживаемого с трудом, Логин попытался отстранить Коноплева рукою, — говорить не мог, стискивал зубы: чувствовал, что вместо слов вопль ярости вырвался бы из груди, — но Коноплев схватил его за рукав и сыпал гнусные слова.

— Да что, вас бить, что ли, надо? — сквозь зубы тихо сказал Логин.

Сумрачно всматривался в лицо Коноплева-оно все трепетало

злобными судорогами и нахально склонялось к Логину: Коноплев был ростом выше, но держался сутуловато, а в горячем споре имел привычку подставлять лицо собеседнику. Он заревел благим матом:

— Что? Бить? Меня? Вы? Да я вас в порошок разотру. Злобное чувство, как волна, разорвавшая плотину, разлилось в груди Логина, — и в то же мгновение почувствовал он необычайное облегчение, почти радость, — чувство стремительное, неодолимое. Что-то тяжелое, захваченное рукою, подняло с неожиданною силою эту руку и толкало его самого вперед, где сквозь розовый туман белело злое лицо с испуганно забегавшими глазами.

Шестов крикнул что-то и бросился вперед к Логину. Тяжелый мягкий стул упал у стены с резким треском разбитого дерева, и пружины его сиденья встревоженно и коротко загудели. Коноплев, ошеломленный ударом по спине, с растерянным и жалким лицом отодвигал дрожащими руками преддиванный стол. Логин отбросил ногою кресло с другой стороны стола; Коноплев опять увидел перед собою лицо Логина, багровое, с надувшимися на лбу венами, окончательно струсил, опустился на пол и юркнул под диван. Закричал оттуда глухо и пыльно:

— Караул! Убили!

Логин опомнился. Подошел к Шестову. Сказал:

— Какие безобразия способен выделывать человек! Вы его уберите. Скажите, чтоб вылез.

Старался улыбнуться. Но чувствовал, что дрожит как в лихорадке и готов разрыдаться. Торопливо вышел.

Шестов скоро поднялся к нему наверх. Сказал:

— Я пока посижу, пусть уходит, а то всю дорогу ругаться будет.

Скоро Логин увидел из окна, как Коноплев шел тою особенною, виновато-стыдливою походкою, какою ходят только что побитые люди.

— Вот какое— здесь общество! — печально рассуждал Шестов. — Клеветы, сплетни!

— То-то вот клеветы, — сказал Логин, — а знаете пословицу: без огня дыма не бывает?

— Как же это так? — удивленно спросил Шестов.

— А так, что мы сами виноваты. Действуем, точно в пустоте живем. Или как тот черт, который стриг свинью: визгу много, а шерсти нет. А вокруг нас люди, со своими пороками и слабостями. Они хотят жить по-своему для себя; они правы. И мы правы, пока делаем для себя. А чуть ступим хоть шаг в область чужой души, берем на себя заботу о других, тут уж нечего на стену лезть, когда слышим критику.

— Какая же это критика-клевета, сплетня!

— А вы бы хотели, чтоб у нас даже и клеветы и сплетен не было? — угрюмо спросил Логин. — Как-никак, все же это общественное мнение, первые ступени общественного самосознания.

— Хороши ступени!

— Что делать: все хорошее произошло из очень скверных, на наш взгляд, явлений.

Шестов ушел. Горькие чувства томили Логина. Порывами вспыхивал гнев, и тогда изза озлобленного лица Коноплева опять вставала грузная фигура Мотовилова.

Наконец мысли остановились на Анне. К душе приникло успокоение. Образ Анны искрился, переливался тонкими улыбками, доверчивыми взорами. Но Логин не решался идти к ней сегодня с сумерками и стыдом разбросанных мыслей.

Нелепая клевета вспоминалась часто, как злое наваждение, — и вызывала жестокое— желание мучить кого-нибудь слабого и наслаждаться муками. Логину казалось иногда, что вот сейчас встанет, спустится вниз и прибьет Леньку, так, без причины. Но сурово тушил это желание, — и тогда Аннины глаза улыбались ему.

Поздно вечером сидел у постели мальчика и смотрел на него странно-внимательными глазами. Смуглое лицо, приоткрытый сонным дыханием рот с губами суховато-малинового цвета, и тени над слабыми выпуклостями закрытых глаз, и вихрастые коротенькие волосенки над выпуклым лбом, полуобращенным кверху, между тем как одно ухо и часть затылка тонули в смятых складках подушки, все это казалось запретно-красивым. Из-под расстегнутого ворота виднелся шнурок креста, как прикрепление печати, которую надо сломать, чтобы завладеть чем-то, что-то смять и изуродовать. Логин думал:

"Это — клевета. Она возмутила меня. А чего тут было возмущаться? Если это наслаждение, то во имя чего я отвергну его законность? Во имя религии? Но у меня нет религии, а у них вместо религии лицемерие. Во имя чистоты? Но моя чистота давно потонула в грязных лужах, а чистота ребенка тонет неудержимо в — таких же лужах; раньше, позже погибнет она, — не все ли равно! Во имя внешнего закона? Но насколько он для меня внешний, настолько для меня он необязателен, а они, другие, клеветники и распространители клевет, для них самих закон — это то, что можно нарушать, лишь бы никто не узнал. Во имя гигиены? Но я сомневаюсь, что этот порок сократит количество моей жизни, да и во всяком случае пикантным опытом только расширятся ее пределы. Вот ребенка мне не хотелось бы подвергать болезням.

Самое главное-придется иметь его перед глазами, придется прятаться, и он будет осуждать, — и все это унизительно.

И он сделался бы циничен, груб, ленив, грязен. Это было бы противно. Его бледность и худоба внушала бы жалость-и омерзение в то же время! Но они... если бы они смели, это их не остановило бы!

Да, здоровое тело нужно ему, — если он будет жить. Но нужна ли ему жизнь? Что ждет его в жизни?

Я думаю, что жизнь — зло, а сам живу, не зная зачем, по инерции. Но если жизнь-зло, то почему непозволительно отнимать ее у других?

Ведь если бы он пролежал там, в лесу, еще несколько часов, он все равно умер бы.

И если бы мне пришлось выбирать между удовлетворением моего желания и жизнью этого ребенка, то во имя чего я должен был бы предпочесть сохранение чужой жизни пользованию хотя бы одною минутой реального наслаждения?

Да и невозможно смотреть на человека без вожделения. Каждый смотрит на своего «ближнего», вожделея, — и это неизбежно: мы — хищники, мы обожаем борьбу, нам приятно кого-нибудь мучить. Потому-то мы все так ненавидим стариков, — нам нечего отымать от них!"

Приподнял одеяло: худенькое-, маленькое— тело мальчика показалось жалким. Кроткое— чувство, внезапно поднявшееся, стало между ним и знойным желанием. Отошел от постели. Кроткие Аннины глаза ласково глянули на него.

А потом опять тучи набежали на сознание, опять дикие мечты зароились. И долгие часы томился, как на люльке качаясь между искушением и жалостью к ребенку. Усталость и сон победили искушение, и он заснул с кроткими думами, и Аннины глаза опять улыбнулись ему.

Утром Логин спал долго. Леня тихонько подошел к постели и подумал:

"Надо разбудить".

Шорохи пробудившегося дня долетали до Логина и разбудили в нем неясное сознание. Приснилось пустынное, печальное место. Гора; пещера у подошвы; вход в пещеру мрачно зияет, приосенен хмурыми соснами. В груди утомленного путника жажда неизведанного счастья. Нечем утолить ее, — источник изпод голых скал, вместо воды, — мутная кровь, горькие слезы. Кто-то сказал:

— Засни, пока не разбудит тебя беззакатное счастье людей.

И увидел Логин, как он в изношенной и пыльной одежде вошел в пещеру и лег головою на обомшалом камне. Сон, тяжелый, долгий, долгий. Сквозь сон слышал иногда дикое— завывание бури, шумное падение сосны, — иногда беззаботное щебетание птицы. Сердце страстно замирало и жаждало воли и жизни. Разгоняло по телу горячую кровь, и она шумела в ушах, и шептала знойно, торопливо:

— Пора вставать, пора!

Приоткрывал тяжелые ресницы. Унылые сосны печально покачивали вершинами и глухо говорили:

— Рано!

Опять смыкались ресницы, сердце опять замирало и трепетно билось. Проносились века, долгие, как бессонная ночь.

И вот повеяло ароматом беззаботного детства, серебристо зазвенели в лесу белые вешние ландыши, шаловливый луч восходящего солнца звучно засмеялся и заиграл на утомленной сном груди, золотыми огнями вспыхнули песенки неназванных птичек, и кристальным лепетом зажурчал прояснивший родник:

— Пора вставать!

Леня постоял с минуту, потрогал Логина за плечо и сказал:

— Василий Маркович, пора вставать!

Логин открыл глаза. В комнате было светло, весело. Леня улыбался. Лицо его было свежо тою особенною утреннею детскою свежестью, которой не увидишь ни на чьем лице днем или вечером. Логин потянулся, зевнул и заложил руки под голову.

— А, ты уж встал?

Леня похлопывал ладонями по краю кушетки. Говорил:

— Самовар поставлен.

— Ну ладно, я сейчас тоже встану, — лениво сказал Логин.

Леня подобрал руки в рукава рубахи, потоптался у постели и побежал вниз. Ступеньки лестницы слегка поскрипывали под его босыми ногами.

Логин поднялся и сел на постели. Голова слегка закружилась. Опять опустился на подушки. Накрыл глаза и всматривался в темные фигурки, которые быстро вертелись, образовывали целый калейдоскоп лиц, смеющихся и уродливых. Потом круговорот замедлился, выделилось румяное, белое лицо, плотная, широкая фигура, и она делалась все ярче, все живее. Наконец перед сомкнутыми глазами отчетливо нарисовался улыбающийся мальчик, крепкий, высокий, гораздо более объемистый, чем Ленька; он был обведен синими чертами. Логин открыл глаза-тот же образ стоял одно мгновение, еще более отчетливый, только бледный, потом быстро начал тускнеть и расплываться и через полминуты исчез.

Утром Леня был оживлен и весел. Он с раскрасневшимся лицом внезапно начал рассказывать, как убежал в прошлом году из богадельни, как его нашли в Летнем саду в кустах, вернули в богадельню и наказали. Логин привлек к себе мальчика и обнял его. Леня доверчиво рассказывал, как было больно и стыдно. В воображении Логина встала картина истязаний — обнаженное маленькое-, худенькое— тело, и удары, и багровые полосы, и кровь. Эта картина не казалась отвратительною и влекла жестокое— желание осуществить ее снова, под своими руками услышать крики испуга и боли.

Заговорил суровым, но срывающимся голосом:

— Послушай-ка, Ленька, ты зачем у меня вчера книги с этажерки посронял? И все там вверх дном поставил.

Ленька поднял глаза, открытые и чистые. В их широких просветах мелькнуло выражение привычного испуга. Он виновато улыбнулся и шепнул тихонько:

— Я нечаянно.

Тоненькие пальцы его задрожали на колене Логина. Логин понял смысл придирки и безобразие своих мыслей. Жалость тронула его сердце. Губы его сложились в такую же виноватую улыбку, как у Леньки. Он смущенно и ласково сказал:

— Ну ладно, это не беда. А что, не пора ли тебе идти? В этот день в городском училище был экзамен, и Леня надеялся выдержать его.

За обедом Логин спрашивал Леню:

— Ну что, брат, как дела? Срезался?

— Нет, выдержал, — сказал Ленька, но как-то без всякого удовольствия.

Помолчал немного, начал:

— А только...

И остановился и пытливо посмотрел на Логина.

— Что только? — спросил Логин.

— По-разному спрашивали, — ответил Ленька.

— Как же это по-разному?

— А так. Егор Платоныч всех одинаково, а другие по-разному

— Ну, кто ж другие?

— Кто? Почетный смотритель был, отец Андрей, Галактион Васильевич. Богатых-полегче да ласково, а бедных-погрубее.

— Сочиняешь ты, Ленька, как я вижу.

— Ну вот, с чего мне сочинять, других спросите. У нас богатым дивья отвечать, стоит, молчит, в зуб толкнуть не знает, а ему отец Андрей или Галактион Васильевич все и расскажут. А как бедный мальчик запнется, сейчас его Галактион Васильевич обругает: мерзавый мальчишка, говорит, шалишь только, — а у самого глаза как гвоздики станут. А смотритель тоже говорит: гнать, говорит, — таких негодяев надо, — из милости, говорит, тебя только и держат! Так и награды будут давать.

— Какую ты чепуху говоришь, Ленька! Ну, сам посуди, с чего им так поступать?

— С чего: кто гуся, кто-что...

— Ну, уж это...

— Да они сами говорят, богатенькие-то, хвастают: "Мы и не учась перейдем, нам что!.." А у нас на экзамене барышни были сегодня, — учительницы из прогимназии. Ну, при них легче было. И меня при них спросили.

— Потому-то ты только и ответил?

Ну да, я и так бы... Вот видишь, знать надо, — никто тебя не обидит.

— А все-таки зачем же — такие несправедливости? — запальчиво заговорил Леня. — И как не обидят? Они — такие слова придумают... Вот одного у нас спросили сегодня: "Что такое— дикие?" Это в книге о дикарях читали. Ну, а он и не знает сказать, что такое— дикие. Вот батюшка и говорит: "Ну, как ты не знаешь, что такое— дикие, — да вот твой отец дикий!" А у него отец-деревенский. Это он нарочно, чтоб барышень насмешить. Тем забавно, а мальчику обидно, — потом заплакал, как его отпустили. Зачем так? Ведь это неправда! Дикие Богу не молятся, ходят голые, земли не пашут, падаль пожирают. И всегда-то наш батюшка любит так издиваться.

— Издеваться.

— Вот, издеваться, — протянул мальчик.

— Ну что ж, — спросил Логин, — вам, конечно, жалко, что Алексея Иваныча у вас на экзаменах не было.

— А вот и не жалко. Он самый жестокий. У него и на уроках наплачешься. Я у него на уроках семьдесят два раза на коленях стоял, — да все больше на голые колени ставит,

— Вот ты как много шалил, — нехорошо, брат!

— Да, кабы за шалости, а то все больше так здорово живешь.

Как ни дико было то, что говорил Ленька, Логин верил и имел на то основания: дурною славою в нашем городе пользовалось здешнее городское— училище. Да и в гимназии, где служил Логин, совершались несправедливости, хотя в формах гораздо более мягких, почти незаметных для гимназистов. Учителя в гимназии не гнались так отчаянно за взяткою, как в городском училище, — дорожили больше приятным знакомством. Было также во многих желание угодить директору, а потому и отношения учителя к тому или другому гимназисту сообразовались с отношениями директора. Замечалось у иных стремление доказать малосостоятельным родителям, что напрасно они пихают своих сыновей в гимназию.

Когда стало темнеть и Логин был один наверху, неясное волнение снова овладело им. Пригрезившийся утром мальчик стоял перед ним, едва он закрывал глаза. Читая, Логин часто бросал книгу, чтобы закрыть глаза и увидеть мальчика. Нестерпимо дразнил его мальчишка румяною, назойливою улыбкою. Казалось, что теперь он румянее и телеснее, чем был раньше, — как будто, рея над Логиным, набирался сил и крови. Когда Логин, погасив свечу и закрываясь одеялом, опустил голову на подушку, — губы мальчика дрогнули, зашевелились, он заговорил чтото быстро, но невнятно, сделался вдруг особенно живым и, все более приближаясь к Логину, начал падать куда-то набок, быстрее, быстрее, опрокинулся и исчез. Логин заснул.

Утром, в лучах солнца, пыльных и задорных, опять засветились рыжеватые волосы мальчика, опять пригрезилась его улыбка и слова, невнятные, но звонкие, и дольше вчерашнего стоял он перед открытыми гладами Логина и медленно таял.

Чтоб избавиться от нечистого обаяния, Логин старался представить Анну, и его опять потянуло увидеть и услышать ее.

Глава двадцать седьмая

Логин вышел из дому. Пусто было на улицах, только в одном месте толпа мещан и тот же парень с оловянными глазами попались навстречу; молча пропустили его. Вышел за город по дороге к усадьбе Ермолиных. Битый час проходил по извилистым тропинкам в лесу, вблизи дома Ермолина, и не решился войти туда. Думал: "Что общего между нею, чистою, и мною, порочным? Какая пытка мне быть теперь с нею: безнадежное блуждание у закрытых дверей потерянного рая!"

Потом он вдруг уличил себя в тайной надежде, что случайно увидит Анну, встретит ее на знакомых ей тропинках. Стало досадно и стыдно, и он быстро пошел домой. У Летнего сада встретил Андозерского. Андозерский хмуро улыбнулся и сказал неискренним голосом:

— Зайдем, дружище, шары попихаем на шаропихе.

— Не хочется, — ответил Логин, пожимая его руку. Мягкое и теплое прикосновение этой руки было неприятно.

— Что так? На охоту, брат, собрался? Смотри не промахнись.

Андозерский самодовольно захохотал и скрылся в саду. Логин стоял на пыльной дороге и досадливо смотрел ему вслед. Поднялся легкий ветерок, пыль и соломинки повлеклись из города, пошел за ними и Логин.

Пыльные столбы плясали перед ним, дразнили его, слагались в черты Андозерского: и слова, и фигура-все в Андозерском было противно. Логин сделал усилие не думать об Андозерском, и это удалось. Однако не даром.

Пыльные столбы все плясали вокруг, и рядом засияла назойливая улыбка, сверкнули лукавые глаза и потухли. Пылью рассыпалась привидевшаяся внезапно знойная серая морока, но что-то коварное было в ее появлении. Логину стало грустно.

В печальной задумчивости, наклонив голову, шел он по шоссе, потом свернул на тропинку во ржи. Среди шумящей ржи прошел он с полверсты и вдруг встретил Анну. Она была в легком и коротком желтовато-розовом сарафане. Тонкая паутина серой пыли мягко охватывала окрыленные легким и вольным движением ноги. Широкие, отогнутые по бокам вниз поля легкой соломенной шляпы со светло-розовыми лентами бросали тень на ее смуглое лицо. Улыбалась Логину. Сказала:

— Вот встреча! Вы гуляете здесь, да? А я по делу.

— Куда, можно спросить?

— А вот там деревня Рядки, — там у меня дело. Отец послал.

— Благотворительное? — с жесткою улыбкою спросил Логин, пропуская Анну вперед и идя за нею. Анна засмеялась и спросила:

— Вы не любите благотворительных дел?

— Помилуйте, что это за дела! Забава сытых, — отвечал он, угрюмо рассматривая узкие лямки ее сарафана, лежащие на желтоватой белизне открытой сорочки.

— А я думаю, что это и есть настоящие дела. Только слово нехорошее, книжное И его употребляли слишком много, неразборчиво. А дела помощи... Да у нас, людей сытых, как вы называете, и дел-то других почти быть не может.

— Есть лучшее дело.

— Какое-? — спросила Анна, оглядываясь на Логина.

— Искание правды.

— Это — отвлеченное дело. А правда-не в добре и не во зле, она-только в любви к людям и к миру, ко всему. Хорошо все любить, и звезду, и жабу.

— Едва ли много правды в любви, — тихо сказал Логин.

— А это, однако, так. Люди ищут правды и приходят к любви. Мне представляется, что так дело и шло. Сначала люди жили надеждою. Надежда часто обманывала и отодвигалась все дальше, как марево: евреи ждут Мессии, христиане надеются на загробную жизнь, — и вот люди стали жить верою. Но век веры кончается.

— Да, кончается, — старые боги умерли. А все-таки сильна потребность в вере. Новые божества еще не родились, и в том и вся наша беда, и вся разгадка нашего пессимизма.

— Да новые божества и не родятся, — со спокойною уверенностью возразила Анна.

— Их выдумают!

— Нет, этого не может быть. Будущее принадлежит любви.

— Вы, кажется, думаете, что и вера, и надежда мешают любви? — спросил Логин.

— Да, я так думаю. Мне кажется вот что: надежда — такая беспокойная, эгоистичная, при ней и вере, и любви тесно. Вера слишком точна, — при ней и надежда тает, и любовь смиряется заповедями и догматами. Надеются ведь только тогда, если может быть и так и этак, а тут все ясно, как в сказке: пойдешь направо-коня потеряешь, налево-головы не сносишь, вот и выбирай добро или зло. На что тут надеяться? И любить можно только свободно, а не по заповедям. А потом любовь будет людям как воздух.

— И земной рай устроит? — насмешливо спросил Логин.

— Не знаю. Может быть, она будет жестокая. Она будет принята миром, которому не на что надеяться, не во что верить.

Логин слушал рассеянно. Чувственная раздраженность опять томила его, и смущала близость голых плеч и рук, полуоткрытой груди, дразнили мелькающие из-под короткого сарафана слегка загорелые икры легко идущих по дорожной пыли ног; загоралось желание обнажить это стройное тело, благоухающее зноем амбры и розы, и овладеть им. Сказал томным голосом:

— Любовь-невозможность. Она-мэон, атрибут Бога, создавшего мир и почившего навеки. Наша любовь-только самолюбие, только стремление расширить свое «я», — неосуществимое стремление,

— А вы его испытывали?

— Жажду его! — тоскливо воскликнул Логин. — Ах, Анна Максимовна, скажите, вы верите в ату будущую любовь?

— Верю, — ответила Анна улыбаясь.

— Да ведь вера мешает любви? Вы непоследовательны! Но как вы достойны любви! Анна засмеялась.

— Вот неожиданный комплимент!

— Нет, нет! Я хотел бы вам сказать... Но все слова— такие жалкие! О, если б и вы...

Анна повернулась к Логину и смотрела на него. Ее вспыхнувшее лицо с широко открытыми глазами горело радостным ожиданием. Логин замолчал и шел рядом с нею, и глядел на ее вздрагивающие алые губы.

— Да, — сказала она смущенно, — может быть...

— Ах, Нюта! — страстно воскликнул Логин. Губы Анны, алые и трепещущие, были так близки. Знойное облако желаний трепетно пронеслось над ними.

Далекие, нечистые воспоминания вспыхнули в его душе, зазвенели в ушах грубые слова. Что-то повелительное, как совесть, стало между ним и непорочною улыбкою Анны. А молодая радость, жажда счастия влекли его к ней. Земля и пыль, приставшие к Анниным ногам, напоминали, что она-земная, родная, близкая, возникшая из темного земного радостным цветением, устремлением к высокому Пламени небес. Он мучительно колебался.

Ее губы горделиво дрогнули, и улыбка их померкла. В ее глазах промелькнуло скорбное выражение. Анна отвернулась и тихонько засмеялась. Холодом повеяло на Логина. Припомнился ему смех русалки на мельничной запруде, тот смех, который слышался ему в одну из его тяжелых ночей. Анна сказала грустно:

— Вы замечтались под ясным небом, а мне надо торопиться, а то отец... Я слышала, что вы разошлись с Коноплевым.

Логин рассказал ей о ссоре. Анна выслушала молча и потом сказала:

— Того и надо было ждать. Что это за человек! Дул ветер с запада, он был нигилистом. Повеяло с востока — стал фанатиком Домостроя. А мог бы сделаться и фанатиком опрощения. Может быть, и сделается. Все это у него случайное. Своего ничего. Он весь как парус, надутый ветром.

— Странно, — сказал Логин, — что он ни на кого не ссылается, кроме Мотовилова.

— Мотовилов! Вот человек, который не имеет права жить!

Логин взглянул в ее лицо. Оно все пылало гневом и негодованием. Логин покорно улыбнулся.

Светло и грустно было в душе Логина, когда он возвращался домой. Косвенные лучи солнца улыбались в малиново-красных отблесках на стеклах сереньких деревянных домишек. Улицы к вечеру начинали быть более людными. Попадались иногда шумные ватажки мещан.

А вот посреди улицы, из-за угла по дороге от крепости, показалась толпа. Что-то вроде процессии. Окна по пути поспешно отворялись, выглядывали головы обывателей, прохожие останавливались, уличные ребятишки бежали за процессиею с видом чрезвычайного удивления.

Наконец Логин рассмотрел всех. Шли по самой середине улицы Мотовилов с женою, Крикунов с табакеркою, оба директора, казначей, закладчик и его жена, Гомзин, — великолепные зубы радостно сверкали издали, — еще несколько мужчин и дам, и среди этой толпы Молин, арестованный недавно учитель. Очевидно, его только что выпустили из тюрьмы.

Логин догадался, что устраивают овацию "невинно пострадавшему", — ведут его с почетом по городу, показать всем, что репутация Молина не пострадала. Лица были торжественные и, как часто бывает в неожиданно-торжественных случаях, довольно-таки глупые. Герой торжества хранил на лице угрюмо-угнетенное и очень благородное выражение и шел ребром. Лет двадцати семи; лицо, покрытое рябинами и прыщами; багровый нос записного пьяницы. Копна курчавых волос приподымала на голове поярковую шляпу. Лоб узок; череп с хорошо развитым затылком казался толстостенным; громадные скулы придавали лицу татарский характер. Синими очками в стальной оправе прикрывались тусклые, близорукие глаза. В руках громадный букет цветов.

Поравнявшись с этим обществом, Логин приподнял шляпу. Мотовилов сказал:

— Вот кстати, Василий Маркович, пожалуйте-ка к нам сюда!

Логин остановился на мостках и спросил:

— Прогуливаетесь, Алексей Степаныч? Триумфальная толпа приостановилась посреди улицы. Все смотрели на Логина с вызывающей угрюмостью.

— Да, прогуливаемся, — значительно ответил Мотовилов.

— Что ж, доброе дело. А меня прошу извинить, — устал. Имею честь кланяться.

Логин опять приподнял шляпу и пошел дальше. Пожарский догнал его и спросил:

— Как же это вы в наше триумфальное шествие не впряглись? Ведь вы рассердили этим седого прелюбодея.

— Глупо это, мой друг. Те, ну чиновники там разные-они… ну, у них связи, боятся, может быть, наконец, просто пешки. А выто зачем? Человек вы независимый, в некотором роде-артист, так сказать, — и вдруг!

Пожарский добродушно засмеялся.

— Не ехидничайте, почтеннейший синьор: я единственно из любви к искусству.

— Это как же?

— Мимику, значит, изучаю. Нашему брату это необходимо. Ну, да и то еще, грешным делом… знаете сами: польсти, мой друг, польсти…

— Коли не хочешь быть в части? Так, что ли? — закончил Логин.

— Вот, вот, оно самое и есть. То есть не то что в части, а все же-сборы, ну да и бенефисишко. Эх, почтеннейший, все мы от всех вас в крепостной зависимости обретаемся, вот ей-богу. Да что, батенька, главного-то вы не видели, — много потеряли, ей-богу! У врат обители святой, — то бишь перед острогом, — вот где было зрелище! Мотовилов речь на улице говорил, дамы плакали, барышни ему, герою нашему, цветы поднесли, — видели, букетище! Ната и Нета и подносили. С одной стороны, знаете, ангельская непорочность, а с другой стороны— угнетенная невинность.

— А со всех сторон глупость и пошлость, — злобно сказал Логин.

Пожарский захохотал.

— Злитесь, почтеннейший. А я рад, что вас встретил. Теперь я от них отстал и, кстати, географию города изучать пойду. Барышни Мотовиловы отправились купаться, так мне надо пробраться в ту сторону.

— Подсматривать? — брезгливо спросил Логин.

— Ни-ни! На обратном пути Неточку встречу, — только и всего.

— Вот как, — она вам уж Неточка?

— Чистейший пыл! Любовная чепуха! Женьпремьерствую под открытым небом: дьявольски выигрышная роль.

— Значит, дела хороши?

— С барышней давно поладили, вот как поладили! Прелесть девочка: огонек и душа, — ах, душа! Но сам Тартюф, — увы и ах! И подступиться страшно. Хоть в петлю.

— Что ж, убегом!

— И то придется. Только попа где возьмешь, — вот в чем загвоздка!.. Ах, любовь, любовь! Поэзия, восторг! Без вина-пьян, вдохновение так и распирает грудь. Кажется, луну с неба для нее достал бы.

— А попа достать не можете!

— Достану, почтеннейший, как пить дам достану!

Молин поселился временно, пока найдет квартиру, у отца Андрея. Вещи его еще оставались у Шестова.

Когда все провожавшие разошлись, Молин стал пред отцом Андреем, низко поклонился и произнес:

— Ну, архиерей, спасли вы с Мотовиловым меня.

— Ну, чего там-свои люди, — отмахивался отец Андрей.

Но Молин продолжал:

— Век не забуду. Спасибо. Чего уж, не умею, не речист, а что чувствую, прямо скажу: спасли! Сослали бы в каторгу, как пса смердящего, — так там и сгнил бы.

— Ну, будет, чего там причитать!

— Эх, что тут! Дай-ка, отец-благодетель, водки: целый стакан за ваше здоровье хвачу.

Водка была подана. Хозяин и гость пили, обнимались, целовались, пили еще и еще, охмелели и плакали. Потом пришли гости. Засели играть в карты и опять пили.

На другой день, когда Шестов вышел из училища, он встретил Молина. Молин подошел к нему, подал руку. Пошли рядом. Молин молчал с тем же вчерашним видом человека, который невинно страдает. Это раздражало Шестова. Шестов не находил что сказать, хотя они встретились первый раз после ареста Молина.

Молин оттопырил толстые губы и заговорил угрюмо:

— Вы с вашей тетушкой меня в каторжники записали: ну, погодите еще радоваться.

Шестов покраснел и дрогнувшим голосом сказал:

— Я очень желаю вам выпутаться из этого дела, — а радостного тут нет ничего.

Молин хмыкнул, сделал жалкое— и злое лицо и молчал. Молча дошли они до дома отца Андрея. Молин, не говоря ни слова и не прощаясь, повернулся и пошел к воротам. Шестов, не оборачиваясь, пошел дальше. Сердце его забилось от горького чувства и от неловкости и стыда: увидят — посмеются.

Молин вошел в столовую. Отец Андрей собирался обедать.

Он жил в собственном доме. Небольшой деревянный дом в пять окон на улицу, одноэтажный, с подвалом. Столовая в подвальном этаже, рядом с кухнею. Свет двух небольших окошек недостаточен для столовой; в длину, от окон, она втрое больше, чем в ширину, вдоль окон. В глубине столовой даже и днем сумрачно. Там поставец с настойками. Возле него бочонок дубового дерева с водкою, особо приятного вкуса и значительной крепости. Эту водку отец Андрей выписывал прямо с завода, для себя и некоторых друзей, в складчину. В окна видна поросшая травою поверхность улицы, да изредка чьи-нибудь ноги. Вдоль длинной стены, что против двери в кухню, узкая скамейка, обитая мягкими подушками и снабженная, для вящего комфорта, достаточным количеством мягких валиков. Длинный обеденный стол стоял вдоль комфортабельной лавки. На одном конце, у окна, накрыт белою скатертью. Заметно по многим пятнам, что эта скатерть стелется уже не первый день.

На лавке возлежал отец Андрей, головою к окошку. Покрикивал на Евгению. Евгения порывисто носилась из столовой в кухню и обратно с тарелками и ножами, потрясала пол тяжелою поступью босых ног и отвечала сердитыми взглядами на сердитые окрики отца Андрея.

Около стола копошилась матушка Федосья Петровна, маленькая, юркая, лет пятидесяти. Часто выбегала в кухню, потихоньку шпыняла там Евгению и, видимо, была озабочена предстоящим обедом. Из кухни слышались ее хлопотливые восклицания:

— Ведь ты знаешь, что батюшка не любит. Дура зеленая! Ведь ты знаешь, что Алексею Иванычу... Ах ты, дерево стоеросовое!

Молин уселся за стол, горько улыбнулся и сказал:

— Отскочил!

Отец Андрей посмотрел на него внимательно и спросил:

О ком это?

— Да тот, Шестов.

Матушка с любопытным видом выскочила из кухни и спросила Молина:

— А что, встретили его?

— Как же, встретил! — отвечал Молин. Он заколыхал сутуловатым станом, выдавил из него странный, косолапый смех и стал рассказывать отрывисто, словно сердился и на собеседников:

— Из училища пер. Подскочил, лебезит, руку сует. Так бы по зубам и смазал! Еле сдержался.

— И следовало бы, — с веселым смешком сказал батюшка. — Эй, Евгения, неси обед!

— Да еще как следовало бы! — подтвердила матушка. — Евгения, дура косолапая! Где ты пропала?

— А ну его ко всем чертям! — сердито говорил Молин. — Еще заплачет, ябедничать побежит, фитюлька проклятая!

— Жена, воскликнул отец Андрей, — где же водка?

— Евгения, Евгения, — засуетилась матушка, — дурища несосветимая, есть ли у тебя башка на плечах! Евгения вносила в столовую горячий пирог. Кричала:

— Не разорваться!

Матушка метнулась к поставцу и в один миг притащила водку и рюмки. Евгения помчалась за супом, а Молин бубнил себе:

— Юлил за мной. До самых ворот бежал... впритруску... Ну, да я на него нуль внимания. Прикусил язычок, подрал как ошпаренный.

Отец Андрей зычно захохотал. Матушка налила водку в рюмки и придвинула одну из них Молину. Смотрела на него ласковыми, влюбленными глазами. Отец Андрей и Молин выпили, а матушка меж тем положила Молину громадный кусок пирога с говяжьего начинкою и наполнила его тарелку супом, еще дымным от горячего пара.

— Ловко! — говорил отец Андрей. — Так их, мерзавцев, и надо учить. Ну что ж, брат, по первой не закусывают. Ась, Алексей Иваныч?

— Дельно! — одобрил Молин. — Я, признаться, выпью, — в проклятом остроге пришлось попоститься.

Налили по второй и выпили. Горькие воспоминания преследовали Молина. Он заговорил:

— Если б он, скотина, был настоящий товарищ, он бы сразу должен был сунуть под хвост той сволочи. Сочлись бы!

— Известно!

— Ну, если б она не взяла, да накляузничала бы следователю, я все же был бы в стороне, — не я подкупал, мне что за дело! А то не мне же было ей деньги предлагать.

— Ну, само собой. Да и мне неловко. Я так и думал, они с теткой обтяпают! А они вон что.

— Подлейшие твари! — взвизгнула матушка.

— Ну да ладно, и даром отверчусь.

Отец Андрей вдруг засмеялся и спросил Молина:

— На экзамене-то, говорил я вам, что вышло?

— Нет. А что?

— Да, да представьте, какая подлость! — закипятилась матушка.

— На Акимова накинулся, — рассказывал отец Андрей. — Не знает, дескать, геометрии. Единицу поставил. Переэкзаменовку, мол, надо. Ну, да мы еще посмотрим. Почем знать, чего не знаешь.

— Это, знаете, из зависти, — объясняла матушка, — отец Акимова подарил батюшке на рясу, а ему-шиш. Акимов-купец почтительный, только, конечно, кому следует; ведь всякий видит, кто чего стоит. Батюшка Андрей Никитич, да что ж ты не угощаешь? Видишь, рюмки пустые.

— И то, — сказал батюшка и налил.

— Эх! — крикнул Молин. — Руси есть веселие пити, не можем без того быти.

— Евгения! — крикнул отец Андрей в открытую дверь кухни. — Ты это с кем там тарантишь?

— Да это, батюшка, мой брат, — ответила Евгения. Мальчишка лет двенадцати опасливо жался к углу кухни. Боялся отца Андрея: учился в городском училище.

— Брат? Ну и кстати. Пусть посидит там, мне его послать надо.

Удивляюсь я только тому, — обратился отец Андрей к Молину, — как это наши мальчишки не устроят ему сюрприза за единицы. Пустил бы кто-нибудь камешком из-за угла, — преотличное дело! Ха-ха-ха! Матушка взвизгнула от удовольствия.

— В загривок! — крикнула она и звонко засмеялась. Молин кивнул головою на открытую дверь кухни. Отец Андрей закричал:

— Евгения, дверь запри! Ишь напустила чаду, кобыла!

Евгения стремительно захлопнула дверь. Отец Андрей тихонько засмеялся.

— Чего там? — сказал он.

— Все же неловко, — ученик, и все такое.

— Чудак, да ведь я нарочно, — зашептал отец Андрей, — пусть слышит. Скажет товарищам, — найдется шалун поотчаяннее, да и запустит.

Отец Андрей снова захохотал и налил по четвертой рюмке. Молин сочувственно захихикал и показал пожелтелые от табака зубы. Он проглотил водку и крикнул:

— Эх, завей горе веревочкой!

— Все шляется к Логину, — сказал отец Андрей.

— А, к слепому черту! Ишь ты, агитатор пустоголовый, нашел себе дурака, пленил кривую рожу. Ну, да он мастак бредки городить.

— Вожжались с Коноплевым, да расплевались, — сообщила матушка.

— Ишь ты, лешева дудка, куда полезла! Почуял грош.

— Ничего, сведется на нет вся их затея, общество это дурацкое, — злорадно сказал отец Андрей.

— А что? — спросил Молин.

— Да уж подковырнет их Мотовилов.

— Подковырнет! — с азартом воскликнула матушка.

— Уж Мотовилова на это взять, — согласился Молин, — шельмец первой руки.

— Да, брат, — разъяснял отец Андрей, — ему в рот пальца не клади. С ним дружить дружи, а камень за пазухой держи.

— Шельма, шельма, одно слово! — восторгалась матушка.

— Но умная шельма, — поправил Молин.

— Да я то же и говорю: первостатейная шельма, молодец, — продолжала матушка. — Уж мой Андрей Никитыч хитер, ой хитер, а тот и еще хитрее.

Глава двадцать восьмая

Логин вернулся из гимназии рано и в вялом настроении. Сел за стол, лениво принялся завтракать. Водка стояла перед ним. Логин посмотрел на бутылку и подумал, что привычка пить каждый день-скверная привычка. Откинулся на спинку стула и продекламировал вполголоса:

> Прощай вино в начале мая,
> А в октябре прощай любовь!

Потом придвинул к себе бутылку и рюмку, налил, выпил. Мысли стали веселы и легки.

В это время раздался неприятно-резкий стук палкою в подоконник открытого окна. Логин вздрогнул. Досадливо нахмурился, вытер губы салфеткою и подошел к окну.

— Дома, дружище? — раздался голос Андозерского. Логин сделал вид, что очень рад, и отвечал:

— Дома, дома. Ну, что ж ты там, — заходи!

— Водка есть? — оживленно спросил Андозерский.

— Как не быть!

Андозерский проворно взбежал на крыльцо. Румяное лицо его казалось измятым. Маленькие глазки были сонны и смотрели с трудом. Голос у него сегодня был хриплый. Шея страдальчески вращалась в узком воротнике судейского мундира. Он сел к столу.

— Эге, у тебя огурцы! Славно! И редиска, — еще лучше.

Логин налил по рюмке водки.

— Опохмелиться со вчерашнего треба? — спросил он.

— Опохмелялся, дружище, да мало: встал поздно, надо было тащиться в съезд, — сегодня было судебное заседание.

— Где ж ты это вчера засиделся?

— В том-то и дело, что нигде. Сидел дома и трескал водку.

— С кем?

— Один, брат, по-фельдфебельски. Столько вызудил, что и вспомнить скверно.

— С горя или с радости?

— С раздумья, дружище.

— Ой ли?

— Да, да, — решился, выбрал… Ну, да что там… Завтра все расскажу.

— Ну что ж вы, судьи неумытные, наделали сегодня?

— Наделали мы делов! Мы, брат, сегодня грозный суд творить вздумали.

Андозерский влил в себя другую рюмку водки и весело засмеялся.

— Вот теперь на поправку пошло! Знаешь Спирьку? Комичный Отелло.

— Как не знать! Только какой же это Отелло, а то — Гамлет.

— Спирька-то Гамлет? Ну уж, скажешь тоже!

— Ну да, именно Гамлет: он жаждет мести и ненавидит месть, и вот увидишь-отомстит как-нибудь по-своему. Ну, что ж у вас с ним?

— А видишь, его волостной суд приговорил к пятнадцати розгам;

Мотовилов жаловался, а также за мотовство и пьянство, расстраивающие хозяйство. Спирькино хозяйство!

— Ну, все же! Так вот он нам жалобу. Ну что ж, мы суд судом, дело разобрали, да и решили усилить ему, мерзавцу, наказание, всыпать двадцать!

Андозерский сказал это очень горячо и с видимым удовольствием.

— Но, однако, зачем же усиливать? — удивился Ло-гин.

— А затем: не жалуйся!

— Ай да Соломоны! Ну, еще что натворили?

— А еще, дружище, засудили мальчишку. Пожалей, брат, ты к мальчишкам жалостлив.

— Это какого же мальчишку?

— А вот тот, Кувалдин, что в огороде Мотовилова попался. Его тоже волостной суд присудил к десяти ударам, а он тоже жаловаться. Ну, мы ему и накинули еще пятачок.

— Да ведь вы знаете, что он попался случайно в шалости, которая здесь в обычае.

— А кусаться зачем? Да и обычай скверный.

— Да ведь мальчика вы не могли присудить более, как к половинному наказанию? Выходит, вы закон нарушили.

— Нарушили? Ну, это буква закона, а мы… Мы, брат, новое наслоение магистратуры. Мы без сантиментов.

— Несимпатичное наслоение, что и говорить!

— Несимпатичное! А вам бы по головке гладить всякого шельмеца! Нет, брат, на наших плечах лежит важная задача: подтянуть и упорядочить. Миндальничать нечего: им дай палец, они и руку отхватят. Особенно теперь это необходимо в наших местах: брожение в народе, — того гляди, холерный бунт нам преподнесут. И так черт знает какие слухи ходят.

— Что ж, сознание законности хотите водворить в населении?

— Конечно! Давно пора. В наших селах ведь просто жить нельзя: потеряно всякое уважение к властям, к дворянству, к праву собственности, к закону.

— Постой, брат, как же это вы сумеете вбить в народ сознание законности, когда сами закон нарушаете?

— Мужика надо приучить к повиновению, к дисциплине. Мы, дворяне, — его естественные опекуны.

— Скажи, а что же, ваш товарищ прокурора заявил протест?

— А с чего ему заявлять протест?

— Да ведь незаконно!

— Ну, пусть сам мальчишка жалобу принесет губернскому присутствию. Да не посмеет мальчишка, — побоится, как бы еще не прибавили.

Андозерский захохотал.

— И неужели так-таки никто из вас и не спорил? Неужели среди вас не нашлось ни одного порядочного человека?

Андозерский опять захохотал, весело и беззаботно.

— Нашелся, брат, один такой же, как ты, идеалист, кисельная душа, Уклюжев, молоденький земский начальник, — вздумал распинаться за мальчишку. Умора! Так разжалобился над сорванцом, сам чуть не плачет! Ну, мы его пристыдили. Заплачь, говорим. Ну, он сконфузился, на попятный двор, мямлит: да я, говорит, вообще. Так мы его оконфузили, что потом ему пришлось оправдываться: это, говорит, потому, что я до суда клюкнул малость. Врет, конечно: ни в одном глазу.

— Один только нашелся, да и тот-тряпка! — презрительно сказал Логин.

Андозерский весело хохотал. Продолжал рассказывать:

— Умора! Вышли мы из совещательной комнаты, прочел Дубицкий решение, мальчишка как всплачется, — повалился в ноги: "Отцы родные, благодетели!" И ведь по роже видно, что мерзавец мальчишка: хорошенько его надо выжарить!

— Как все это у вас грубо, дико, по-татарски! Живодеры вы этакие! — сказал Логин с отвращением.

Противно было смотреть на улыбающееся лицо Андозерского и хотелось говорить что-нибудь дерзкое, оскорбить, озлить его. И Андозерский, в самом деле, озлобился, надулся.

— Да ты что так заступаешься за мальчишку? Ты его видел?

— Видел.

— Ну то-то, ведь не красавец, — твой Ленька куда смазливее. Нечего тебе на стену лезть.

Лицо Логина побагровело, и он почувствовал то особое замирание в груди, которое помнят люди, грубо и несправедливо оскорбленные.

— Послушай, Анатолий Петрович, — сказал он, — ты уже не первый раз говоришь мне такое, что я вынужден тебя просить: сделай милость, скажи ясно, что хочешь сказать.

Логин чувствовал, что слишком волнуется, и упрекал себя за это, но не мог сдержать волнения.

— Что хочу сказать? — со злобною усмешкою переспросил Андозерский. — Надо полагать, не больше того, что все говорят.

— А именно? — сурово, металлическим звуком спросил Логин.

— Видишь ли, много глупостей болтают. Общество, мол, предлог для противоправительственной пропаганды. Болтают, что гимназистов ты собираешь, чтоб им идеи вредные внушать. Заговор какой-то, говорят, ты устраиваешь, воздушные шары какие-то к тебе полетят. Развратничаешь, говорят, с мальчишками.

— Грязно, грязно это!

— А у нас то и любят, дружище. Грязно, вишь, тебе! А для нас пикантно, — у нас такими штуками барышни захлебываются. Послушал бы ты, как об этом Клавдия разговаривает, — с упоением.

— Да, помню я, как ты перед Клавдией) прохаживался на мой счет.

— Ну, уж это ты... Я за тебя везде распинаюсь.

— Совершенно напрасно.

— Чудак, не могу же я слушать клеветы и не возражать. Но мне не верят, — послушают, пожмут плечами, да при своем и остаются. Сам должен знать, что за остолопы в нашем богоспасаемом граде водятся. Их хлебом не корми, а гадость расскажи. Что им и делать? Разговоры о пустяках, читают только сальные романы, — праздность, скука, духовных интересов никакейших. А ты сам даешь повод, — неосторожен, дразнишь гусей, — и в ус себе не дуешь.

— Вот что!

— Да, брат: с волками жить-по-волчьи выть. Взять хоть дело Молина. Оно, может, и некрасиво, — да только зачем тебе понадобилось такой вид делать, что это, дескать, за мерзавца мерзавцы заступились. Шестов — дурак, мальчишка; по глупости разозлил кого не надо, на него и клевещут. Ты с ним дружишь, — ну вот и на тебя тоже. Ну, пусть мы, и в самом деле, все мерзавцы, но не любим мы, дружище, ой как не любим, чтоб нас презирали так уж очень откровенно.

— Клеветой мстить начнете?

— Не начнем, а начнут! — внушительно поправил Андозерский. — Что делать, все люди-все человеки, у всякого свой собственный взгляд на вещи. Мы вот по совести судим, а ты нас живодерами облаял. Этак ты нас, если бы власть у тебя была, и в каторгу сослал бы. Логин тихо и зло рассмеялся. Его лицо побледнело.

— Да, Анатолий Петрович, есть из нас такие, что и каторги им мало! Ядовитых змей истреблять надо.

— Ну, ты, однако, нехорошо смеешься! — хмуро сказал Андозерский. — Нервы, дружище; лечиться надо. Ну, и заболтался же я с тобою.

Он ушел и оставил на душе Логина злобное, мстительное чувство. И опять, как прежде, это темное чувство сосредоточилось на Мотовилове.

"Вот человек, который не имеет права жить!" — припомнилось ему.

Бледный и злой, Логин сжал руками спинку стула и несколько раз ударил им по стене, — нелепое движение успокоило. Опять вспомнилась Анна, — глаза ее посмотрели укоризненно.

Новости в нашем городе распространяются с удивительною быстротою. Не успел Андозерский дойти до квартиры Логина, как Вале уже известен был произнесенный в утреннем заседании съезда приговор, — и Валя поспешила воспользоваться им.

Убедилась, что Андозерский ухаживает за барышнями, выбирает невесту, а ею только забавляется. Она решилась опять сойтись с

Сеземкиным. Бедный Яшка почувствовал себя на седьмом небе от восторга. Но Вале было досадно за обманутые надежды. Ждала случая отплатить Андозерскому.

Сегодняшнее судьбище-Валя хорошо знала это, — могло не понравиться только Анне; Нета искренно веровала, что мужики-дикие люди; для Клавдии такие низменные вещи, как мужицкие дела, вовсе не могли быть интересны. И вот Валя побежала в усадьбу Ермолиных, босиком, красная от радостного волнения.

Анна только что вернулась откуда-то и переменяла амазонку на домашнее платье. Валя стояла перед нею и рассказывала. Анна строго смотрела на Валю и хмурила брови. Сказала:

— Нехорошо, Валя. Вы там тоже были, — и вот...

— Анна Максимовна, — оправдывалась Валя, — да ништо ему: чего же он зевал, а потом палец укусил Алексею Степанычу.

— Ах, Валя, не в том дело, — а его на чужом огороде поймали, вот что. Вам бы унимать ребят, а вы сами с ними.

— Да ведь это же не кража, — а просто шалость.

— Хороша шалость! Это не мальчишка, а вы заслужили то наказание.

Валя заплакала. Говорила, всхлипывая:

— Я знаю, что я виновата, только зачем же они так жестоко!

— Что других обвинять. Валя! Напрасно вы торопились мне это рассказывать.

Валя пуще расплакалась, стала на колени перед Анною и ловила ее руки.

— Ей-богу, я больше не буду, — говорила она. — Не отталкивайте меня, — лучше накажите, как знаете.

В этот день Андозерский решился наконец закрепить выбор невесты. Недаром вчера сидел запершись и пил: обдумывал предстоящий шаг.

Богаче всех невест была Анна. Андозерский решил, что любит ее. Пора было сделать предложение. Был почти уверен, что его ждут с нетерпением.

Благоразумнее бы отложить до завтра, чтоб вести дело со свежею головою. Но водка и досада на Логина подстрекали.

"Он за нею, кажется, приволокнуться вздумал, — размышлял Андозерский, — докажу ж я ему дружбу!"

Выкупался. Показалось, что голова свежа, как никогда. "Чист как стеклышко", — вспомнил поговорку Баглаева. Вдруг стало весело и приятно. Думал, что от него, может быть, попахивает вином, но это не беда: облил духами одежду и был уверен, что благоухание заглушит винный букет.

Быстро доехал Андозерский до усадьбы Ермолина. Судьба

благоприятствовала: Анна была дома, одна, сидела на террасе, читала. Черные косы сложены низким узлом. Золотисто-желтое узкое платье, высоко опоясанное, шло к милому загару босых ног.

— Можно полюбопытствовать? — спросил Андозерский.

Анна дала ему книгу. Андозерский прочел заглавие, сделал удивленные глаза и сказал:

— Охота вам читать такие книги! Анна сдержанно улыбнулась. Спросила:

— Отчего же не читать таких книг?

— Эти книги годятся только для того, кто богат жизненным опытом. Сердца неопытные, незакаленные только напрасно ожесточаются при чтении таких книг, пропитываются ложными взглядами, а противовеса в пережитом и испытанном нет.

Анна внимательно смотрела на Андозерского. Легонько усмехнулась. Сказала:

— Что ж делать! Эту начала, так уж надо кончить.

— Ох, не советовал бы! Но, впрочем, не будем терять дорогого времени. Я хотел сообщить вам кое-что, вы позволите?

— Пожалуйста.

Андозерский замолчал, словно отыскивая слова. Анна выждала немного и сказала:

— Я слушаю вас, Анатолий Петрович.

— Видите ли, этого в коротких словах не скажешь. Да и нет, пожалуй, слов подходящих: все старо, избито. Вот видите, весна, цветы цветут, — все это настраивает так мечтательно, молодеешь весной.

— Ваша весна уже прошла, — лукаво сказала Анна.

— Да, прошла, украдкой, незаметно, а теперь возвращается, да какая прекрасная! Душа радуется, становишься добрее и чище.

— Чем же вы отметили этот возврат вашей весны? — тихо спросила Анна.

Смотрела вдаль мимо Андозерского. Глаза ее сделались грустными.

— Пока еще не знаю, — сказал Андозерский, — но думаю, что отметил чувством.

— Вы говорите, что стали добрее, лучше, — конечно, это не фраза?

— Да, да, это верно! — воскликнул Андозерский. Он видел лицо Анны только сбоку: она повернулась на стуле и, казалось, внимательно рассматривала что-то вдали, там, где сквозь ярко-зеленую листву сада виднелись золоченые кресты городских церквей. Сказала медленно, раздумчиво:

— Это бывает редко, так редко, что в такие праздники души как-то даже и не веришь. Добрее, лучше, — как это хорошо, какое просветление! После причастия так чувствуют себя верующие. Но вот, скажите, как же это отражается в вашей деятельности, в службе?

Анна быстро повернулась к Андозерскому и внимательно

всматривалась в него. Ее лицо вдруг вспыхнуло и отражало быструю смену чувств и мыслей.

— Это, Анна Максимовна, сухая и грубая материя, моя служба, — для вас это вовсе не интересно.

Аннино лицо внезапно стало равнодушным. Она сказала холодно:

— Извините. Я приняла это за чистую монету: думала, вы в самом деле хотите рассказать о вашем ренессансе.

— Анна Максимовна, могу ли я говорить о делах, когда у меня на сердце совсем другое! Но скажите, ради Бога, ведь вы не могли не заметить того нежного чувства, которое я к вам питаю?

Анна встала порывисто. Краснея багряно, отвернулась от него.

— Скажите, — говорил Андозерский, подходя к ней, — ведь вы…

Анна перебила его:

— Вот, вы говорите о вашем возрождении, а не хотите сказать, что делаете на службе. Я знаю, сегодня было назначено заседание уездного съезда, и вы там должны были быть. Скажите, изменил съезд приговор об этом мальчике? Кувалдин, так, кажется, его фамилия?

— Да, изменил.

— Оправдали мальчика?

— Как же можно было его оправдать!

— Смягчили приговор? Нет? Усилили, значит? Да? Неужели, неужели?

— Ах, Анна Максимовна!

— Но вы-то, ведь вы были не согласны с другими? Нет? И вы так же думали? С весною в сердце вы подписывали такой приговор, грубый, глупый, безжалостный? И для этого стоило возрождаться? Вы любите шутить, Анатолий Петрович!

— К чему вам это, Анна Максимовна? Ведь это— служба, дело совести.

— Вся жизнь-дело одной совести, а не двух… Впрочем, этот разговор, конечно, ни к чему. А только вы сами заговорили о вашем возрождении. Не терплю я пустых фраз.

— Любовь моя к вам-не фраза. Анна Максимовна, скажите же мне…

— Если бы даже я имела несчастие полюбить человека, который любит то, что я ненавижу, ненавидит то, что я люблю, то и тогда я отказалась бы от глупости разбить свою жизнь. И у меня к вам нет никаких чувств.

— Но я питал надежды, и мне казалось, что я имел основание…

— Довольно об этом, Анатолий Петрович, прошу вас. Вы ошибались.

Анна тихо сошла по ступеням террасы в сад, зелено смеющийся перед нею. Веселые красные цветки на куртине закружились хороводом, радостно-легким.

Андозерский с яростью смотрел на Анну. И уже все в ней стало для него вдруг ненавистным — и красивость ее простой одежды, и ее прическа, и ее уверенная и легкая походка, и нестыдливая загорелость ее босых ног.

"Хоть бы для гостя башмаки надела!" — с яростною досадою думал он.

Глава двадцать девятая

Логин шел по улицам. Томило ощущение сна и бездеятельности. Не то чтоб все спали: солнце было еще высоко, люди шевелились, тявкали собачонки, смеялись дети, — но все было мертво и тускло. У заборов кое-где таила злые ожоги высокая крапива; пыль серела на немощеной земле.

Логин остановился на мостике через ручей; облокотился о перила. Мутная вода лениво переливалась в узком русле; упругие дымно-синеватые струйки змеились около устоев мостика; там колыхались щепки и сор. Мальчик и девочка, лет по восьми, блуждали у берега и брызгали вскипавшую белою пеною под их бурыми от загара босыми ногами воду. Их шалости были флегматичны.

Логин шел дальше. Пятилетний мальчишка, сын акцизного чиновника, катился на самокате. Не улыбался и не кричал. Лицо его было бледно, мускулы вялы.

Попадались бабы: тупые лица, девчонки: пустые глаза, в цепких руках что-то из лавки, рыжий мещанин: книжка под мышкою, босой и грязный юродивый, у всех просил копеечку и, не получив ее, ругался. Встречались пьяные мужики, растерзанные, безобразные. Шатались, горланили. Изредка проплывала барыня-кутафья, утиная походка, лимонное лицо, глаза сусального золота.

Логин проходил мимо холерного барака. На крылечке стоял фельдшер, толстенький карапуз, белый пиджачок. Логин спросил:

— Как дела, Степан Матвеич?

— Да что, табак дело! — отвечал сокрушенно фельдшер.

— Что ж так?

— Поверите ли, весь истрепался, так истрепался... Да вот вы посмотрите, вот пиджак...

Фельдшер запахнул на груди пиджак.

— Видите, как сходится?

— Похудели, — с улыбкою сказал Логин.

— И сколько тут всякой рвани шляется, просто уму непостижимо! Таких слов каждый день наслушаешься— душа в пятках безвыходно пребывает. Хоть бы уж один конец!

— Ничего, обойдется.

— Уж не знаю, как Бог пронесет.

Вдруг фельдшер как-то весь осунулся, побледнел, наскоро

поклонился Логину и юркнул внутрь барака. Логин оглянулся. На другой стороне улицы, против барака, стоял буян оловянные глаза. Он презрительно скосил губы, сплюнул и заговорил:

— Удивительно! Так-таки среди бела дня! Тьфу! Ни стыда, ни совести, ни страха! Ну, народец! Уж, значит, на отчаянность пошли.

Логин постоял, поглядел и пошел на вал. Эта встреча тяжко подействовала на его настроение, но в сознании только поверхностно скользнула: думал о другом.

Любил бывать на валу. Вокруг было открыто и светло, ветер налетал и проносился смело и свободно, — и думы становились чище и свободнее. После подъема на высокую лестницу и грудь расширялась радостно и вольно.

Но сегодня и наверху было плохо: ветер молчал, солнце светило мертво, неподвижно, воздух был зноен, тяжел. Порою пыльная морока плясала, мальчишка с хохочущими глазами. Порою Логин слышал рядом шорох босых ног по траве, — что это? поступь Анны? или серая морока? Обернется — никого.

И об Анне думал сегодня горько:

"Я погублю ее, или она меня спасет? Я недостоин ее и не должен к ней приближаться. Да и может ли она полюбить меня? Меня самого, а не созданный, быть может, ею лживый образ, разукрашенный несуществующими достоинствами?"

Андозерский проезжал на извозчичьей пролетке мимо вала. Увидел Логина, вышел из пролетки и быстро поднялся наверх. Капли пота струились по румяному лицу. Сердито заговорил:

— Скажи ты мне, Христа ради, чем вы живете, идеалисты беспочвенные?

— В чем дело?

— Что за принципы у вас такие, чтобы разбивать свое же благополучие? Влюбится как кошка, завлекает нежными взглядами, — и вдруг преподнесет кукиш: я, мол, за вас не пойду, — вы мерзавцев не оправдываете!

— Да что с тобой случилось? Предложение сделал, что ли?

— Свалял дурака, предложил руку и сердце этой дуре самородковой, и что же? В ответ целую рацею прочла, в которой капли здравого смысла нет! Черт знает что! А ведь наверное знаю, что влюблена как кошка.

— Вы с ней не пара: женись на Неточке.

— Не пара! Смотри, не твои ли это штучки? Сам втюрился, да уж и ее в себя не втюрил ли? Черт возьми, добро бы красавица! Ласточкин роток!

Все это Андозерский выкрикивал, почти задыхаясь от злобы. Логин спокойно возразил:

— Напрасно ты так волнуешься. Любви к ней ты, как видно, не

чувствуешь особенной.

— Да уж стреляться не буду, пусть будет спокойна. Можешь даже передать ей.

— Могу и передать, если тебе угодно. Что ж, ведь у тебя еще две невесты есть, если не больше.

— Да уж не беспокойся, не заплачу, — ну ее к ляду!

Андозерский плюнул и побежал вниз. Логин с улыбкою смотрел за ним.

Дома ждало приглашение директора гимназии пожаловать для объяснений по делам службы.

Павликовский имел озабоченный и даже смущенный вид. С любезною улыбкою придвинул для Логина кресло к письменному столу, на котором в разных направлениях красовались фотографические группы в разных стоячих рамочках из ореха и бронзы, — подношения сослуживцев и гимназистов. Сам поместился в другом кресле и предложил Логину курить. Логин не курил, но Павликовский до сих пор не мог этого запомнить. Он был человек рассеянный. Рассказывали, что однажды в коридоре он остановил расшалившегося гимназиста, который, разбежавшись, стукнулся головою в его живот.

— Что вы так расшалились! Как ваша фамилия? — вяло спросил директор.

Его глаза были устремлены вдаль, а правую руку он положил на плечо гимназиста. Мальчик, его сын, смотрел с удивлением и улыбался.

— Что ж вы молчите? Я вас спрашиваю: как ваша фамилия?

— Павликовский! — ответил мальчик.

— Как? Ах, это вот кто! — разглядел наконец директор.

— Ах, да, да, — говорил теперь Павликовский, — я все забываю, что вы не курите. Так вот, я вас просил пожаловать. Извините, что обеспокоил. Но мне необходимо было с вами поговорить.

— К вашим услугам, — ответил Логин.

— Вот видите, есть некоторые... Извините, что я этого касаюсь, но это, к сожалению, необходимо... Вы вступили, так сказать, на поприще общественной деятельности. А как взглянет начальство?

— Что ж, окажется неудобным, не разрешат, и все тут.

— Так, но... Вот к вам гимназисты ходят... И у вас живет этот беглый... Я, конечно, понимаю ваше великодушное побуждение, но все это неудобно.

— Все это, извините меня, Сергей Михайлович, больше мои личные дела.

— Ну, знаете ли, это не совсем так. И во всяком случае, я вас прошу гимназистов у себя не собирать.

— Да я их не собираю, — они сами приходят, кому нужно или кому хочется.

— Во всяком случае, я вас прошу, чтоб они вперед не ходили.

— Это все?

— Затем я просил бы вас не водить знакомства с подозрительными личностями, вроде, например, Серпеницына.

— Извините, я должен отклонить это ваше предложение.

— Уж это как вам угодно. Я сказал вам, что считал своею обязанностью, а затем-ваше дело. Впрочем, я надеюсь, что вы обдумаете это внимательно.

Павликовский хитро и лениво усмехнулся.

— Вопрос для меня и теперь ясен, — решительно сказал Логин.

— Тем лучше. Затем... Видите ли, в городе много толков. И ваше имя приплетают. Вам приписывают такие речи, — уж я не знаю, что-то о воздушных шарах, и вдруг какая-то конституция. А потому убедительно прошу вас воздерживаться на будущее время от всяких разговоров на такие темы. Заниматься политикой нам, видите ли... Наконец, ведь вас не насильно заставили служить, — стало быть...

— Это я очень хорошо понимаю, Сергей Михайлович, и о политике вовсе не думаю и не говорю...

— Однако...

— Какая-нибудь глупая сплетня, решительно ничего основательного.

— Да, тем не менее... Затем, я просил бы вас чаще посещать церковь. Ну и наконец, я просил бы... Вот, я помню, у Мотовилова вы с таким раздражением изволили отзываться о дворянстве, ну и там... о других предметах... и вообще, такой тон... это, видите ли, неуместно.

— Иначе говоря, требуется, когда говорить с Мотовиловым, поддакивать ему?

— Нет, зачем же — у всякого свое мнение, но... Видите ли, надо уважать чужое мнение. Вот, например, вы так демонстративно отклонили приглашение Алексея Степаны-ча, когда мы все сопровождали этого несчастного Моли-на. Ведь это, в сущности, ни к чему не обязывает, а просто акт христианского милосердия, — и обособляться тут неудобно.

— Позвольте сказать вам, Сергей Михайлович, что и это ваше требование я вполне понимаю, но подчиниться и ему не могу.

— Напрасно.

Усталый и грустный вернулся Логин домой.

"Начнется борьба, — думал он, — но с кем и чем? Борьба с чем-то безымянным, борьба, для которой нет оружия! Но все это пустяки, и вопрос о Леньке, и почтительность к Мотовилову, и болтовня о неблагонадежности: в этих вопросах нетрудно даже победы одерживать. Но вот что уже не пустяки — крушение задуманного дела, потому только, что оно Мотовилову не нравится, что Дубицкий находит его ненужным, что Коноплев ищет в нем только личных выгод, а остальные ждут, что выйдет. Крушение замыслов, а за ним пустота жизни!"

В эту ночь Логину не спалось. Часов около двенадцати вышел из дому. Влекло в ту сторону, где Анна. Знал, что она спит, что не время для посещений. И не думал увидеть ее, не думал даже о том, куда идет, — мечта рисовала знакомые тропинки, и калитку, и дом, погруженный в полуночную дремоту, среди дремлющего сада, в прозрачной и прохладной тишине, в свежих и влажных благоуханиях.

Вот и последняя сумрачная лачуга, последний низенький плетень. Логин вышел из города.

Широкая дорога блестела при луне мелкими вершинками избитого и заколеившегося щебня, — тихая, ночная дорога, зачарованная невидимым прохождением блуждающей о полночь у распутай. Впереди таинственно молчал невысокий лес. Подымалась легкая серебристая мгла. Под расплывающеюся дымкою туманились очертания одиноких деревьев и кустов, которые неподвижно стояли кое-где по сторонам дороги. Легкие тучки наплывали на месяц и играли около него радужными красками. Казалось, что месяц бежал по небу, а все остальное, и дорога, и лес, и луга, и самые тучки остановились, очарованные зеленым таинственным светом, засмотрелись на волшебный бег.

Мечты и мысли, неопределенные, смутные, толпились. Томительная, сладкая тоска, беспокойная, узкокрылая ласточка, реяла над сердцем. И сердце так билось, и глаза так блестели, и грудь так вздымалась и томилась весеннею жаждою, обольстительною жаждою, которую утолит только любовь, а может быть, только могила!

Логин прошел немного дальше проезда в усадьбу Ермолина. С широкого простора дороги свернул в лес узкою, знакомою тропинкою. Что-то треснуло под ногою. Сырые ветви орешника задели мягко и нежно и с тихим лепетом опустились за ним.

Дорожка извивалась прихотливою змейкою. Здесь было свежее, прохладнее. Тишина оживилась, лесные тени разворожили лунные чары; кусты чуть слышно переговаривались еле вздрагивающими листьями. Раздался легкий шорох и ропот лесного ручья. Бревна узкого мостика заскрипели, зашатались под ногами.

Что-то тихое, робкое прошумело в воздухе. Вдруг ярко и весело посыпалась где-то в стороне соловьиная бить: нежный, звонкий рокот полился чарующими, опьяняюще-сладкими звуками. Волна за волною, истомные перекаты проносились под низкими сводами ветвей. Лес весь замолк и слушал, жадно и робко. Только вздрогнут порою молодые листочки, когда звенящий трепет томной песни вдруг загремит и вдруг затихнет, как сильно натянутая и внезапно лопнувшая струна. Казалось, с этими песнями непонятные чары нахлынули, и подняли, и понесли в неведомую даль.

А вот и знакомый забор, вот калитка, и она теперь открыта: в ней что-то белеет при лунном неверном свете. И вдруг все внешнее и чуждое погасло и замерло вокруг: и звуки, и свет, и чары, — все понеслось оттуда, где стояла у калитки Анна. Кутала плечи в белый платок и улыбалась, и в улыбке ее слились и звуки, и свет, и чары, весь внешний мир и мир души.

Соловьиная ли песня вызвала ее в сад, или влажное очарование весны, — не могла ли она заснуть и беспокойно металась на девственном ложе, смеялась, и плакала, и сбрасывала душное, хоть и легкое одеяло, закидывала под горячую голову стройные руки, и смотрела в ночную тьму горящими глазами, — или сидела долго у окна, очарованная серебристою ночью, и уже собралась спать, и уже все сбросила одежды, и уже тихо подошла к постели, и вдруг, неожиданно для себя, захваченная внезапным порывом, накинула наскоро какое-то платье, какой-то платок, и вышла в сад к этой калитке; но вот стояла теперь у калитки и придерживала ее нагими руками. Густые косы вольными прядями рассыпались по белой одежде. Ноги белели на темном песке дорожки.

Логин быстро подошел к решетке. Сказал что-то.

Что-то сказала Анна.

Стояли, и улыбались, и доверчиво глядели друг на друга. На ее лицо падали лунные лучи, и под ними оно казалось бледно. Доверчивы были ее глаза, но сквозило в них тревожное, робкое выражение. Ее пальцы слегка вздрагивали. Потянула к себе решетку. Калитка слабо скрипнула и затворилась. Анна сказала:

— Поет соловей.

Тихий слегка звенел голос.

— Вам холодно, — сказал Логин. Взял ее тонкие пальцы. Нежно и кротко улыбалась и не отнимала их. Шепнула:

— Тепло.

Мял и жал ее длинные пальцы. Что-то говорил, простое и радостное, о соловье, о луне, о воздухе, еще о чем-то, столь же наивном и близком. Отвечала ему так же. Чувствовал, что его голос замирает и дрожит, что грудь захватывает новое, неодолимое. Руки их скользили, сближались. Вот белое плечо мелькнуло перед горячим взором, вздрогнуло под холодною, замиравшею рукою. Вот ее лицо внезапно побледнело и стало так близко, — так близки стали широкие глаза. Вот глянули тревожно, испуганно, — и вдруг опустились, закрылись ресницами. Поцелуй, тихий, нежный, долгий...

Анна откинулась назад. От сладкого забвения разбуженный, стоял Логин. У его груди-жесткая решетка с плоским верхом, а за нею Анна. Ее опущенные глаза словно чего-то искали на траве, или словно к чему-то она прислушивалась: так тихо стояла. Тихо позвал ее:

— Анна!

Она встрепенулась, порывисто прильнула к решетке. Целовал ее руки, повторял:

— Анна! Любушка моя!

— Родной, милый!

Обхватила руками его наклоненную голову и поцеловала высокий лоб. Мгновенно было ощущение милой близости. Вдруг ее стан с легким шорохом отпрянул от нетерпеливых рук. Логин поднял голову. Уже Анна бежала по дорожке к дому, и белая одежда колыхалась на бегу.

— Я люблю тебя, Анна! — сказал он тихо.

Приостановилась у ступенек террасы. Услышала. В туманном сумраке сада еще раз милое лицо, со счастливою, нежною улыбкою... И вот уже только ее ноги видит на пологих ступенях, и вот исчезла, — ночная греза...

Не замечал и не помнил дороги домой. Время застыло-вся душа остановилась на одном мгновении.

"Не сон ли это, — думал, — дивная ночь, и она, несравненная? Но если сон, пусть бы я никогда не просыпался. Докучны и холодны видения жизни. И умереть бы мне в обаятельном сне, на зачарованных луною каменьях!"

Шаткие ступени крыльца разбудили докучным скрипом. В своей комнате Логин опять нашел темное, неизбежное. Злые сомнения вновь зашевелились, еще неясно сознаваемые, — смутные, тягостные предчувствия. Странный холод обнял душу, но голова пылала. Вдруг язвительная мысль:

"Теперь не опасны столкновения: могу выйти в отставку у меня будет богатая жена".

Побледнел от злобы и отчаяния; долго ходил по комнате; сумрачно было лицо. Образ Анны побледнел, затуманился.

Но вот, солнце сквозь тучи, сквозь рой мрачных и злобных мыслей снова засияли лучистые, доверчивые глаза. Анна глядела на него и говорила:

"Любовь сильнее всего, что люди создали, чтобы нагромоздить между собою преграды, — будем любить друг друга и станем, как боги, творить, и создадим новые небеса, новую землю".

Так колебался Логин и переходил от злобы и отчаяния к радостным, светлым надеждам. Всю ночь не мог заснуть. Сладкие муки и горькие муки одинаково гнали ночное забвение. Уединение и тьма были живы и лживы. Часы летели.

Лучи раннего солнца упали в окно. Логин подошел к окну, открыл его. Доносились звуки утра, голоса, шум. Хлопнули ворота, — звонкий бабий голос, — пробежала звучно по шатким мосткам под окнами босая девчонка с лохматою головою. Холодок передернул плечи Логина. Начиналась обычная жизнь, пустая, скучная, ненужная.

Глава тридцатая

Андозерскому казалось необходимым отомстить Анне, доказать, что отказ нисколько не огорчил его. На другой же день Андозерский отправился овладеть рукою Клавдии.

Клавдия была бледна, смущена. Открытая беседка в саду, где она сидела с Андозерским, веяла знойными воспоминаниями. И солнце было знойно, и воздух горяч, и первые пионы слишком ярки, и поздние сирени раздражали приторным запахом. Песок дорожек досадно сверкал на солнце. Зелень деревьев казалась некрасиво глянцевитою. Сквозь запахи зелени и цветов пробивался далекий запах городской пыли.

Клавдия сложила руки на коленях, смотрела в сад, рассеянно слушала красноречивые объяснения Андозерского. Наконец он сказал:

— Теперь я жду вашего решения. Клавдия повернула к нему расстроенное лицо и бледно улыбнулась. Сказала:

— Вы ошиблись во мне. Что я вам? Я не могу доставить счастия.

— Одно ваше согласие будет для меня величайшим счастием.

— Немногим же вы довольны. Я иначе понимаю счастие.

— Как же? — спросил Андозерский.

— Чтоб жизнь была полная, хоть на один час, а там, пожалуй, и не надо ее.

— Поверьте Клавдия Александровна, я сумею сделать вас счастливою!

Клавдия улыбнулась.

— Если бы это… Сомневаюсь. Да и не надо, поверьте, не надо. Я не могу дать вам счастия. Правда!

Клавдия встала. Встал и Андозерский. Его голова закружилась. Испытывал такое ощущение, как если бы перед ним внезапно открылась зияющая бездна. Воскликнул:

— О моем счастии что думать! Одно мое счастие— чтоб вы были счастливы, и для этого я готов на всякие жертвы. Без вас я- полчеловека.

Клавдия посмотрела на него с улыбкою, ему непонятною, но опьянившею его. В эту минуту был уверен, что искренно любит Клавдию. Жажда обладания зажигалась.

— Да? — спросила Клавдия холодным голосом. Холод ее голоса еще более разжигал его страсть. Он повторял растерянно:

— Всякие жертвы, всякие!

И не находил других слов. Клавдия говорила так же холодно:

— Если это так, то я, право, и не стою такой любви. Для моего счастия вы могли бы принести только одну жертву, которую я приняла бы с благодарностью.

Совсем насмешливо.

— О, вам стоит только сказать слово! — в радостном возбуждении воскликнул Андозерский.

Клавдия отвернулась, устремила в сад блуждающие взоры и тихо говорила:

— Да, очень благодарна. Если б вы могли, если б вы могли принести эту жертву!

— Скажите, скажите, я все сделаю, — говорил Андозерский.

Осыпал поцелуями ее руку, и ее рука трепетала в его руке и была бледна, как у мраморной статуи.

Клавдия колебалась. Жестокая улыбка блуждала на ее губах. Глаза ее мрачно всматривались во что-то далекое. Заговорила, — и голос ее звучал то жестокими, то робкими интонациями:

— Вот, — вы возьмите меня только для того, чтобы отдать другому. Вот жертва! Ведь вы говорили про всякую жертву. Вот это — тоже жертва! Что ж, если можете… а нет, как хотите. Что ж вы молчите?

— Но это так странно! — смущенно сказал Андозерский. — Я, право, не понимаю.

— Это просто. Мы повенчаемся. Потом я уеду. Мне это нужно: я буду самостоятельна и буду жить с тем, кого я… да, за него я не могу выйти замуж. Одним словом, мне это нужно. А вам, вы говорите, это доставит величайшее счастие.

Лицо Клавдии совсем побледнело. Голос сделался сухим, злым. Смотрела на Андозерского жестокими глазами и улыбалась недоброю улыбкою, и от этой улыбки Андозерский горел и трепетал.

"Это — черт знает что такое!" — думал он.

Провел по влажному лбу рукою. Его пухлые руки дрожали.

— Что ж, согласны? За такую любезность с вашей стороны и я поделюсь с вами маленькой долей счастия и большой долей богатства.

Глаза Клавдии широко раскрылись, засветились диким торжеством. Засмеялась, откинулась назад гибким и стройным станом, поламывала над головою вздрагивающие руки. Широкие рукава платья сползли и обнажили руки. Бледное, злобно ликующее лицо смотрело из живой рамки, из-за тонких, вдруг порозовевших рук, — две трепетные, розовые, гибкие змеи сплелись и смеялись зыбко над зелеными зарницами озорных глаз.

— Ах, что вы говорите! воскликнул Андозерский. — Вы обольстительны! И уступить вас другому, — какая нелепость! Зачем? О, как я вас люблю! Но я для себя вас люблю, для себя.

Клавдия повернулась к дверям беседки. Андозерский бросился к ней и умоляющим движением протянул руки. Ее лицо приняло неподвижно-холодное выражение. Сухо сказала:

— Не к чему было и говорить о жертвах. И пошла мимо Андозерского к выходу. Остановилась у двери, повернулась к Андозерскому, сказала:

— Вы меня извините, пожалуйста, но вы сами видите, — это между нами невозможно и никогда не будет возможно.

Вышла из беседки. Андозерский остался один.

Клавдия остановилась в нескольких шагах, рассеянно срывала и мяла в бледных пальцах листки сирени.

"Проклятая девчонка! — думал Андозерский. — Обольстительная, дикая, — не к лучшему ли? Однако, черт возьми, положение! Надо убираться подобру-поздорову!"

Вышел из беседки, подошел к Клавдии.

— Какой неприятный запах! — сказала она. — Мне кажется душным этот запах, когда сирени отцветают.

— В вашем саду много сирени, — сказал он. — У них такой роскошный запах.

— Я больше люблю ландыши.

— Ландыши пахнут наивно. Сирень обаятельна, как вы.

— С кем же вы сравниваете ландыш?

— Я бы взял для примера Анну Алексеевну.

— Нет, нет, я не согласна. Какой же тогда аромат вы припишете Анюте Ермолиной?

— Это... это... я затрудняюсь даже. Да, впрочем, что ж я! Конечно, фиалка, анютины глазки!

Клавдия засмеялась.

Когда Андозерский прощался, Клавдия тихо сказала ему, холодно улыбаясь:

— Простите.

— О, Клавдия Александровна!

— Сирень отцветает, и пусть ее, бросьте. Ищите ландышей!

Палтусов, — он теперь был тут же, в зале, — с удивлением смотрел на них.

Клавдия вернулась в сад, сорвала ветку сирени, опустила в нее бледное лицо. Тихо проходила по аллеям. Одна, — никого в саду. Зинаида Романовна, по обыкновению, лежала у себя неодетая на кушетке, лениво потягивалась, лениво пробегала глазами пряные, томные страницы новой книжки в желтой обложке. Палтусов, — а он что делал?

Клавдия прошла мимо его кабинета (угловая в сад комната нижнего этажа), взглянула в сторону открытых окон и порывистым движением бросила в окно ветку сирени. Потом круто повернулась и быстро пошла к беседке посреди сада, где сейчас говорила с Андозерским.

Палтусов мрачно шагал по кабинету. Вспоминал смущенное лицо Андозерского и бледное лицо Клавдии, догадывался, что между ними произошло что-то, и мучился ревностью. Ветка сирени с легким шорохом упала из окна на пол сзади него. Палтусов обернулся, поискал глазами, увидел сирень и быстро подошел к окну. Клавдия уходила от дома и не оборачивалась.

Быстро вышел Палтусов из дому и торопливо догонял Клавдию. Она ускоряла шаги и наконец вбежала в беседку. Он вошел за нею. Она опустилась на скамейку, подняла руки к груди. Задыхаясь, зеленоглазая, испуганно смотрела. Он бросился к ней, опустился у ее ног. Восклицал:

— Клавдия, Клавдия!

И обнимал ее колени, и целовал на ее коленях платье.

Она опустила руки на его плечи и нежно и горько улыбнулась. Сказала:

— Будем жить жизнью, — одною жизнью! Лицо Палтусова озарилось торжествующею улыбкою. Клавдия почувствовала свое девственное тело в сильных и страстных объятиях. Пол беседки убежал из-под ног, потолок качнулся и пропал. Чудным блеском загорелись жгучие глаза Палтусова. Жуткое и острое ощущение быстро пробежало по ней, и она забилась и затрепетала. Розовые круги поплыли в темноте. В бездне самозабвения вспыхнула цельным и полным счастием…

Клавдия порывисто освободилась из объятий Палтусова и крикнула испуганно:

— Она была здесь!

Палтусов в недоумении смотрел на ее бледное лицо с горящими глазами. Спросил голосом, пересохшим от волнения:

— Кто?

— Мать, — прошептала Клавдия, — я ее видела. Она бессильно опустилась на скамью. Палтусов сказал досадливо:

— Пустое! Воображение, нервы! Какая там мать! Тебе показалось.

Клавдия внимательно слушала, но не услышала ничего. Сказала упавшим голосом:

— Да, постояла в дверях, засмеялась и ушла потихоньку.

— Нервы! — досадливо сказал Палтусов.

— Да, засмеялась и прикрыла рот платком.

— Уйдем отсюда, пройдемся, — у тебя голова болит. Вышли из беседки. Палтусов почувствовал, что Клавдия вздрогнула. Поглядел на нее: она неподвижно смотрела на что-то. По направлению ее взора Палтусов увидел на траве у самой дорожки что-то белое. На яркой зелени резким пятном выделялся белый платок.

— Платок! — крикнула Клавдия. — Это она бросила платок.

Оставила руку Палтусова, бросилась к платку. Палтусов услышал ее смех и увидел, как вздрагивали ее плечи. Он подошел, осторожно спросил:

— Клавдия, что ты?

Клавдия стояла над платком матери и неудержимо смеялась и плакала.

Потянулись странные, мрачные дни. Клавдия и Палтусов сходились днем украдкою, на короткие минуты, то в его кабинете, то в ее комнате, и отдавались восторгам любви без всякой речи и думы о будущем. Когда сходились при посторонних, холодно глядели друг на друга, и в обращении их проглядывал даже отпечаток враждебности.

Зинаида Романовна украдкой наблюдала их. Изредка улыбалась каким-то своим думам. Ее спокойствие удивляло их, но мало беспокоило, хотя иногда они задавали себе вопрос о том, что скрывается под этою видимою невозмутимостью. Палтусов был с Зинаидою Романовною холодно-вежлив, Клавдия-равнодушна.

Ночи, — странные были ночи!..

В первую ночь Клавдия тихо вышла из комнаты Палтусова во втором часу. В своей спальне услышала шорох, увидела белую тень в углу, но, утомленная, поспешила лечь, и, едва опустила голову на подушку, заснула.

Сон был тяжел. Снилось, что темное и безобразное навалилось на грудь и давит. Оно прокинулось вампиром с яркими глазами и серыми широкими крыльями; длинное, туманное туловище бесконечно клубилось и свивалось; цепкие руки охватывали тело Клавдии; красные липкие губы впились в ее горло, высасывали ее кровь. Было томительно-страшно. Снилось, что ее мускулы напряжены и трепещут, — только бы немного повернуться, уклониться от этих страшных губ, — но неподвижным оставалось тело.

Наконец встрепенулась и открыла глаза. Над нею блестели глаза матери. Ее лицо, бледное, искаженное ненавистью, смотрело прямо в глаза Клавдии горящими глазами, и вся она тяжко наваливалась на грудь дочери. Клавдия рванулась вперед, но мать снова отбросила ее на подушки.

— Зачем? — спросила Клавдия прерывистым голосом.

Зинаида Романовна молчала. Посмотрела на Клавдию долгим взглядом, положила на ее глаза холодную руку и встала с постели. Клавдия почувствовала, что ее грудь свободна, и вместе с тем ощутила во всем теле усталость и разбитость.

С трудом поднялась Клавдия с постели. Дверь была полуоткрыта, в комнате никого не было. Клавдия опять легла, но не могла заснуть. Долго лежала с закинутыми под голову руками. Всматривалась в серый полусвет начинающегося утра. Мысли были слабы и спутаны. Перед глазами носились бледные, злые лица, уродливые головы с развевающимися космами.

При встрече с матерью днем Клавдия посмотрела на нее внимательно. Лицо Зинаиды Романовны было загадочно спокойно.

На другую ночь Клавдия рано ушла к себе и заперла дверь на ключ. Около полуночи в ее дверь постучался Палтусов. Впустила неохотно.

Часа через два ушел. Замкнула за ним дверь.

Когда опять легла и уже начинала засыпать, вдруг вспомнила, что дверь оставалась не на запоре все время, пока Палтусов был здесь. Стало на минуту досадно, но как-то не остановилась на этой мысли и скоро забылась. Снова мать передрассветною тенью мелькнула перед нею, и опять вслед за нею нахлынули тучи бледных, угрожающих лиц.

Настала третья ночь. Клавдия внимательно осмотрела углы своей комнаты, заперла окна, замкнула дверь и ушла к Палтусову. Вернулась под утро, опустила занавески у окон, подошла к постели. Когда откидывала одеяло, чтобы лечь, почувствовала вдруг, что кто-то сзади глядит на нее. Обернулась-в углу за шкафом смутно белело в полутьме что-то, похожее на повешенное платье. Клавдия подошла и увидела мать. Зинаида Романовна стояла в углу и молча смотрела на Клавдию. Ее лицо было бледно, утомлено, неподвижно, как красивая маска. Клавдия всматривалась в мать, — и фигура матери начинала казаться прозрачною тенью. Становилось страшно. Сделала над собою усилие подавить страх и спросила:

— Что за комедия? Зачем вы здесь? Зинаида Романовна молчала.

— Зачем вы приходите ко мне? — продолжала спрашивать Клавдия замиравшим и прерывистым голосом. — Что вам надо? Вы хотите говорить со мною? Вы молчите? Чего же вы хотите от меня?

Молчание матери и ее неподвижность в сером полумраке наводили на Клавдию невольный ужас. Взяла руку матери. Холодное прикосновение заставило затрепетать. Клавдия пристально всмотрелась в лицо матери: все оно трепетало безмолвным, торжествующим смехом, — каждая черточка бледного лица смеялась злорадно. Клавдии казалось, что зеленоватые глаза матери засветились фосфорическим блеском и что все ее лицо посинело. Этот холодный смех на посиневшем лице со светящимися глазами был так ужасен, от него веяло такою неестественною злобою, таким безнадежным безумием, что Клавдия затрепетала, закрыла глаза руками и отступила от матери. Смутно видела из-под трепетных рук, что белая ткань промелькнула внизу. Опустила руки и увидела, что в комнате нет никого.

Подошла к открытой двери, долго стояла у косяка. Всматривалась в темные углы коридора, боязливо думала короткими, смутными мыслями. Нагие плечи холодели, и тело вздрагивало от утреннего холода.

Глава тридцать первая

Клавдия не говорила Палтусову о ночных страхах. Когда вспоминала о них днем, становилось смешно, злорадное чувство овладевало, и она досадовала на себя за ночную трусость. Но с наступлением ночи вновь становилось страшно.

Четвертую ночь провела у Палтусова. Солнце уже высоко стояло, и люди просыпались, когда Клавдия вышла от Палтусова. Утомленные бессонною ночью глаза щурились. Хотелось спать, но в душе ликовало резвое детское чувство избегнутой опасности. У дверей своей комнаты Клавдия встретила Зинаиду Романовну и взглянула на нее насмешливыми глазами. Но лицо матери дышало таким мстительным торжеством, что сердце Клавдии упало. Полная страха и предчувствий, вошла она к себе.

Спала долго. Опять сон окончился кошмаром. Вдруг почувствовала на своем плече крепкие пальцы и увидела над собою мать. Синие оттенки лежали на лице Зинаиды Романовны. Ее глаза были полузакрыты. Тяжелая, как холодный труп.

— А, ты проснулась, — спокойно сказала Зинаида Романовна, — уже второй час.

Она поднялась и вышла из комнаты. Клавдия села на кровати.

"Как глупо! — думала она. — Чего я жду? Надо уехать, — с ним, без него, все равно, — надо уехать!"

Эта мысль приходила ей и раньше, но не оставалась надолго. В том состоянии сладких грез и тяжелых кошмаров, которое она переживала, вяло работала голова. Говорить с Палтусовым еще не успела, — их свидания все еще проносились в страстном безумии, а уехать из дому без него не могла, — она это чувствовала. Ей казалось, что ее жизнь теперь неразрывно связана с жизнью Палтусова, что им обоим предстоит новая будущность, бесконечность любви и свободы, где-то далеко, в новой земле, под новыми небесами.

Решила наконец переговорить с Палтусовым сегодня же о том, как им устроить судьбу. Но не пришлось днем увидеться наедине ни на одну минуту: мешали то посторонние, то мать.

Настала ночь, пятая со дня, решившего их участь. Клавдия была в комнате Палтусова.

— Послушай, — сказала она, — нам надо наконец поговорить.

— Что говорить? — лениво ответил он. — Ты-моя, а я-твой, и это решено бесповоротно.

— Да, но жить здесь, рядом с нею, скрываться, притворяться...

— А, — протянул он и зевнул.

Он был сегодня необыкновенно вял.

— Странно, — сказал он, — тяжесть во всем теле. Да, так ты говоришь...

Клавдия страстно прижималась к нему и горячо говорила:

— Так дальше нельзя жить, нельзя!

— Да, да, нельзя, — согласился Палтусов. Он оживился и говорил с одушевлением:

— Мы уедем. И чем дальше, тем лучше.

— Совсем далеко, чтобы все было новое и по-новому, — шептала Клавдия.

— Да, милая, далеко. Куда-нибудь в Америку, на дальний Запад, или в какую-нибудь неведомую страну, в Боливию, где нас никто не знает, где мы не встретим никого из тех, от кого бежим. Там мы заживем по-новому.

— Совсем по-новому!

— Вдвоем, одни. А если под старость захочется взглянуть на дорогую родину, так мы приедем сюда бразильскими обезьянами. Да, да, завтра же подумаем, как это устроить. Завтра о делах.

Палтусов улыбался лениво и сонно. Тихо повторил:

— Завтра о делах, сегодня будем счастливы настоящим, счастливы минутой.

Горячие поцелуи и страстные объятия опьянили Клавдию, гнали прочь заботу. Вдруг почувствовала Клавдия, что Палтусов тяжело и холодно лежит в ее руках. Она заглянула в его лицо: спал. Напрасно будила: только мычал впросонках и снова засыпал. Отвернулась с пренебрежительною усмешкою, встала и подошла к окну. Тоска опять закипала. Клавдия отодвинула рукою белую штору и грустными глазами всматривалась в ночной сумрак. Ветви старого клена выступали из мрака и качали угрюмые листья с таинственным, укоряющим шорохом. Страх подкрадывался, — спящий был неподвижен.

Клавдия вздрогнула. Звонкий смех раздался за нею. Жуткое ожидание страшного заставило холодеть и замирать. Преодолевая ужас, обернулась-и тихонько вскрикнула.

Лицо Зинаиды Романовны, мертвенно бледное, снова трепетало торжествующим, мстительным смехом. Клавдия нахмурила брови, слегка наклонилась и оперлась о спинку стула согнутою рукою. Ее глаза зажглись дерзкою решительностью.

Несколько долгих мгновений прошло в жутком ожидании. Складки белого платья на Зинаиде Романовне висели прямо и неподвижно. Белая вся и бледная, казалась угрожающим призраком, и в глубине смятенного сознания Клавдия таила отрадную надежду, что это ей только мерещится. Вдруг показалось Клавдии, что Зинаида Романовна хочет положить руку на ее локоть. Клавдия схватила руку Палтусова и потрясла ее. В воздухе пронесся короткий, холодный смех матери. Зинаида Романовна тихо сказала:

— Оставь! Он не скоро проснется.

— Что вы сделали? — воскликнула Клавдия. В глазах ее зажглись зеленые молнии угроз.

— Полно, — жестким тоном ответила мать, — он жив и здоров, только выпил усыпляющего лекарства. Ты слишком утомила его, — вот я и думаю: пусть выспится. А мы пойдем!

Ее голос был тих, но повелителен. Взяла руку Клавдии. Клавдия пошла за нею полусознательно.

— Оставьте меня, — нерешительно сказала она, когда вышли в коридор.

Мать обернулась и посмотрела на нее пристальным, холодным взглядом. Перед глазами Клавдии опять встало иссиня-бледное лицо, и страшный смех был разлит на нем. Клавдия почувствовала, что этот смех лишает воли, туманит рассудок. Без мыслей в голове, без возможности сопротивляться покорно шла за матерью.

Вышли на террасу, спустились по лестнице и очутились в саду. Ночная сырая свежесть охватила со всех сторон Клавдию; влажный песок дорожек был нестерпимо холоден и жесток для ее голых ног. Она остановилась и рванула свою руку из руки матери.

— Пустите, — мне холодно!

Мать опять посмотрела на нее остановившимся, пустым взором, — и опять безмолвный смех разлился на ее лице и обезволил Клавдию, — и опять пошла она за матерью.

И когда опять холод, сырость и песок, хрупкий и жесткий под голыми ногами, освежали ее, она упрямо останавливалась. Но опять тогда обращалось к ней злое лицо с ликующим смехом и снова лишало ее воли. Зинаида Романовна крепко стискивала пальцы Клавдии, но Клавдия не чувствовала боли.

Так дошли до беседки и поднялись по ступеням. Зинаида Романовна резким движением руки бросила Клавдию на скамейку. Тихо, отчетливо заговорила:

— Здесь ты лежала в объятиях чужого мужа, которого ты отняла у своей матери, а здесь я стояла и смотрела на тебя. Здесь я проклинаю тебя, на этом месте, которое ты осквернила. Беги, куда хочешь, бери с собой любовника, заводи себе десятки новых, — нигде, никогда ты не найдешь счастья, проклятая!

Клавдия полулежала на скамейке и судорожно смеялась.

— Дальше, дальше иди за мною! — сказала Зинаида Романовна.

Подняла Клавдию за руку, вывела ее из беседки.

— Каждая аллея этого сада слышала твои нечестивые речи, на каждой звучали твои бесстыдные поцелуи.

Увлекала за собою дочь, — и Клавдия шла за нею по песчаным дорожкам, и вся цепенела от холода и сырости.

— Я не боюсь твоих проклятий, — сказала она матери, — говори их сколько хочешь и где хочешь, я их не боюсь. И зачем ты мучишь меня по ночам?

— По ночам? Зато ты мучила меня и ночью, и днем. Остановились около пруда. С гладкой поверхности его подымался влажный, густой туман.

— Здесь, — сказала Зинаида Романовна, — ты опять ласкала его, а я стояла за кустами и проклинала тебя. Когда вы ушли, а я осталась одна, над этим прудом, я думала о смерти, о мести. Здесь я поняла, что не надо смерти, не надо заботиться о мести: ты, проклятая, не увидишь ни одного светлого дня! Ты отняла счастие у своей матери, и не будет тебе ни тени счастия, ни тени радости. Любовник истерзает твое сердце, муж оскорбит и изменит, дети отвернутся, — тоска будет преследовать тебя. Ты знакома с нею: ты уже теперь пьешь вино, чтобы забыться. И я пожалела тебя, — ведь я тебе мать, несчастная! Я думала: лучше тебе потонуть в этом пруде, чем жить с моим проклятием.

— Не боюсь я твоих проклятий, — угрюмо сказала Клавдия, — а счастие, — на что мне оно? Да я счастлива.

— Нет, ты дрожишь от страха, проклятая!

— Мне холодно.

Клавдия рванулась из рук матери. Зинаида Романовна удержала ее.

— Подожди, слушай мое последнее слово. Смотри, какая хорошая тебе могила в этой черной воде. Умри, пока он тебя не бросил, — теперь он хоть поплачет о тебе. Хочешь? Я помогу. Тебе страшно? Я толкну тебя!

Зинаида Романовна влекла дочь к берегу. Клавдия в ужасе отбивалась. Наконец Зинаида Романовна оставила ее. Злобно прошептала:

— Нет, жить хочешь? И живи, живи, проклятая! Голос Зинаиды Романовны зазвучал бешенством.

— Живи, измучься до последних сил, испытай отчаяние, ревность, ужас, людское презрение, всякую беду, всякое горе, весь позор, обнаженный, как ты.

Схватила обеими руками рубашку Клавдии за ворот, рванула в обе стороны, — тонкая ткань с легким треском разорвалась. Неистово рвала ее на куски и далеко в сторону бросала обрывки. Крикнула:

— Иди теперь к любовнику, проклятая, бесстыдная!

И оттолкнула Клавдию.

Клавдия бежала по темным дорожкам сада. Тихий, злобный смех звенел за нею, не смолкая, — упоение дикого торжества.

Тихо и пусто было в саду и в доме. Никто не слышал и не видел, как осторожно пробиралась Клавдия по темным комнатам в спальню и замирала от стыда, когда половицы скрипели под ее голыми ногами.

Вся холодная, бросилась в постель, закуталась одеялом. Радость охватила: как птица, которая в бурю достигла гнезда, она грелась, нежилась и радовалась.

"Кончена комедия!" — шептала она, тихонько смеялась, свертывалась клубком, засовывала холодные руки под подушку. Скоро заснула.

Утром почувствовала, что трудно дышится. Открыла глаза. Комната глянула уныло. Солнечные лучи были печально ярки. Скорбная мысль медленно слагалась в голове, но трудно было перевести ее на слова. Тряхнула головою, и это движение отдалось в голове болью.

— Да, — вслух ответила на свою мысль.

Звук голоса был слабый и дряхлый, и в горле было больно. Равнодушие и усталость владели ею, и тоска подымалась к сердцу. Клавдия вспомнила пережитую ночь и улыбнулась слабо и покорно. Думала:

"Проклятия не сбудутся, — жизнь оборвется!"

Уже не думала о том, что надо уехать, и о том, что больна, и о том, чем кончится болезнь. Как-то сразу почувствовала, что сил нет. Казалось, начинает умирать. Как будто прочла свой смертный приговор и упала духом.

Показалось, что кто-то стоит у изголовья. С трудом повернула голову и увидела прозрачную фигуру матери. Не удивилась, что сквозь грудь матери ясно видно окно. Потом увидела, что в закрытую дверь проник другой такой же прозрачный образ. Оба стали около нее и чего-то требовали. Прислушивалась, но не могла понять. Не удивляло, что мать стоит перед нею в двух образах. Только было страшно, что у того из них, который вошел позже, злое лицо, и дикие глаза, и быстрые речи на пересохших губах. Этот образ все более приближался и все увеличивался в размерах.

Страх усиливался. Хотелось крикнуть, но не было голоса. Образ с дикими глазами наклонился совсем близко, тяжело обрушился на грудь Клавдии и раздробился на целую толпу безобразных гномов, черных, волосатых. Все страшно гримасничали, высовывали длинные языки, тонкие, ярко-красные, свирепо вращали кровавыми глазами. Плясали, махали руками, быстрее, быстрее, увлекали в дикую пляску стены, потолок, кровать. Их полчища становились все гуще: новые толпы гномов сыпались со всех сторон, все более безобразные. Потом стали делаться мельче, отошли дальше, обратились в тучу быстро вращающихся черных и красных лиц, потом эта туча слилась в одно ярко-багровое зарево, — зарево широко раскинулось, вспыхнуло ярким пламенем и вдруг погасло. Клавдия забылась.

Глава тридцать вторая

Проснувшись утром, Логин почувствовал, что день, яркий,

пронизанный солнечными лучами, грустен и ненужен. Тоскливо сжималось сердце, и груди тяжело было дышать, — весь этот свет давил ясною, жаркою тяжестью. Цветы на обоях глядели ярко, утомительно. Ночная встреча припомнилась, как невозможный сон.

Логин прислонился плечом к обоконью и смотрел на городские улицы, где на светло-серую пыльную землю ложились отчетливые тени домов и заборов, — и всему, что открывалось перед ним, чужда была мечта о ней. Как из другого мира была она, из мира далекого и невозможного. Странно было думать о том, что и она живет на той же земле и дышит тем же воздухом, как и эти люди безвременья и кошмара. Да, может быть, и нет ее, невозможной и несравненной? Мечтатель издавна, он, может быть, сам создал ее себе на утеху?

Страстно захотел увидеть Анну, — но грустные сомнения томили по дороге к усадьбе Ермолина. Голова тупо болела. В отуманенных глазах все представлялось пыльным, обветшалым; подробности предметов ускользали от внимания. Ветер набегал порывами, пыльные вихри крутились по дороге, взвивались и падали. Было жарко и тихо. Люди, которые попадались изредка, казались сонными.

В саду Ермолиных никого не было, и не слышно было ни голосов, ни шума. Логин быстро поднялся по ступеням террасы. Двери в дом были открыты. Поспешно прошел по всем комнатам нижнего этажа и никого не встретил. Вернулся на террасу. Не у кого было спросить об Анне. Страшным показалось опустелое жилище.

"Мечта, безумная мечта!" — думал он.

Вдруг Аннин голос громко и резко нарушил тишину. Звонкие вопли, мерно, долго... Смолкли.

Логин стоял, слушал. Или послышались где-то близко, за стеною, вопли боли, — призраки вопля?

Логин торопливо удалялся от этого дома к ненавистному городу.

Беспокойные улицы. Отдаленное галденье. На перекрестке внезапно пронеслась фура, черная с белыми краями. Пустая. Возница, высокий черномазый детина с подбитым глазом, яростно настегивал лошадей: видно, не дали ему больного, и боялся он, как бы ему самому не намяли боков.

Дома Логин подозвал к себе Леню и спросил его:

— Что, Ленька, нравится тебе Толя Ермолин? Леня оживленно заговорил:

— Он умный да занятный такой, — что ни спроси, все знает.

И рассказывал о Толе долго, с увлечением. Логин тревожно ждал, что он скажет и об Анне. Но мальчик от Толи перешел к другим, а жданного имени не упоминал. Наконец Логин спросил нерешительно:

— А что ты скажешь про Анну Максимовну? Ленькины глаза засверкали, он радостно засмеялся — и молчал. Логин хмуро спросил:

— Ну что ж ты?

Леня подумал, покрутил пальцы и медленно заговорил:

— Она-такая, — раз с ней поговоришь, — и точно всегда, — точно своя. Ей бы все можно сказать.

— Что ж, она добрая?

Леня еще подумал, поднял глаза на Логина и сказал:

— Нет. И не злая. Она так, сама по себе. С ней как с самим собою, — только с хорошим собою.

Логин накануне получил приглашение в городское училище, на публичный акт, торжество, ежегодно совершаемое по обычаю в конце учебного года.

Когда Логин вошел в училищный зал, там уже кончался молебен. Около стола, покрытого красным сукном с золотою бахромою, грузно покачивался Мотовилов и делал в приличных случаях маленькие крестные знамения.

За ним торчал Крикунов в новеньком мундирчике; узкий воротник жал шею; маленькая, коротко остриженная головенка с кругленьким выпуклым затылишком тряслась от наплыва религиозных чувств. На сморщенном личишке застыло жалостное выражение; это лицо напоминало цветом деревянную лакированную куклу; коричневый низенький лоб плоился семью складками. Еще дальше приютился у стола Шестов в учительском вицмундире, смущенный тем, что приходится принимать участие в торжестве. Старался держаться прямо и иметь независимый вид. Не удавалось: стоял, как на жаровне. Лицо раскраснелось. Чувствовал это, краснел еще больше, делал вид, что жарко и душно, и обтирался платком.

И в самом деле было жарко и душно, хотя окна были открыты. По одной стороне залы стояли рядами ученики. Лица у них были взволнованные. Остальное пространство тесно наполнено было публикою, которой сегодня, не в пример прошлых лет, набралось много. Здесь были дамы и барышни, — Нета успела сейчас передать записочку Пожарскому и потому была весела и благосклонно слушала глупый шепот Гомзина, — Ната делала глазки Бинштоку, — были все, кого можно встретить у Мотовилова. Дальше стояли родители из мещан. Впереди пахло духами, дальше к ароматам примешивался запах пота, сзади пахло потом и дегтем от смазных сапог. Ближе к дверям становилось теснее, — а впереди был простор и для «господ» рядами стулья.

Ученики пошли вереницею прикладываться к кресту. Отец Андрей торопливо и небрежно давал крест и кропил. Мальчики наскоро крестились и отходили с каплями священной воды на вспотевших носах.

Логин пробрался вперед. Баглаев толкнул его в бок пухлым белым кулаком, захихикал и спросил:

— Какова толпучка, а?

— Да, много. Да и жарко. Что ж, всегда так?

— То-то и дело, нет! Нынче собрались, — чуют скандальчик, а то кому тут бывать! Так, чуйки всякие.

— В школе, и вдруг скандал! Что за дребедень!

— Скандал везде может быть, это тебе всякий мальчишка скажет. Молина выпустили?

— Ну выпустили, — так что ж из того?

— Ну вот то-то, чудак! Всякому лестно посмотреть, придет ли он сюда.

— Что ж, он пришел? Баглаев свистнул.

— Прийти-то ему нельзя, друг любезный, — он в отставке числится, да и неловко. Но публика не соображает, — ей все-таки лестно посмотреть скандальчик.

— Да какой скандальчик, говори толком!

— Мотовилов речь скажет на злобу дня.

— А ты откуда знаешь?

— Я не знаю, я, брат, предвижу. На то я и городской голова: свое стадо знаю даже до тонкости. Я, брат, всю подноготную знаю. Нет, брат, ты у меня спроси, кто что сегодня обедает, так я тебе и то скажу!

Прикладывание к кресту кончилось, отец Андрей снял рясу. Публика усаживалась. Мотовилов занял среднее место за столом, по обе стороны сели Крикунов и отец Андрей.

— Пожалуйста, займите ваше место, — сказал Мотовилов Шестову снисходительно и важно.

Шестов досадливо покраснел и уселся на стул рядом с Крикуновым. Думал о Мотовилове:

"Нахал! Распоряжается, как у себя дома".

Публика волновалась, видимо, ждала чего-то, — теперь Логин ясно видел это по общей озабоченности и радостной возбужденности лиц. Особы постарше делали равнодушные лица; изредка значительно усмехались, переглядывались. Помоложе да понаивнее широко открывали глаза и жадно смотрели туда, в сторону стола под красным сукном, где величественно и грузно возвышался Мотовилов с выражением мудрости и добродетели на лице, морщился и корчился Крикунов, солидно посиживал и поглядывал отец Андрей и сгорал от смущения оглядываемый всеми Шестов. Вначале шло неинтересное. Ученики пропели громко и нестройно гимн святым Кириллу и Мефодию, Крикунов прочел обзор училищной деятельности, потом ученики снова прогорланили две развеселые народные песни, потом отец Андрей прочел список учеников, выдержавших и невыдержавших экзамены. Ученики, награжденные книгами и похвальными листами, подходили к столу и получали свое из рук Мотовилова, а он говорил им благосклонные слова. Потом ученики еще раз запели. Было скучно, — публика томилась от нетерпения и духоты.

Наконец поднялся Мотовилов. Струя оживления пробежала в зале, — и вдруг настала тишина, да такая жадная, трепетная тишина, что нервным людям даже сделалось жутко. Мотовилов говорил:

— Поздравляю вас, дети, с окончанием вашего годичного труда. При этом не могу не высказать вам моего наблюдения: я замечаю на ваших лицах отпечаток грусти. Не стану расспрашивать вас о причинах этой грусти, так как она касается отчасти и нас самих. Мы не видим в своей среде вашего учителя и нашего сотоварища, Алексея Иваныча Молина. Я не имею права вдаваться в обсуждение причин, по которым мы его здесь не видим. Но общественное мнение громко говорит об его невиновности, — и мы уверены, что закон и общественная совесть снимут с него пятно, возводимое обвинением. Мы можем надеяться, что снова увидим Алексея Иваныча в своей среде таким же, каким он был и прежде, полезным деятелем. Прощайте, дети! Идите по домам!

Все зашевелились. Задвигались стулья. Ученики расходились со своими родителями. Гости шумно заговорили. Какая-то барышня спрашивала:

— Только-то и было?

Многие были разочарованы-ждали большего. Казначей говорил:

— Да, это не того, — перцу мало. Надо было этого Шестова хорошенько пробрать.

Исправник заступился за Мотовилова:

— Нет, братцы, он все-таки молодец, енондершиш, за словом в карман не полезет.

— И гладко стружит, и стружки кудрявы, — сказал Дубицкий.

Крикунов был вполне доволен: глазки его весело горели, и он злорадно посматривал на Шестова. Мотовилова окружили: поздравляли, горячо восхваляли речь. Он сиял и самодовольно говорил:

— Я, господа, на правду черт. Я нараспашку, говорю по-русски, режу правду-матку.

Приглашал оставаться на завтрак. Для завтрака очищали место в этой же зале: несколько учеников относили стулья в сторону, сторожа волокли столы, составляли их вместе, покрывали скатертями. Когда лишний народ вывалился, стало свежее и прохладнее. С улицы доносились веселые детские крики, птичий писк и струи теплого воздуха.

— Вы останетесь? — спросил Шестов у Логина.

— Не имею охоты, — улетучусь незаметно.

— Ну и я с вами уйду.

Но не удалось уйти незамеченными: Крикунов бегал по училищу в хлопотах и попыхах и наткнулся на них, когда они разыскивали пальто-

— Василий Маркович! Егор Платоныч! Голубчики, куда же вы?

— Извините, Галактион Васильевич, не могу, — решительно сказал Логин.

— Помилуйте, да как же можно! Обидеть нас хотите. Да вы посидите хоть немножко.

— Душой бы рад, да некогда, не могу! Уж простите.

— Да нет, я вас не пущу. А вы, Егор Платоныч, да вам-то уж и совсем нельзя: ведь вы здесь свой, — как же это можно!

Шестов сконфузился и покраснел.

— Нет уж, я уж не могу, извините, — лепетал он и теребил пальто.

— Ну полно, полно, снимайте пальто! — все решительнее говорил Крикунов.

Шестов уже было повернулся к вешалке. Бросал умоляющие взгляды на Логина.

— Мое почтение, Галактион Васильевич, — решительно сказал Логин и пожал руку Крику нова. — Пойдемте, Егор Платоныч, — сказал он Шестову тем же решительным голосом, взял его под руку и быстро пошел к выходу.

Шестов обрадованно вздохнул. А Крикунов канючил им вдогонку:

— Ну как же это можно! Эх, господа, что ж вы делаете!

Шестов весело смеялся: чувствовал себя в безопасности.

Логин говорил, когда вышли на улицу:

— Не будь меня, пришлось бы вам провести несколько часов в осином гнезде!

— Да, что поделаешь, такой уж у меня характер, не могу отказываться.

— А вы и не отказывайтесь, если не можете; вы только делайте по-своему.

— Да, — жалобно протянул Шестов, — не очень-то это просто.

— Что там не очень! Вы меньше думайте о том, что о вас думают, да как на вас смотрят, а сами внимательнее посматривайте да послушивайте. Вот, хотите, я вам речь Мотовилова на память повторю?

Логин повторил речь от слова до слова. Шестов сказал:

— У вас отличная память!

— Просто развита привычка останавливать внимание на длинных предметах, а остальное на это время выкидывать из головы, чтоб не развлекаться. Да вы никак трусить начинаете?

— Да нет, я ничего.

— Ах, юноша, давно пора выбрать: или полная покорность, или полная независимость, — конечно, в пределах возможного: или мокрая курица, или человек, как надо быть. Ведь вокруг вас все такая дрянь!

В зале училища стол украсился винами и водкою. Принесли пирог с курии ею. Гости уселись за стол. Рюмки быстро опрокидывали свое содержимое в непромокаемые гортани. В соседней комнате хор учеников отхватывал народные песни.

Мотовилов медленно обвел стол глазами и спросил:

— А где же молодой учитель, господин Шестов?

— Ушел, не пожелал разделить нашей трапезы, — смиренно ответил Крикунов.

— Вот как!

— Да-с, и господин Логин тоже не пожелали остаться, — докладывал Крикунов, — они-то, собственно, и изволили увлечь нашего сослуживца.

— А что, господа, — говорил отец Андрей, — вот сейчас Алексей Степаныч изволил выразить надежду на то, что мы снова увидим в нашей среде Алексея Иваныча. Когда еще его формально оправдают, а я думаю, ему горько сидеть теперь дома, когда его друзья собрались в этих стенах, где он, так сказать, был сеятелем добра. Так не утешить ли нам его, а?

— Да, да, пригласить сюда, — поддержал Мотовилов. — Я думаю, это будет справедливо: если он не мог участвовать в официальной части, то мы все-таки покажем ему еще раз, как мы его любим и ценим. Как, господа?

— Да, да, конечно, отлично! — послышалось со всех сторон.

— Это будет доброе дело, — сказал Моховиков, — наше внутреннее сердце скажет это каждому.

— Так уж вы распорядитесь, Галактион Васильевич, — обратился Мотовилов к Крикунову, — он ведь и недалеко живет, а мы подождем со следующими блюдами.

Крикунов суетливою побежкою устремился к сторожам, послать за Молиным. Общество опять радостно оживилось: ждали Молина, как дети гостинца. Он явился так скоро, как будто ждал приглашения, — Крикунов послал за ним коляску Мотовилова. Молин был одет не без претензий на щегольство. На толстой шее белый галстук с волнистыми краями и с вышивкою; новенький сюртук хомутом; пахло от Молина-кроме водки, — помадою.

Гул приветственных восклицаний. Молин обходил вокруг стола, неуклюже раскланивался, пожимал руки и не без приятности оскаблял рябое лицо. Мямлил:

— Утешили! Сидел один и скучал. Признаться откровенно, — хоть и стыдно, — всплакнул даже.

— Ах, бедняжка! — восклицали дамы.

— Стыжусь сам, знаю, что раскис, да что делать с нервами? Расшатался совсем, — сижу и плачу. Вдруг зовут! Воскрес и лечу! И вот опять с друзьями!

— С друзьями, Лешка-шельма, с друзьями! — закричал Свежунов и обнял Молина, — ничего, не унывай, действуй в том же направлении!

— Поздравляю, енондершиш, — говорил исправник, — вас любят в обществе, — это умилительно!

Всякий старался сказать Молину что-нибудь утешительное, приятное. Его посадили к дамам, кормили пирогом, подливали то водки, то вина. А мальчишки задували себе развеселые песни. В антрактах пили чай, ели сладкие булки, — все от щедрот Мотовилова.

Раздался стук ножа по стакану. Кто-то крикнул:

— Т-с! Алексей Иваныч хочет говорить! Все замолчали. Молин поднялся и начал раскачиваться в ту сторону, где Мотовилов. Заговорил:

— Алексей Степаныч! Вы для меня сделали, прямо скажу, благодеяние. Ну, я человек не хитрый, красно говорить не умею, — что чувствую, прямо, по-мужицки, по-простецки… Да что тут говорить! Эх, прямо сказать: спасли! Дай вам Бог! На многая лета! За здоровье Алексея Степаныча, — ура!

Все закричали, повскакали с мест чокаться. Мотовилов и Молин обнимались, целовались.

После завтрака вытащили фисгармонику, под звуки которой распевали ученики, и пустились танцевать, — шумно, с хохотом, шалостями, вознёю: кавалеры кривлялись и неровно подергивали дам, дамы взвизгивали. Две бойкие барыньки овладели застенчивым юношею, сельским учителем. Он не умел танцевать; ему дали даму, сказали, что танцуют кадриль, и стали перепихивать его из рук в руки. Юноша горел от смущения и неловко топтался. Было весело и пьяным и трезвым.

В антрактах между танцами мальчуганы продолжали крикливый концерт. Им любопытно было посмотреть на веселые танцы: они не скучали и с удовольствием глотали пыль, летевшую в их наивно открытые ртишки. Их щеки горели, глаза смеялись. Их регент, дьякон, тоже подвыпил. Пришел в благодушное настроение и не теребил певчих. Во время пения и во время танцев одинаково бестолково махал руками и добродушно покрикивал:

— Ах, мать твоя курица! Но, но, миленькие, валяй напропалую! Во что матушка не хлыстнет!

Пожарский и Гуторович ходили обнявшись и напевали легкомысленные песенки.

Крикунов тоже раскис, без устали молол жиденьким, гаденьким голосенком сальные анекдотцы и замазывал их рыхлым смешком. Оказалось, что запас этой дряни у него велик. Память у него была хороша, особенно на мелочи и пустяки.

Молин, опьянелый от водки и от избытка чувств, подходил к певцам, целовался с ними, мямлил трогательные слова. При этом детские лица делались испуганными, каменели. Кому приходилось целоваться, открывали глаза, вытягивали губы, принимали глупый, оторопелый вид; потом обдергивали блузы, виновато озирались, смущенно крутили пальцы, а носы их против воли морщились от противно-перегорелого запаха водки и от того особого тепловато-аптечного аромата, которым был пропитан Молин, как все эти мужчины, которые, подобно ему, вечно возятся с лекарствами против секретных болезней.

От мальчиков Молин переходил к девицам и непослушным языком говорил неповоротливые любезности. Валя вздумала пококетничать. Это разлакомило и разнежило Молина— Охватил ее талью потною рукою. Она с громким хохотом отстранилась. Молин вдруг запустил широкую лапу за лиф Валяна платья. Лиф затрещал. Валя неестественно громко взвизгнула. Ее голос покрыл все звуки шумного веселья. Убежала в другие комнаты чиниться. Молин было за нею. Удержали.

Молин еще долго путешествовал из комнаты в комнату. Наконец ослабел, рухнул в зале на пол и мгновенно заснул. Гомзин говорил сторожу, тоже сильно пьяному:

— Послушай, Михей, ты ему подушку достань.

— Нет у мена теперь подушки, — отвечал Михей-

— Ну вот! Ты сходи к Галактиону Васильевичу и спроси, — убеждал Гомзин.

— Какая теперь подушка! — резонно говорил Михей. — Разве можно им теперь подушку подложить? Голова у них теперь тяжелая! Разве можно их теперь беспокоить? Бог с ними, пусть выспятся.

— Так нельзя, ты говоришь? — спросил Гомзин.

— Известно, нельзя. Сами изволите знать, — человек тяжелый, как им теперь подушку? Да помилуйте, да так им много лучше, потому в прохладе.

Мальчишки затянули: "На заре ты ее не буди". Кто-то догадался наконец прогнать их по домам.

Глава тридцать третья

Днем, когда Шестова не было дома, пришел Молин. На звонок отворил Митя. Молин спросил:

— Дома Шестов?

Мальчик опасливо посмотрел и ответил:

— Нет его. Мама дома.

Молин вошел в гостиную, сел на кресло. Митя пошел за матерью в кухню. Молин от нетерпения топал ногами. Наконец пришла Александра Гавриловна; ее лицо раскраснелось от кухонного жара.

Молин не встал и не здоровался. Хрипло сказал:

— Деньги принес за квартиру. Александра Гавриловна села в другое кресло. Спокойно ответила:

— Напрасно беспокоитесь, — мы могли бы и подождать: может быть, вам теперь нужны деньги.

Митя стоял в соседней комнате. Выглядывал из дверей. Был в старенькой блузе, босиком.

— Ну, уж это не ваше дело, — сказал Молин, — принес, так берите.

— Как угодно,

— Да вы мне расписку дайте.

— Митя! — позвала Александра Гавриловна. — Принеси чернильницу и бумагу.

— Сейчас, — откликнулся Митя и скрылся.

— А то скажете, что не получали.

— Это уж вы напрасно.

— Нет, не напрасно, знаю я вас, черт вас возьми! — запальчиво закричал Молин.

Митя принес лист почтовой бумаги и стеклянную чернильницу репкою на деревянном блюдце и с пробкою с оловянным верхом. Не ушел, остался у стола. Отнял с той половины стола, где сидела мать, вязаную скатерть, чтоб мелкие дырочки не мешали писать. Молин вытянул ноги и тяжелым каблуком надавил Митину ногу. Митя покраснел и тихо отошел, стараясь, чтобы мать ничего не заметила. Александра Гавриловна спросила:

— Потрудитесь сказать, что я должна написать. Молин диктовал, злобно ухмыляясь:

— Пишите: получила за квартиру десять рублей от каторжника Алексея Молин а.

Александра Гавриловна написала первые слова и с удивлением поглядела на Молина.

— Ну да, вы хотели меня на каторгу послать, вот и пишите.

— Ну уж этого я, воля ваша, не напишу: вы толком скажите, что дальше писать.

Молин настаивал и возвышал голос:

— Нет, вы пишите, что от каторжника! Митя вмешался.

— Пиши, мама: от Алексея Иваныча Молина, потом число сегодняшнее и подпись. Вот и все.

Александра Гавриловна отдала расписку Молину. Прочел, злобно усмехнулся, положил расписку в боковой карман измятого, пыльного сюртука и потянулся в кресле.

— Так-то, Александра Гавриловна, удружили вы мне!

Александра Гавриловна вздохнула и сказала:

— Ну, еще кто кому удружил, неизвестно.

— Вы мне не все веши отдали.

— Уж этого не знаю: вы потребовали, чтоб ваши вещи отправили к отцу Андрею, и сами не пришли, — ну Егорушка все вещи к нему и отправил.

— Одной колоды карт нет, — угрюмо настаивал Молин.

— Уж это вы спросите у Егора, — я не знаю.

— Прикарманили. Да вы у меня, может быть, и еще что-нибудь слимонили, из ношеного, для сынка вашего, оборвыша.

— Вы забываетесь, Алексей Иваныч. Вы пришли, когда я одна...

— Ты не одна, мама, — сказал Митя.

Смотрел на Молина, и на лице его была гримаса отвращения и досады. Мать положила руку ему на плечо. Сказала:

— Ох уж ты!

Молин злобно засмеялся.

— Да я и денег передал что-то уж очень много. Сомневаюсь я, — что-то уж очень начетисто. Обакулили меня.

Молин еще больше развалился в кресле и положил ноги на диван.

— Да что вы, батюшка, — укоризненно сказала Александра Гавриловна, — белены объелись? Опомнитесь, постыдитесь!

— Грабители! Черти проклятые! — бурчал Молин. Митя задрожал в руках матери. Рванулся вперед. Крикнул звонко:

— Как вы смеете так себя вести! Уберите ноги с дивана! Сейчас уберите и уходите вон— Вы нарочно пришли, когда Егора дома нет, чтоб здесь накуражиться. Уходите, или я вас в окно выброшу.

Молин встал и глядел на мальчика злобно и трусливо. Александра Гавриловна тянула Митю за плечи назад и шепотом унимала его. Митя отбивался.

— Оставь, мама, он-трус, он только куражится. Он не посмеет драться.

Молин сделал плаксивую гримаску, подставил Мите лицо и жалобно сказал:

— Ну что ж, ругайте меня, бейте, плюйте мне в лицо, я ведь каторжник, меня можно.

— А не хотите уходить, — говорил Митя, — я пошлю за Егором, вы с ним и объясняйтесь, а маме не смейте дерзостей делать. Ждите, коли хотите, и сидите смирно.

— Да, как же, я буду Егора Платоныча ждать, а вы бранить будете, еще в угол поставите! Нет, черт с вами, уж я лучше уйду. Прощайте, благодарю за ласку.

Молин круто повернулся и пошел к выходу. В дверях он зацепил локтем за косяк, — руки он держал растопыренными из чувства собственного достоинства. С треском вывалился из комнаты, повозился в передней, ощупал выходную дверь, громко захлопнул ее за собою и тяжко загрохотал сапогами по лестнице. Со двора в открытые окна доносились его громкие ругательства и чертыханья.

— Ах ты, аника-воин! — говорила Мите мать. — Вот подожди, нажалуется он Мотовилову-достанется тебе на орехи.

— Как же это?

— А так: позовут тебя в гимназию, высекут так, что до новых веников не забудешь, да и выгонят.

— Ну, этого не могут сделать.

— Не могут? А кто им запретит? Очень просто, возьмут да и попарят сухим веником.

— Ах, мама, какие ты говоришь... Этого и в правилах нет.

— Они в правила смотреть не станут, а посмотрят тебе под рубашку, да и начнут блох выколачивать. Вот ты и будешь знать, как звать кузькину мать. Знаешь: с сильным не борись, с богатым не судись.

На другое утро к Шестову явились Гомзин и Оглоблин. Торжественный вид и помятые лица: пьянствовали всю ночь. Хриплыми с перепою голосами осведомились, дома ли Шестов. Шестов услышал их, вышел в переднюю. Обменялись торопливыми рукопожатиями. Гомзин, сердито сверкая зубами, сказал:

— Мы к вам по делу.

Оглоблин молча покачивался жирным телом на коротеньких ногах. Шестов пригласил их в кабинет. Гомзин и Оглоблин уселись, помолчали, потом взглянули один на другого, оба разом сказали:

— Мы...

И остановились и опять переглянулись. Шестов сидел против них с опущенными глазами, то раскрывая, то закрывая перочинный нож о четырех лезвиях, в белой костяной оправе.

Наконец Гомзин сказал:

— Мы пришли от Алексея Иваныча.

— Послушайте-ка, — вдруг заговорил Оглоблин, — дайте-ка нам по рюмочке пользительной дури. Гомзин строго взглянул на него. Шестов встал.

— И если б можно, — продолжал умильным голосом Оглоблин, — чего-нибудь кисленького: соленого огурчика, брусничку,

— Да, именно, брусничку, — оживился вдруг Гомзин, и белые зубы его весело улыбнулись, — голова что-то побаливает.

— Знаете, начокались, — пояснил Оглоблин. Шестов постарался придать себе полезный вид и отправиться за водкою. Когда он вышел, Гомзин сказал вполголоса:

— Пить у него не следовало бы: всячески говоря, он — подлец.

Оглоблин лукаво усмехнулся и сказал:

— Да что ж, голубчик, по мне, пожалуй, хоть и не пить. Ну его к черту, в самом деле!

— Ну теперь уже, раз что просили, надо по рюмке... Шестов вернулся, сел на свое место. Сказал:

— Сейчас принесут.

— Нас прислал Алексей Иваныч, — объявил Гомзин. — Вы писали ему вчера письмо.

Шестов вдруг вспыхнул и заволновался. Сказал:

— Да, писал и почти жалею об этом.

— Так и передать прикажете? — насмешливо спросил Оглоблин.

— Нет, это я собственно для вас, а что касается письма...

В передней хлопнула наружная дверь, зашлепали босые ноги, от сильного удара локтем отворилась дверь комнаты, — и вошла Даша, растрепанная девушка с глупым лицом, в грязном ситцевом платье. В одной руке у нее была бутылка водки, в другой она держала подносик, жестяной, покоробленный, с расколупанною на нем картинкою. На подносике стояли тарелочка с селедкою и тарелочка с моченою брусникою с яблоками. Все это установила она на зеленом сукне письменного стола, вылетела из комнаты, вернулась через полминуты с тремя рюмками, двумя ложками и вилками, со стуком поставила все это на стол и скрылась. Шестов и его гости в это время молчали.

— Я вчера писал Алексею Иванычу, — заговорил Шестов, — мне кажется, довольно определенно. Что же намерен он теперь сообщить мне?

— Он очень сердится, — ответил Оглоблин. — Рвет и мечет.

— Да, он весьма раздражен, — подтвердил Гомзин.

— Ну, мне кажется, — сказал Шестов, — сердиться и раздражаться скорее я имею право. Гомзин наставительно стал объяснять:

— Вы должны были иметь в виду, что он теперь так взволнован и огорчен. Вполне естественно, что он сказал что-нибудь резкое. Но он положительно говорил нам, что не сказал ничего оскорбительного.

— Решительно ничего оскорбительного, — подхватил Оглоблин. — Однако, не выпить ли хлебной слезы?

— Налейте, — отрывисто сказал Гомзин и спросил Шестова:-Мы не понимаем, чем же вы недовольны?

Оглоблин налил все три рюмки, взял одну, стукнул ею по краям двух других, потом крикнул:

— Сторонись, душа, оболью!

И выпил. Широкою ладонью обтер губы, зацепил на ложечку брусники и сказал:

— Ну, господа, что ж вы? Не отставайте. Гомзин выпил, сделал такое лицо, как будто проглотил гадость, и пробурчал:

— Этакий сиволдай!

Он потянулся за брусникою.

— Вы не понимаете? — сказал Шестов. — Он в моей квартире вел себя безобразно. Я ему это и написал.

— Нет, позвольте, — сердито возразил Гомзин, — вы должны сказать, чем вы оскорбились. Иначе, помилуйте, что же это будет?

— Да, конечно, — сказал Оглоблин, — нам надо знать, мы все-таки по поручению... ну, и все такое. А то что ж пороть горячку из-за пустяков.

— Да вы какое именно поручение имеете? — досадливо спросил Шестов.

— Да вот, — объяснил Гомзин, — Алексей Иваныч очень раздражен и желает получить от вас объяснение письма.

— Какое ж ему объяснение? Ведь он оскорбил, а не я.

— Да что тут валандаться! — решительно сказал Оглоблин. — Вы на дуэль вызываете?

"А что, — подумал Шестов, — желаю ли я с ним драться, с этим?.. Фи, гадость какая!"

Брезгливо поморщился и ответил:

— Это, кажется, понятно. Уж это от него зависит принять вызов, или извиниться, или еще что выбрать.

— В таком случае, — сказал Гомзин, — нам необходимо знать, что именно вы считаете оскорбительным.

Шестов опустил глаза. Стало совестно рассказывать о вчерашней грубой сцене. Сказал:

— Я просил Василия Марковича Логина принять на себя в этом деле переговоры, — прошу вас к нему обратиться.

Гомзин и Оглоблин переглянулись.

— Ну, этого мы не можем сделать, — сказал Гомзин, — мы еще не получили полномочий.

— Зачем же вы пришли? — спросил Шестов. Взволнованно заходил по комнате.

— Да нам, собственно, надо знать, в чем именно... Шестов говорил бешено-тихим голосом.

— В том именно, что он вчера пришел, когда меня не было, сел на кресло, положил ноги на диван и говорил оскорбительные слова моей тетке. Понятно?

— Позвольте, — сказал Оглоблин, — что ж такое? Ну, он вчера выпил лишнее, ну что ж из того.

— Надеюсь, однако, что вы теперь имеете что сказать Алексею Иванычу, а о прочем обратитесь к Василию Марковичу.

— Хорошо, мы это передадим, — говорил Гомзин, — но еще раз говорю, что Алексей Иваныч раздражен. Впрочем, я уверен, что теперь он снабдит нас достаточными полномочиями. Поэтому я посоветовал бы вам поспешить окончить это дело. Алексей Иваныч шутить не любит. Так вот, мы предлагаем вам взять письмо назад.

— Господа, я просил бы вас прекратить: ведь уж все сказано.

— В таком случае имею честь... Гомзин церемонно раскланялся.

— Имею честь... — также церемонно повторил Оглоблин и вдруг прибавил:-А вы вашей рюмки так и не выпили? Распоясной-то? Вы, может быть, по утрам не употребляете этого крякуна? Я ведь также, но...

— Константин Степаны"! — строго позвал Гомзин-

Он стоял уже в дверях.

— Сейчас, сейчас. Но, видите ли, опохмелиться. Так уж я вашу хлобысну.

— Ну, однако, это черт знает что, — проворчал Гомзин. — Послушайте, Константин Степаныч! Оглоблин придержал рюмку у рта.

— Ась? — откликнулся он.

— Ну чего же один лакаешь, свинья! — энергично выругался Гомзин. — Налей и мне за компанию.

— Это дело, — похвалил Оглоблин.

Он налил Гомзину и поучительно сказал:

— Нет питья лучше воды, как перегонишь ее на хлебе.

Друзья выпили и закусывали. Шестов угрюмо смотрел на них.

— Хорошая брусника! — похвалил Оглоблин.

— Эге! — отозвался Гомзин. Оглоблин опять обратился к Шестову:

— Право, оставили бы, голубчик. Эх, чего там задираться! Возьмите назад письмецо, — вот мы его с собой приволокли. Ась, возьмете?

Оглоблин ласково всовывал в руки Шестова письмо, которое вынул из кармана. Шестов молча отстранился.

— Ну как знаете. А только он очень сердится. Распрощались, ушли.

В тот же день к вечеру Вкусов посетил Логина и объявил ему, что дуэли не допустит.

Глава тридцать четвёртая

Нета стояла на одном конце качельной доски, Андозерский на другом. Качались. В этом неудобном положении Андозерский успел объясниться в любви — и получил отрицательный ответ.

— Остановите качели, — сказала Нета.

— Я люблю вас, — повторил Андозерский.

Он стал поддавать слабее, но не останавливался.

— Жалею вас, — насмешливо сказала Нета. Держась за веревки и качаясь, они перекидывались отрывочными восклицаниями.

— Все бы отдал, — страстно восклицал он.

— Пустите! — гневно крикнула Нета.

— Добьюсь любви.

— Довольно!

— Любовь-великая сила.

— Пустите!

— Вы будете моею.

Нета вдруг сильно взмахнула качели. Она и Андозерский стояли с раскрасневшимися щеками и горящими глазами и все сильнее подбрасывали ногами доску, словно состязались в дерзании.

— Ты будешь моею!

— Никогда!

Замолчали. Качель взлетела так высоко, как только позволяли веревочные подвесы. Большие зубцы гипюрового воротника развевались и били Нету по лицу. Вдруг Андозерский заметил, что Нета сильно побледнела; ее глаза загорелись; вся она подвинулась к одному краю доски и как-то странно перебирала руками.

"Спрыгнет!" — догадался Андозерский.

Сильным напряжением задержал взмахи качелей. Нета сделала движение, но прежде, чем успела приготовиться к прыжку, уже Андозерский стоял на земле и удерживал доску. Нета сделала шаг к середине доски. Андозерский схватил ее за талию, снял с доски и поставил на землю. Нета тяжело дышала. Повторила:

— Никогда!

— Увидите! — ответил он.

Она отвернулась, хотела уйти. Он опять схватил ее. Губы его почти касались ее щеки. Но она вывернулась и убежала.

"А, эта не уйдет!" — подумал Андозерский.

Отправился в дом и отыскал хозяина. Их беседа в кабинете Мотовилова была недолга. Потом Мотовилов пришел с Марьею Антоновною.

Когда Андозерский уходил, у него был вид победителя.

— Садись и слушай, — сказал Мотовилов Нете, когда она вошла в кабинет.

— И благодари отца, — прибавила Марья Антоновна.

Нета села на рогатом стуле, зацепилась пышным бантом кушака и стала освобождать его. Не любила этой комнаты с неуютною мебелью.

"Сидел бы сам!" — думала про отца.

А Мотовилов очень удобно развалился на низеньком диване. Рядом важно торчала его коротенькая жена.

— Так вот, мать моя, — сказал Мотовилов дочери, — тебе счастье, — в генеральши метишь.

— Не имею ни малейшего желания, — капризно ответила Нета.

— Я имею сообщить тебе приятную для нас, твоих родителей, новость: Андозерский просит у нас твоей руки.

— Совершенно напрасно хлопочет! — решительно сказала Нета.

Мотовилов строго посмотрел на нее, а Марья Антоновна сказала наставительно:

— Не капризничай, Нета, — он прекрасный молодой человек.

— И на такой хорошей дороге, — подхватил Мотовилов.

— Да я уж люблю другого, — сказала Нета.

— Вздор, мать моя! Выкинь дурь из головы: за Пожарским тебе не бывать!

— А за Андозерского я не пойду!

— Слушай, Нета, — внушительно сказал Мотовилов, — я тебе серьезно советую, — подумай!

— Подумай, Нета, — сказала Марья Антоновна.

— А иначе тебе худо будет. Я из тебя дурь выбью, не беспокойся. И актеру не поздоровится.

Нету подвергли беспрестанному домашнему шпынянью. Отец призывал ее раза по два на день в кабинет и читал длинные наставления, — должна была стоять и слушать.

— Я устала, — сердито сказала она во время одного такого выговора.

— Ну так стань на колени! — прикрикнул отец.

И ей пришлось еще долго слушать его, стоя на коленях.

Мать пилила понемножку, но почаще. Юлия Степановна подпускала шпильки. Видеться с Пожарским Нете не удавалось, но сумела-таки переслать ему записку.

Дня через два Пожарский явился утром и попросил доложить Алексею Степановичу. Горничная, молоденькая, смазливая девушка, вся красная и крупная, рыжеволосая, краснолицая, в красной кофточке и белом переднике, с красными большими руками и с красными ногами, принесла ответ: не могут принять. Пожарский сказал:

— Скажи Алексею Степановичу, что по важному для него делу.

Горничная пошла неохотно. Пожарский вынул из кармана визитную карточку и карандашом написал:

"Дело у меня несложно, не хотите выслушать, так я словесно передам через кого-нибудь, — только, может быть, вы пожелаете избегнуть огласки; дело щекотливое, и огласка ваши же планы расстроит"-

Горничная вернулась и сказала ухмыляясь, словно радуясь чему-то:

— Извиняются. Никак не могут.

— Ну так передай вот это.

Через минуту горничная опять вышла к Пожарскому. Красное лицо ее досадливо хмурилось. Она сказала:

— Просят пожаловать.

— Давно бы так, — проворчал Пожарский. Мотовилов ждал в кабинете. Тщательно припер дверь. Спросил сухо:

— Чему обязан?

— Многоуважаемый Алексей Степанович! — торжественно сказал Пожарский. — Имею честь просить у вас руки вашей дочери, Анны Алексеевны.

— Вы только за этим явились?

— А его от ответа зависит.

— Ответ вам известен, — резко сказал Мотовилов. Пожарский нахально улыбался. Сказал:

— С тех пор обстоятельства изменились, и потому я беру смелость...

— Ваши обстоятельства?

— Нет, не мои лично.

— Я уже говорил вам, — начал было Мотовилов. Пожарский развязно перебил его:

— Поверьте, Алексей Степаныч, будет лучше, если вы согласитесь.

— Одним словом, это окончательно.

— В таком случае я должен вам сказать, — хотя и с прискорбием, — что, прося теперь руки вашей дочери, я только исполняю долг честного человека.

— Что? — крикнул Мотовилов. Побагровел.

— Увы! — вздохнул Пожарский, — "в ошибках юность не вольна!" Это и есть обстоятельство...

— Это — ложь! Гнусная ложь!

— Могу доказать...

После нескольких минут бурного разговора Пожарский очутился на улице. Растерянно думал:

"Досадно! Кремень человек! Не ждал я того, — только напрасно поклеп взвел на мою Джульетту. Как бы ей перечесу не задали!"

Посетил Андозерского, и также неудачно. Андозерский поверил, но сделал вид, что не верит. Видно было, что не отступится.

Нете поклеп Пожарского обошелся дорого. Отец призвал ее. Бешено раскричался. Нета ничего не понимала и не могла оправдываться. Ее ответы казались отцу признаниями. Свирепел все более. Его крики наполняли весь дом. Надавал Нете пощечин. Нета горько рыдала. Наконец Мотовилов устал. Вспомнил, что надо рассказать жене. Выпил воды. Прошелся по кабинету. Сказал:

— Ты, матушка, в могилу меня уложишь. Но ты еще у меня в руках. Иди к себе и жди березовой каши.

Нета ушла. Мотовилов и Марья Антоновна долго разговаривали. Потом Марья Антоновна пошла к дочери.

Нета сидела одна. Неутешно плакала. Не сомневалась, что отец исполнит угрозу. Но все не могла понять, что случилось. Мать долго сидела с нею.

Наконец Нета сказала:

— Он-негодяй! Ее глаза засверкали.

Марья Антоновна пошла утешить мужа. Мотовилов сказал:

— Ну и слава Богу! Я очень рад. А все-таки Нета виновата, и уж как ты хочешь, а я ее накажу. Уж очень она норовитая. Выбрала, кого любить, нечего сказать.

Нету опять позвали к отцу.

К вечеру в городе уже звонили, что Нету высекли. Молин был в восторге. Радостно рассказывал друзьям. Сочинял глупые и пошлые подробности. Веселились, — Гомзин стучал великолепными зубами. Бинпгток хихикал.

Глава тридцать пятая

Каждое утро Логин просыпался мрачный, хмурый. В стенах его квартиры было знойно. Румяный, рыжеволосый мальчуган, который привиделся в то несчастное утро, сделался так телесен, что начал отбрасывать тень, когда стоял в лучах солнца. Но стоило подумать об Анне, — и мальчуган исчезал, словно его не было.

Припомнились дела последних дней, свои и чужие. Жестокий яд злой клеветы все больнее жег сердце. И уже Логин знал, от кого идет клевета. И дела чужие, — негодование, презрение кипели над воспоминаниями о них.

Со всеми злыми думами и воспоминаниями связывался один ненавистный образ — Мотовилова. Злоба к Мотовилову подымалась, как дьявольское оде ржание, и мстительное чувство яростно боролось с внушениями рассудка. Напрасно припоминал заветы прощения. Напрасно приводил себе на память Аннины ясные глаза. Негодование владычествовало над памятью, и Анна припоминалась негодующая, и слышались ее страстные слова:

— Вот человек, который не имеет права жить!

Жажда мщения томила, как жажда, томящая в пустынях. Тяжело было думать, что Мотовилов, это ходячее оскорбление, этот воплощенный грех, еще живет, и дышит одним воздухом с Анною, и отравляет этот воздух гнилыми речами. Иногда Логин представлял себе, что Мотовилов обидит или оскорбит Анну, — и острая боль пронизывала его.

"Но и я не такой ли, как Мотовилов?" — спрашивал он себя и строго судил свое отягощенное пороком прошлое.

"Надо отделаться от ненавистного прошлого, убить его! Остаться жить с одною чистою половиною души. Эта жизнь невозможна. Исход, какой бы то ни было. Хотя бы мучительный, как пытка или казнь".

Чем больше думал об этом Логин, тем сильнее в нем бушевала злоба, страшная ему самому, дикая, зверская, — и тем невыносимее было это состояние, тем повелительнее требование исхода. Это будет, быть может, что-нибудь жестокое, — Логин не знал, что именно, даже не думал об этом и боялся думать, — но чувствовал все сильнее необходимость исхода.

Порою воспоминание доверчивых Анниных глаз навевало успокоение, — и в душе был праздник и рай. Но быстро пролетали светлые минуты, — приходил другой человек, мстительный, злобный, и горько жаловался на свои обиды.

И после каждого светлого промежутка все ненавистнее становился Логину этот его другой человек, все тягостнее была его злоба. Необходимо было покончить с этим, отделаться от печальной необходимости быть двойным.

Видя его мрачную задумчивость, Леня иногда говорил:

— Пора бы вам сходить к Ермолиным. Книжки-то вы, поди-ка, все прочли, так перечитать и потом успеете.

Логин улыбался и отвечал:

— Твое ли это дело, Ленька?

— Отчего же не мое? — отвечал Леня,

Логин шел к Ермолиным. Думал дорогою, под надоедливое стрекотание кузнечиков, что надо поговорить с Анною и сказать ей, что он не стоит ее, сказать ей, чтоб она его забыла. Если не заставал ее дома, шел искать ее в поле, в деревне, на мызе, хоть и знал, что найдет ее за делом и, может быть, помешает.

Но едва завидит ее издали, — и забываются мрачные мысли. Другим человеком подходил к ней, — пробуждался доверчивый, кроткий Авель, а угрюмый Каин прятался в тайниках души. Но чуткая Анна различала холодное дыхание Каина в безмятежно-нежных речах Логина и тосковала. Она томилась мыслью: как растаять лед? как умертвить Каина? как восстановить в смятенной душе Логина немеркнущий свет святыни? Надо ли принести жертву?

И она решилась принести жертву, а горькие сомнения не оставляли ее: полезна ли будет жертва? не разнуздает ли она зверя?

Говорили они о многом, о своей будущей жизни, о городских делах, В городе разгорелась холера. Народ глухо волновался. Все раздражало невежественных людей: санитарные заботы-и яркая звезда, холерный барак-и освобождение Молина, клеветы на Логина-и толки о земских начальниках. Усилилось пьянство, в трактирах и на улицах происходили драки. Из людей зажиточных иные стали выбираться из города; боялись холеры, боялись и беспорядков.

Анна пришла вечером к отцу, опустилась перед ним на колени и доверчиво прижалась к нему. В лучах зари лицо ее рдело, и лежало на нем неопределенное, вечернее выражение, счастливая грусть. Ее волосы были распущены, ноги не обуты, и белое платье, простое, как туника, ложилось широкими складками. Сладкий запах черемухи вливался в открытые окна.

— Так-то, мой друг, решила ты свою судьбу, — тихо сказал Ермолин.

— Да. И жутко сначала. Точно купаешься о полночь, и не видно берега.

— Не утонуть бы вам обоим. Щеки у Анны вспыхнули.

— Не беда! У него нет устоев, он может погибнуть без пользы и без славы. Но в нем и великие возможности. Мы с ним всхожие.

— А будешь ли ты с ним счастлива? Анна кротко улыбалась и смотрела снизу в глаза отцу. Сказала:

— Будет горе, — так мы и с горем проживем. Ты приучил меня не бояться того, чего боятся слабые.

— Горе жизни, милая, пострашнее, чем босою по снегу походить или от боли под розгами пореветь.

— Поборемся, — тихо отвечала Анна. Нежно улыбалась, а из глаз ее медленно падали крупные слезы.

Поздно вечером у Логина в кабинете сидел Баглаев. Перед ними стояла батарея бутылок, пустых, полных, недопитых. Баглаев боялся холеры и потому усиленно пьянствовал. Настроение Логина было под стать попойке. Было что-то фантастическое в том, что маячило перед глазами Логина. Небольшая комната казалась облитою красным заревом. Раскрасневшееся Юшкино лицо смотрело пьяно и бессмысленно. Логин чувствовал, как мучительно бьется кровь в висках, как мучительно кружится голова. Юшка лепетал коснеющим языком:

— Ну да, я знаю, что я-свинья! И даже хуже, — просто блоха паскудная, ничтожная тварь. Зато за мной и художеств больших нет: на блохе и блохи маленькие. Пьяница, — и все тут! А ты, — у тебя, брат, совесть нечиста. Ты-гордый и слабый человек! На грош амуниции, на рубль амбиции! Ты все фокусы выкидываешь, ты для фокуса рад человека убить!

— Заврался, любезный! — угрюмо сказал Логин.

— Нет, брат, Юшка не заврался! Юшка Баглаев не дурак! И, может быть, и заврался, но все равно как и не заврался. Ты не любишь никого, тебе все гнусно, ты нас, брат, презираешь. Ну и презирай, черт с тобой, так нам и надо. А я тебя все-таки люблю; ты малый сердечный, хоть иногда у тебя ничего не разберешь. Ну и дербалызнем, брат. А Мотовилов — негодяй, я это ему в глаза скажу.

Он дрожащими руками, но с большим увлечением налил рюмки. Логин уже давно был странно молчалив. Он взял рюмку. Юшка лепетал:

— Стукнемся, брат, и хлобыснем. Выпили. Юшка продолжал:

— Да, я тебя люблю, хоть ты лицемер; ты скрытный, надменный человек. Ты все про себя. Ты всякую свою болячку хочешь сам расковырять и сожрать. Ты-человек фантастичный и озорной. Вася, друг мой, мне тебя жалко! Васюк! Не дворит тебе у нас!

Юшка расплакался и потянулся было целоваться. Но его всклокоченная и потная голова вдруг шатнулась, закинулась назад, завалилась на спинку кресла. Он еще раз всхлипнул, всхрапнул, обрушил голову на стол, на сложенные руки, и заснул. Логин закрыл глаза: под ложечкою сосало, стало жутко и сладко, и он поплыл куда-то, потом полетел в бездну, скорее и скорее, — и все слаще и жутче становилось. Падение окончилось, — и он открыл глаза. Мрачно и безобразно было в комнате.

Логин взял шляпу, спустился вниз и тихонько отворил выходную дверь. В то же время приоткрылась дверь из комнаты, где спал Леня. Леня выглянул в переднюю. Логин посмотрел, но не заметил его.

Шел по улицам, слегка покачивался. Полная луна сладко мучила его. Так пытливо и пристально смотрела, — чего-то ждала, или боялась, или угрожала чем-то? Не мог понять смысла ее бледных, злобно-неподвижных лучей, но смысл в них был, — язвительный, леденящий душу смысл.

В сознании Логин а пробегали несвязные отрывки мыслей и чувств. Неотступно стояли где-то рядом, сразу за порогом сознания, два таинственных гостя. Так бывает, когда знаешь по каким-нибудь приметам, что за дверью стоит кто-то, и когда он не входит. Логин напрасно старался отворить им дверь сознания. Один был чей-то образ; детское лицо, испуганные глаза, еще что-то знакомое, — но не знал, что это. Другой гость, — это было что-то бесформенное и странное, предчувствие или повеление, что-то злобное, мстительное, связанное с глубоко ненавистным образом. Это неопределенное и неотступное давило на грудь, затрудняло дыхание.

Временами казалось, что есть цель и что он знает, куда идет и зачем. Он не замечал дороги, глаза блуждали, и луна пристально смотрела на него. Ее бледные, злые лучи говорили, что это все так, как надо, что все решено и теперь должно быть исполнено.

Посередине моста остановился, оперся о перила и смотрел в воду. Вода тускло блестела. Темные, гладкие струи с тихим ропотом набегали на зыбкие устои. Ужас детского полузабытого кошмара проснулся в душе. Логин стоял в нерешительности. Захотелось вернуться. Поднял к небу тоскливые глаза. Что-то разбитое, и растоптанное, и похороненное в душе рванулось с отчаянным усилием из могилы. Жажда молитвы и покорности жалко затрепетала в сердце. Но в небе, пустынном и тихом, зеленый диск луны висел, мертвый и злобный, и леденил душу мертвыми лучами.

Логин пошел дальше. Безумные угрозы срывались с его языка. Знал, что сбудется сейчас предвещание детского кошмара. Пустыня небес, и мертвая луна с мертвою улыбкою и холодным светом, и редкие, бледные звезды говорили, что кошмар, томивший в детстве, теперь сбывается. Ветер жалобно шумел в ветках ивы, нагнувшейся над рекою, и заунывным воем повторял, что кошмар сбывается. Старые липы мотовиловского сада чутко смотрели поверх забора на дорогу, где шел бледный человек с дико расширенными глазами, человек, кошмар которого теперь сбывается. Окна заблестели под лунными лучами тусклым блеском, злобно радовались тому, что кошмар сбывается.

Калитка сада, через которую барышни ходили купаться, была затворена. Но непрочный запор уступил усилиям. Логин вошел в сад. В саду никого не было. В доме все спали. Только в кабинете Мотовилова светился огонек.

Мимо окон Логин прошел сад поперек и вышел во двор. Остановился в тени сложенной поленницы и соображал, как удобнее проникнуть в дом.

В саду на террасе стукнула дверь. Логик вздрогнул и попятился назад, меж двух поленниц. Споткнулся на что-то, — что-то твердое было под ногами, вроде гладкого полена. Он оттолкнул это вперед и боязливо глядел в сад, стараясь не выдаваться из-за поленниц. Сердце усиленно билось.

По саду шел Мотовилов. Логин сообразил, что он хочет пройти в огород, который был по ту сторону двора. В таком случае Мотовилов должен будет пройти мимо того места, где таился Логин.

Логин посмотрел на предмет, попавшийся под ноги. Топор. Быстро отодвинул его ногою назад, в темное место, быстро поднял, взял в правую руку. А Мотовилов уже входил во двор.

Логин замер в томительном ожидании. Шаги Мотовилова приближались. Вот прошел мимо Логина и не заметил его. Логин тихо выдвинулся из-за поленницы и взмахнул топором. Мотовилов отворил калитку и сделал шаг в огород. В это время тяжелый удар упал на его курчавую голову. Раздался глухой звук и легкий треск.

Мотовилов лежал ничком.

"Умер или без памяти?" — подумал Логин.

Наклонился, — окровавленный затылок был безобразен. Злоба и ненависть овладели Логиным. Опять взмахнул топором, еще, и еще. Хряск раздробляемых костей был противен. Отвратительна была размозженная голова.

"Не встанет", — злобно подумал Логин.

Бросил топор, выпрямился и быстро пошел через двор в сад. Чувствовал удивительное облегчение, почти радость. Мысль о том, что могут увидеть, еще не приходила в голову.

Когда он подошел к садовой калитке, пьяное бормотание раздалось на берегу. Остановился в тени забора и прислушивался.

Спи ряд он шел мимо забора, ругался и бормотал:

— Нет, брат, шалишь, не выпорешь, — руки коротки!

Спиридон увидел открытую калитку и грузно ввалился в сад. Его лицо на минуту остановилось против взоров Логина, — и Логин почувствовал ужас. Лицо свидетеля, — нет, не одно это было ужасно. То было лицо, искаженное непомерною мукою, отчаянием, стыдом, лицо, бледное до синевы, с потерянным взором испуганных глаз, с трепетными губами, — каждая черточка этого лица трепетала страхом, как бы перед неизбытною бедою. Он был не так пьян, как казалось по голосу, но весь, с головы до ног, дрожал мелкою, трусливо-жалкою дрожью.

Взоры Логина обратились к его рукам, и новая волна ужаса потрясла Логина. В дрожащих руках Спиридона виднелся кусок веревки. Он цепко держался за этот кусок. Логин не отдавал себе ясного отчета в том, какая связь между веревкою и появлением Спиридона здесь в эту пору, — но чувствовал, что есть связь, и связь ужасная. Прислонился к забору и смотрел, как Спиридон прилаживал петлю к толстому суку дерева, прямо против террасы.

Где-то далеко раздался веселый, бойкий напев. Он заставил Логина снова затрепетать.

"Бежать! Дальше от этого проклятого места!"

Опять никого не встретил на дороге, и только луна смотрела на него, и ее холодные лучи веяли успокоением.

"Убито злобное прошлое — не воскрешай его! — шептали ему лунные лучи. — Не раскаивайся в том, что сделано. Худо это или хорошо, — ты должен был это сделать.

И что худо, и что хорошо? Зло или благо — смерть злого человека? Кто взвесит? Ты не судья ближнему, но не судья и себе. Покоряйся неизбежному.

Не иди на суд людей с тем, что сделано. Что тебе нравственная сторона возмездия? От них ли примешь ты великий урок жизни? А материальная сторона — неволя, тягости труда, лишения, страдания, позор, — все это случайно выпадает на долю добрых и злых. Кому нужно, чтобы. к неизбытному горю и позору людскому прибавить твое горе, твой позор, и горе тех, кто любит тебя?

Пусть тлеют мертвые, думай о живом!"

Быстрыми шагами шел он по улицам, но его лицо было мирно и покойно. Если бы его встретил кто-нибудь, кто узнал бы убийцу! Нес на одежде капли крови, но одежда сгорит завтра, с этою уликою.

А Юшка все еще спал. Логин переоделся, спрятал окровавленную одежду и сел к столу. Представилось вдруг, что не выходил из комнаты и что все был только уродливый сон.

"Но мне этот сон никогда не забудется!" — печально подумал он.

Тоска сжала сердце. И вдруг встал перед ним спасительный образ Анны. За стеною послышалась ему ее тяжелая, уверенная поступь. Логин почувствовал себя сильным и юным. Есть к чему стремиться! Есть то, за что не страшна никакая борьба!

Юшка заговорил что-то впросонках. Логин стукнул бутылкою о стакан. Юшка заворочался и открыл мутные глаза.

— Ну что, Юшка, выспался?

Юшка встрепенулся, вскочил на ноги.

— Сморозил! Я и не думал спать. Ополоумел ты спьяна.

— Ну выпьем спросонок.

— Не хочу и пить по такому дурацкому поводу. Вишь, что выдумал! Чтоб Юшка Баглаев заснул перед водкой! Что ты, опомнись!

— А все же, Юшка, ты всхрапнул. Я успел в это время прогуляться.

— На что ты меня в глаза дурачишь? Ты сам спал.

— Неужели?

— Ей-богу, спал. Храпел во всю ивановскую.

— А мне показалось, что это ты, Юшка, спал.

— Ну вот. Ты еще во сне бредить начал, так я тебе голову водой мочил.

— Вот за это, брат, спасибо.

— То-то, Юшка Баглаев знает, когда что.

Наутро город был взволнован зверским преступлением. Мотовилова нашли убитым на дворе. Голова его была вся изрублена топором. Очевидно, убийца наносил бессмысленные удары бездыханному трупу. А недалеко от жертвы найден был и убийца: на дереве перед террасою висел уже охолоделый Спиридон. На его изорванной рубахе были видны кровавые пятна.

Перед домом Мотовилова теснился народ. Мотив убийства для всех был ясен: месть за то, что его осудили по жалобе покойного Мотовилова.

— Суд Божий! — говорили в толпе. — Бог-то видит. Настроение было строгое, сосредоточенное. Правда, иные буяны покрикивали:

— Так бы и иных прочих!

Но их унимали. Однако, кто повнимательнее всмотрелся бы в лица горожан здесь, в толпе, и в других местах города, когда заходила речь об убийстве, заметил бы в них следы жестоких, кровожадных мыслей. Кровавое событие таинственно волновало народ и словно подстрекало толпу к злому делу.

Глава тридцать шестая

К вечеру Анна сошла по ступеням террасы в сад и неожиданно встретила лицом к лицу Логина. Сердце ее замерло. Логин смотрел на нее воспаленными глазами. Его бледное лицо выражало страдание и злобу. Принужденно улыбнулся. До боли сильно сжал руку. Спросил:

— Я, кажется, помешал? Ты собралась куда-то.

— Нет, — отвечала Анна, смущенно улыбаясь, — я только хотела пройти...

— Впрочем, не задержу, — перебил он. — На минуту. Надо сказать... Но пойдем куда-нибудь дальше.

Все это говорил хриплым, прерывающимся голосом, словно не хватало воздуха. Не дожидаясь ответа, круто повернулся и быстро пошел, не глядя на Анну. Она едва поспевала за ним. Так пришли они к скамейке на берегу маленького озера, на котором медленно покачивались желтые касатики. Логин остановился. Порывисто схватил обе руки Анны и для чего-то привлек ее к самому берегу. Заговорил:

— Слушай, — я не люблю тебя.

— Неправда, — сказала Анна, бледнея.

— Да, да, я не люблю тебя, хоть ты дороже всего для меня на свете. Я не знаю, что это. Я такой порочный для тебя, и я хочу обладать тобою. Я ненавижу тебя. Я бы хотел истязать тебя, измучить тебя невыносимою болью и стыдом, умертвить, — и потом умереть, потому что без тебя я уже не могу жить. Ты околдовала меня, ты знаешь чары, ты сделала меня твоим рабом, — и я тебя ненавижу, — мучительно. Что ж, пока еще ты свободна, — прогони меня, видишь, я-дикий, я-злой, я-порочный. Скажи мне, чтоб я ушел.

Сжимал ее руки и пристально смотрел в ее глаза, печальные, но спокойные.

— Тебе тяжело, — кротко сказала она, — но я люблю тебя.

— О, милая! О, ненавистная! И моя ненависть тебе не страшна? И ты хочешь быть моею женою?

— Хочу, — без колебания сказала Анна. Глаза ее спокойно и твердо глядели на Логина, и он видел в них странное сочетание кротости и жестокости. Жестокое, злое чувство закипело в нем, багряно туманило глаза, томительно кружило голову. Шатаясь, выпустил он Аннины руки. Хрипло прошептал:

— Хочешь? Так вот!

Поднял руку ударить Анну. Глаза ее, испуганные, широко открылись, но она стояла неподвижная, с опущенными руками— Вдруг рука Логина бессильно опустилась, и он тихо склонился на песок дороги, к ногам Анны.

Стояла над ним, ясная, спокойная, и молча смотрела вдаль. Видела, что еще много горя и безумия ждет впереди, но будущее не страшило, а влекло странным очарованием.

— Анна, оставь меня моей судьбе! Я человек разрушенный, — печально сказал Логин, медленно подымаясь.

— Никогда! Пока жив, не теряй надежды.

— У меня была надежда на счастие с тобою. Но можешь ли ты любить меня после того, что случилось?

— Ничто нас не разлучит. Я сердцем приросла к тебе.

— Даже преступление? Кровь? Анна задрожала.

— Ничто не может разлучить нас! — воскликнула она. — Я бы за тобою пошла на каторгу, я помогла бы тебе нести тайну.

Подняла на Логина глаза; полные слез, они выражали страдание. Слезы катились по ее щекам, и это терзало сердце Логина.

— Нюточка, бедная моя, ты что-нибудь знаешь?

— Я знаю, что тебе тяжело. Открой мне твою тайну: пусть не будет у нас ничего неразделенного.

— Слушай, Нюточка, — я убил Мотовилова. Почувствовал опять ее трепет. Страшно было взглянуть на нее, — смотрел в сторону. Но молчание было невыносимо. Их глаза встретились. Состраданием горели кроткие глаза Анны. Логин почувствовал, как радость воскресает в его душе.

— Это было для меня роковым делом. Это началось давно, и мучило меня— Когда я убил его, я почувствовал, как это ни дико, радость и облегчение. Мне казалось, что в себе самом я убил зверя. Но я должен рассказать тебе все. Захочешь ли ты слушать меня?

— Да, расскажи мне все, — тихо сказала Анна. — И только мне, — не им же ты скажешь все это.

Логин и сам не ожидал, что повесть об его отношениях к убитому будет так длинна. Рассказывал и не чувствовал былой злобы. Но как тяжело было говорить об убийстве! Как это было жестоко, — это кровавое дело, — и как, по-видимому, бесцельно!

Наконец кончил и с тревожным ожиданием смотрел на Анну. Она взяла его руку.

— Ты убил прошлое, — решительно сказала она, — теперь мы будем вместе ковать будущее, — иначе и заново.

Она быстро нагнулась и поцеловала его руку.

— Нюточка! Чистая моя! — воскликнул Логин. — Как беден я перед тобою, жрица моя и агнец!

Опустился перед нею на колени и покрывал поцелуями ее руки.

— Пойдем вперед и выше, — говорила она, — не будем оглядываться назад, чтоб не было с нами того же, что с женою Лота.

Логин встал перед Анною и смущенно спросил ее:

— Надо ли признаться перед людьми?

— Нет, — твердо ответила Анна. — К чему нам самим подставлять шеи под ярмо? Свою тяжесть и свое дерзновение мы понесем сами. Зачем тебе цепи каторжника? Вот, у тебя есть сладкая ноша, — я: возьми, неси меня.

Встала, положила руки на его плечи. Он поднял ее на руки.

— Нет, не уноси меня, — тихо шепнула она, — посиди со мною здесь.

Обнял ее. Сел на скамейку и держал ее у себя на коленях. Она прилегла головою на его плече и полузакрыла глаза. Грудь ее порывисто колыхалась. Логин чувствовал жаркий трепет ее тела. Но ее неровное дыхание и горячий румянец ее лица не будили в Логине вожделения, и он смотрел на нее спокойными глазами, как на младенца. А — она томительно трепетала и смущенно склоняла отуманенные глаза.

— Какая ты тяжелая! — сказал Логин.

Анна быстро взглянула на него и улыбнулась.

"Отчего улыбка ее стыдливая?" — подумал Логин.

Логин вернулся домой с неопределенными ощущениями. Сначала, когда он ушел от Анны, простившись нежным поцелуем, его осенило мирное настроение. Но, приближаясь к городу, почувствовал он в мыслях неловкость, как будто смутно вспомнилось что-то забытое, пренебреженное, но необходимое, — как будто не сделано было еще что-то, что надо было сделать. И вслед за этим первым странным ощущением неловкости стали подыматься в душе неясные, раздражающие напоминания.

А в городе было дико и шумно. Толпы пьяных и мрачных оборванцев шатались по улицам. В одном месте, против дверей трактира, кучка мещан окружила полицейского надзирателя, приставая к нему с вопросами, отчего только бедные умирают, да зачем барак холерный поставили. Надзиратель, бледный с перепугу, старался выбраться из толпы, лепетал несбыточные обещания и уговаривал мещан успокоиться и разойтись; впрочем, уж и не помнил, что говорил. Свирепый верзила торчал перед ним, вытянувшись в струнку, приложив к правому виску скрюченные пальцы, и, издеваясь над полицейским, поминутно гаркал ни к селу ни к городу:

— Так точно, ваше благородие! Слушаю, ваше благородие! Рады стараться, ваше благородие!

Полицейский не чаял быть живу. Но задребезжали дрожки, с них соскочил тщедушный городовой с тараканьими усами и яростным солдатским лицом и, наступая на мещан, как на пустое место, объявил, что надзирателя исправник требует, и чтоб сию минуту. Мещане замолчали и расступились, а надзиратель с городовым сел на дрожки и укатил. Когда дрожки тронулись, кто-то из толпы крикнул решительному городовому:

— Как бунт начнется, тебя, Точилов, первого убьем.

И эти слова опять напомнили что-то Логину, но что именно, он не знал.

Дома его тревожное недоумение усилилось. Вдруг случайно заметил он на себе недоумевающий Ленин взгляд. Логин внимательно посмотрел на мальчика. Леня быстро отвел глаза в сторону, но Логину показалось, что мальчик смущен и бледен.

И вдруг вспомнил Логин, чьи глаза смотрели на него в ночь убийства. Новая тоска загорелась в нем.

"Я был тогда пьян, — злобно думал он, — и ничего не соображал. Я шел, куда несли меня ноги да моя пьяная удача. Убийство спьяна! И ей я не сказал, что был пьян! Я пропустил самую простую и главную причину и постарался внушить ей какое-то странное почтение к моему хмельному убийству. Я поступил, как любой пошляк, который охорашивается всячески перед любимою девчонкою, чтобы ослепить ее блеском своего превосходства. И она, глупая, целовала мои руки! Геройство!

Но как, однако, благоговею я перед этою девчонкою: исповедь приносил ей, старался быть искренним и не сказал главного!"

Сидел один и томился мрачными, злыми мыслями. Утомленный их злобою, порою с усилием вызывал в памяти образ Анны, — и когда она вставала перед ним спокойная и прекрасная, душа на короткое время смирялась и преклонялась перед ясным видением. Но умиление быстро сгорало и сменялось знойным, порочным вожделением. Он спрашивал себя:

"Зачем она была такая трепетная и так разгоралась, когда я обнимал ее? Как одинаково, как скучно одинаково совершается жизнь у всех! Такое же, как у всех, горячее дыхание и отуманенные желанием глаза. Ей нужно пройти по тем же путям, по которым прошли неисчислимые поколения ее прародительниц. И эта жизнь, так ясно предначертанная в наших побуждениях, — как ключевая вода, всегда простая и бесцветная, всегда чистая. Ключевой воде и горному воздуху подобна простая плотская любовь, — но человеческие установления и нечистые помыслы пятнают ее.

Зачем выбрала она меня, усталого? И любовь ли это? Ко мне и другие влекутся. Соблазны сосредоточены во мне. Свинцовая тяжесть пригнетает меня к земле, — не слабы ли ее плечи для этой ноши?

И зачем приносят жертвы? Может быть, ненасыщенная страстность требует страданий? Любовь, соединенная с желанием обладать, — жестокая любовь, и произошла она, может быть, из той ярости, с которою дикий зверь преследует добычу".

Странные мысли развивались в голове Логина. И по мере их нарастания, чувства его становились все более дикими и злыми. Ему казалось, что не любовью любит он Анну, а ненавистью. И думал он, что сладостно причинять ей жестокие страдания и потом утешать ее нежными ласками. Думал-русские женщины любят терпеть потасовки от милого.

Под вечер Анна возвращалась с мызы домой, одна. У калитки сада встретила Серпеницына. Он снял рваную шапку и тихо сказал:

— Осмеливаюсь просить вашего внимания. Анна остановилась. Внимательно смотрела на Серпеницына. Думала, что он будет просить о себе, и соображала, чем ему можно помочь. Серпеницын продолжал:

— Хотя и вижу вас в обуви, дарованной природою, как имеют обыкновение ходить девицы низшего сословия, но по некоторым данным заключаю, что вы изволите быть благородною дочерью владельца этого богатейшего имения.

— Да, — сказала Анна.

— Имею сообщить вам нечто, относящееся к одной из особ, которые имеют честь пользоваться гостеприимством вашего отца.

— Мне-то, — начала было Анна, хмуря брови, но Серпеницын

перебил ее:

— Отнюдь не сплетня или клевета, а нечто важное в самом возвышенном смысле. Честное слово благородного человека!

Серпеницын ударил себя кулаком в грудь и очень убедительно смотрел на Анну.

— Да вы, — опять начала она, и опять Серпеницын, угадывая, что она хочет сказать, поспешно крикнул:

— Серпеницын!

Анна открыла калитку, впустила в сад Серпеницына и пошла впереди его. На площадке, закрытой густыми кустами, она остановилась. Серпеницын заговорил:

— Вы, может быть, изволите знать о тех слухах, которые волнуют население города, особенно его невежественную часть.

Анна молча наклонила голову. Серпеницын помолчал, помялся и опять заговорил:

— Иные из господ обитателей изволили выбраться из города в места более или менее отдаленные, во избежание неприятностей. А между прочим, господин Логин из города не уезжает, хотя и настали вакации. Осмелюсь обратить ваше благосклонное внимание на то, что господин Логин излишне пренебрегает могущими произойти неудобствами.

— Вы что-нибудь знаете? — спросила Анна. Она бледнела, и глаза ее испуганно расширились. Серпеницын отвечал:

— Знать будущее никак невозможно, а только я так полагал, что ваши благоразумные советы, направленные к своевременному отбытию господина Логина из города, могут оказать благодетельное действие. А засим честь имею кланяться.

Серпеницын опять снял шапку, раскланялся, держа ее на отлете, и повернул к выходу.

— Послушайте, — остановила его Анна. Серпеницын остановился. Анна хотела что-то сказать, и опять он предупредил ее:

— Впрочем, не извольте беспокоиться, — в случае, если возникнет непосредственная опасность, сочту своим священным долгом предуведомить моего благородного кредитора.

— Может быть, — сказала Анна, — вам теперь...

— Милостивая государыня! — воскликнул Серпеницын, ударяя себя в грудь, — ни слова более! Я нахожусь в несчастии, но я-благородный человек!

Еще раз поклонился торжественно и почтительно и ушел, оставив Анну в жестокой тревоге. Долго стояла она, бледная и неподвижная, сложив трепетные руки на тяжело дышащей груди, и прислушивалась к своим мыслям. Видела великую смуту и великое разорение в душе Логина и знала, что лучше ему умереть, чем жить так. Но не могла отпустить его одного на смерть и знала, что только чем-нибудь необычайным, только заветною жертвою можно купить спасение.

Вечером долго беседовала с отцом.

— У тебя странные мысли, — сказал он наконец. — И откуда они? Прежде ты была совсем другая.

— И липа растет, — ответила Анна, улыбаясь и краснея. — Скажи сам, следует ли мне теперь отвернуться от него.

— Вы должны быть вместе. Но поможешь ли ты ему? И как он будет жить с такою смутою в душе, с такими порочными мыслями?

Анна подошла к окну и глядела на темное небо и слабо мерцающие звезды. Ее лицо приняло непреклонное выражение. Она тихо говорила:

— Кто не способен возродиться, тот должен умереть. Надо, чтобы его темные мысли сгорели, — в жизни бывает восторг, бывают чудеса. И я должна это сделать. Он увидит, что любовь на ее вершинах сильнее страсти и порока. Мне страшно, но пусть лучше сгорим мы оба. И ты не запрещай мне.

Опять длился ясный, жаркий день. В дальней аллее сидели на скамье Анна и Логин. Перед ними лежало в низких берегах тихое озеро. Берега обросли жесткою травою. На воде желтели цветы касатика. Ветер порывами набегал, и цветы колебались, и о чем-то таинственном напоминали их медленно-зыбкие движения. Их желтый цвет внушал горькие мысли. Солнечный зной будил в крови Логина жгучее сладострастие. Ясные глаза Анны не осеняли миром. И она казалась далекою, — ее одежда переносила ее в иные времена, белое платье, застегнутое на левом плече, очень короткое, оставляло ноги нагими выше колен.

Логин думал, что ему надо уйти, чтобы не внести порока в Эдем. И вот, сидели рядом и грустно беседовали. Логин говорил:

— Кошмары у меня бывают, такие вещие. Послушай: сегодня ночью мне стало тяжело. Неуклюжее, безобразное навалилось на грудь. Глаза искрасна-серые, горят. Ты знаешь суеверный обряд?

— Надо спросить: к добру или к худу, — отвечала Анна.

— Да, я спросил.

— И что же?

Логин злобно засмеялся.

— Вот, если б я знал, так и услышал бы. Нет, одно только ворчанье. Если бы это был дух, он стал бы в тупик. Он увидел бы во мне двоих, — а кто из них перетянет?

— К добру или к худу наша любовь, — решительно сказала Анна, — но вместе и смело пойдем!

Доверчиво прижалась к нему и положила голову на его плечо.

— Куда мне идти! — печально воскликнул Логин. — Моя тяжесть не пускает меня.

— Так что же, — понесем ее вместе. Или лучше бросим ее, вот как осенью деревья бросают листья, — и будем свободны. Смотри вперед, говори мне о будущем!

Злая улыбка змеилась на его губах. Он злобно заговорил:

— И заживем мы, как все, такою обыкновенною жизнью. Пойдем в церковь, которая нам не нужна, и повенчаемся перед алтарем того Бога, в которого не верим. Презренные заботы о личном счастии наполнят пустоту дней, но не утолят жажды. И я буду пред тобой злой и бесцельный. Мелочи будут меня раздражать, и я буду к тебе придираться, потом, раскаявшись, полезу к тебе с поцелуями, как все мещанствующие. Нежные имена, такие пошлые. И как ты станешь меня называть? Васей, Васенькой? И весь этот визг детский и запах, — все это и у нас повторится. Ужас пошлости!

Анна слушала его, низко склоняя раскрасневшееся лицо. Сказала:

— Нет, и на торных путях есть неожиданное, пренебреженное людьми и желанное для нас. Мы пойдем этою дорогою не рабами, а свободные, без страхов. Воскресим древнее счастие, и оно станет счастием новых поколений.

— Нюточка, если б ты знала! Распутство, пьянство, бессонные ночи, тусклые дни. Как сбросить с себя прошлое? Чудо нужно, — а я в чудеса не верю.

— Милый мой, любовь делает чудеса. Есть огонь, на котором сгорят нечистые мысли.

Ее грудь взволнованно колыхалась. Глаза загорелись восторгом. Логин угрюмо и печально смотрел на нее.

— Я не знаю такого огня, — мрачно сказал он.

— Попытаемся подняться, — все тише говорила Анна. — Увидим, доступны ли нам вершины счастия, — любовь без желаний. Если мы их не достигнем, лучше умрем.

Страшное слово прозвучало в ее устах нежно и кротко.

— Милая жрица, ты зажжешь огонь, а где мы возьмем жертву?

Она встала. Логин поднялся за нею. Протянула к нему руки. Сказала:

— Пойдем, — я хочу сделать тебе дар, и он готов. Хочу, чтобы ты светло порадовался ему.

Молча вошли в закрытую беседку. Логин испытывал непонятное волнение, словно предчувствие значительного события. Глядел через окно на веселую зелень; она так густо разрослась здесь, что не видно было ни дома, ни дорожек. Зноен и звонок, воздух вливался в беседку через перепутанные ветви.

Логин видел, что и Анна странно взволнованна. Она стояла перед ним, вся трепетная, и то опускала, то подымала руки к застежке платья. Румянец быстро сбегал с ее смуглых щек. Вдруг выражение решимости и великого спокойствия легло на ее побледневшее лицо, она медленно подняла спокойные руки, тихо расстегнула на левом плече металлическую пряжку и сказала бесстрастным голосом:

— Мой дар тебе-я сама.

Платье упало к ее ногам. Обнаженная и холодная стояла она перед ним, и с ожиданием смотрели на него ее непорочные глаза.

— Дорогая моя, — воскликнул Логин, — мы на вершине! Какое счастие! И какая печаль!..

Он привлек к себе стройное, сильное тело Анны, целовал ее румяные щеки и нежно говорил:

— Моя милая, моя вечная сестра, твой дар я возьму, твою душу солью с моею и тело твое напою радостью и восторгом.

Счастливая улыбка озарила лицо Анны. Она молчала. Глаза ее были покорны. Наклонился поднять ее платье. Руки их встретились. Помог ей одеться.

Возвращаясь домой, чувствовал Логин, что сгорели темные мысли; новый и свободный человек радовался тому, что выше и значительнее жизни и смерти. Перед глазами стояла белая, прекрасная Анна, и он знал, что с этим ясным видением в душе не может идти к пороку и греху. Не думал о счастии и о жизни, смерть или мука иногда открывались ему, — но с этим нестыдливым и непорочным образом в душе уже он не мог уклониться от того пути, по которому пройдут ее ноги. Великим успокоением веяло от этого прекрасного видения, — и все возможности жизни стали одинаково желанны.

Вечером, в тишине его комнаты, слышалась ему порою ее тихая поступь, — и это напоминало ему, что рассеялись злые чары.

Глава тридцать седьмая

Рано утром Логина разбудил доносившийся откуда-то не издалека шум. Лежа в постели, прислушался. Слышалось нестройное галденье, в котором иногда можно было различить отдельные неистовые вскрики. Такие же вскрикивания слышались иногда совсем близко, в разных местах. Но у самого дома Логина было тихо, — только временами слышно было, как бежали под окнами люди, испуганно и негромко переговариваясь.

Логин почувствовал тоскливую и смутную тревогу, предчувствие душевного подъема, который овладевает людьми в минуты общего возбуждения. Нервно вздрагивая и торопясь, принялся одеваться. Внезапный дикий вопль под окнами заставил его задрожать от неожиданности. С гамом и свистом проходила толпа, и один кто-то неистово орал:

— Не отставай, ребята! Бить докторов! Логин подошел к окну и стал у косяка. Толпа состояла из мальчишек и совсем молоденьких городских парней. Впереди шел тот буян с оловянными глазами, лицо которого так хорошо запомнилось Логину. Он-то и горланил, нелепо махая руками и закатывая глаза как-то искоса вверх и в сторону. Когда они прошли, на пустынной улице стало опять тихо, только со двора доносились отголоски бестолковой суетни у Дылиных, да слышалось все то же галденье, которое разбудило Логина.

Логин сошел из спальни вниз и в передней столкнулся с Серпеницыным; он только что поднялся по лестнице из кухни и имел таинственный и озабоченный вид. Сказал:

— Простите, милостивый государь, что являюсь к вам без доклада, но ваша Дульцинея Тобосская дезертировала, как надо судить по тому, что двери внизу настежь, а ее нигде не обретается. Испрашиваю аудиенцию у вашего высокоблагородия.

Логин прошел в гостиную и предложил Серпеницыну сесть. Оборванец хмыкнул, осторожно уселся на мягкий стул и зашептал:

— Осмелюсь доложить, что дальнейшее пребывание ваше, милостивый государь, в этом городе может повлечь за собою весьма опасные последствия.

— Ну, ничего, — хмуро сказал Логин, — какие там последствия? Да что вы шепчете, — здесь некому подслушивать.

— А этот субъект? — спросил Серпеницын, указывая подбородком на кого-то сзади Логина.

Логин оглянулся-из столовой выглядывал Леня, только что вскочивший с постели.

— Ну, этот субъект не опасен, — сказал Логин с улыбкою.

Серпеницын заговорил громче:

— Дело в том, выражаясь литературным стилем, что мещане нашего города подняли восстание против холерных властей и собрались теперь, под предводительством бабы Василисы Горластой, с неприязненными намерениями у холерного барака. А так как ваше высокоблагородие изволили в глазах здешнего почтенного мещанства навлечь на себя подозрение в принадлежности к шайке злоумышленников, рассыпавших мор в колодцы, то и вашей мирной обители грозит разгром. А потому осмелюсь рекомендовать вам, милостивый государь, предпринять, пока не поздно, благородную ретираду, хотя бы, например, в имение достоуважаемого господина Ермолина, на которое народная ярость ни в коем случае не посягнет.

"А если посягнет?" — подумал Логин.

В его воображении мгновенно стал образ Анны, и перед нею разъяренная толпа. Мысль о том, что Анна может подвергнуться опасности, заставила его затрепетать: почти физическую боль почувствовал он, представляя себе, как на прекрасное тело Анны упадет тяжелый удар.

— Не так страшен черт, как его малюют, — сказал он Серпеницыну. — Я останусь, — бесполезно бегать: захотят, и там найдут.

— Удирайте-ка подобру-поздорову, — встревоженным голосом сказал Ленька.

Логин засмеялся, подошел к мальчику и обнял его.

— Удирай сам, коли хочешь, — сказал он, — за тобой не погонятся.

Логин остался один. Серпеницына выпроводил ни с чем, а куда и как скрылся Ленька, он как-то не заметил. Сел в гостиной у окна, — и новые, значительные мысли обступили его. Под наплывом этих мыслей постепенно рассеивалась тоска, и холодное спокойствие, ясное, как морозный воздух, осеняло душу.

Видел непоправимое зло жизни, чувствовал великую усталость и без печали и без радости ждал отдыха. Отрывочно вспоминалась жизнь, — пестрым, быстрым калейдоскопом мелькали мелкие и, казалось, забытые случаи, проходили живые и отошедшие в вечность люди, вставали знакомые и покинутые места. Беспристрастный судия, без гнева и без жалости к себе оценивал зло и ложь своих деяний, пробегавших теперь в памяти. Знал, что надлежит уничтожить форму, столь порочную, и смять глину, из которой вылеплено так много дурного. Не хотел думать, что это он сам — тот, кто вылеплен из этой глины, — спокойно отдавал себя вечно творящей и вечно разрушающей воле и безбоязненно ждал исполнения своего срока.

Образ Анны, белый и непорочный, царствовал над его мыслями. Радостно было думать, что она останется. Не раскаивался в том, что причинял ей страдания, — и не желал ей счастия. Она стояла перед ним в торжественной наготе своей, вечная, древняя, — и была совершенна, и нечего было для нее желать.

Детские, наивные мечты и планы о счастии и благополучии припомнил без горечи — и не посмеялся над ними. И боязнь прошлого предстала как далекое и чуждое страдание, — томление ненужное и тщетное.

Понял, что и торные дороги, и пути, никем еще не идейные, одинаково значительны и любопытны для беспокойного духа, жаждущего новизны и везде находящего ее. В бесконечном разнообразии возможностей представилось ему обетование будущей жизни, — но для него самого времена стали уже ненужны и невозможны.

Прошло около часу. На улице становилось шумно. Под окнами дома собиралась толпа. Над буйным гамом носились визгливые женские крики. Логин поднял голову и прислушался.

— Сама, сама своими глазами видела, — свирепо кричала баба.

Конец ее фразы затерялся для Логина в общем гвалте. В столовой послышался звон разбитых стекол: растрепанные мальчишки начали швырять в окна каменья. Заслыша звон стекол, толпа притихла. Логин перешел в столовую, открыл окно и, сурово хмуря брови, глядел на толпу. Мальчишки шарахнулись в сторону, толпа боязливо попятилась. На минуту стало тихо. Вдруг где-то в задних рядах послышался бабий неистовый крик:

— Да чего вы струсили, остолопы!

Плюгавая бабенка в рваном платьишке, простоволосая и корявая, протискивалась через толпу, выскочила вперед и закричала Логину:

— Выходи, выходи, ведьмедь, из своей берлоги, честью выходи. Понапаскудничал ты над нами, — будет!

Толпа нестройно и ожесточенно загалдела. В Логина полетели каменья, — швыряли пока осмелившиеся мальчишки.

— Здравствуй, смерть! — тихо сказал он и отошел от окна.

Неспешно прошел по комнате, по лестнице, что вела на улицу, и спокойно вышел на крыльцо. При его появлении крики усилились, толпа надвинулась к крыльцу, — Логин увидел раскрасневшиеся лица кричащих баб, — и то, что делается, показалось бесцельным и нелепым. Но эта мысль и мгновенно охвативший ужас быстро исчезли; чувствовал, что уже некогда, и, начиная куда-то торопиться, стал спускаться по лестнице. Еще успел увидеть, как тяжелый камень ударил его в плечо и вдоль тела упал вниз, — успел еще услышать где-то близкий знакомый голос, который отчаянно вскрикнул что-то, — и после короткого тягостного ощущения тупой боли в голове упал, обливаясь кровью, на ступени.

Толпа отхлынула от крыльца. Над Логиным, раненным камнем в голову, наклонилась Анна.

Ленька знал, куда следует удирать, и Анна поспела бы вовремя, если бы ее не задержала буйствующая на улицах толпа.

После того, как Логин был ранен, буйство продолжалось недолго: холерный барак был разрушен, фельдшера разбежались, доктор тоже убежал и спрятался в глубокой канавке чьего-то огорода, — толпе и делать больше нечего, и буйствовали так, уж заодно, гоняясь за полицейскими и ломая вещи в квартире врача и где-то в других домах. Но скоро после полудня пошел проливной дождь и рассеял буянов. К вечеру пришел в город вызванный по телеграфу эскадрон драгун, — но уже некого было усмирять, и судебный следователь беспрепятственно сажал в острог обвиняемых в буйстве.

Город принимал печальный вид. Патрули драгун разъезжали по опустелым улицам. Холера усилилась, и измышленные Юшкою траурные фуры сновали по городу с зловещим стуком колес, — но на них отвозили только покойников.

Логин лежал, погруженный в тяжелую бессознательность. И долго лежал он, неподвижный, наполняя тишину комнаты хриплым, затрудненным дыханием тяжело больного человека. Анна не отходила от его постели. Она не думала о его смерти. В самые трудные дни ее не покидала уверенность в том, что он встанет, и еще большая уверенность в том, что встанет новый человек, свободный и безбоязненный, для новой свободной жизни, человек, с которым она пойдет вперед и выше, в новую землю, под новые небеса. И смерть отошла от постели Логина, и уступила свое дело жизни.

Отрывочные, неясные впечатления стали доходить до сознания Логина, — знакомые запахи и голоса. Видел иногда, как сквозь молочно-белый туман, лицо Анны и смутно припоминал что-то. По временам вспыхивали коротенькие мысли, — но мозг быстро утомлялся и терял их.

Первое возвращение связного сознания было мучительно. К вечеру четвертого дня, после того, как первый раз смутные тени пробежали перед его глазами и Анна увидела его полусознательный, еще ни на чем не останавливавшийся взгляд, — Логин вдруг увидел себя в своей комнате, и цветы на обоях запрыгали и засмеялись. Гулкое жужжание стояло в воздухе, и сизо-багровые волны тумана порою пробегали из угла в угол. Что-то бесформенное заклубилось у стены, стало собираться и вытягиваться, отделяя от себя члены, подобные членам человеческого тела, — и вот уродливая, скользкая мара отделилась от стены и, медленно кружа в воздухе, приближалась к Логину. Он все яснее различал обнаженное тело призрака, — синее, мертвое, полуистлевшее, с торчавшими кое-где черными костями. Обрывок полуистлевшей веревки болтался на его шее, — и в страшном лице мертвеца Логин узнал лицо повесившегося Спиридона. Это лицо было мертвенно-неподвижно, но черты его как-то странно менялись, как бы от переливов тусклого освещения. И в мертвом лице приближавшейся мары Логин увидел, как в зеркале, свои черты, — и вдруг почувствовал, что это он сам клубится и кружит по комнате, — его ветхий человек, томясь каинскою злобою, бессильною, мертвою. Ужас стеснил грудь Логина, и слабый, еле слышный голос его позвал кого-то.

Заслоняя Логина от мертвеца, откуда-то подошла и стала перед Логиным Анна. И пестрые цветы, и багровые туманы исчезли из глаз, и мертвец, отброшенный чем-то, скрылся, когда Анна наклонилась к больному и, встретив узнающие глаза, радостно улыбнулась.

— Ушел? — тихо спросил Логин.

— Ушел, и не вернется, — так же тихо сказала Анна, чутко угадывая его мысли.

Логин помолчал, медлительно вдумываясь во что-то.

— А ты все здесь? — опять спросил он Анну.

— Теперь мы вместе, — радостно сказала она, опуская голову на его подушку. — Я не уйду, но ты не говори, тебе пока вредно, закрой глаза и усни.

Логин покорно закрыл глаза и забылся.

Прошла своим чередом болезнь, — для Логина и Анны началась новая жизнь, обновленные небеса засинели над ними, но что будет с ними и куда придут они?

Нета совсем уж было собралась идти за Андозерского, но вдруг передумала и неожиданно для всех, и для Пожарского, и для себя самой, вышла-таки за обворожительного актера. Она открыла в себе сценические таланты и намерена выступить в нашем городском театре в роли Офелии.

Едва Клавдия стала оправляться от болезни, она и Палтусов внезапно уехали. Вскоре пришла весть, что Палтусов утонул в Женевском озере. В городе не верят этому. Говорят, что он преспокойно живет под чужим именем, повенчался с Клавдиею и что их видели в каком-то модном и людном заграничном местечке. Зинаида Романовна скоро утешилась. Ее часто посещает генерал Дубицкий.

Дело Молина было прекращено, и, к великому сожалению собутыльников, он уехал пьянствовать в другой город, где ему дали такое же место. Город, куда его назначили, лежит далеко от нашего, и по дороге останавливался Молин в больших и малых городах, где товарищи по учебному заведению встречали его как невинно пострадавшего. Он плакал спьяна и везде повторял клеветы про Шестова. В одном городе, ощутив нужду в деньгах, он украл часы у товарища, но попался. Однако его отпустили с миром, решив, что это с горя и что виноват в этом Шестов.

Итак, всё идёт по-старому, как заведено, и только Логин и Анна думают, что для них началась новая жизнь.

Вечера на хуторе близ Диканьки - Николай Гоголь - 9781784351755

Рудин — И. С. Тургенев — 9781784350222

Записки охотника - И. С. Тургенев — 9781784350390

Нахлебник - И. С. Тургенев — 9781784350246

Отцы и дети — И. С. Тургенев - 978178435123

Ася — И. С. Тургенев — 9781784350079

Первая любовь — И. С. Тургенев — 9781784350086

Вешние воды — И. С. Тургенев — 9781784350253

Накануне — И. С. Тургенев — 9781784350512

Мать — Максим Горький — 9781909669628

Человек-амфибия — А. Беляев - 9781784350369

Рассказ о семи повешенных и другие повести — Л. Н. Андреев — 9781909669659

Жизнь Василия Фивейского — Л. Н. Андреев — 9781784351182

Соборяне — Н. С. Лесков - 9781784351939

Леди Макбет Мценского уезда и Запечатленный ангел - Н. С. Лесков - 9781909669666

Очарованный странник — Н. С. Лесков — 9781909669727

Некуда — Н. С. Лесков -9781909669673

Мы - Евгений Замятин- 9781909669758

Санин — М. П. Арцыбашев — 9781909669949

Двенадцать стульев — Ильф и Петров - 9781784350239

Золотой теленок — Ильф и Петров - 9781784350468

Мастер и Маргарита — М.А. Булгаков - 9781909669895

Собачье сердце — М.А. Булгаков — 9781909669536

Записки юного врача — М.А. Булгаков — 9781909669680

Роковые яйца — М.А. Булгаков — 9781909669840

Горе от ума — А. С. Грибоедов - 9781784350376

Рассказы для детей - Д. Хармс - 9781784350529

Евгений Онегин (Либретто) — 9781909669741

Пиковая Дама (Либретто) — 9781909669918

Борис Годунов (Либретто) — 9781909669376

Руслан и Людмила (Либретто) — 9781784350666

Жизнь за царя (Либретто) — 9781784351250

Как закалялась сталь - Николай Островский - 9781784351946

Левша — Николай Лесков - 9781784351953